本书献给我最珍爱的多多

本书得到广西民族大学"英美文学研究团队基金"和 2016 年"广西博士后专项资助项目"的资助。

超验主义与梭罗的文学创作

何云燕 著

中国社会科学出版社

图书在版编目(CIP)数据

超验主义与梭罗的文学创作 / 何云燕著. —北京：中国社会科学出版社，2018.11

ISBN 978-7-5161-9476-8

Ⅰ.①超… Ⅱ.①何… Ⅲ.①梭罗（Thoreau, Henry David 1817-1862）—文学创作研究 Ⅳ.①I712.064

中国版本图书馆 CIP 数据核字(2016)第 308878 号

出 版 人	赵剑英
责任编辑	冯春凤
责任校对	张爱华
责任印制	张雪娇

出　版	中国社会科学出版社
社　址	北京鼓楼西大街甲 158 号
邮　编	100720
网　址	http://www.csspw.cn
发行部	010-84083685
门市部	010-84029450
经　销	新华书店及其他书店
印　刷	北京君升印刷有限公司
装　订	廊坊市广阳区广增装订厂
版　次	2018 年 11 月第 1 版
印　次	2018 年 11 月第 1 次印刷
开　本	710×1000　1/16
印　张	19.25
插　页	2
字　数	314 千字
定　价	78.00 元

凡购买中国社会科学出版社图书，如有质量问题请与本社营销中心联系调换
电话：010-84083683
版权所有　侵权必究

前　言

　　超验主义是19世纪上半叶美国文艺复兴运动的核心，为自由、民主、多元的美国民族文学与文化品格的建构奠定了坚实的基础。作为超验主义的最杰出代表之一，梭罗对美国文学与思想作出了卓著贡献。梭罗与超验主义的关系不仅深刻地反映了农业社会向工业社会转型中宗教与文学的命运和意义，而且还展现了一种日趋审美化的生活方式与和谐人格的美好愿景。因此，本研究试图在"超验主义"这个核心概念的框架下，对梭罗的文学创作进行整体性研究，并在跨文化研究的三维模式中对其现代价值进行分析。

　　第一章首先从史学的角度考察超验主义产生的背景及内涵，探寻梭罗走上文学道路的偶然性与必然性；然后通过与爱默生的比较分析，梳理梭罗在超验主义思潮中的地位和意义，得出梭罗比爱默生更能体现超验主义的精神实质并使超验主义在个体日常生活领域里获得了新的生命力的结论。

　　第二章试图梳理超验主义呈现出来的诗学形态，论述其对梭罗创作成熟的塑造与维系作用；并指出在创作后期梭罗对超验主义有了一定的突破，从而丰富了其创作。

　　第三章主要从叙事学的角度深入分析超验主义对梭罗作品艺术形式的影响。事实上，超验主义也促使梭罗对文体作出新的选择，并深刻地影响了其叙事风格和时空意识。

　　第四章从跨文化的角度阐述梭罗与中国文化之间相互接受和影响的关系，并试图揭示梭罗在文化思想交流层面上的意义。先是梭罗接受了中国古代的一些思想，而后，中国现当代一些作家如海子、苇岸等人又在现代语境下吸收了梭罗的超验主义观念，这是一种螺旋式的循环上升的交流过程，它业已构成了文学与文化——"跨文化三维立体"动态发展模式的一个范例。

余论部分，把梭罗置于中国文化语境中来考察，以此试图透视梭罗思想的深层特质。通过比较分析发现，梭罗超验主义思想的本质是一种积极的个人主义，"个人"、"信仰"和"生活"成为理解其内涵和价值的三个关键词；梭罗对"和谐人格"的追求与中国文化达成了深层的契合，这是中美两种文化中共有的一种积极人生观，为构建当今的诗意生活提供了宝贵的思想资源和实践方案。

从历史的维度来审视，梭罗的超验主义思想是西方宗教在现代生活向人文主义敞开过程的一个产物，梭罗的文学创作使个体的生存体验和灵性的超越体验获得了感通。这些观念也深受中国儒家思想的影响。这也启迪我们：儒家思想中的人文关怀应该得到更好的重估，其内含的超越性如何借助西方宗教经验的建制，才能获得更好的挖掘与发展。

缩 写

C　Ralph Waldo Emerson, *The Complete Works of Ralph Waldo Emerson*, Edward Waldo Emerson ed., 12 vols., Boston: Houghton Mifflin, 1903–1904.

PJ　Henry David Thoreau, *Journal*. John C. Broderick ed., 5 vols., Princeton: Princeton University Press, 1981.

J　Ralph Waldo Emerson, *The Journals of Ralph Waldo Emerson*, Edward Waldo Emerson & Waldo Emerson Forbes ed., 10 vols., Boston: Houghton Mifflin, 1909–1914.

W　Henry David Thoreau, *The Writings of Henry David Thoreau*, Bradford Torrey ed., 20 vols., Boston & New York: Houghton Mifflin Company, 1906.

目 录

绪论 …………………………………………………………（1）
  第一节　选题的意义和目的 ………………………………（2）
  第二节　国内外梭罗研究现状 ……………………………（4）

第一章　梭罗与超验主义 ………………………………（17）
  第一节　超验主义产生的背景及内涵 ……………………（18）
  第二节　超验主义与梭罗的作家学徒期 …………………（45）
  第三节　爱默生与梭罗：超验主义的内部冲突 …………（61）

第二章　梭罗的创作成熟期与超验主义诗学 …………（83）
  第一节　超验主义诗学的形态 ……………………………（84）
  第二节　《瓦尔登湖》：走向成熟 …………………………（102）
  第三节　超越：后期的自然写作与政治批判 ……………（124）

第三章　梭罗作品中的形式意味与超验主义 …………（141）
  第一节　梭罗的文体选择 …………………………………（142）
  第二节　梭罗的叙述策略 …………………………………（155）
  第三节　梭罗的时空意识 …………………………………（173）

第四章　梭罗超验主义思想与中国 ……………………（195）
  第一节　梭罗对中国文化的接受 …………………………（197）
  第二节　中国对梭罗超验主义思想的接受 ………………（209）

余论 ………………………………………………………（266）

参考文献 …………………………………………………（281）

附录 ………………………………………………………（293）

后记 ………………………………………………………（297）

绪　论

19世纪，整个人类似乎都开始被资本主义经济体系逐渐纳入共同的历史进程，世界也开始广泛连接。美国这个年轻的国度怀着"山巅之城"的理想不仅在政治上赢得了独立，而且在文化上力图建构自己的品格。超验主义的诞生正是为了回答这个时代的一些问题：文学艺术能否在现代社会里重塑信仰？个人如何在充满欺诈、争斗的社会中过着一种有道德的生活？个体的自我修养能否成为新的社会改革方式、是否能纾解日益严峻的社会问题？而对这些问题的探讨至今仍十分有价值。① 19世纪上半叶的超验主义者从宗教运动开始改革，在文学和哲学领域竭力把这些中世纪知识分子的神本主义转型为人本主义，开创了"美国文艺复兴"。

超验主义是新英格兰中产阶级所开创的文艺复兴运动。彼时美国新兴的中产阶级不仅成分来源复杂而且层次划分尚未清楚，尽管它有着浪漫的民主精神和温暖的伦理道德品格，但是其"目标却没有得到明确的理解"。② 正如爱默生的友人詹姆斯·艾略特·卡伯特在关于爱默生的回忆录中指出的，超验主义是浪漫主义和清教土壤上喷薄而出的闪耀火光。作为浪漫主义的成员，超验主义算是一个后起之秀。浪漫主义兴盛时期在18世纪80年代至19世纪30年代之间，而大部分的美国超验主义者直到1830年之后才开始发表作品，这些作品呈现了浪漫主义的基本特征：紧张的内心冲突、对自然的喜爱、对现有组织机构的抵抗。作为超验主义的杰出代表，梭罗的文学创作也充分呈现了这些浪漫主义的特性。

---

① Joel Myerson, Sandra Harbert Petrulionis & Laura Dassow Walls, ed. "Introduction", *The Oxford Book of Transcendentalism*, Oxford University Press, 2010, p. XXXⅲ.

② James Elliot Cabot, "Romanticism", in *The Oxford Book of Transcendentalism*, edited by Joel Myerson, Sandra Harbert Petrulionis & Laura Dassow Walls, Oxford University Press, 2010, p. 84.

在19世纪美国文学经典作之中，梭罗的作品被认为对美国的思想与文学贡献最大。梭罗与超验主义的关系不仅深刻地反映了农业社会向工业社会转型中宗教与文学的命运和意义，而且还提示了一种日趋审美化的生活方式和和谐人格的美好愿景。梭罗终身实践超验主义以完成对自我即人格的塑造的两个核心维度：一是日常生活的维度。能让他以实际的责任（duty）做正确的事情，从而产生实在的幸福感，达成一种真正健康、有创造力的内心需要；二是超越性的精神性善端。这一贯并超越的原则指引他积极向前并给予他生生不息之力量。因此，本研究试图在前人研究的基础上进行深挖，同时在"超验主义"这个核心概念的框架下，对梭罗的文学创作进行一个整体研究。

第一节　选题的意义和目的

亨利·戴维·梭罗（Henry David Thoreau, 1817—1862）是我们这个时代最广为人知的美国19世纪作家之一。梭罗研究专家斯蒂芬·哈恩认为，只有爱伦·坡（Allan Poe）的名望和价值才能与之相比。[①] 著名小说家约翰·厄普代克（John Updike, 1932—2009）在为新版的《瓦尔登湖》作序时指出，在19世纪美国文学经典作家如爱默生、霍桑、惠特曼、麦尔维尔等之中，梭罗对美国的思想与文学贡献最大。[②]

梭罗一生著述颇丰。他的作品有《瓦尔登湖》、《康克德和梅里马科河上的一周》（后简称《河上一周》）、《缅因森林》、《科德角》、《漫步》、《论公民的不服从》等，加上他的日记，至少有20卷。梭罗的代表作《瓦尔登湖》曾经因广泛的影响力被美国历史杂志《美国传统遗产》（*American Heritage*）评为"十大塑造美国文化品格"的名著之一，且名列榜首。[③]

---

① ［美］斯蒂芬·哈恩：《梭罗》，王艳芳译，中华书局2002年，第3页。
② John Updike, "Preface", in *Walden*, J. Lyndon Shanley ed., Princeton University Press, 2004, p. ix.
③ Buell Lawrence, "The Thoreauvian Pilgrimage", in *The Environmental Imagination: Thoreau, Nature Writing, and the Formation of American Culture*, Cambridge: Belknap Press of Harvard University Press, 1995.

19世纪中期，美国迎来了本国的第一次文学繁荣时期，深刻地影响着美国后来的社会文化和国民性格，因而也被誉为"美国的文艺复兴时代"①梭罗似乎是那个时代的文学家和思想家中受本民族文化的规约最少的一位。

梭罗的成就也显示在其国际性的接受上。19世纪末，英国工党对梭罗的思想产生了兴趣，把自己的分会冠名为"瓦尔登俱乐部"（"Walden Clubs"），并引发了当时在英国留学的印度精神领袖甘地的注意。甘地把梭罗的"公民不抵抗"当作思想武器，开展抗议英国殖民统治的独立运动。同时俄国的托尔斯泰也接受了梭罗的《论公民的不服从》并推动该文在当时欧洲知识界的传播。② 20世纪中后期以降，《瓦尔登湖》的片段多次被选入日本、中国和印度等国家的中小学课本。梭罗的文章更是我们学习英语文学的必选书目之一。中国当代作家余杰自称藏有多个版本的《瓦尔登湖》。还有中国作家因为读了《瓦尔登湖》而转向了散文创作。③

但是关于梭罗的褒贬一直争论不息。梭罗生前没有得到应有的承认，同代人对他的评价褒少贬多。20世纪40年代以后，美国人对梭罗的评价却越来越高，各种荣誉纷至沓来。1941年成立的梭罗协会是目前研究美国单个作家最大也是历史最悠久的国际性组织。1969年，梭罗的塑像被正式安放在纽约的"名人馆"。时至今日，有人因为梭罗试图在大自然中寻求生活的真谛和天人合一的境界而把他誉为环保主义的先驱，或因为梭罗对于美国旧有奴隶制度的反对把他视为伟大的政治哲学家；④ 但也有人坚持认为他是爱默生的模仿者和矫揉造作的自恋狂⑤。那么，梭罗到底是怎样一个人？我们该如何做到全面、真正地理解他的作品和思想？要回答

---

① Matthiessen F. O., *American Renaissance: Art and Expression in the Age of Emerson and Whitman*, New York: Oxford University Press, 1964, p. vii.

② Harding Walter, "Thoreau's Reputation", in *Henry David Thoreau*, Joel Myerson ed., Shanghai: Shanghai Foreign Language Education Press, 2000, p. 7.

③ 苇岸：《我与梭罗》，摘自[美]梭罗著，许崇信、林本椿译《瓦尔登湖》，"导读一"，译文出版社2009年版，第1—2页。

④ Buell Lawrence, *The Environmental Imagination: Thoreau, nature writing, and the formation of American culture*. Cambridge, Belknap Press of Harvard University Press, 1995.

⑤ Harold Bloom ed., *Bloom's Modern Critical Views: Henry David Thoreau (Updated Edition)*, New York: Infobase Publishing, 2007, pp. 1 – 11.

这样问题，我们不如先回到他的创作历程和特色本身去，也许能够获得一些答案。

第二节 国内外梭罗研究现状

一 国外梭罗研究

文学评论总是受到历史语境的影响，并随着历史语境的变化而改变关注点。国外尤其是美国对梭罗的研究便是如此。例如，"一战"结束后美国依靠倒卖军火和调停政策大发横财，国内积极乐观主义精神蔓延，对于美国人民来说这是一个"崭新的时代"，需要新鲜的事情来愉悦性情。梭罗对瓦尔登湖仙境般的描写令广大读者着迷，吸引很多人慕名到湖边进行实地考察，评论热点主要停留在梭罗对于自然风光的描写和对远离城市的呼唤。但是，到了19世纪30年代美国经济危机爆发，百业凋倒，社会危机出现，人们饱受失业和贫困的威胁，梭罗所倡导的回归简洁生活符合此时代特征，人们又转向了他的生活经济观点即如何用最小的开支获得生活必需的满足和较大的快乐。这些表征了梭罗作品内涵具有的丰富性。

梭罗的声名崛起过程是一件非常有意义的事情，当代杰出的文学评论家和思想家如哈罗德·布鲁姆（Harold Bloom）和劳伦斯·布伊尔（Lawrence Buell）等人都对此有过论述。正如梭罗研究专家沃尔特·哈丁（Walter Harding）所言："梭罗的声望是独特的，有它自己的模式，充满了悖论与矛盾，从一个时期到另一个时期都是大起大落。"[①]

在美国20世纪六七十年代的文化、政治运动背景下，梭罗作为一个社会政治思想家受到极大的重视。[②] 在此之前，梭罗仅仅是一个自然作家；但到了20世纪60年代，梭罗成了美国社会变革的重要推动力，其著作《瓦尔登湖》在那个时代的大中学生中备受推崇。[③] 20世纪中后期随着生态主义和环境批评的崛起，梭罗被视为这场运动的先驱代表，其名望

[①] Walter Harding, "Thoreau's Reputation", in *Henry David Thoreau*, Joel Myerson ed., 上海外语教育出版社2000年, p. 1.

[②] Michael Meyer, *Several more lives to live: Thoreau's political reputation in America*, Westport: Greenwood Press, 1977, p. 4.

[③] Ibid., p. 152.

在美国文学文化界被推到了一个新的高度。到了 20 世纪晚期，把梭罗视为一个自然作家的评论家们和把梭罗视为社会政治思想家的评论家们开始进行对话①。这一对话无疑推动了美国国内对梭罗的全面深入研究。

我们从 20 世纪 60 年代开始在美国国内出版的梭罗研究著作中可以清晰地看出梭罗在其国内的声望的一系列变化。在全球最大的图书销售网亚马逊（www.amazon.com）上输入"Henry David Thoreau"进行图书检索，可以找到一万九千多条与此相关的英文图书信息。经过笔者的粗略比对，梭罗研究的学术专著有上千种，大部分都是七八十年代后出版的，从网站图书分类来看，涉及的领域很广：文学、哲学、教育、旅行、历史、宗教、政治……甚至还有关于梭罗经济观点的研究②。

从文学史上看，梭罗声名的崛起与美国民族文化的独特性探索和发展有着密切的联系。在世和死后很长一段时间内，梭罗的名声在美国文学界是很小的，只有少数人关注过他。1862 年，爱默生为他葬礼写的祭文《论梭罗》发表在《大西洋月刊》上，这篇祭文被视为是最早的梭罗研究文献。在这篇祭文里，爱默生对梭罗显得既爱又恨，爱的是梭罗的才智、恨的是他的乖张。此后，除了马克·范多伦（Mark VanDoren）与诺曼·福斯特（Norman Forester）等早期学者肯定了梭罗的艺术成就或强调梭罗是一个"真正的清教徒"③之外，就很难看到对梭罗有过盛赞的人出现。而美国作家 J. R. 洛厄尔（James Russell Lowell）和英国作家 R. L. 史蒂文森（Robert Louis Stevenson）等则都对他进行了严厉的批评，认为他只不过是对爱默生的模仿，一个对人世冷漠的自恋狂、一个性情古怪的野蛮人。④

---

① Michael Meyer, *Several more lives to live*: *Thoreau's political reputation in America*. Westport: Greenwood Press, 1977, pp. 19 – 20.

② Leo Stoller, *After Walden*: *Thoreau's Changing Views on Economic*. Stanford: Stanford Iniverstiy Press; London: Oxford University Press, 1957; Leonard Neufeldt. *Henry David Thoreau's Political Economy*. Boston: The New England Quarterly, 1982; Cheryl A. Goudie. *Institutionalizing ecological literacy*: *a critical component of the new "green" economy*: *Henry David Thoreau, Rachael Carson, DDT, acid rain, Earth Day*. (An article from: Business Perspectives). Memphis: Memphis University Press, 2009.

③ Michael Meyer, *Several more lives to live* : *Thoreau's political reputation in America*. Westport: Greenwood Press, 1977, p. 27.

④ Harold Bloom, "Introduction", in *Bloom's Modern Critical Views*: *Henry David Thoreau* (*Updated Edition*), Harold Bloom ed., New York: Infobase Publishing, 2007, pp. 2 – 5.

但是到了 1941 年，哈佛大学著名学者 F. O. 马瑟森发表了《美国的文艺复兴：爱默生与惠特曼时代的艺术与表现》，是对梭罗研究的重大转变。马瑟森有感于当时欧洲纳粹极权统治对西方所引以为豪的民主价值产生了巨大威胁，试图通过寻找美国文学中经典文本的独特性来强化本国国民反对纳粹极权的意志。马瑟森认为美国文学和文化核心价值的根基就在于 19 世纪 20 至 60 年代新英格兰地区的少数几位作家的创作中，其基本特质就是"内在性"和"自省性"；而梭罗在其中尤为突出，因为他的创作饱含积极向上而又自我规约的崇高品质，能有效地维护民主精神价值。① 由此，梭罗的地位得到了提升。从 1941 年到 20 世纪 70 年代，坚持美国文化传统独特性的研究层出不穷，梭罗被反复提及，其经典作家的形象得以确立。在此期间，不得不提的是沃尔特·哈丁（Walter Handing）对塑造和巩固梭罗的文学形象作出的重要贡献。哈丁一生致力于梭罗研究，并于 1941 年创立了梭罗研究会，他编撰的梭罗"传记材料和校订的梭罗文本对梭罗研究者来说受益匪浅"②。

20 世纪 70 年代，著名批评家尼古拉斯·密尔斯（Nicolaus Mills）把 19 世纪美国作品与英国作品进行对比分析时发现，之前的美国自由主义意识形态过分强调作品的内生性、强调以凝聚自身心理形式探索人类心理普遍性的文学创作使得美国文学的"社会向度被掩盖或边缘化"③。1989 年威廉·埃利斯（William Ellis）更是认为"二战"以来的美国浪漫派缺乏深刻的社会批判，不是一种成功的文学创作而是一种"失败的文学样式"④。这些文学观念的改变客观上推动了梭罗的社会维度研究。1972 年，美国哲学家斯坦利·卡维尔（Stanley Cavell）开始从哲学角度去研究梭罗，他认为《瓦尔登湖》对黑格尔和康德以降的欧洲思想史进行了全面的重新评估和修正，涉及的是从笛卡儿至今西方哲学中最深层的问

---

① Matthiessen F. O., *American Renaissance: Art and Expression in the Age of Emerson and Whitman*. New York: Oxford University Press, 1964.

② 王光林：《美国的梭罗研究》，《华东师范大学学报》（哲学社会科学版）2006 年第 6 期，第 100 页。

③ Mills Nicolaus, *American and English Fiction in the Nineteenth - Century: An Anti - genre Critique and Comparison*. Bloom, London: Indiana U. P., 1973, p. 23.

④ Ellis William, *The Theory of American Romance: An Ideology in American Intellectual History*. Anne Arbor: UMI Research Press, 1989, p. xiii.

题，即梭罗对人与语言符号关系的重视。① 自此，梭罗研究的视野获得了广泛的拓展。"此后，每隔10年都会有一部从哲学及语言的角度去探讨梭罗作品的专著。"②

与此同时，20世纪60年代兴起的民权与多元文化运动和70年代兴起的生态批评更是使得梭罗研究获得了全面的批评视野。在一系列成果中，劳伦斯·布伊尔的成就最为瞩目。布伊尔的专著《环境的想象》不仅是美国生态批评研究的扛鼎之作，也是梭罗研究的里程碑。在书中，布伊尔将梭罗置于广阔的、多样化的"自然写作"（nature writing）的背景中，通过"瓦尔登湖的朝圣"、"梭罗的经典之路"等问题的探讨，不但为我们呈现了一个更为立体的梭罗，而且向我们阐明了环境的想象作为一种文学和文化的力量是如何塑造经典、如何表现美国的绿色思想的。③ 最有意思的研究则是伦纳德·N.诺伊菲尔德的《经济学家：亨利·梭罗与企业》，该书认为《瓦尔登湖》是对成功指南之类习惯做法的严肃戏仿④。另外，学者们还从文化比较的角度出发，探讨梭罗对东方文化的浓厚兴趣。其中艾伦·D.霍德（Alan D. Hodder）的《梭罗的狂喜式目睹》（*Thoreau's Ecstatic Witness*）很值得注意。霍德认为东方思想尤其是印度教对梭罗产生了深远的影响并促使其审慎地挖掘自己的精神，直到进入一种顿悟式的超然境界。⑤

梭罗的研究发展至今，其受关注的范围从很早开始就已经远远超出了美国本土视域。在1886年前，梭罗的《河上一周》和《瓦尔登湖》的第一版均有少量流传到英国。而且，1886年和1889年，英国在其本土分别出版了《瓦尔登湖》和《河上一周》。第一本简易的梭罗传记则出现在1878年。但直到1890年，在英国一个费边主义者的推动下，梭罗才引起英国社会主义者的重视。"事实上，在世纪之交（即19到20世纪之间，

---

① Cavell Stanley, *The Senses of Walden*. New York: The Viking Press, 1972.

② 王光林：《美国的梭罗研究》，《华东师范大学学报》（哲学社会科学版）2006年第6期，第101页。

③ Buell Lawrence, *The Environmental Imagination: Thoreau, Nature writing, and the Formation of American culture*. Cambridge, MA: Belknap Press of Harvard University Press, 1995.

④ Neufeldt Leonard N., *The Economist: Henry Thoreau and Enterprise*. New York: Oxford University Press, 1989.

⑤ Alan D Hodder, *Thoreau's Ecstatic Witness*, New Haven: Yale University Press, 2001.

笔者注），英国人对梭罗的兴趣比其本土的兴趣可能更大。"①

据哈丁的考证，现存的最早关于梭罗研究的博士论文是1913德国人海伦·A. 斯尼德（Helen A. Snyder）写的（第一篇出现在1899年，但已经遗失）。德国于1897年就出现了整本的《瓦尔登湖》德文版。1887年，契科夫向俄国的读者推荐了《瓦尔登湖》；19世纪末，托尔斯泰则组织翻译并出版了梭罗的《论公民的不服从》（Civil Disobedience），自此，梭罗进入了欧洲许多知识分子的视野。

在亚洲，最早也最热心研究梭罗的应该是日本学者。据日本广岛大学的教授伊藤翔子（Shoko Itoh）研究，日本于18世纪70年代开始了对梭罗的研究，由此直接促进了梭罗大部分作品在日本的翻译和传播。《瓦尔登湖》的日文译本最早出现在1911年；此后一个世纪内，总共有20个不同的日译本，"每个译本都展现了不同时期日本知识分子的追求和太平洋两岸的《瓦尔登湖》研究成果积累"②。但受翻译和作品本身艰涩的修辞制约，在初期梭罗知者甚少，仅限于少部分文化人士。20世纪70年代后，日本经济高速发展、环境急剧恶化，由环境问题引发的疾病触动日本社会的集体焦虑，对此很多学者著书立说，告诫人们高度文明的代价是人类赖以生存的自然环境遭到破坏，客观上为梭罗在日本被接受奠定了思想基础。

到了20世纪90年代，梭罗的声誉在日本达到了前所未有的高度，并持续扩大影响至今。1994年，日本国家公共广播集团（NHK）制作了一期45分钟的电视专题节目，向公众介绍了梭罗和瓦尔登湖；自此，梭罗多次成为可视的形象进入了更广大民众的视野。90年代末，日本当红作家稻本正（Tadashi Inamoto，1945— ）发起了"梭罗式"生活方式运动，组创了"橡树村"（Oak Village），自制木家具并对儿童进行环境教育，鼓励孩子跟自然亲密接触；此外，他还出了一本名为《梭罗和夏目漱石的林子：一种环境文学的视角》（The Woods of Thoreau and Soseki: A View from Environmental Literature，1999）的专著，把梭罗与日本本土最知

---

① Harding Walter, "Thoreau's Reputation", Joel Myerson ed. Henry David Thoreau, Shanghai: Shanghai Foreign LanguageEducation Press, 2000, p. 7.

② Shoko Itoh, (Hiroshima University, Japan.) Thoreau in Japan, www.thoreausociety.org/activities/cs/global/ShokoItoh.pdf

名的作家之一夏目漱石（Natsume Soseki，1867—1919）进行比较，通过文学和文化的横向比较，进一步推动了梭罗在日本的被接受。学者神崗胜（Katsumi Kamioka）认为梭罗在日本的被接受除了客观因素影响外，更为重要的一点是梭罗的哲学思维方式和日本国民气质很接近，日本有着热爱自然和精神追求的传统①，这构成了梭罗被接受的"前理解"。

正如美国梭罗研究专家沃尔特·哈丁（Walter Harding）指出的，日本对梭罗有着特殊的兴趣，《瓦尔登湖》的经典篇章不仅进入了日本中学的课本，成为日本学生学习散文和英语的典范，而且日本书店中的《瓦尔登湖》版本比美国本土还要多。② 日本梭罗研究会于1965年成立，每年举行两次会议，出版自己的研究专刊。同时，梭罗研究的出版物（包括图书和文章）不断从日本各个大学涌现。根据日本国内最大的学术数据库CiNii的有关数据显示，从1957年至今，日本关于梭罗的学术论文已经超过3000篇，研究的思路和视角不一而足，从文本分析到跨学科、跨文化的比较研究，几乎涵盖了大半个世纪以来所有新兴的文学与文化批评理论和方法。其中东方智慧与梭罗思想的比较研究，包括梭罗与日本的本土作家如鸭长明③、夏目漱石等之间的平行研究或双向影响研究，是最为引人注意的，而且有多篇是使用英语写作的。这些研究既表现了日本研究者的精深思路，又体现了东西文化的求同存异和相互依存，有效地促进了梭罗研究的跨文化对话。

二 国内梭罗研究现状

国内对梭罗的译介和研究起步较晚，但进展相当快。尤其到了21世纪，国内的梭罗译介和研究进入高潮，标志性的三件大事是：（1）2003年《瓦尔登湖》再版、再译，使之进入大众传播渠道；（2）2008年"超越梭罗：文学对自然的反应"国际研讨会在清华大学举行，吸引了来自欧洲、

---

① Katsumi Kamioka, www.thoreausociety.org/__activities/cs/global/KatsumiKamioka.pdf。

② Harding Walter, "Thoreau's Reputation", *in Henry David Thoreau*, Joel Myerson ed., Shanghai: Shanghai Foreign Language Education Press, 2000, p.9.

③ 鸭长明（Kamo no Chomei，1155—1216），日本平安朝末期日本歌人，其代表作《方丈记》是日本古典散文的三璧之一。

北美、亚洲、澳洲等地区的十多个国家以及中国的港台地区的众多学者①；（3）2010年，梭罗其他作品的全面引进。

从对梭罗的认识来看，1949年后大致经历了三个阶段：第一阶段主要关注的是梭罗作为散文家、文学家的形态，以1982年上海译本出版社再版的徐迟1949年翻译的《瓦尔登湖》为起点，到1996年《读书》刊出程映虹试图消解"瓦尔登湖的神话"的文章而引发梭罗"真假隐士之争"②时到达高潮；第二阶段是对梭罗自然观和生态意识的研究，以程爱民的《梭罗自然观》为重要开端；第三阶段是目前正在进行的现代性研究与文化多元性研究范式，这标志着我国梭罗研究走向全面的系统深入。需要说明的是，这三个阶段并没有截然分界，也不是线性发展，而是交互进行、时有侧重点的。

（一）梭罗在中国的译介

梭罗的名字最早出现于中国人视野中是在1921年出版的郁达夫的名篇《沉沦》里。郁达夫在这一自传性短篇小说里，通过身为留日学生的主人公的阅读体验，提及了几本令人感动的"奇书"，其中就包括梭罗（郁达夫译为"沙罗"）的"《逍遥游》《 Thoreau's Excursion 》"。可见，郁达夫当时在留学期间应该受到了日本梭罗译介和研究的影响。

而梭罗的作品中最早被译介入中国的是其代表作《瓦尔登湖》。20世纪40年代初，时任美国大使馆文化参赞即著名汉学家费正清提出要资助中国出版一套适合中国读者的有20种书的《美国文学丛书》，乔冠华、徐迟、冯亦代、郑振铎等都参与了书目选择。徐迟的意向是译麦尔维尔的《白鲸》或梭罗的《瓦尔登湖》。抗战胜利后，由郑振铎主持编辑书目并组织翻译了该丛书。"徐迟被选定为梭罗《华尔腾》（即《瓦尔登湖》）的译者③"，由此开始了他与该书的一生情缘。1949年10月，该书由上海

---

① 清衣：《"超越梭罗：文学对自然的反应"国际研讨会在北京举行》，《外国文学研究》2008年第5期，第175—176页。

② 1996年，《读书》第九期所载汪跃华《两个瓦尔登湖》与石鹏飞《文明不可拒绝》两文，也都对梭罗表达了一种失望之情或严厉批评。对此进行了反驳的有：何怀宏《事关梭罗》，《读书》1997年第3期；张克峰、徐晓雯《为梭罗辩护》，《博览群书》1997年第3期等。

③ 高晓晖：《徐迟与〈瓦尔登湖〉的终生情缘》，选自《"湖北作家与外国文学"全国学术研讨会论文集》，2007年5月，第115页。

晨光出版公司出版。20世纪50年代，香港今日出版社出版了署名为吴明实（"无名氏"的谐音）的《湖滨散记》盗印本，仅是在徐迟译本的基础上稍稍修改就再版了6版。《瓦尔登湖》的第一本中译本受欢迎的程度此时已初见端倪。可以说，徐迟以其卓越的文学创作者和翻译实践家的才华，更有精神气质上的某种契合，使其译著（1982年再版时改书名为《瓦尔登湖》）成为国内最早也是至今流传最广最受欢迎的版本。

本文通过广泛查阅国家图书馆和国内（包括港台）主要图书销售网站（如卓越、孔夫子、京东和台湾"国家图书馆全球资讯网"等）进行《瓦尔登湖》全文译文版本的整理。据不完全统计，国内目前有超过40个中译简体版的《瓦尔登湖》（又译《湖滨散记》等），港台繁体版不下10个。[①] 本次统计不包含如海南出版社等出版的综合性美文集《英文诵典》（2007年）和北京师范大学出版社的改写编译版《林中生活》（Ralph. K. Andrist改写，罗少茜、王遵仲译）等这类与全译本有一定距离的图书。在此统计的基础上进行定量分析，我们就会很清楚地发现，该书的版本呈曲线增长，到2010年达到顶峰。

除了这些中译本之外，《瓦尔登湖》的英文原著业已由海南出版社（2001）、上海外语教育出版社（2004）、外文出版社（2008）、世界图书出版公司（2009）、外语教学与研究出版社（2009）、中央编译出版社（2010）等多家机构出版。总的来说，该书无论是译本还是原著的版本和版次都是十分丰富的。2003年，当代世界出版社经过市场运作，使其推出的译本（戴欢译）成为该年中国图书市场的文艺类畅销书，也创下所有译本中单年销量最高的纪录，同时也使2003年成为"《瓦尔登湖》的再生年"，从此，该书全面进入大众文化视野。同样，梭罗的重要政论著作《论公民的不服从》，无论是原版还是译著目前都可以在海峡两岸的各大书店内找到数个版本[②]。这一情况在通俗小说类和实用性图书几近垄断的时代实属不易，反映了我国国民阅读取向的另一个侧面，值得认真思考。

---

① 见附录。
② 如1976年，涂钦清译：《不服从论》，台北市：五洲出版社1989年；张礼龙译《论公民的不服从》，收入赵一凡等编译的《美国的历史文献》，三联书店2000年；张晓辉译《公民不服从》，收入何怀宏《西方公民不服从的传统》，吉林人民出版社出版；另有中国政法大学出版社出版的剑桥政治思想史原著系列《梭罗政治著作选》（影印本），等等。

梭罗的其他作品近 20 年来也都陆陆续续被译介到中国来。1996 年，北京三联书店出版了《梭罗集》，分上下两册，除了《瓦尔登湖》之外，还收入了其一生中另外三部主要的散文集：《在康克德与梅里马克河上一周》、《缅因森林》（*The Maine Woods*）和《科德角》（*Cape Cod*）。该集子由国内知名散文译者许崇信和林本椿等人合译，其后附有梭罗年表、文本介绍、编者注释、索引等，译文风格纯朴细致、力图保留原文的风貌，可为综合研究梭罗的前期创作思想和风格提供很有意义的参考。1999 年，中国对外编译出版公司再次选编梭罗作品集《山·湖·海》，把《缅因森林》、《卡德海峡》（即《科德角》）和《心灵散步》（*Walking*）归入其中。而这些著作近几年又出现单行译文[1]，在此就不一一赘述。

2009 年，读者出版集团发行了董继平编译的《秋色》[2]，收纳了梭罗的单篇作品《秋色》、《冬日散步》、《走向瓦楚塞特山》和《马萨诸塞自然史》等，最后还选译了《野果》（*Wild Fruits*）[3] 的一些篇章。《野果》是梭罗最后十年的力作，和《种子的传播》（*The Dispersion of Seeds*）[4] 一样是经过梭罗研究专家布兰德里·P. 迪（Bradley P. Dean）整理梭罗逝世多年后失而复得的手稿并破译其缭乱的笔迹而成的两本书，这才使得今天的读者能够有机会理解梭罗后期的思想变迁和创造转向。

由于近年来梭罗在国内的声誉日涨，其日记[5]、书信[6]也都有被选译入中文的。梭罗早年创作了很多诗歌，生前不被肯定，死后很长一段时间

---

[1] 如《河上一周》，有当代世界出版社的深幻译本（2005），北方文艺出版社宇玲译本（2009）；《心灵漫步》有海南出版社的林志豪译本（2007），北方文艺出版社孙达译本（2009）；《缅因森林》有北方文艺出版社的戴亚杰译本（2009）等。

[2] ［美］梭罗：《秋色》，董继平编译，读者出版集团、甘肃人民美术出版社 2009 年。董继平，自由出版人，译有外国诗歌数十部，美术及建筑画册三十余部。目前致力于外国自然文学的译介。

[3] ［美］梭罗：《野果》，石定乐译，新星出版社 2009 年。

[4] 目前国内由王海萌根据该书进行编译，书中部分内容与《野果》重复。见梭罗著，王海萌译：《种子的信仰》，上海书店出版社 2010 年。

[5] ［美］梭罗著：《梭罗日记》，景翔译，台北市：林白出版社，1985；梭罗著、朱子仪编译：《梭罗日记》，北京十月文艺出版社 2005 年。

[6] 布兰德里·P. 迪把梭罗与其崇拜者哈里森·布莱克之间的通信整理成一本书信集，命名为"Letters to Spirit seeker"。大陆目前有两个译本：史国强译《寻找精神家园》，中信出版社 2007 年；方碧霞译《寻找精神家园》，外语教学与研究出版社 2010 年。

内也不受重视。20世纪中后期，国内外开始有专家注意到了其诗歌具有的经典内涵和时代超越性。张爱玲是我国最早注意到梭罗诗歌价值和意义的人，她认为其诗歌"是二十世纪诗歌的前驱；从他的作品中可以预先领略到现代诗歌中的大胆的象征手法……"，并惋惜道："如果他没有接受爱默生的劝告而继续从事诗的创作的话，他可能有很高的成就"。①为此，张爱玲自己选译了几首梭罗的诗：《烟》（Smoke）和《雾》（Mist）等。1988年人民文学出版社出版的《我听见亚美利加在歌唱——美国诗选》和2005年当代世界出版社出版的《风中之心：欧美诗歌经典》（文爱艺编译）都收录有梭罗的诗。

目前国内对梭罗作品译介本身的研究成果数量也是稳步攀升，都是运用语用学和认知语言学的最新成果对译著进行分析点评②。同时网络上除了不计其数的读后感之外，还有一些网友特地开设专栏对《瓦尔登湖》的不同译本进行探讨、比较，讨论时间跨度较长，虽然不是很系统但群策群力，确实有不少精彩的见解。这些为深入剖析梭罗的思想另辟蹊径。梭罗作品中译本的翻译批评和不同译本的比较研究对认识梭罗的语用特征、文体风格和叙述艺术是非常有意义的。

此外，国外的一些研究成果也被译介入了国内，比如2002年中华书局出版了斯蒂芬·哈恩的《梭罗》（王艳芳译），同年东方出版社也推出了罗伯特·米尔德的《重塑梭罗》（马会娟、管兴忠译）。还有两本英语论文集：2000年上海外语教育出版社出版的剑桥文学指南系列之《亨利·戴维·梭罗》，收录了20世纪后期欧美学者的最新成果；2007年北京大学出版社推出了影印版的《〈瓦尔登湖〉新论》，则选取了最近十年的研究成果，视角可谓新颖独到。这些为国内进一步深入研究梭罗提供了参考依据，扩宽了研究的视野，推动了国内的梭罗研究。总的来说，中国对梭罗的接受已经是颇具规模了，接受面覆盖了从学者到在校学生到普

---

① 张爱玲：《同学少年都不贱》，天津人民出版社2004年，第126页。
② 赵勇：《"深度翻译"与意义阐释：以梭罗〈瓦尔登湖〉的典故翻译为例》，《外语与外语教学》2010年第2期，第77—81页；吴巳英、李靖：《外国文学翻译体例的时代演变——基于〈瓦尔登湖〉不同译本的比较》，《湖南农业大学学报（社会科学版）》2011年第1期，第83—87页；彭健铭：《探讨〈湖滨散记〉的中译概况及发展趋势》，台湾师范大学硕士学位论文，2005年。

通读者，为进一步系统深入地研究梭罗奠定了丰硕的资料基础、提供了良好的接受语境。

(二) 中国梭罗研究中存在的问题

上文对国内梭罗研究简史的回顾中，我们可以看到，与国外对梭罗研究中没有形成对梭罗的统一认知相比，国内的研究似乎有很多"共识"。事实上，正如梭罗的创作呈现了现代性自内部分裂的形态一样，梭罗的思想是进步的也是保守的，是世界主义的也是民族主义的，是现实的也是想象的，是复古的也是现代的……这些矛盾贯穿于他的一生和他全部著作中，甚至是在他的《瓦尔登湖》里也能看到这样的矛盾。所以国内研究上的"共识"暴露了一个重复性成果较多的症结。

同时，这一"共识"还凸显了另一个问题，那就是国内对梭罗的溢美容易造成对梭罗评价一边倒的状况，不利于更客观地去理解和认知梭罗的思想，更不利于我们在对他的接受中进行反思。例如在对梭罗进行现代性范式研究时，一味地突出梭罗的积极意义而没有看到梭罗现代性批判的局限性及其可能产生的负面影响，是有失偏颇的。在层出不穷的梭罗生态批评研究范式中，绝大部分学者都是高度赞扬他的自然观、生态意识，如陈茂林在其专著的最后就得出了这样一个结论："假如现代人过着梭罗一样的生活，他们就不会受到各种精神疾病的折磨，这个世界也将不会有现在的生态危机！"[①] 这让人情不自禁要问：城市化已经变成了一个世界性的不可抑制的发展趋势，人们已习惯城市生活，在城市中生活不如意的人逃避到山林里去生活真的会幸福、并且世界因此真的不会再有生态危机吗？"简单生活"对那些还处于饥寒交迫中的人有什么样的意义？显然，这样的命题是值得商榷的。

这些问题的背后反映的是很多人在梭罗研究中的缺乏某种主体性和本土意识的向度。这不仅可能会导致我们无法拓展对外国经典作家的认知深度和接受力度，而且更不利于我们构建自身的文学和文化理论与观念。例

---

① 陈茂林：*An Ecocritical Study of Henry David Thoreau*（《诗意栖居——亨利大卫梭罗的生态批评》），浙江大学出版社 2009 年，p. 193. 原文："Had modern men led a life as Thoreau did, they could not have been afflicted with spiritual diseases, and there would not have been the present ecological crisis!"

如，以简单的"X+Y"① 浅度比附模式进行梭罗与中国或梭罗与某作家的对比研究，对梭罗研究本身能有多大的推动、对比较文化研究有无意义等都是值得思考的。这本质上就是一种向西方"求同"的思维模式，恰恰应该是我们在今后的研究中要有所警惕的。

三 中国梭罗研究走向

可以说，中国的梭罗研究势必朝着系统性、多样性的方向发展。首先，研究视野会更加具有开放性和宏观性，例如，有学者已经意识到了像梭罗和爱默生这样具有深远影响力的作家的研究"还存有很大空间，尤其是从美国文学和文化发展的宏观领域反观二者的思想方面研究工作还做得不够"②；也有学者已经开始跳出"二元对立是非固位的观念束缚"③，试图对梭罗进行一个开放式的理解；其次，领域的拓展，如梭罗的宗教思想特征、经济观点、科学观念、梭罗与新儒家的比较研究，甚至是梭罗文体特征及其翻译研究等等都是值得探讨的"新领域"；再次，梭罗作品研究的综合性、整体性研究将会得到关注，这是 2010 年梭罗作品的全面性译介很可能产生的一个导向，将有利于我们梳理梭罗的思想和创作发展脉络。目前的研究表明，梭罗的诗歌已经得到了张爱玲的重视④，而梭罗的书信集和演讲稿（未译介）等也是我们透视 19 世纪美国文化的一个视点。

陈爱华在总结 1949 年到 2005 年之间的中国梭罗接受概况时指出，"对梭罗的研究还处于比较零散的状态，没有形成系统的、深入研究态势……由国内学者所写的梭罗研究专著还不多见。"⑤ 的确，国内有关梭罗及其作品的研究以论文为主，专著较少，目前已出版的只有台湾学者陈长房的专题论文集《梭罗与中国》和陈茂林的《诗意栖居——亨利大卫

---

① 谢天振：《中国比较文学的最新走向》，《中国比较文学》1994 年第 1 期，第 6—7 页。
② 舒奇志：《二十年来中国爱默生、梭罗研究述评》，《求索》2007 年第 4 期，第 225—227 页。
③ 钟玥：《〈瓦尔登湖〉：多种可能的探索之旅——梭罗及其评论的评论》，《长沙铁道学院学报》（社会科学版）2006 年第 2 期，第 182—184 页。
④ 李洁：《论张爱玲对梭罗及其诗歌的译介》，《苏州科技学院学报》（社会科学版）2008 年第 1 期，第 113—117 页。
⑤ 陈爱华：《梭罗在中国：1949 至 2005》，《四川外语学院学报》2007 年第 2 期，第 45 页。

梭罗的生态批评》；而且通常意义上的梭罗传记在国内也难以寻觅。这反过来就意味着随着目前梭罗研究的深入全面展开，今后将会有越来越多的研究专著产生。

第一章　梭罗与超验主义

在美国思想文化史中，梭罗被视为第二代超验主义者，他的前辈是爱默生和奥尔科特（Amos Bronson Alcott）等人，而他们的传记作者法兰克林·桑伯恩（Franklin Sanborn，1838—1917）则被认为是第三代超验主义的代表。事实上，超验主义是一个很难归类和定义的概念。从字面上讲，超验主义就是指知识和现实原则可以通过研究思想而不一定通过实际体验获得；但就其精神实际而言，超验主义是一种源于社会宗教的思想体系运动，并非单纯是文学运动。它是美国"文艺复兴时期"新兴文化阶层、中产阶级反教会与反物质主义的激进哲学和文学运动，为后来的宗教改革和社会改良奠定思想基础，并触发了美国自然写作的传统。超验主义者从宗教社会改革入手、从理论上证明了基督教"原罪"和"命定论"等教条的不合理，认为人类世界的一切都是宇宙的一个缩影，强调万物受制于"超灵"，而人类的灵魂便是其一个缩影，并主张人能超越感觉和理性而直接认识真理，肯定了人的主观能动性，促进了美国思想文化的人文主义转向。虽然他们作为一个松散的思想俱乐部，没有提出一整套政治纲领和社会改革方案，但他们有自己的哲学理念，为热情奔放、抒发个性的浪漫主义文学和自由、多元的美国文化奠定了思想基础。

需要指出的是，最终真正促使梭罗走上文学道路的是超验主义代表人物爱默生的鼓励和提携。正是爱默生所引领的超验主义运动拓宽了梭罗的思想视野，并为梭罗等当时的一些青年学者走上职业创作提供了舞台，给他们发表文章的机会。就此而言，人们把爱默生视为梭罗的导师或者把梭罗视为爱默生的门徒都是很有道理的。但是，在梭罗活着的时候，两人之间就已经出现很微妙的既交融又对立的情绪，两者在思想和观念上的不一致揭示了当时作为知识精英的超验主义者内部的理念冲突；而在梭罗死后，爱默生撰写的《梭罗》一文使人们很容易下这样的结论：梭罗是一个性情古怪、有经世之才却无心效国、时常流连于山林之中的游手好闲者，客观上对梭罗的声名崛起造成了很长时间的负面影响。不过两者之间的任何过节都没有最终造成梭罗的才情被湮没，却恰恰反映了梭罗个性和创作思路的独特性、复杂性和真实性。

第一节　超验主义产生的背景及内涵

一　超验主义产生的历史语境

对于19世纪中叶的美国知识分子而言，超验主义是最有影响力的一股革命性的思潮。这是由一群新英格兰[①]宗教改革者和知识分子在19世纪30年代到50年代对当时主流思想发动的一场精神思想领域和世俗生活领域的革新运动。有意思的是，这群改革者其实并没有统一的哲学观点，"许多人以康德哲学的精神来解释先验唯心主义，认为先验论是一个认识论上的唯心主义，另一些人则倾向于谢林的先验唯心主义，还有一些人把先验论看作一种超验日常生活范围的宗教神秘主义学说"。[②]这种内部观念的差异无疑为后来的学者对于"超验主义"和"超验主义者"的理解出现争议埋下伏笔，至今人们仍很难对他们做一个准确的定义。此外，《美国超验主义评论集》的主编布莱恩·M.巴博尔（Brian M. Barbour）还指出，对于当代人而言，超验主义难以被理解的原因有几点：陌生化的语用方式、对于其自身奇特形而上观念的自信、无法再现的一系列宗教与社会语境。[③]

据有关学者的考察，"超验主义"（transcendentalism）[④] 这个词的核

[①]　美国新英格兰地区位于美国大陆东北角、濒临大西洋、毗邻加拿大的区域，包括该地区的六个州，由北至南分别为：缅因州、新罕布什尔、佛蒙特州、马萨诸塞州、罗得岛州、康涅狄格州。马萨诸塞州首府波士顿是该地区的最大城市以及经济与文化中心。

[②]　涂纪亮：《美国哲学史》（上），武汉大学出版社2007年，第232页。

[③]　Brian M. Barbour, "Introduction", in *American Transcendentalism: An Anthology of Criticism*, Brian M. Barbour ed., Notre Dame & London: University of Notre Mane Press, 1973, p. 1.

[④]　国内对"超验的"（transcendental）的核心词、词根的翻译基本有两种，即超验的和先验的，由于篇幅有限，本文不对两种翻译作优劣区分，只采用目前文学研究领域使用最多的"超验"作为统一叙述名称，如在引文中遇上不同译名则以补充形式标注。

心词根确实是来自于康德的"transzendental"和"transzendent"。国内外学界均很容易把这两个词"相等同,进而混淆"①。而事实上,康德本人对这两个词进行了区分并"声称自己的'哲学'是Transsendental – Philosophie(先\超验的哲学)";尽管康德晚年已经对"先(超)验哲学"的理解发生了很大的变化,但是他仍然曾经计划写一部叫作"先(超)验哲学"的书。在他最后留下了两大卷《Opuspostumum(遗著)》中,他还在试图给先验哲学下了不少于75个定义,其目的就在于想建立一个统一的哲学体系。可见,transcendental这个词是研究康德哲学的关键概念,是理解康德哲学"绝对绕不过的"词,也恰恰是最难定义的一个词②。尽管如此,我们仍然能从康德的《纯粹理性批判》一书中获得对"超验的"(transzendental)的基本认识。在这本书中,康德分析了知识的性质以及人类的心灵获得知识的能力,认为人类的这一能力有限度,只能认识实物的表象,而不能认识"自在之物"(Ding an Sich)本身。在阐述这个观点时,康德引入了"超验的"(transcendental)一词,用以指称那些人类认知能力中的非经验因素,这些因素虽然不来自于经验,但是对理解经验所提供的各种思想材料的综合理解却至关重要和不可或缺。

需要指出的是,尽管康德的这些思想是通过德国和英国的哲学著作辗转传到美国的,并在以波士顿为中心的新英格兰地区形成了后来的"超验主义"思潮,但是本文所研究的美国超验主义和康德先验哲学思想实际上还是有很大不同的。事实上,美国超验主义的思想直接源自于英国的浪漫主义,康德先验哲学显然是扎根于德国古典唯心主义。这需要从这些美国的超验主义者们对康德哲学的接受过程来理解。

如果要给美国超验主义寻找一个发生的时间起点,很多学者倾向于认为它形成于1836年9月19日。这天,里普列(G. Ripley)、赫奇(F. H. Hedge)、爱默生(R. W. Emerson)等人在波士顿成立了一个俱乐部。这个俱乐部最初被称为"赫奇俱乐部",因为他们总是在赫奇每次从邻近的缅因州到访波士顿时才聚在一起讨论一些社会与学术问题。有意味

---

① 文炳:《康德哲学中的Transcendental的中译论争史考察》,华东师范大学博士学位论文,2010年,第1页。

② 同上。

的是,"超验主义俱乐部"和"超验主义者"等称呼是后来公众依据对他们发表的作品的印象而给他们的冠名。随后这个俱乐部慢慢发展壮大,他们不仅定期组织学术讨论,出版了一个散发着宗教和哲学意味的批判性杂志《日晷》(*The Dial*),并且还经营了一个具有社会实验性质的农场。这些活动延续了数年,影响扩大到了整个新英格兰地区,直至该地区以南的很多地方。20世纪的美国史学家们均认为,这个阶段的新英格兰经验不仅是当时整个国家的缩影更是后来美国文化发展、形成的核心起点。[①] 这些奠定了超验主义在美国文化史中的地位。

超验主义者是美国19世纪上半叶一群真正现代意义上的知识分子。在爱默生那个时代,尽管"美国(America)"这个词仍然还是一个形象不那么清晰的指称[②],但是他们高度认同美国开国之父们的思想,怀着建立人类模范国度的理想;同时敏锐地捕捉、感应转型时代的气息,对逐渐突显的工业文明表现出了一种暧昧不清的态度。他们大多出身于有产阶层,从小就开始在家庭中享受着印刷商的墨汁,获得了当时很多普通人无法想象的大学教育机会,属于一直以来以书籍为荣的族群。作为知识和思想的爱好者,他们自诩为一个伟大事业的卫道士,在引领社会意识形态发展上表现出更大的自觉性。正是他们充满学术意味的多元探索,使得"超验主义"成为美国学术史、思想史上一座群星璀璨、难以逾越的丰碑。[③]

超验主义者们在美国思想文化上的改革和建构是从宗教运动开始的。我们知道,宗教在美国的社会生活中一直处于重要地位,"美国哲学的发展从殖民时期开始一直到20世纪都与宗教的演变保持密切联系"[④]。宗教不仅影响着美国哲学发展,而且对美国的文学文化也有很强的渗透性,可

[①] Conrad Edick Wright, "Preface", in *Transient and Permanent*: *The Transcendentalist Movement and Its Contexts*, Charles Capper & Conrad Edick Wright ed., Boston: Massachusetts Historical Society, 1999, p. xi.

[②] Jennifer Greeson, American Enlightenment: The New World and Modern Western Thought, *American Literary History*, Oxford University Press, 2013 (25), p. 9.

[③] Charles Capper, "'A little Beyond': The Problem of the Transcendentalist Movement in American History", *Transient and Permanent*: *The Transcendentalist Movement and Its Contexts*, Charles Capper & Conrad Edick Wright ed., Boston: Massachusetts Historical Society, 1999, pp. 1 – 3.

[④] 涂纪亮:《美国哲学史》(上),武汉大学出版社2007年,第4页。

以说，美国许多文学作品往往直接或间接地为美国神学思想的发展作辅证。新中国成立之后，受欧洲启蒙思想余荫之惠，自然神论在美国颇为流行，动摇了基督教的基础；而西部的开发使边疆地区成为美国宗教未曾开发的处女地；同时，美国人越来越关心国家的命运和个人的前途，政治意识增强而宗教热忱大减。在这样的形势下，各教派不得不作出自己的反应，于是产生了美国宗教思想的"第二次大觉醒运动"。这次宗教复兴运动首先要解决的问题是如何使宗教精神更加世俗化、更加大众化、更能符合大众的需求。

根据诺贝尔经济奖获得者福格尔的研究，美国迄今为止共历经了四次宗教"大觉醒运动"（Great Awakening），对美国的思想观念、经济政治、社会生活和未来发展等各个方面都产生了重大影响，对塑造美国文学文化发展有着举足轻重的意义。第一次大觉醒发生于1730年，为美国独立大革命奠定了思想基础；第二次大觉醒从1800年开始，催发了许多大胆的改革措施的出台，其中包括奴隶制的废除；第三次大觉醒始于1890年，到1930年结束，它严厉批判社会的不公正性，从而导致了福利国家的产生；第四次大觉醒从20世纪50年代后期开始，改革的焦点从物质领域转移到了精神领域。① 美国学者施密特考察美国精神史时，同样认为美国人的宗教观念有"精神性"（spirituality）转向的趋势，并指出这一趋势的形成"始于19世纪初，与当时的宗教自由主义兴起和繁荣有着极为密切的关系"②。客观地来说，这一发展趋势"作为一种宗教领域内的精神性探索，其内涵远远大于英国的清教传统"，因而，"更像是产生于宗教的美国启蒙运动，最终使美国的精神性探求演变成了文化和思想领域的历史行为"。③

超验主义的精神源头就根植于改革了的清教主义。具体而言，即从系谱上看超验主义恰是从当时在新英格兰地区颇有影响力的唯一理教（Uni-

---

① [美] 福格尔（Fogel, R. W.）：《第四次大觉醒及平等主义的未来》，王中华、刘红译，首都经济贸易大学出版社2003年。

② Leigh Eric Schmidt, *Restless Souls: the Making of American Spirituality*, New York: HarperCollins Publishers, 2005, p. 6.

③ Leigh Eric Schmidt, *Restless Souls: the Making of American Spirituality*, New York: HarperCollins Publishers, 2005, pp. 2–5.

tarianism）中的反叛性生发而来的。18 世纪末在波士顿兴起的唯一理教，反映了美国的思想启蒙和觉醒，其核心意义在于认识并宣扬人的独立精神价值，形成了对当时欧美正统加尔文教宿命论的一个沉重打击，为自由主义在宗教、政治、社会等领域的生长开辟了一条大道。

我们都知道，美国的宗教文化实际上是一种以基督教新教为基础，以清教文化为主导的多元宗教文化。但是关于什么是新教、什么是清教，目前国内外学界似乎还没有一个统一的界定。美国著名的史学家帕里·米勒（Perry Miller）就指出，在美国有的学者认为二者是一回事，有的则认为二者有区别，诸多学者倾向于把来自欧洲、定居美洲的新教教徒统称为清教徒。① 从这个意义上可以看出，清教是新教在美洲结出的硕果，清教徒更适合指称具有创新精神和崇尚自由民主的新英格兰基督教派人士。

纵观美国历史不难发现，清教在美国的发展是一个动态的过程（这个过程一直延续到今天），其最重要的精神指向是宗教自由主义。而这个宗教自由主义的显性表征就是宗教的多元化和个体化，并逐渐向宗教之外的政治、经济和世俗领域渗透，成为美国文化和社会形成过程中的重要因素。可以说，美国清教具有革命性、独立性和民主性的色彩，这就使得"美国的全部文明都带有清教主义的印记"②。毫无疑问，无论是超验主义还是唯一理教，两者一个共同的基础都是与清教传统有着广泛而紧密的历史联系。换句话说，它们都是清教改革发展进程中开出的瑰丽奇葩：与清教主义坚守纯粹的宗教信仰不同，此两者均明确地区分了宗教与神学（即区分了宗教的信仰体系意义和知识体系意义），均拒绝传统基督教的常规仪式和主要教义尤其是原罪论、三位一体论等，它们都相信灵魂的不朽，否认地狱的存在。当然，正如前面指出的，唯一理教的革命比超验主义略早了一步。

美国的清教有一个重要观点：北美大陆是上帝在人间规划的最后一块福地，移民至此的人都是被上帝选定的实现其意志的人。他们认为开发北

---

① Perry Miller, *The New England Mind: The Seventeenth Century*, New York: The Macmillan Company, 1939, p. 108.

② Daniel Walker Howe, "The Impact of Puritanism on American Culture", Charles H. Lippy & Petter W. Williams ed., *Encyclopedia of the American Religious Experience*, Vol. II, New York: Charles Scribner's Sons, 1988, p. 1057.

美则是上帝赋予人类的最后一个获得救赎的机会，他们将根据上帝和人类的契约建立一个全新的国度。清教思想的本源是加尔文教主张人类的绝对堕落和上帝的绝对权威，因此原罪论、预定论和上帝选民论构建了其早期发展的核心内容。在北美殖民地开发期间，这一思想的确使清教徒们产生了强烈的归属和使命感，对北美大陆发展起到了积极的作用。但是，到了18世纪末19世纪初，对独立、自强起来的北美新"主人翁"而言，这一思想早已不合情理、不合时宜，甚至到了荒谬的地步，他们不愿意接受这样一个强加于他们、既无法理解又不能赞同的上帝。同样，加尔文教义中对人的堕落与无力自救，更使得他们感觉尊严扫地，全无能动性可言，由此改革势在必行。唯一理教率先应势而起。

唯一理教首先反对的是清教加尔文教派中认为人类毫无希望地被原罪操控的观点。加尔文教派的人相信，尽管人可以直接和上帝沟通但是救赎的权力不在人自己，而是认为《圣经》中的许多教义说明了神在创世以前已经拣选那些他要拯救的人，并根据他的主权和意愿将被挑选者带到基督的信仰里（例如《约翰福音》一章十二至十三节；三章八节；六章三十七、三十九、四十四、六十五节；《罗马书》八章二十八至三十节；九章十四至十八节；《彼得一书》一章二节等等）。17世纪初，荷兰新教神学（即亚美尼亚教派 Arminianism）因反对加尔文教派而崛起，他们的教义里相信人选择神，而非神拣选人。他们把获得救赎的责任与能力放在人的意志之中，这样的救赎观听起来比加尔文教派来得民主，契合了美洲新大陆上不同教派移民的需求，因而很快得到传播。这种对人自身能力的强调正符合当时美洲那些想要征服新世界并丢弃所有君主制度的心理需求，遂成为美国基督教的主流观念，影响了托马斯·杰弗逊①等杰出政治活动家。这种对人能力的承认最终点燃了美国文化核心价值观的星星之火。

18世纪的很多新英格兰移民具有相当好的教育基础，他们的子女同样保持了较高的教育水准，这点与南方那些富有的殖民者们所保持的相比毫不逊色。另外，虽然远隔大西洋，但是在知识发展方面，当时的美国知识分子并不落后于英国和欧洲大陆的同代人。一个很突出的例子就是，

---

① 托马斯·杰弗逊（1743—1826），美国启蒙运动思想家、政治活动家、自然神论者，1776年参与《独立宣言》的起草工作，提出在美国实行政教分立、保护宗教自由的议案。

17、18 世纪绝大部分的美国领袖常通晓多种古典和现代的语言,并热衷于讨论各样广泛的议题,包括神学、哲学、政治理论、经济以及农业等等。在此期间,他们对伟大的英国哲学家约翰·洛克(John Locke)推崇备至。洛克在他的《人类理解力》(*Essay on Human Understanding*,1690)一文中,将人类的理性抬举到了极高的地位。而在《政府论两篇》中,洛克的对政府的定义,完全颠覆了传统的清教徒对圣约观念之诠释。他认为政府的权力不是建立在神的主权的基础上,也不能要求治理者和被治理者服膺神在圣经里启示的律法,而是主张政府的权力来自于人民的授权。就此,人民的意愿(无论怎么定义与表达)取代了神的意志。洛克的理论为英国辉格党派提供了有力的武器,使他们在抵抗英王詹姆士二世的革命中有充足的理论思想来反对当时所谓的"天赋君权"观念。洛克也为伏尔泰、卢梭等法国启蒙时代的思想家奠定了基础,继而深刻地影响了包括托马斯·杰弗逊在内的美国独立时期的领袖人物。因此,洛克被认为是"美国革命的哲学启蒙者,没有洛克,独立宣言就几乎不可能写成"。①

此外,这一时期在英法两国出现的自然神论的某些方面也逐渐在美国知识分子之中产生了影响。自然神论者认为虽然上帝创造了宇宙和它存在的规则,但是在此之后上帝并不再干预世界(与婆罗门教对梵天的解释相仿),而让世界按它原本的规律存在和发展下去。他们推崇理性原则,把上帝解释为非人格的始因的宗教哲学理论。他们相信人类的良善与完美、人类理性的能力,以及无论什么定义之下的"神"的普遍慈善。他们否定圣经的权威性、神迹(包括神的儿子道成肉身和耶稣的复活)、基督耶稣的神性、认罪悔改,拒绝相信基督之牺牲的必要性以及基督要再来审判世界并建立新天新地的可能性。他们将所有的期盼和理想投入现实世界。他们开始把基督教视为迷信,甚至认为是人类进步的阻碍。这些影响在托马斯·杰弗逊身上表现得尤为引人注意,他相信上帝的存在,但是主张用理性来对《圣经》进行批判的考察;他欣赏耶稣基督的道德教导,但主张生命、自由和幸福是道德生活的自然基础。②

---

① C. Gregg Singer, *A Theological Interpretation of American History*, Nutley, New Jersey: The Craig Press, 1969, p. 33.

② 涂纪亮:《美国哲学史》(上),武汉大学出版社 2007 年,第 107—114 页。

当自然神论者在撼动美国知识分子的思想观念之际，美国民众也开始欣然地将他们的注意力从取悦神转变为享受现世生活，从顺服神转变为追求个人自由与自主，从倚靠圣经的智能转变为相信自己理性判断能力。他们不再关注人与神之间的"圣约"，而是更推崇"社会契约"；借此他们推论出政府是由人组成，是民众赋予政府管理公共事物的权力。他们不再认为自己受制于罪恶和撒旦的捆绑，而将他们的问题视为来自于腐朽的英国政府，这为美国进一步的思想、政治独立寻找到了夯实的理论依据。最后，他们不再渴慕道德的自由，而是专注于恢复政治上的自由。托马斯·杰弗逊把"生命、自由、以及追求幸福"写进美国独立宣言中，在更广泛的政治层面上将清教徒过去严苛的"圣徒"生活模式淡化了。1789年联邦议会通过了《宪法第一修正案》，在国家法律层面上明确规定了美国遵循宗教自由、政教分离，成为西方宗教文化史上的一大创举，从此新大陆多元、多样的宗教信徒对宗教的笃信不再具有国家意义，而是成为一种民间行为。[①]

但是，必须明确的是，欧洲的无神论、自然神论等从未在美国生根，美国人在心中仍然为神留了一个很重要的位置。无论如何，即使是理性主义者如本杰明·富兰克林（Benjamin Franklin）同样相信神亲自参与了美国的历史。从任何标准来看都不是一个正统基督徒的托马斯·杰弗逊也仍然认为神在人类的事件中执行其公义裁决。因此我们可以说，尽管自然神论开始影响一些美国知识分子的思想，使得早期领袖如杰弗逊、亚当斯（Adams）等人不再完全笃信基督教正统信仰，但他们的思想仍然渗透着基督教的观念，最明显的表现就是他们仍然有意无意地在政治文件里反映出基督教思想。

欧洲启蒙时代的各种思想潮流在欧洲经历了百家争鸣的洗礼沉淀后，经过了历史性的选择又在新世界开展新一轮的角逐。18世纪末19世纪初出现的唯一理教正是这场角逐的产物。唯一理教对于欧洲的理性主义显示出了更为强烈的热情。这或许恰恰暗示了人类某种先后必然经历的共同历史进程。而在这个以工业和商业发展为基本模式的时代，对人的个体价值的肯定也许就是人类前后迈向现代社会的共同特性。

---

① 涂纪亮：《美国哲学史》（上），武汉大学出版社2007年，第110—125页。

美国的思想革命仍是在曾经最有影响力的宗教内部开始。传统的基督徒相信只有一位神,却是以三位一体显现,三个位格既非完全分开而构成三个神,也非完全相同以至于无法区别。在理性主义者看来,这就产生了一个最重要的问题,即到底基督耶稣是否具有完全的神性？传统基督徒指出从耶稣基督的神迹、他自我宣告是神的儿子并赦免罪、死而复活及其门徒宣扬的教义等等完全可以得出耶稣是神的结论。但是欧洲理性主义者开始提出相反的看法,他们认为既然神不介入他所创造的世界,理所当然就不会有神迹发生。由这种观点出发,自然神论者与理性主义者们开始发展出他们的结论:耶稣未曾施行神迹、未曾由童贞女所生、也未曾由死里复活,显然,耶稣必定只是一个好人,一个道德教师。此外,人类基本上是良善而有理性的,不需要救赎者为他们的罪付出代价。在新英格兰,威廉·艾勒里·钱宁（William Ellery Channing）接受了理性主义者的这些观念。1819 年,钱宁发表了题为《唯一神论的基督教》(*Unitarian Christianity*),提倡一种"理性的宗教",也就是后来的"唯一理教",对爱默生、帕克等超验主义者产生了重要影响,钱宁也因此被称为新英格兰的"伟大唤醒者"。①

钱宁弃绝对传统基督教教义的忠诚并在波士顿积极宣传唯一理教派的信仰。他主张以理性的观点来考察基督教,把《圣经》比喻为图书馆,认为《新约》是人类成熟时期的理性认知,而《旧约》只适用于人类的孩提时期;他反对传统的三位一体论,指出上帝的本质就是善、正义、神圣,强调耶稣的教导而不是人格;反对加尔文教的原罪论和宿命论,主张从理性和道德两个方面来判断神学价值,认为每个人都有达到美德的能力。② 在此基础上,他主张人人平等自由,反对一切社会压迫和不公正的做法,其政治理想是建立一个人人都能安定生活其中而且人人都有高尚品德的国家,所以他在反对奴隶制、名利狂等方面比前人杰弗逊等人更坚决一些。钱宁被称为美国的施莱尔马赫（Schleiermacher）,是新英格兰从理性时代到以超言论为主导思潮的时代之间的过渡性人物,即启蒙运动和文艺复兴的衔接者,对爱默生等人产生了重要影响,因而也被视为超验主义

---

① 涂纪亮:《美国哲学史》(上),武汉大学出版社 2007 年,第 236—237 页。
② 同上书,第 238—242 页。

思潮的先驱。①

唯一理教是一场具有深远意义的自由主义运动，它宣称：人虽然不是上帝的后代但也不是恶魔的子孙。这削弱了加尔文教条对人们的束缚，恢复了新教的原初准则，彰显了个人的责任价值，并坚持认为人可以与自然和谐共存。唯一理教用一个博爱的上帝取代了加尔文教条中愤怒的上帝，并使人主动追求充满生机的自由和探索真理的力量。

唯一理教拒绝接受人类的原罪论，宣扬人类理性与意识的巨大潜力，倡导个人的自我修养。这种风格的宗教迎合了当时波士顿及其周边的经济与文化精英。这些精英由一群新英格兰在工商业化进程中体会到了巨大成就感、乐观、有着强烈进取心的高端阶层构成。尽管成员一直不多，但唯一理教联结的这一精英社会关系网有效地扩大了他们的社会影响力。从19世纪初期到中期，他们雄踞波士顿地区的主要文化机构，最令人瞩目的是他们掌控当时哈佛大学的各种思潮和运动。

1830年爱默生的哈佛"神学院毕业班演讲"可以被视为是新英格兰超验主义对当时占主导地位的唯一理教的对立宣言。在这场争论中，其核心是关于"神迹"的问题。这场演讲中，最让19世纪30年代享受崇高地位的麻省神学界震惊并感到难以忍受的是，爱默生断言基督信仰不需要建立在对"神迹"的历史真实证据的找寻之上，而应该把立足点放在灵魂的确信上。这一说法被认为试图终结基督神学的历史研究。② 主流的唯一理教则认为"神迹"是神圣起源和基督教真理的最佳证明，既是上帝存在的历史证据，又是耶稣复活的历史事实（facts）。③ 这构成了两者在神学认识上的最大差异之一。

唯一理教在思想根源上比较接近法国浪漫主义学说。这一学说源于法国1789年的大革命，是法国资产阶级和贵族阶级在谋求政治地位之后，

---

① ［美］沃浓·路易·帕灵顿：《美国思想史》，陈永国、李增、郭乙瑶译，吉林人民出版社2002年，第629—636页。

② William R. Hutchison, "Ripley, Emerson, and the Miracles Question", in *American Transcendentalism: An Anthology of Criticism*, Brian M. Barbour ed., Notre Dame & London: University of Notre Mane Press, 1973, p.181.

③ Dean Grodzins, "Unitarianism", in *The Oxford Handbook of Transcendentalism*, Joel Myerson, Sandra Harbert Petrulionis & Laura Dassow Walls ed., New York: Oxford University Press, 2010, p.53.

弘扬人权思想、彰显自我个性和欲望而形成的一套思想观念。他们注重个人情感，主张有"情"要抒发、不述不快。其本质正如亚当·斯密指出的："法国浪漫主义体现了管理政务之人的那种自由主义原则"①。传播到新英格兰后，唯一理教者借其东风，"解除了扬基人的敌对武装，穿上了平均主义的外衣，开始宣扬人类完善的教义，坚信能以此激发新英格兰的良心，使之以非凡的热情投入到人和社会的改良之中"。② 这显然有一种乌托邦主义的倾向。而超验主义在学理上似乎更接受德国的理想主义者康德的哲学思想，他们认为鲜为人见的物质性奇迹根本无法证明灵性的真实，但是心灵自身却完全可以不借助外力就能感知到上帝所赋予人们的最细微的灵感和最深的内心召唤，而且相对而言超验主义者更重视对自然和祷告实践的感知。③ 大多数的超验主义者抵制主流唯一理教的人格神意识，他们提出了"超灵"（Over-soul）的概念，这是一种非人格的神圣存在。在超验主义者看来，通过个人意识建立对"超灵"的感应就是获取自然灵感的过程，由此人的直觉就变得非常重要。超验主义在这个意义上显示出了唯心神秘主义的意味。两者相比，通俗来理解就是："唯一神论者已经宣称人类本性是美好的，超验主义则认为人类本性是神圣的"。④ 超验主义者赋予人性巨大的潜能，并使之可以成为全能上帝的居所。

两者这种差别的最基本根源或许就在于：与唯一理教联结社会的精英阶层不同，超验主义更多的是与当时的新兴中产阶层联系在一起。而彼时的中产阶级才是真正代表未来美国全面发展的中坚力量，因此超验主义需要更彻底的改革。但是这种彻底的改革需要人释放更多的热情和勇气。爱默生等人发现更彻底的改革首先需要充分发挥人的精神价值，弘扬人的自

---

① ［美］沃浓·路易·帕灵顿：《美国思想史》，陈永国、李增、郭乙瑶译，吉林人民出版社 2002 年，第 354 页。

② 注：扬基人是美国人的一个别称。从上下文看这里的"武装"指的是新英格兰老一派保守、谨小慎微的狭隘地方主义情绪。参见［美］沃浓·路易·帕灵顿《美国思想史》，陈永国、李增、郭乙瑶译，吉林人民出版社 2002 年，第 354 页。

③ Dean Grodzins, "Unitarianism", in *The Oxford Handbook of Transcendentalism*, Joel Myerson, Sandra Harbert Petrulionis & Laura Dassow Walls ed., New York: Oxford University Press, 2010, p. 53.

④ Charles Capper, " 'A little Beyond': The Problem of the Transcendentalist Movement in American History", *Transient and Permanent: The Transcendentalist Movement and Its Contexts*, Charles Capper & Conrad Edick Wright ed., Boston: Massachusetts Historical Society, 1999, p. 6.

主性，用他们自己的说法就是要释放个人"精神发展"（spiritual development）的最大潜能①。显然，光有基督教与欧洲哲学的思想资源是不够的，超验主义者们需要汲取更多优秀的人类思想。幸运的是，他们处在一个世界开始走向广泛联系的时代，所以很快就从各处找到能产生共鸣的思想宝藏，这主要就包括了希腊和罗马早期经典、英国的浪漫主义文学和来自东方的宗教思想等。而这三者能被超验主义者们吸收、接受则与当时美国印刷工业及其附生的社会文化密切相关。

19世纪初的美国，资本主义经济蓬勃发展，社会经济开始步入现代工业化时期，1811年出现的铅版印刷和1841年的电版印刷等技术的快速发展与更新，推动了印刷产业的兴旺发展。19世纪30年代，"美国的基本识字率是世界最高的"；到了1850年，美国成年白人的识字率已经高达90%，而当时的英国才是60%，这为美国文化市场发展准备了一大批潜在的对象。19世纪四五十年代，美国铁路高速发展更是加速了文化产品的流通。② 科技进步与社会文化发展总是相辅相成的。印刷产业使阅读成为当时新英格兰的高级时尚，是"生活的必需品"，对身份的构成、社会生活、宗教信仰和城市的公共事务参与意识等等都产生了重要的影响。③

如果说超验主义者们对希腊和罗马的经典是从他们的学校教育开始的，那么出版业触发的民众对知识的敬仰和热情则激励了他们终生对崇高思想和华丽辞藻的追求。在19世纪上半叶的新英格兰文化产权系统内，一个天才必须通过职业实践赢得声誉。换句话说就是，作家创作出的作品必须在文学市场中获得广泛认可，他才有可能通过写作来谋生、甚至创造更多的物质财富和精神遗产（legacy）。当时作家成功的法宝是有一定的规律可循的，那就是在文中大量引用人们广泛认可的经典著作的妙句隽

---

① Dean Grodzins, "Unitarianism", in The Oxford Handbook of Transcendentalism, Joel Myerson, Sandra Harbert Petrulionis & Laura Dassow Walls ed., New York: Oxford University Press, 2010, p. 54.

② Fink Steven, "Thoreau and His Audience", in Henry David Thoreau, Joel Myerson ed., Shanghai: Shanghai Foreign Language Education Press, 2000, pp. 71-72.

③ Ronald J. Zboray & Mary Saracino Zboray, "Nineteenth-century Print Culture", in The Oxford Handbook of Transcendentalism, Joel Myerson, Sandra Harbert Petrulionis & Laura Dassow Walls ed., New York: Oxford University Press, 2010, p. 102.

语——因为这似乎可以使文本具有某种知识教育的功用。① 热爱思想与教育大众的超验主义者们显然对这样的需求充满了热情。这首先得益于他们接受的教育模式。19世纪早期新英格兰的各种学校在教授古代语言和古典文学上可谓颇有建树。例如,梭罗在哈佛的必修经典文化课程就包括大量阅读德莫斯蒂尼、西塞斯、贺拉斯、荷马、索福克勒斯和色诺芬等等名家的经典著作,并且学习了相关语言和语法的课程,另外也接受了希腊—罗马文化与写作风格的训练,这些对他日后创作的主题、语言、思想等都产生了深刻的影响。② 同样地,尽管爱默生没有梭罗那样对希腊文和拉丁文有着良好的运用能力,但是他广泛阅读了希腊—罗马经典著作,对哲学有着浓厚的兴趣,《伊利亚特》和《奥德赛》等名篇为他的《诗人》(The Poet)和《美国学者》(American Scholar)奠定了语用基础。③ 此外,超验主义者对希腊—罗马经典的接受也强化了他们写作中的一个最核心的主题,即对美国知识分子自觉性与独立性的不懈追求。这点尤其表现在他们对诗人、英雄和代表人物等的推崇上。④

同样,出版业的发展也使得超验主义者能很快探知到欧洲大陆最时新的文本和思想,包括最新的德国神学研究成果、欧洲后康德哲学、浪漫主义思潮和在欧洲当时流行的东方圣典——包括波斯史诗、佛教典籍、印度教经书和中国古典著作等。来自东方的思想深刻地影响了爱默生和梭罗等人的思维和创作。从某种意义上而言,滋养超验主义生长的知识谱系呈现了现代性的特征,东西方的思想精髓相互结合并在北美大陆第一次如此盛大地生根、发芽。

综上所述,我们可以清楚地看到,超验主义产生于一个奇妙的时代。在这个时代,整个人类似乎都开始被资本主义经济体系逐渐纳入共同的历史进程。世界开始连接。美国这个年轻的国度如同一个茁壮成长的少年,

---

① Ronald J. Zboray & Mary Saracino Zboray, "Nineteenth-century Print Culture", in The Oxford Handbook of Transcendentalism, Joel Myerson, Sandra Harbert Petrulionis & Laura Dassow Walls ed., New York: Oxford University Press, 2010, p. 104.

② Ethel Seybold. Thoreau: The Quest and the Classics. New Haven: Yale University Press, 1951, p. 23.

③ Robert D. Jr. Richardson, Emerson: The Mind on Fire. Berkley: University of California Press, 1995, p. 7.

④ 参见 [美] 爱默生《诗人》、《英雄主义》、《代表人物》等文章。

努力睁开眼睛看世界，贪婪地吸收他能获得的一切养分，他有着宏伟的理想——他想被认同、他想成为世界的榜样，他自信自己是上帝选定的。超验主义的诞生就是这个少年的一个生动写照。那么，把超验主义及其成员放在这个历史语境下去剖析，所得到的认识也许就更加立体了。

从学理上看，美国的超验主义者把"超验的"视为一切非经验的思想或一切属于直觉思维的因素，是一种隐性的世界价值观对现实世界的规定和解释；而康德则把这一词使用于人类认知条件或者是如何获得知识的探索中，强调的是人的先天能力，即超验的理性，也就是说康德认为事物不仅可以被感知而且凭借经验可以达到理性认识的高度，但这种认识绝不是感觉和知性的简单结合，而是以判断力为前提的。当然，两者都是在整个西方对于超越人之外的绝对真理的信仰框架之内。只不过康德的理解是一种系统宏大的哲学思考；而美国的超验主义似乎更多的是一种自然或者泛自然的神学思维，他们是用哲学的方法论来探索社会信仰与伦理的问题，为后来的美国实用主义哲学体系建构奠定了一定的基础。

从形式上看，超验主义从一开始就在萌芽状态的"全球本土化"模式下生发的，这个模式的切入口就是而且也只能是从宗教观念的改革开始。正因为如此，超验主义被主流的唯一理教诟病脱离了本土宗教土壤，甚至蔑视其为"进口产品"。① 然而，正是在这个意义上，超验主义也被认为是一种自由主义宗教运动。尽管它始于基督教，但它却不局限于基督教，它突破了基督教的藩篱，以神秘唯心主义为武器，为日后跨宗教对话开出了一条清晰的道路。这使得它具有了更广泛的历史意义。正如有学者指出的："超验主义是一种信仰而不是哲学，是一种预言而不是理论，是确定的而非怀疑的。"② "泛神论将人与自然归于上帝；唯物主义将上帝与人归于自然；超验主义则将上帝与自然归于人。"③ 因此，著名的美国思想家列维斯认为，超验主义者在个人主义思想的基础上，开创了美国新神

---

① Dean Grodzins, "Unitarianism", *The Oxford Handbook of Transcendentalism*, Joel Myerson, Sandra Harbert Petrulionis & Laura Dassow Walls ed., New York: Oxford University Press, 2010, p.55.

② ［美］沃浓·路易·帕灵顿：《美国思想史》，陈永国、李增、郭乙瑶译，吉林人民出版社 2002 年，第 678 页。

③ 同上书，第 680 页。

学的先河。①

二 作为一种社会运动的超验主义

需要指出的是，超验主义不是对宗教的一种批判观念，而是反对任何形式的宗教束缚，他们拒绝所有的实体性教堂，拒绝任何横亘在个人灵魂与神性之间的中介事物。他们把清教原则推向了其逻辑极致，使宗教的原则走向了哲学理论，并且对此充满了乐观主义精神。超验主义有两个核心准则：全身心投入自然和激进的社会改革，而最终的旨归则指向灵魂、生命如何得以安顿。他们试图让普通人的个体价值和意义获得了合理性，最能体现他们这一思想的是他们对于儿童的教育观念。超验主义者认为，儿童和成人一样具有感知自然和现象世界的能力，而且比成人的心灵要纯真，所以他们可以不经任何形式的"正规教育"，完全可以通过与自然的亲密接触获得第一手的经验与知识。② 在这个意义上，可以说，超验主义把人的地位提升到了空前的位置，使人有一种内在的神圣性，可以经由个人的努力而获得知识与神性的觉悟。于是，人这个存在被超验主义者们留在了宗教与哲学相互连接的通道上，其理论结果就是把人放在两难的选择中。在知识论上，使人从宗教有了走向哲学的可能；在文化上，使人摆脱了长期的宗教羁绊走向了人文主义；在社会学意义上，最终就是导致了社会变革获得新的重视和强调。

正如前文所述，超验主义的社会变革始于宗教。从历史角度看，超验主义提倡的个体的自由主义宗教思想，在美国文化中产生了两个深远的影响：一是精神性（spiritualism）导向，二是促使"新思想"哲学产生。③ 前者为作为世界性移民国家的美国在文化上的深层融合奠定了思想基础。

---

① R. W. B. Lewis, *The American Adam: Innocence, Tragedy, and Tradition in the Nineteenth Century*. Chicago: University of Chicago Press, 1955, p. 35.

② Tony Tanner & Saints Behold, "The Transcendentalist Point of View", in *American Transcendentalism: An Anthology of Criticism*, Brian M. Barbour ed., Notre Dame & London: University of Notre Mane Press, 1973, p. 53.

③ Albert J. Von Frank, "Religion", in *The Oxford Handbook of Transcendentalism*, Joel Myerson, Sandra Harbert Petrulionis & Laura Dassow Walls ed., New York: Oxford University Press, 2010, p. 118.

这点在"二战"后尤其显著。战后，人们带着自己独有的宗教与文化从世界各地来到偏安一隅的美国，随着生活日渐交融，不得不在原宗主国宗教文化和美国主流清教文化之间艰难挣扎，而且困苦与日俱增。正如美国一家杂志《优涅读者》（*Utne Reader*）1998 年的封面故事《创造上帝》（*Designer God*）描述的，到了 20 世纪八九十年代很多美国人无论是新移民还是新生代一觉醒来突然不知道到底该去哪个教堂、该属于哪个教派，因为，他们可能过去周日经常去的是基督教教堂、平时对佛教（也许是伊斯兰教）思想推崇备至、说话是喜欢引用道教经典、偶尔还跟朋友一起去练习瑜伽……很多人突然不明白上帝是创造者还是被创造者，所以有人提出疑问："在这个'混搭'的世界，我干嘛不创造自己的宗教？"①个体灵性或精神性的追求显然为这一社会问题找到了一个疏导的途径；而后者则成为 19 世纪后美国社会宗教文化一个很有意思的现象，其产生就是从超验主义开始，其知识论层面上的根源就是基督教和科学从此建立了某种联系，其核心观点就是相信宇宙中有一个更高级的力量弥漫在所有的存在物中，个人可以通过信仰、冥想和祈祷等创建自己的真实存在及其体验。

美国宗教自由主义改革从殖民主义时期开始萌芽，广袤西部的开发在客观上又推进了这一进程，到了 19 世纪上半叶其改革思路基本成型，最主要的表现就是把原先寄存在教堂的灵魂释放出来。但是释放出来的灵魂又将何处安放？这是整个时代的一大问题。爱默生适时地出版了一本小册子《自然》（*Nature*），几乎成了超验主义者对这个问题的共同回答。他们的观点是：将个人的灵魂投放在神圣、神秘、充满生机和活力的大自然中，以调和美国大开发时期人们在征服自然中产生的"罪恶、堕落"体验和在亲近宗教中产生的"神圣"、"崇高"的体验之间的冲突。② 在这本小册子中，爱默生首先从诗人或艺术家的角度对自然进行了定义。在他看来，自然绝不是科学意义上的客观、稳固的形象，而是千姿百态、变化

---

① Leigh Eric Schmidt. *Restless Souls: The Making of American Spirituality*. New York: HarperCollins, 2005, p. 1.

② Albert J. Von Frank, "Religion", in *The Oxford Handbook of Transcendentalism*, Joel Myerson, Sandra Harbert Petrulionis & Laura Dassow Walls ed., New York: Oxford University Press, 2010, p. 120.

无常的,因为自然反映的是人们变化不定的情感,具有精神色彩。只有艺术活动才能将自然中各自分离的形式组合成一首诗或一幅画;只有沉醉于自然之美,才能获得自然的奥秘。爱默生认为,自然从低级到高级为人类提供了:物质、美、语言和训练,最终促使知性认识理智的真理。自然是多彩的,但是有时统一的,万物均统一在宇宙精神(universal spirit)之中。[①] 爱默生首次系统地从自然与精神的角度陈述了他的超验主义思想。他是将自然转译为形而上学,从而把自然的宗教意义转换成了哲学意义,也就使自然有了明确的人文主义性质,对梭罗、惠特曼等人产生了深远影响。

  梭罗从自然的超验主义意义出发,成为环境主义的先锋。事实上,梭罗最初的志向是积极寻找当时新英格兰社会精神风貌问题的解决方案。这个理想被记录在了《瓦尔登湖》的第一章。梭罗认为,工业与商业高速发展,整个社会以资薪和逐利为目标,导致社会道德水准严重滑坡,这使得真正有价值的创造力和思想被麻木的商品交易取代。在《无原则的生活》(Life Without Principle,1863)一文中,梭罗再次指责资本主义玷污了人们的内在生活。他相信,人类无限的行为应该是对世界的不断探索,宗旨是去认知世界本身具有的崇高的复杂性。梭罗把林中漫步当成人回归精神家园的隐喻,认为只有这样才能实现人之所以为人的最高潜能。他指出,既然资本主义不仅把我们与自然割裂开,也使我们疏离了人类自身最美好的本质,那么,我们首先应该回归到自然去,在深刻体验自然中,恢复人的至真至善至美的神圣本性。纵观梭罗一生创作,不难发现,他是逐步在实施爱默生《自然》里的大部分观点。[②] 1850 年后,梭罗对自然开始了某种实验性和科学性的描述,由此跨出了超验主义的框架,进入自然书写,客观上推动了美国环境主义及其文学的发展。这点我们将在下文详细讨论。

  有必要说明的是,无论是爱默生还是梭罗等人都坚信,个人灵魂和思想在大自然中可以获得前所未有的释放,迸发出巨大的想象力和创新力。

[①] Ralph Waldo Emerson, *The Complete Works of Ralph Waldo Emerson* (*Vol.* I), Edward Waldo Emerson ed., Boston: Houghton Mifflin, 1903 – 1904, p. 44. 以下简写为 C,并只标注卷数和页码。

[②] Lawrence Buell, Thoreau and the Natural Environment, in *The Cambridge Companion to Henry David Thoreau*, Joel Myerson ed., Shanghai: Shanghai Foreign language Press, 2000, p. 171.

这就衍生出了超验主义对教育改革的深远启示。在他们看来，教育的目的在于唤醒每一个灵魂、展现每个人独有的内在创生力和神圣性，强调精神的力量远胜于物质，相信个人潜能的无限性。阿尔科特、富勒、霍桑、梭罗等人都做过教师，对当时僵化的教育体制和陈旧的教育方法感到痛心疾首，并坚信社会的进步与完善必须建立在个人教育和道德自我完善的基础之上。他们积极投身到开启民智的教育改革洪流中，锐意进取，勇于创新，造就了新英格兰地区教育文化事业繁盛的景象。与此同时，超验主义教育思想昭示了以培养创新思维能力为主旨的美国教育改革的方向，成为美国教育思想的一个重要组成部分。

18 世纪末 19 世纪初的新英格兰处在洛克和休谟统治的时代，理想主义被淹没，人们对神学的追求转向了政治学、对伦理道德的追求转向了物质成功，社会出现了贪婪、自私、冷漠、异化等等人性扭曲的现象，人类心中固有的"罪"与"恶"似乎获得了合法生存的理由，这些都展现在了霍桑和麦尔维尔等人的作品里。因此，对理性主义引发的唯物论和科学主义的反拨成为超验主义的政治逻辑起点。他们放弃了洛克而选择了柏拉图，进而接受了大西洋彼岸的华兹华斯、雪莱、斯达尔夫人、柯勒律治和卡莱尔等人。而这些人正是当时欧洲浪漫主义思潮的杰出代表，从一个侧面上表征了超验主义政治、经济思想在逻辑起点上有着与生俱来的浪漫主义形态。这点我们将在下一章做进一步论述。

纵观历史，可以看到，尽管超验主义者们反对 18 世纪末理性时代中人们对理性和科学的"过度"推崇，但是他们和美国独立战争后的大部分美国人一样对社会进步充满了信心。而且，值得注意的是，超验主义者对于改造社会有着浓厚的兴趣，甚至是把社会道德的改革视为己任。如果说，理性时代人们对社会进步的信念是建立在对科学的不断进步的信心之上，那么，超验主义者则是将这种信念建立于他们所宣扬的"自我信赖"（self-reliance）的学说之上。我们都知道爱默生正是这一学说的主要倡导者，其核心思想在于：任何一个有坚定信念、真诚探索自己内心的人，都能在自己的内心思想中发现具有普遍意义的真理。超验主义者十分重视心灵的自由思考，反对任何不利于心灵自由思考的限制和障碍。

对心灵和灵魂的重视直接影响了超验主义者们的经济观念。大部分的超验主义者是不接受经济决定论的，甚至出现重农主义的倾向，他们支持农耕秩序而反对工业规则。而且,在对北方资本家和南方种植园奴隶主们共同的物质主义的批判,他们的姿态可以说是"蛮横的"。例如,爱默生在《人即改革者》一文中就提出:

> 为了自身的修养,一个人应当有一座农场或者学会一门手艺……当我带着一把铁铲走进花园、并且挖出了一个花床的时候,我是那样的兴奋与健康,于是我发现,我一直都在让别人替我做着我自己应该亲自去做的事情。体力劳动不仅能够使人身体健康,而且还具有教育意义……当我站在我的樵夫和厨师的面前时,我却感到无比的惭愧。因为,他们都能够设法自给自足,即使没有我的帮助,他们也可以照样一天一天、一年一年地过下去。可是,我却需要依赖于他们来生活,我还没有获得运用自己的手和脚的权力。①

同样,梭罗在其《瓦尔登湖》中也热情讴歌了自给自足的印第安人和农夫等人。整体上看,超验主义者在经济上的观念停留在农耕时代,对于田园生活有着怀乡般的眷恋,因为在农业社会,人似乎能获得更多的自主权、更像自己的主人;而工业社会,人则被无情地卷入生产体系中,顿时产生难以控制自己生活的无力感和失落感,这对于笃信个人意志的超验主义者来说是多么糟糕的事情。所以他们总试图在各种社会经济模式中为个人寻找可资安身立命之所。

另一方面,超验主义对个体灵魂的重视,理论上、情感上都又促使他们对社会民主政治有更热烈的追求。从社会政治角度来看,超验主义就是一种个人主义的和民主的哲学。超验主义者把个体的价值和意义提高到了空前的位置。他们强调个人的民主权利,强调每个人都有一种神圣的内在尊严和平等权利,认为每一个人都有一种向自身直觉寻求启示的能力。这就"为热情洋溢的民主信仰提供了乌托邦之梦"②。早在 1834 年的日记

---

① [美]爱默生:《人即改革者》,选自《爱默生演讲录》,孙宜学译,中国人民大学出版社 2004 年,第 233 页。
② [美]沃浓·路易·帕灵顿:《美国思想史》,陈永国、李增、郭乙瑶译,吉林人民出版社 2002 年,第 686 页。

中，爱默生就写道："民主的根源在于这样的信条：自我判断，自我尊重。"① 在爱默生看来，"民主、自由根源于这样一条神圣的真理，即每个人的内心都包含着神圣的理性……这是全人类的平等，也是唯一的平等。当我们说尊重自我、忠实于自我时，恰是基于这一真理。"②

爱默生还对真假民主进行了辨析："说到民主因素，我并不是指那些不好的东西——自负、吵吵闹闹、报纸上的含沙射影、政党预备会议上以换取金钱为目的的滔滔陈词，而是对普遍美德的爱。"③ 他认为"政府的最高目标是人的文明。"④ 从这一观点出发，超验主义获得了社会改良的一个基本原则，即以道德的改良为核心。这一思路既批判性地继承了传统清教主义的美德，又赋予了道德更加宽广的意义和愿景。而这个愿景是以政治体制系统的改良为开端，以普遍个人意义的内在道德自觉性为目的。

爱默生和钱宁一样都认为："政府源于人类的道德一致性，那么用普遍的利益去重新认识普遍的人性就一定会促使理性的人类结成政治同盟；直到人类已经聪明到为普遍幸福而合作时，才有可能出现好的政府。"因此，他"主张建立在法律之上的一个伦理主权"。⑤爱默生以超验的方式站在了以杰弗逊为代表的民主阵营上，强烈反对强权统治。他害怕过于强大的政府会最终沦为独裁的工具。但是，从整体而言，爱默生对政府的态度是暧昧不清的，一方面他想要成为一个自由人，拒绝让政府来控制他；另一方面他又害怕被凡俗的事务拖累，所以他心甘情愿地交纳税款。在《论政治》（*Politics*，1844）一文中，爱默生提到其心中理想的国家形式是每个人生而有平等机会获得生活基本物质，透露着浓重的乌托邦色彩。

而对于公民和政府关系的论述，在这个时期，恐怕再没有比梭罗的《论公民的不服从》更为彻底、更令人难忘的了。在开篇首页梭罗就提到："最好的政府是管得最少的政府"，"政府本身也只不过是人民选择来

---

① Ralph Waldo Emerson. *Journals of Ralph Waldo Emerson*（Vol. Ⅲ），Boston：Houghton Mifflin Company，2009，p. 369.

② Ibid.，p. 390.

③ Ibid.，p. 95.

④ Essays on Politics.

⑤ ［美］沃浓·路易·帕灵顿：《美国思想史》，陈永国、李增、郭乙瑶译，吉林人民出版社2002年，第688—689页。

行使他们意志的形式,在人民还来不及通过它来运作之前,它同样也很容易被滥用或误用"。① 他认为,即使是少数服从多数的权宜形式仍然是一种强权政治。他的理由是建立在多数人投票基础上的法律并不一定会使一个有自由思想、心地善良的人获得公正待遇。他提出的战斗方式是消极抵抗,即遵从自己的良心,保证不参与自己所谴责的罪行,对政府的不良行径采取不合作态度。梭罗在政治上对个人良知和自然本性的坚持,启发了后来的黑人人权领袖马丁·路德·金、"印度圣雄"甘地、俄罗斯文豪托尔斯泰等人。

在美国这个新大陆、新国族的政治体系内,对于群体政治可能产生的恶果的警惕,注定了对个人自由权的呼吁和珍视。本质上,"自由主义以个人的自然权力为由,要求立宪限制王权或政府权力,目的在于保障个人自由……分清公共领域和私人领域至关重要,唯如此才能为个人画出一块不受政府干扰的领地,政教分离的目的也在于使政府无权干涉公民的思想和灵魂"②。美国几乎没有任何历史负担,其民主自由似乎是一种"天生"或"天然"的现象。如前文所述,超验主义恰恰来自于清教内部的自由主义改革,也就顺应了这一历史发展的必然,尤其重视个人的自然权力,而且他们也在美国的《独立宣言》中找到了最合理的历史支撑点,即其中的天赋人权思想。既然人生而平等,那人人都有追求个体幸福和自由的权利,社会和政府就有义务维护其发展的生态环境。这种对个人自由的不懈追求为后来个人主义在美国社会的彰显奠定了深厚的历史和学理背景。总的来看,美国的个人自由乃至个人主义都是在美国清教改革、宗教自由主义的框架下发展的,因此,对两者的研究显然不能绕过它们的宗教伦理前提。超验主义在这方面率先作了很宝贵的探索。

在新英格兰这一阶段的社会改革运动中,超验主义还有一个令人印象颇为深刻的事业是布鲁克农场(Brook Farm)的建立。这是 1841 年部分超验主义者开展的一个大胆尝试的实验,由乔治·李普创建的一个合作聚居区。这些人认为他们时代的基本问题是经济失调,并对当前有些混乱的

---

① Henry David Thoreau. *The Writings of Henry David Thoreau* (Ⅳ), Boston & New York: Houghton Mifflin Company, 1906, pp. 357—358. 以下简写为 W, 并只标注卷数和页码。

② 钱满素:《美国自由主义的历史变迁》,生活·读书·新知三联书店 2006 年,第 5 页。

个人主义可能造成的不良后果深表忧虑,他们深恶痛绝工业革命和商业发展对新英格兰社会良知的侵蚀。他们引进法国空想社会主义家傅里叶的法郎吉模式,试图通过建立一个天性善良的个体组成合作社来协调个人与集体的关系,并通过完全摒弃工业主义、最小化组织管理来弘扬田园主义生活方式,一度吸引了霍桑等一贯刻意与超验主义保持距离的人。但是他们的理想在1845年彻底被巨大性格差异和现实经济问题破坏了。这种实验是基于超验主义认定人性本善的思想。但是,当日久后人性中的懒惰、高傲、自我等等问题暴露出来的时候,曾经狂热的超验主义者就害怕了。爱默生从始至终到保持一种观望的迟疑态度,最后他对布鲁克农场的判定是:"这是眼病窝里的理智时代。"① 乔治·李普则因此被认为是超验主义者中"最没有个人主义思想和最没有诗意的人"。②

事实证明,超验主义者中的大部分人都是谦谦君子,而且善于言辞。后来的研究者斯勒辛格(Schlesinger)和克罗伊(Crowe)均指出超验主义者们对自然和社会结构根本没有任何洞见,指责他们过于不食人间烟火。③ 作为一个美国历史学家,斯勒辛格对于超验主义者的实践层面充满了质疑——事实上,很多超验主义者缺乏行动力,他们自视甚高,不屑于加入任何日常党派政治。他们奉行的是全面的个人主义,这使得他们更像民主人士,而不是民主主义者,因为从根本上来说,他们的理想是整个社会文化的改革。在如此浩大的历史工程面前,他们在激情和理智之间不停探索,凌驾于普通民众的日常生活之上,看起来似乎总有些不接地气。

三 作为一种文学革命的超验主义

美国当代著名的文学评论家劳伦斯·布依尔指出,超验主义是美国历

---

① C, Vol. 10, p. 36.

② [美] 沃浓·路易·帕灵顿:《美国思想史》,陈永国、李增、郭乙瑶译,吉林人民出版社 2002 年,第 649 页。

③ Arthur M. Schlesinger JR, " Transcendentalism and Jacksonian Democracy"; Charles R. Crowe, "This Unnatyral Union of Phalansteries and Transcedentalists", in *American Transcendentalism: An Anthology of Criticism*, Brian M. Barbour ed., Notre Dame & London: University of Notre Mane Press, 1973, pp. 139 – 158.

史上首个也是唯一一个至今仍然有影响的文学运动。① 布依尔对超验主义进行了学术史的梳理，得出的结论是：超验主义文学价值的日益彰显是由于不同时期的人们对其进行不断的学术研究发展的结果。具体而言就是，首先，20世纪60年代以来，美国文学批评界在解构主义、后现代主义等思潮的影响下，对经典进行了大刀阔斧的重构，很多原本默默无闻的作家成为学术研究的热点，例如艾米丽·狄更生（Emily Dickinson）等，与之相反的是原本列入经典作家之列的名家受关注度则明显下降，例如爱默生。其次，由于文学市场的快速发展和文学受众喜好的多元化，很多作家和文学样式获得了新生，例如相比过去对诗歌、散文等文体的崇敬，人们更乐意选择阅读小说。再次，随着社会、历史的发展，人们对超验主义的关注点有了很大的变化，特别是由原先对其宗教维度的考察转向了政治维度，由伦理考察转向了文化文学考察，这一过程客观上进一步推动了人们对超验主义文学意义的关注和挖掘。最后，学界对超验主义成员内部系谱的不断扩充和改变，令超验主义最初冷清的文学舞台上似乎逐渐冒出了"更多的角色"，很多作家由此进入了人们的视野。② 如此一来，就不难看出，超验主义文学在现当代社会仍有着丰富的可阐释性、学术价值和实际意义。

从宗教改革到文学革命，超验主义本身在发生学意义上就具有了丰富的内涵。他们主张人能超越感觉和理性而直接认识真理，认为人类世界的一切都是宇宙的一个缩影，用爱默生的话来说就是："世界将其自身凝缩成一滴露水"③，人完全可以抛弃外部的权威与传统，依赖自己的直接经验认识世界。由此衍生出了超验主义文学三个主要的思想内核，即超灵或圣灵（oversoul）、个人、象征。第一，超验主义者强调精神，并认为万物

---

① Lawrence Buell. Transcendentalist Literary Legacies, in *Transient and Permanent: The Transcendentalist Movement and Its Contexts*, Charles Capper & Conrad Edick Wright ed. , Boston: Massachusetts Historical Society, 1999, p. 605.

② Lawrence Buell, "Transcendentalist Literary Legacies", in *Transient and Permanent: The Transcendentalist Movement and Its Contexts*, Charles Capper & Conrad Edick Wright ed. , Boston: Massachusetts Historical Society, 1999, pp. 606 – 607.

③ Ralph Waldo Emerson, "Compensation", *The complete works of Ralph Waldo Emerson: Natural history of intellect, and other papers* (Vol. 2), Boston & New York : Houghton Mifflin Company, 1903 – 1904, p. 101.

本质上是统一的——皆受"超灵"制约,"超灵"是一种宇宙的创生力量。超灵是一种无所不容、无所不在、扬善抑恶的力量,是万物之本、万物之所属,它存在于人和自然界内。第二,既然人类灵魂与"超灵"一致,那么个体的精神价值就是无限的,个人就具有了重要的意义。他们把这一观念引入社会事务,从而认为个人是社会的最重要的组成部分,社会的革新只有通过个人的修养和完善才能实现。因此人的首要责任就是自我完善,而不是刻意追求物质财富的无限欲望。理想的人是依靠自己的人。第三,超验主义者承认"超灵"在大自然中的呈现更加突出,由此便以全新的目光看待自然,认为自然界是超灵或上帝的象征。在他们看来,自然界展现了"超灵"丰富多彩的外在形态,在其物质表象之下包含有生命力,上帝的精神充溢其中。自然对人的思想具有一种健康的滋补作用。超验主义主张回归自然,接受它的感染,以便在精神上成为完整的人。这一观点更加清晰形象地说明了超验主义的思辨基础,即外部世界是精神世界的体现,因此自然界万物便具可资挖掘的象征价值和意义。

对于现代的学者来说,超验主义者如何把宗教与哲学运动转化为文学革命仍然是一个十分值得去探究的历史现象。这意味着情感、直觉等主观因素的表达和形而上学的探讨是可以相互渗透、相辅相成的。19世纪20年代,英国一些著名的期刊如《爱丁堡评论》刊登了一系列关于德国文学的评论文章,很快就在大西洋两岸引起注目,并深深地吸引了年轻的波士顿自由派知识分子。这些文章的作者就是英国的托马斯·卡莱尔(Thomas Carlyle,1795—1881)。卡莱尔试图使英国人仰慕德国文学智性中饱含的激情与活力、幽默与义愤。在1827年卡莱尔发表的《德国文学现状》中,他满怀热情地讴歌了"文学人的崇高价值":

> 在可见的宇宙中普遍存在着一种"神圣观念";这一可见的宇宙本身并没有意义,甚至不可能离开神圣观念而独立存在,它实际上只是这种神圣观念的符号和意义的体现。对于大众而言,这种神圣观念隐而不显。但是,认识神圣观念、掌握神圣思想、彻底生活在神圣思想之中,则是一切真正美德、知识和自由的条件,而这正是每一个时代一切精神奋斗的目标。文学人就是这种神圣观念的指定阐释者;可以说,他们是永远的布道者,他们代代相传永远站在队伍的前列,他

们是上帝永恒智慧的传播者和活生生的榜样。①

卡莱尔长期着力翻译德国文学作品并撰写了大量的相关研究文章，向英美两国知识界介绍歌德、席勒、诺瓦利斯（Novalis，1772—1812）、费希等作家及其作品。卡莱尔的文章在当时的美国产生了重大的反响，其文学人观点的阐发，促使美国人认识到了一个全新的职业。在他们看来，"文学人不需要从事一种专门的职业，他也不需要创作任何剧本或散文。文学人只要真诚地生活，不需要创作文学作品就可以向处于这个时代的人们传达神圣思想。"② 卡莱尔在此基础上还指出，年轻人有着渴望行动的本性，但却找不到能指引他们去行动的神圣的东西，这一心理背景的分析符合了当时处于新旧思想和文化激烈冲突的美国人。对于他们来说，卡莱尔的出现是及时的，因为卡莱尔不仅阐明了问题所在而且还给出了令他们欢欣鼓舞的指导方向：卡莱尔认为尽管上帝从世界上消失了，但是善可由恶而生，最为重要的是会出现新式的英雄人物——尤其是文学英雄，他们将带领大众找到人类脱离上帝后独立前进的曙光和出路。在这个意义上，我们可以说，如果柯勒律治提供给19世纪初美国年轻知识分子的是哲学，那么卡莱尔则提供了"好于哲学的东西。这是一种因情感和目的而更显生机的哲学"③。这显然是一种诗化哲学。唯一理教和超验主义正是由此发现了一个令人欢喜鼓舞的灵感：精神生活的完善在于不断的"自我修养"，这是上帝对每一个信徒的考验。

但是到了1830年之后，尤其是在爱默生访问欧洲、分别结识了柯勒律治、华兹华斯和卡莱尔等人后，超验主义者们发现华兹华斯式的浪漫主义诗歌显得太矫揉造作而且缺乏创造性，根本不适合独立性极强且有着强烈社会改良意识的他们。此外，"曾经在19世纪20年代的美国风行一时的模仿拜伦的风尚也早已经烟消云散，没有留下多少痕迹"④。幸运的是，

---

① Thomas Carlyle, "The State of German Literature", in *The Works of Thomas Carlyle* (Vol. 1), Edited by H. D. Trail, London: Chalxnan & Hall, 1896 – 1901, p. 56.
② ［美］萨克文·伯科维奇主编：《剑桥美国文学史》（第二卷），史志康等译，中央编译出版社2008年，第366页。
③ 同上书，第422页。
④ 同上。

在超验主义促发下，也产生了像惠特曼、艾米丽·狄更生这样杰出的诗人，而且梭罗等人创作的诗歌所具有的现代性意义也开始得到学界的关注。

纵观历史，在美利坚合众国成立之前，北美英语文学的发展是外来文学移植、扎根并本土化的一个准备过程。这一时期的文学作品主要是一些英国的殖民地官员或传道士、冒险家们以日记或游记随笔等形式记录的新大陆的风土人情、自然景色和民间生活等。最初从欧洲来到美国定居的清教徒们，因为他们迁徙的主要目的之一是为了"净化"教堂中的宗教行为，所以他们的作品主要以传布清教主义思想的布道文为主。美国的浪漫主义文学在18世纪末兴起，19世纪20年代进入成熟期，在30—50年代由于超验主义文学改革的推动而达到最高峰。早期美国浪漫主义文学的主题多为表现传统文化与现代文明之间的冲突、对久远故事的兴趣以及对于死亡、潜意识的剖析等；中期的美国浪漫主义主要是以笔记小说和历史传奇为主，这一时期华盛顿·欧文的崛起为美国文学第一次赢得了世界声誉，他和稍后的詹姆斯·库伯开创了新一代的浪漫主义文风。但是，美国浪漫主义文学的成熟则是由爱默生、梭罗等人的推动才真正成为独立的、风格鲜明的民族文学现象。

就文体的质量和特定哲学深度而言，美国文学史上还没有哪个能够超越爱默生、梭罗、霍桑、麦尔维尔和惠特曼这五个作家所取得的总体成就，这五个人代表了美国文艺复兴时期的辉煌。① 这些作家从美国文学早期的盲目模仿或盲目抵制欧洲模式的窠臼中解脱了出来，促使美国文学第一次明智地卸下过去的地方主义观念包袱，而扎根于美洲广袤开阔、充满挑战的土地重新自我塑造，以抒发他们作为新大陆移民后裔的情怀——历史有时候就是这样吊诡，他们如此努力彰显自己的国族个性反而使他们留给后人的作品更具有世界文学的品格。

实际上，超验主义者付梓的作品在19世纪40年代曾经由于浓厚的哲学思辨意味而很少被严格定义为纯文学。但是，第一，从历史的角度来看，超验主义催生、涉及了美国文学史上成就显著的一个文学家群体，其

---

① Matthiessen F. O., *American Renaissance: Art and Expression in the Age of Emerson and Whitman*, New York: Oxford University Press, 1964.

中就包括了爱默生、梭罗、惠特曼、霍桑等人,这些人丰富而各具代表性的作品对于后来美国民众区分非虚构性文学与虚构性文学的敏感意识产生了某种决定性的影响。第二,爱默生的"自我依赖"和梭罗的"公民不服从"观念促使个人主义、个人意识成为美国文学与文化的重要价值观。第三,超验主义文学家的赤子般的浪漫理想情怀成为美国文学、文化的经典形象,不管是爱默生和梭罗对直觉的笃信还是当时以富勒为首的女性文学展现的感性主义、甚至是很多实用主义观念的作品都带有某种"天真"的精神气质,这深刻地影响了美国民族性格的塑造。第四,超验主义的直觉观是一种新浪漫理想主义,其核心或根基在于超越原先所有历史宗教的形式、仪式和神学观点去追寻具有人文主义内涵的灵性(spirituality)。第五,在宗教虔诚(religion piety)向世俗灵性的转换过程中,超验主义者起了积极的推动作用,从而在美国范围内确立文学家作为"圣者"或社会"先知"的历史地位。第六,超验主义是在美国最早出现"多元文化"观念萌芽时产生的,其理论背景就是"比较宗教思想",因此其从源头上就带有"世界主义"(cosmoplitianism)的色彩。正是基于以上这些认识,布伊尔认为,超验主义文学对于美国文学独特性的构建与影响仍延续至今。[①]

不过,需要指出的是,尽管超验主义文学革命给新英格兰带来了社会文化和艺术一股清新的气息,但这种形式的运动是小众参与——成员主要是那些接受过高等教育、有艺术抱负的新兴中产阶级知识分子,在当时终究是少数人。尽管其影响深远,也创作出大量富有魅力的精湛的文学艺术作品,但是,客观上这些在当时的民众看来更多的是形而上的,甚至是虚无的,与普通的日常生活相关不大。但这正是美国文化一个很重要的特色,允许一群做"白日梦"的人合法合理的存在,永远保持一种乐观的浪漫主义情怀。借着超验主义的启迪之光和对文学技巧的要求,新英格兰的布鲁克农场、康科德及其瓦尔登湖等等地方俨然已经成为19世纪美国留给世人的一首首活生生的田园诗,鼓励着世界上无数浪漫主义者、理想

---

① Lawrence Buell, " Transcendentalist Literary Legacies", *Transient and Permanent : The Transcendentalist Movement and Its Contexts*, Charles Capper & Conrad Edick Wright ed. , Boston:Massachusetts Historical Society, 1999, pp. 610 – 615.

主义者前来朝圣、展开一场寻求理想的鼓舞人心之旅。

超验主义从社会问题的立场来展开文学的创作与革新。准确地来说，他们是从大众生活中获得启发，再经由他们进行知识分子式的传承和升华，最后又反哺社会和文学改革运动，从宏观上形成了良好的社会生态运行模式。从学理上看，超验主义把新英格兰的人们从宗教神学的束缚中解放出来，客观上促进了自然科学的发展。同时，他们激进的宗教改革为进一步的思想和社会领域改革提供了思想武器。另一方面，他们借助古典文化批判宗教神学，在文学表现形式和内容上均更加世俗化、人性化，具有显著的人文主义精神。因此超验主义文学革命被视为是"美国文艺复兴"①。可见，超验主义文学不仅塑造了美国民族文学、开创了美国的文艺复兴，而且同时从思想源头上打破美国文学地理上的孤立格局，建立了与世界文学的密切关系。他们以极为积极开放的胸襟持续不懈地翻译和介绍欧洲和东方的文学和文化思想，形成了一场声势浩大的文化吸收潮流，从而把美国文学带入了现代性阶段，这恰恰在一定程度上构成了美国文学独特性的一大要素。

第二节 超验主义与梭罗的作家学徒期

通常情况下，人们提到超验主义必然想到爱默生和梭罗，而要研究梭罗或者爱默生往往就不能不谈超验主义。从这个意义上来说，超验主义和梭罗两者是相辅相成、密不可分的。梭罗生长在新英格兰的康科德镇。这是一个四季分明、风景秀丽且富有独特文化气息的小镇。梭罗一生中绝大部分时间都在康科德镇度过，但他却能用饱满而敏锐的心灵细致地把康科德塑造成了一个具有普遍寓意的人间圣地、一个超越时空的梦乡。或许康科德镇的魅力就在于它曾是超验主义者时常聚集之地，因为人杰而地灵，是绚丽文化的浓墨重彩为原本就十分美丽的小镇增添了神秘、浪漫却不乏智慧与灵性的魅力。

年轻的梭罗是幸运的，因为超验主义的领军人物爱默生在他即将从哈佛大学毕业时搬到了康科德。显然，爱默生和他领导的超验主义为梭罗打

---

① Matthiessen F. O., *American Renaissance: Art and Expression in the Age of Emerson and Whitman*, New York: Oxford University Press, 1964.

开了一座巨大的知识宝库，为处于职业困惑和理想与谋生剧烈冲突中的梭罗开启了作家之路。超验主义自创的杂志《日晷》为梭罗之类的年轻作家提供了一个自由表达观点的平台，允许他们不断尝试新的文体和思想，令他们有很好的机会切身体会到了"文学职业"到底是怎么回事。这些无疑为梭罗这样艰难起步的文学创作者坚持走下去提供了极大的支持和鼓励。

一 "天时地利人和"：梭罗的人生机缘

1856年12月5日，梭罗在自己的日记中写道："永远让我感觉到惊喜的是，我出生在世界上最值得尊敬的地方——而且时间也恰好合适"。[①] 梭罗出生的地点是美国的马萨诸塞州康科德镇（Concord, Massachusetts），这是美国独立战争的发源地，在新英格兰地区和整个国家的历史文化发展中有着极其重要的意义。梭罗出生的时间是1817年7月12日。他所说的"时间也恰好合适"很大程度上应该是指，他有幸经历了两个不同的历史发展时期：在孩童阶段，康科德仍旧是一个简单的农业社会小镇，他还能够充满享受原始的田园生活；在他成年之后，则亲历了"新英格兰繁荣时期"[②] 也就是"美国文艺复兴"，而康科德就是这个时期的核心地带。

与梭罗同时代的亨利·詹姆斯（Henry James）曾说，康科德是美国最大的一个小地方。[③] 鼎盛发展时期，先后在康科德工作、生活过的文艺家包括：爱默生、梭罗、霍桑、奥尔科特（《小妇人》作者）、玛格丽特·富勒、皮博迪小姐、路易莎·梅；还有同时期的诗人惠特曼、小说家麦尔维尔、哲学家皮尔士以及邻近城市波士顿的名流如朗费罗、罗威尔、赫尔姆斯包括亨利·詹姆斯等人均来过此地探访过爱默生等超验主义者。这些人大部分都进入了美国文学的经典，并作为一个整体文化形象深刻地影响了此后美国民族文化和国民性格的形成。这些敢为天下先的思想家、作家和改革者让19世纪的康科德充满了浓厚的革新气息，虽然有些观念现在看来并不被认同，但是多多少少使梭罗反叛的个性有了更充分的发展空间。

[①] Henry David Thoreau, "Journal", *The Writings of Henry David Thoreau* (Ⅸ), p.160.

[②] Van Wyck Brooks, *The Flowering of New England*, New York: E. P. Dutton, 1955.

[③] Kehe, Marjorie. Scenes from an American Eden. *The Christian Science Monitor*, Retrieved March 6, 2007. 参见 http://www.csmonitor.com/2006/1219/p14s02-bogn.html.

(一) 康科德小镇:因超验主义而受瞩目

1835 年 32 岁的爱默生搬到了康科德,从此被称为康科德的第一个公民 (first citizen)。① 爱默生是当时波士顿文化界的领袖人物之一,声名享誉大西洋两岸,他活跃、热情的个性很快使康科德成为 19 世纪美国文化改革的中心。

当时的美国知识界面临的是一个重大的社会转型时期,他们的核心问题就是考虑独立后的"美利坚合众国"应该选择什么样的改革道路,才能在各个方面成为一个实至名归的美国开国之父们预设的"山巅之城"、人类楷模理想国度。其中,最迫切需要的解决的现实问题就是在代表南方贵族的"杰弗逊主义"和来自西部的大众民主派的"杰克逊自由主义"之间的考量、选择,要么就干脆丢弃两者而另觅出路。这个伟大历史任务的理论论证和思想奠基落在了北方的新英格兰。因为相对于前两个区域,新英格兰的后裔们在整体是似乎"都很容易接受清教徒对伦理道德的热衷",他们思维更加严谨、更乐于进行社会性的改革实验,因此他们能够"创造了超验主义","他们无论对物质进步还是社会思想的贡献都是不应该被忽视的"。②

作为美国独立宣言的主撰人、开国领袖之一的杰弗逊虽然是一个坚定的民主党人,但是他倚重德才兼备的天然贵族。他认为,民主体制的意义在于把国家治理的重任交付到人民手中,由人民意志管理,如此一来国民素质就成为国家政治是否成功并持续发展的先决条件,所以在真正推行民主体制前应该先大力普及教育,使人民具有明智的选择能力,进而才能更好管理自己、治理国家。在杰弗逊看来,天然贵族显然是权力过渡时期最佳的先行者或人民代表,因为他们更能理解什么方案能推动社会进步和国家富强。但是,他的后继者安德鲁·杰克逊 (Andrew Jackson, 1767—1845) 却持不同看法。杰克逊认为人民已经具备自治的能力了,他显然对"普通大众的内在品质有信心,相信人民有能力在世界上找到自己的

---

① Hubert H. Hoeltje. Emerson, Citizen of Concord, *American Literature*, Duke University Press, 1940 (1), pp. 367 – 378.

② [美] 沃浓·路易·帕灵顿:《美国思想史》,陈永国、李增、郭乙瑶译,吉林人民出版社 2002 年,第 551 页。

位置，相信人民有能力参政议政"。① 杰克逊不仅把这种乐观主义精神带进了美国政治，也同时让民主平等观念和个人主义思想点燃了整个国家人民的政治抱负和经济欲望之火，令19世纪初的美国民众精神振奋、跃跃欲试。每个人似乎都能够看到"美国梦"就在自己面前，只要自己努力，在这片被选定的新土地上、在这个"山巅之城"，一切都成为可能。

但是"人类平等和个人自由的思想使美国社会逐步走向世俗化，平民化和物质化。"② 美国在杰克逊时代迎来了一个飞速发展的时期，共和国早年以杰弗逊天然贵族理论为依据的精英统治此时已经让位于大众政治。民众爆发出极大的热情，几乎每个人都在争取自己政治权利和经济机遇。以物质主义为特征的个人主义思想成为时尚，经济成功成了衡量个人价值的标准，反之，贫穷则是一种莫大的耻辱。这是一种不受"上天堂"愿望阻碍的发家致富的愿望，促使西部如火如荼地发展起来，也使得南方奴隶主找到了充分理由维持自己的控制权——继续蓄奴、扩大种植。

这种蓬勃发展对于18世纪中后期的北方新英格兰乡村而言是陌生的，这里的扬基人更倾向于严格听从清教伦理教导，只满足狭隘的经济需求。但是到了19世纪初，尤其是30年代后，工商业的发展和海外贸易的增加，波士顿周边地区的人们因为经济意识的觉醒产生了追求政治和文化自由的强烈愿望，勤俭节约的清教观念原先是为了确保人们有充分服侍上帝的时间和精力，现在则成为一种恪守职业精神、追求最大化的物质成就以彰显上帝荣耀的信念。这一思想的转变很快带来了政治和宗教的巨大变革，正如我们前一节所述。

包括爱默生在内的精英知识分子可能也没有预料到，政治观念的改变和宗教的衰落在客观上快速地加剧了19世纪美国在思想和文化上的世俗倾向，面对当时社会上疯狂的物质主义和道德上的无所顾忌，爱默生表达了强烈的批判。在给玛格丽特·富勒的信中，他是这样说的："这一代人

---

① Frederick Jackson Turner. *The Frontier in American History*, New York: Holt, Rinehart and Winston, 1967, p. 302.

② 钱满素：《爱默生和中国——对个人主义的反思》，生活·读书·新知三联出版社1996年，第206页。

无原则和希望可言。"他每次"在预见到市侩的胜利时，都感到厌恶和愤怒。"①工业革命淹没了新英格兰原有的朴实田园，物质主义引发的贪婪、疯狂、伪善和欺诈令那些坚守良知的人们感到十分不安，甚至导致一种悲观情绪，这点在赫尔曼·麦尔维尔身上尤为突出。他的《白鲸》充分地表达了他内心对那个时代的信仰和道德沦丧的绝望感受。

机遇永远与挑战并存。这个时期，新英格兰的很多城镇在这一社会转型浪潮中也面临着区域定位与重新定位的选择。对于康科德镇及其居民而言，他们没有任何既定的束缚，因此有更多的发展空间。1775 年 4 月 19 日美国独立战争的第一次胜利战地就产生在离镇中心 15 分钟路程的老北桥。这对于康科德人和那些珍视这段历史的其他人来说，这可真是太有历史意味、太有吸引力了。该镇中心于 1829 年开设的康科德演说厅不仅显示了当地民众的历史自豪感，同时也表明了他们愿意以开放的姿态迎接更辉煌的未来。在这个演说厅，他们提出的讨论议题或许更能说明他们的这种愿景："在康科德成立幼儿教育学校有益吗？"、"教派之争有何益处？"、"美利坚合众国购买德克萨斯有益吗？"、"求助穷人对社区有何益处？"、"新英格兰应该鼓励西部移民吗？"、"一次性解放所有奴隶是一种人道行为吗？"……这些无不表明，康科德对外界的关注不断在增长，对本地、本区域和国家身份的意识不断在增强。② 尽管和同时期的其他地方一样，宗教不再具有昔日把镇上每个人都聚集在一起的影响力了，但是康科德偏安一隅，仍保有朴质的田园景观，且又不缺乏精神上的进取与乐观。或许正是这些原因令在波士顿城中备受同僚排挤和压抑、已经辞去牧师之职、急需寻找一个安心之所的爱默生毅然和新婚的第二任妻子决定在康科德购置房产并移居此地。

另一个方面是爱默生显然是对"繁华而自鸣得意的"波士顿充满了失望情绪："在波士顿再不到有智慧的头脑。所有街道上，……在律师事务所里，到处都散发着一种贫穷的味道，到处都是同样的机械，同样的虚

---

① Phillips Russell & Emerson, *The Wisest American*, New York: Kessinger Publishing, 2004, p. 179.

② Richard Lebeaux. *Yong Man Thoreau*, Ambert: Univeristy of Massachusetts Press, 1977, p. 18.

伪和贫乏，同样的没有希望，如同皮靴子制造商的承诺一样。"① 在爱默生眼里，波士顿俨然是守旧者和"棉花贵族"的家园，甚至原本体现自由精神的哈佛学院也失去了发声表达的机会。爱默生最为害怕的是北方资本家和南方种植园奴隶主们共同的愚蠢的物质主义会令整个国家都沉沦。他自觉地担当了唤醒人民的重任："我承认，在我所见过的不断扩大的人群中，人们失去了手脚，而且看不到也听不到；然而整个历史过程中，过去对灵魂而言仅仅是一个无限范围内的有限序列。这种恶化多么令人失望。让我重新开始吧，让我教会那有限界去认识它的主人吧！"② 显然，康科德的地方品质和地理位置都契合了爱默生这种宏伟的理想，这是双赢的双向选择。

刚搬来不久的爱默生很快就成为镇上的英雄，受到了精神领袖般的礼遇。1835 年 9 月 12 日，他受邀为建镇 200 周年纪念活动作了题为《康科德的历史话语》(*Historical Discourse at Concord*) 的公众演讲。他试图用地方历史遗产来鼓舞民众，让大家重温最初建设者们的理想和美德。在演讲中，爱默生提醒康科德人，他们的父辈是一群直接从大英帝国为追求自由而来的先驱者，他们拥有勇气、毅力、信念和勤俭等美好品质。爱默生指出，这些品质来源于宗教原则，这是康科德人的一个优秀传统。爱默生还强调，康科德的另一个伟大传统是独立战争的精神遗产，是康科德人民对公平正义的追求的体现。③ 从此，爱默生便成为康科德演讲厅以及其他学术圈的领军人物。

康科德为爱默生提供了一个理想的平台，而爱默生则提升了这个蓄势待发小镇的精神品质。居住在康科德不久后，爱默生很快迎来了他人生的巅峰期，而且延绵良久。1836 年，超验主义俱乐部成立，爱默生的小册子《自然》出版；1840 年超验主义杂志《日晷》刊发，1842 年至 1844 年在首任编辑富勒辞职后，爱默生本人自己担任编辑；最为重要的是从

---

① Ralph Waldo Emerson. *Journals of Ralph Waldo Emerson* (Vol. Ⅷ), Boston: Houghton Mifflin Company, 2009, p. 363.

② Ralph Waldo Emerson. *Journals of Ralph Waldo Emerson* (Vol. Ⅷ), Boston: Houghton Mifflin Company, 2009, p. 316.

③ Ralph Waldo Emerson, " Historical Discourse at Concord", *The Complete Works of Ralph Waldo Emerson* (Ⅺ, *Miscellanies*) , Boston: Houghton Mifflin Co, 1911, pp. 72 – 76.

1835年开始爱默生便开始了他的讲学生涯，这使得他很快成为新英格兰地区赫赫有名的文化偶像——一个公共演说家、一个公共知识分子①……这些奠定了他在美国思想界和文学界的显赫地位。1847年当爱默生第二次访问欧洲时，突然发现自己已经成为沟通大洋两岸的一个重要桥梁，这为他获得了一定的国际声誉。爱默生文化地位的提升无形中为康科德小镇做了强而有力的广告，很多人慕名而来，包括当时著名的波士顿名流如朗费罗、罗威尔、赫尔姆斯包括亨利·詹姆斯等人，还有后来的著名诗人惠特曼等。康科德霎时成为新英格兰的一个聚焦点，光彩一时胜过波士顿。

  但是，也有同时代人认为康科德的超验派是虚无危险的。例如，作为一名清醒的理想主义者，与爱默生和梭罗等人相邻的霍桑显然不能理解深藏在超验主义内部的神秘主义，而且超验主义的一些政治和形而上学理论也无法吸引他的注意力。相反，在康科德的唯心理想主义者们宣称人自身可以彰显并可以直觉到上帝的时候，霍桑却依据自己的经验批判地反思、审视人内心深处难以清除的邪恶。当时著名的哲学家、政治思想家丹尼尔·韦伯斯特（Denial Webster, 1782—1852）在给朋友的信中，拒绝拜访康科德，理由是："我已经和你们美丽而宁静的村子里那些曾经受我尊敬的人非常疏远了。令人悲哀的是，造成这种后果的罪魁是废奴主义、土地自由主义、超验论以及其他一些我只能认为是异想天开的见解。"② 事实上，韦伯斯特的思想和探讨问题的方法却是被超验主义者们所熟知的，爱默生还专门对他进行长期的批判性研究。无论人们如何毁誉超验主义及其外围人事，康科德已经形成了良好的文化和文学传统，为后来的《小妇人》、《瓦尔登湖》等后辈作家的作品问世奠定了坚实的基础。

（二）梭罗与康科德

  一个作家的成长和创作总是离不开其自身成长和向往的家园。这个家园不仅为作家提供了生长的空间，更是他日后创作的主题和构建自己文学

---

  ① Lawrence Buell. *Emerson*, Cambridge and London: the Belknap Press of Harvard University Press, 2003, p. 7.

  ② Ruth Wheeler, Thoreau's Concord, *Henry David Thoreau: Studies and Commentaries*, Walter Harding, George Brenner & Paul A. Doyle ed., New Jersey: Fairleigh Dickenson University Press, 1972, p. 28.

世界的想象基石。作家的空间认知和空间意识往往从自己的家乡开始。尤其是梭罗这样的空间型作家,即环境文学和自然文学创作者。正如梭罗研究专家之一理查德森(Robert D. Richardson, Jr.)指出:"在整个美国文学界,没有一个作家与一个地方的联系比亨利·梭罗与康科德更紧密的"①。"在所有令康科德闻名于世的璀璨群星中,只有梭罗是严格意义上的"康科德人:他生于斯,长于斯,并最终长眠于此。除了屈指可数的短暂外出,梭罗一生绝大部分时间都是在康科德度过的。正是因为如此,有学者指出,同时期的不少作家可能是生活在康科德,但只有梭罗真正属于康科德。②

在梭罗成长的时代,康科德仅仅是一个大约有 1500 人的小镇,或许是太小的缘故以至于没有什么明显的社会阶层分化,没有多少人是特别穷困也没有多少人称得上是富有。③ 当时镇上沿袭的是旧时代的宗教制度和教育方式。人们严格信仰基督教的人格神,但有意味的是,清教主义派和天主教派可以在很短的时间内交替使用同一个教堂。对新一代的少年儿童执行严厉的管教,教师可以通过体罚树立权威。在这个意义上,康科德可谓拥有着良好的革命传统和文化传统。但所有这些都不妨碍康科德成为一个吸引不同种群、多元文化交融的发展之地。

梭罗成长期间,康科德已经发展至仅有不到十分之一的人口从事农业生产,大部分人开始被卷入"工业革命"的机器房。尽管家庭经济很长时间内十分困窘,但是没有使梭罗成为任何形式的工人阶级的产物。相反,他在一群意见不一的知识分子思想交汇的社会文化氛围中成长为了一个可以吸纳不同见解、同时又颇具反叛意识的"异端"。正如路德·威乐指出的,如果美国伟大的秘密在于融汇了多元文化特质的话,那么梭罗可能是在文化意义上的第一个真正的美国作家。④ 这或许就是康科德所赋予

---

① Robert D. Richardson, Jr., Thoreau and Concord, *The Cambridge Companion to Thoreau*, Joel Myerson ed., Shanghai: Shanghai Foreign Language Education Press, 2000, p. 12.

② Robert D. Richardson, Jr., Thoreau and Concord, *The Cambridge Companion to Thoreau*, Joel Myerson ed., Shanghai: Shanghai Foreign Language Education Press, 2000, p. 13.

③ Ruth Wheeler, Thoreau's Concord, in *Henry David Thoreau: Studies and Commentaries*, Walter Harding, George Brenner & Paul A. Doyle ed., New Jersey: Fairleigh Dickenson University Press, 1972, p. 27.

④ Ibid..

梭罗的最大财富。

梭罗一直被很多人视为成天无所事事的闲人和"隐居者",但是他始终没有放弃对康科德公共事务的热心。尽管他没有直接参与南北战争,但是一直积极进行反奴隶制的公开演讲,帮助黑人奴隶逃到加拿大。他拒绝向对墨西哥进行不义之战的政府纳税而被关进监狱,并由此用激扬文字写下了宏伟的政论文稿《论公民的不服从》,呼吁社会公正和个人的自主意识。总的来说,除了那一次不小心烧掉了康科德的一大片林子①,梭罗在康科德其实是一个很好的邻居,很多人喜欢他、欣赏他,包括不得不把他关进监狱的山姆·斯达普斯。当人们发现甘地、路德·金等人的和平抵抗运动均受到了梭罗的影响后,梭罗才被郑重其事地接纳为康科德伟大公民之一。②

梭罗在《瓦尔登湖》中坦言,他几乎游历遍康科德的每一个角落。他熟悉康科德的每一景象;而他自己作为一个新英格兰的"闲逛者"也成了别人熟悉的景象。他终身一个很重要的"工作"便是康科德的"测量员",他不仅测量天气变化和道路等,更是山水草木、花鸟鱼虫等等的观察员。梭罗观察事物是很细致的,他总能发现不同花草树木之间的细微差别。所以,他后来成为当时美国首屈一指的博物学家路易斯·阿加西斯(Louis Agassiz)在康科德的得力助手,帮助收集物种,并加入了波士顿自然历史协会。在《河上一周》中,梭罗详细地描述了康科德河的水域。梭罗不仅了解康科德河的面貌,更知道其历史,并把它与尼罗河、幼发拉底河相提并论,视之为新英格兰的文明发源地。梭罗有生之年出版的第一本著作的叙述就这样从康科德开始到康科德结束。

另一方面,梭罗笔下的康科德又可能是每一个地方,恰如"在超验主义者眼中的'我'(I,英文主格)指向的是每一个人"③。1843年4月2日在写给友人的信中,梭罗这样写道:"我准备离开康科德——我的罗

---

① 1844年4月30日,梭罗和友人在康科德林子里烤他们在河里捕获的鱼,不小心烧掉了几乎300英亩的树林和农田。

② Robert D. Richardson, Jr. , Thoreau and Concord, Joel Myerson, *The Cambridge Companion to Thoreau*, Shanghai: Shanghai Foreign Language Education Press, 2000, p. 15.

③ Ibid. , p. 17.

马和这里的人民——我的罗马人们,在五月,前往纽约。"① 很显然,对于梭罗,康科德不仅是地理意义上更是精神意义上的家园,是他的整个宇宙。他具有典型的东方"见微知著"的思维,在他的眼中,一天是一年的缩影,康科德是世界的一个缩影。他在康科德发现了爱默生在《自然》一书中所说的"自然万象的总体循环"(entire circuit of natural forms),因而在他的写作文本中,时空是循环往复的,生命总是显示出生生不息的活力。在日记中,梭罗如是说:"源自于宇宙,我尽管最爱康科德,但是当我发现在那些遥远的海洋和荒野拥有的物质可以塑造上百万个康科德时,我也是很高兴的。"② 可以说,梭罗在阅读或旅途中的所见所闻总能通过各种形式表现在他笔下的康科德世界,而他在康科德的经历又反过来丰富了他对其他地方的认知。

二 年轻梭罗的谋生与求职

事实上,梭罗如此依恋康科德或许还有很重要的一点现实因素:只有在这里梭罗才能不为生计感到焦虑、才能随心所欲地从事他爱好的各种"监测工作"、才能过着如此闲暇的生活、才能投入到最热爱的写作中。

1837 年从哈佛毕业后,梭罗不得不面对如何进入成年生活的问题。对于每个人来说,尤其是 19 世纪的人,第一份职业往往深刻地决定了今后的人生方向,同时也深刻地影响他的价值观和世界观;而且人的时间和精力是有限的,对于大部分人来说,选择了一条道路,往往会从此失去认识和适应其他道路的可能。对于梭罗那个时代的大学毕业生来说,大概有四条道路可以选择:教会牧师、法律、医疗和教育。梭罗毫不犹豫地选择了教书。他作出这样的选择至少应该有三个方面的原因:一、在学校任教可以说是他的家族传统;二、在哈佛就读期间,根据当时哈佛的传统,学生可以申请离校一段时间进行有意义的实践,因此梭罗曾经成功地申请到了一个短期的教职,并与该校的校董俄瑞斯蒂斯·A. 布朗森结下不解之缘,对任教有了良好的体认;三、梭罗大学期间涉猎很广,但是兴趣主要在人文学科,而且对语言和文学的热情远远大于对宗教和法律的热情等。

---

① "Journal (I)", in *The Writings of Henry David Thoreau* (Vol. VII), p. 358.
② "Journal (III)", in *The Writings of Henry David Thoreau* (Vol. IX), p. 161.

当然，也许还有性格较为孤僻的缘故，但是好在他在哈佛时从修辞和演讲术教授爱德华·T. 钱宁那里学会了口头和书面的自我表达。总的来说，年轻的梭罗已经具备了成为一个合格教师的所有条件。

梭罗刚从哈佛毕业后，康科德学校委员会很快给他在该镇的中心学校提供了一个教职。他们给的年薪足以令梭罗过上很美好的中产阶级生活了。因为1837年美国正在经历第一次经济危机，整个国家当时正处在一个严重的经济大萧条时期，并且一直持续到1843年。梭罗显然是当时少数几个能在毕业后很快就找到一份如此美差的幸运儿之一。但是梭罗却很快因为不愿意体罚学生而主动辞职了。这也反映了梭罗的某种性格特征：单纯、冲动、自尊心极强。

梭罗的辞职事件在镇上轰动不小。很多人无法理解，一个大学毕业生怎么会在经济大萧条时期因为体罚学生这种再普通不过的小事情而放弃如此难得的好职位。而梭罗自己也很快发现，放弃容易，再争取到新的教职很难。而且他也没有离开康科德的意愿。①

1838年6月中旬，梭罗在寻求学校的教职未果后，干脆自己在家里开办了一个小小的私立学校。他的私塾不仅成功解决了生计问题，还能引得他的哥哥约翰也辞去自己的教职加入其中，兄弟俩还因此获得了难得的现代教学模式试验的机会，成为后世效仿的楷模。② 后来，私塾因为约翰病逝而关闭，梭罗从此就一直不定时地从事土地勘测工作以获得一些酬劳。由于终身未婚，梭罗不固定的收入总是能够养活自己甚至能补贴家用。可见，梭罗应该是一个很有"经济"头脑的人，但是和一般人不同，他的"经济"才能或者说是绩效能力不是用在物质财富的积累上，而是放在了获取最大效益的精神财富上。这点我们完全能从《瓦尔登湖》开篇"经济"一节中窥见一斑。

与此同时，梭罗在1837年的"失业"、"待业"的闲暇之余，终于意识到自己熬过的大学生涯其实并没有白费，因为他跟爱默生的友谊在这段时间飞速地发展了起来，且大有相见恨晚之势，不过后来也经历了一些思想和言行上的冲突，其前因后果对于了解当时美国文化思潮是饶有意味

---

① Walter Harding, *The Days of Henry Thoreau: A biography*, p. 55.
② Ibid., pp. 75 – 88.

的，因此关于两者的友谊和关系成了后世诸多学者探究的一个重要话题①，这些我们下一节会进一步讨论。在此我们看到的是，两人结识后不久，梭罗在爱默生的感染和指引下就树立了一个坚定的信念："我的工作是写作"。② 至此，他开始把写作视为自己的理想职业，并以高度的严肃态度对待这一选择，因为梭罗强烈地感到写作不仅是他成长的一个基点也是他经历的产物。他的生命渴望文学表达。

三 《日晷》与梭罗的作家学徒期

在爱默生发表了《神学院的演讲》后，波士顿的保守派和唯一理教对超验主义者产生了敌意，大部分老牌刊物拒绝刊登他们的作品。超验主义者们都觉得有必要建立自己的刊物。1839年5月，奥尔科特在超验主义俱乐部的聚会上抱怨说，当前的刊物质量低下、空洞无物而且毫无生气。到了该年的9月份，俱乐部成员通过了建立一份刊物的决议，并认为该刊物应该是"更能按照灵魂的需要表达观点的机关"；奥尔科特提议刊物的名称为《日晷》，意在说明该杂志的宗旨是："既广泛解释真理又能够记录事实的发生发展"。③ 该刊于1840年7月出版第一期，1844年停刊。

由于爱默生的器重，梭罗在其领导创办的超验主义杂志《日晷》中正式开始了他的文学职业"见习生涯"。《日晷》总共出版了16期，其中有32篇或是梭罗创作的诗歌和文论或是他编译的作品。④ 这个数量足以鼓舞梭罗，使之对自己的创作充满了热情和信心。另外，后期受爱默生委托，梭罗还参与到了《日晷》的编辑工作，这也使他注意到了同时代那些影响最为深刻、最前沿的文化领袖。其中就包括了托马斯·卡莱尔。在

---

① Joel Porte, *Emerson and Thoreau: Transcendentalists in Conflict*. Middletown: Wesleyan University Press, 1965; Joel Myerson ed. *Emerson and Thoreau: The Contemporary Reviews*, New York: Cambridge University Press, 1992; Harmon Smith. *My Friend, My Friend: The story of Thoreau's Relationship with Emerson*, Amberst: University of Massachusetts Press, 1999; John T. Lysaker & William Rossi ed. *Emerson & Thoreau: Figures of Friendship*, Bloomington: Indiana University Press, 2010.

② Walter Harding, Michael Meyer. *The New Thoreau Handbook*, New York: New York University Press, 1980, p.160.

③ [美] 萨克文·伯科维奇主编：《剑桥美国文学史》（第二卷），史志康等译，中央编译出版社2008年，第439页。

④ Walter Harding, *The Days of Henry Thoreau: A biography*, p.121.

《日晷》积累的创作和编辑经验使梭罗开始有更大的耐心和勇气去拓展自己在更大范围内寻求发表作品的机会。

梭罗在《日晷》上发表的第一篇文章是《奥勒斯·佩尔西乌斯·费劳西斯》（*Aulus Persius Flaccus*）。这篇文章被认为是"一开始就使人感觉几乎就是一篇大学习作"①，所以难怪当时的编辑富勒一度拒绝录用。但是爱默生在这篇文章里看到了梭罗的很多闪光点，尤其是他总能从令人想不到的地方出乎意料地挖掘出智慧和语言的闪光点，所以爱默生再三说服富勒同意刊发该文，富勒只好妥协。随后，梭罗因一个朋友的一句赞扬又把这些有关佩尔西乌斯的文字放入了《康科德河和梅里马克河一周记》（*A Week on the Concord and Merrimack Rivers*，即简称《河上一周》）的"星期四"一章节中。梭罗认为，"那种在家里无兴趣阅读，只因怀有几分敬意而收藏着的用废弃语言撰写的乏味却深奥的诗，最适合在旅行时阅读"。② 他觉得佩尔西乌斯就是这类作家，并声称关于佩尔西乌斯的这些文字"几乎是我在为文学事业奋斗中所作的最后一次常规贡献（the last regular service）"。③ 梭罗的理由是：

> 如果你怀着这样一个希望——你能找到一片美好的领域，并且最后还可以拥有它——那么你就能想象出一部神圣的为这位诗人展开的作品，你也可以接近他。这样，你就会读到这句序言：
>
> "身为半个异教徒的我，
>
> 竟然把自己的诗作呈现在诗人们的圣地"。④

这基本道出了梭罗鲜明的个性特征和今后的文学追求方向——走一条不同寻常的创作道路。

---

① ［美］萨克文·伯科维奇主编：《剑桥美国文学史》（第二卷），史志康等译，中央编译出版社 2008 年，第 449 页。

② "A Week on the Concord and Merrimack Rivers", in *The Writing of Henry David Thoreau* (Vol. I), Boston & New York: Houghton Mifflin & Co., 1906, p. 327. 参考：［美］亨利·大卫·梭罗：《河上一周》，宇玲译，北方文艺出版社 2009 年，第 158 页。以下关于《河上一周》引用参考译文均出自于此译本。

③ ［美］亨利·大卫·梭罗：《河上一周》，宇玲译，北方文艺出版社 2009 年，第 158 页。

④ 同上书，第 159 页。

1837年到1840年间，卡莱尔在英国作了一系列关于"英雄"和"英雄主义"的演讲并把文稿寄给了爱默生。爱默生结合自己的美国经验，很快就作了《英雄主义》的演讲。爱默生认为，"英雄就是心灵平衡的人，任何干扰也动摇不了他的意志，他只是文雅地、可以说愉快地伴随着自己的音乐迸发"，而"英雄主义中没有任何哲学的东西，也没有什么神圣的东西；……它是个人主义的极端形式……是对人性格中某种秘密冲动的屈从"，并指出英雄主义的本质是自信和节制，"其特征就在于持久性"。① 和同时代的很多年轻人一样，梭罗马上就被爱默生这种平民日常生活中可能出现的军人般气概的"英雄主义"所深深吸引。1840年年底，梭罗写下了《论兵役》（The Service）的文章，三个小标题显得不同凡响："新兵的特质"（Qualities of the Recuits）、"我们应该拥有何种音乐"（What Music Shall We have）和"无论多少，都须知道敌人何处藏身"（Not How Many But Where the Enemy Are）。② 梭罗在文中还使用了一些军事术语。

当爱默生再次递交给富勒要求刊发自己爱徒的这篇回应性论文时，富勒又为难了，因为她实在是觉得这篇文章的结构和用语被年轻气盛的梭罗那"勇敢"的激情杂糅得一团糟。1840年12月1日，富勒给梭罗写了一封信，尽量委婉地拒绝，让他再次修稿。梭罗收到信后并没有再回寄，也没有向其他地方投稿。或许梭罗已经意识到自己论述能力有待于提高，或许是因为他有了新的兴趣——诗歌。后来的事实证明，后者的可能性更大些。接下来，梭罗便在《日晷》上陆续发表诗歌作品，由此热情地投入到诗歌创作中。

梭罗在《日晷》上发表的第二篇论述性文章是在1842年爱默生继任该杂志的编辑后。那时，梭罗的人生已经发生了很大的变化，其中之一就是他已经于1841年搬到了爱默生家中，几乎成了爱默生家的管家，并因此有了更充裕的时间和空间专心写作，且不再为生计发愁。但是这种舒适的生活很快就被一个巨大的噩耗打乱了。1842年1月，梭罗最好的朋友、挚爱的哥哥约翰因刀伤引起破伤风，在经历了数天的痉挛和难以承受的疼

---

① ［美］爱默生：《英雄主义》，选自《爱默生演讲录》，孙宜学译，中国人民大学出版社2004年，第1—15页。

② Henry David Thoreau. "Cape Cod & Miscelanies", *The Writing of Henry David Thoreau* (Vol. Ⅳ), Boston & New York: Houghton Mifflin & Co., 1906, pp. 270 - 279.

痛后，不久便死在了梭罗的怀里。这件事情沉重地打击了梭罗——虽然他看起来比较平静，但是过几天突然出现和哥哥逝世前一样的痉挛，着实把家人吓坏了。好在他那恬淡寡言的性格很快使他恢复了过来。

恢复过来后的梭罗顿时产生了一种精力过剩的感觉，他得给自己找点事情做，以弥补失去哥哥后的失落。这时马萨诸塞州的立法院恰好委托他对波士顿周边的野生生物进行调查。天生对自然有敏锐观察力的梭罗接受了这个任务，并很快带回了调查报告。爱默生为了帮助他恢复精力便要求他根据这些材料再撰写相关评论。1842年7月，这篇题为《马萨诸塞州自然历史》（The Natural History of Massachusetts）的评论刊登在了《日晷》上。和以往单调乏味的自然科普文章不同，梭罗在这里释放了丰富的想象力，展现了他"能够用光辉灿烂而且准确无比的语言重现自然美景的天赋"，"这是他在传统的文学评论和散文时所没有做到的"。① 梭罗在这篇文章的开篇是这样写的：

> 在冬天里，阅读自然历史的书籍是最令人欢欣鼓舞的事情。我怀着愉悦激情的心情开打奥杜邦②的书，当雪花覆盖在地面上的时候……开着棉花的树、禾雀刚刚建立的鸟巢、拉布拉多突然变暖的冬日、密苏里群岛的融化的冰雪，它们都在丰富多彩自然的回忆录里获得了健康，这是自然对它们的恩赐。③

梭罗接着还建议把自然历史的读物当作"一种万能药，只要一读就能恢复系统的常态"④。在文中，梭罗用一种很美好的心态来看待自然，内心充满了感激和幸福，表明了他已经开始超越了之前那些迂腐学究的自然历史陈述，也超越了爱默生等人对自然形而上的概括。

在诗意的评论之外，梭罗还摘引了报告中的一些统计数字，例如报告

---

① ［美］萨克文·伯科维奇主编：《剑桥美国文学史》（第二卷），史志康等译，中央编译出版社2008年，第454页。

② 奥杜邦，美国19世纪著名的鸟类学家、画家和博物学家——笔者注。

③ Henry David Thoreau. The Natural History of Massachusetts, *The Writing of Henry David Thoreau* (Vol. V), Boston & New York: Houghton Mifflin & Co., 1906, p. 103.

④ Ibid., p. 104.

描述了 75 类 107 种鱼类，在这些描述中，梭罗成段成段地叙述了自己的观察，展现了马萨诸塞州生物的优雅和生命力，例如，他在写狐狸时，说它的步伐像"猎豹的慢跑"，前进的路线是"一系列优雅的弧线"，在被梭罗追赶时，表现出它独有的冷静与沉着。① 梭罗看到的自然，充满了美感，令人陶醉。最值得称道的是，在这篇文章里，梭罗文章的前后各自提出了两个观点："欢乐确实是生活的条件"② 和"不要低估一个事实的价值。总有一天它会成为真理"。③ 这几乎预示了今后梭罗创作的两个价值取向。

1843 年，爱默生在《日晷》上开辟了"民族经典"（Ethnical Scriptures）一栏，介绍其他民族哲学宗教思想，连续几期都刊登了梭罗翻译的一些古希腊作品和关于印度教、佛教和孔子的节选编译材料。关于东方的材料都是爱默生从欧洲获得并推荐给梭罗的，由此引发了梭罗对东方思想的热情。此外，这一年对梭罗来说，还有一件重要的事情就是由于《马萨诸塞州的自然历史》受到诸多好评，他开始自觉地实验创作一种新的文体，即"旅游随笔"，这是一种短篇幅的游记文学，记录登山徒步、划船游海时的所见所闻和所思所感。到了 10 月份，梭罗又在《日晷》上发表《冬日漫步》（*A Winter Walk*），也是一次观察与思想融合的尝试性创作。由此梭罗似乎开始明确日后的创作主题。

梭罗在《日晷》上发表的最后一篇文章是《荷马、奥西恩和乔叟》，这是爱默生自己要求的，因为此前梭罗曾经在康科德演讲厅做该文的演说。由此爱默生发现梭罗"不仅精明敏锐又富有同感地正确评论了乔叟诗歌中的美感以及乔叟在其中展现出的人文精神的深深感染力；而且还极有见地地对文学史的本质进行了一番思索"。④ 作为超验主义者中受到过最多文学教育的人，梭罗发现了乔叟对英国文学语言的贡献；而且与当时英国消沉悲观的文风相比，乔叟的诗充满了朝气与生命力。总的来说，爱默生在担任主编期间，确实给梭罗开了不少便利之门，促使梭罗在文学创

---

① Henry David Thoreau. The Natural History of Massachusetts, *The Writing of Henry David Thoreau* (Vol. V), Boston & New York: Houghton Mifflin & Co., 1906, pp. 117–118.

② Ibid., p. 103.

③ Ibid., p. 131.

④ [美] 萨克文·伯科维奇主编：《剑桥美国文学史》（第二卷），史志康等译，中央编译出版社 2008 年，第 455 页。

作上迅速地成长起来,并淋漓地发挥了其应有的才能。

有文学史论著指出,梭罗几乎是"《日晷》的主要撰稿人"[①]。梭罗在《日晷》上发表的第一篇文章到最后一篇文章展现了一个作家从不成熟到充满力量且充分自信的发展过程,整个过程是充满正能量、令人备受鼓舞的。《日晷》给予梭罗作家学徒期的最好训练,不仅帮助其认识到文学职业的意义和意味,而且富勒和爱默生作为编辑对于梭罗诗文的选择极大地影响了梭罗创作主题和风格。

第三节 爱默生与梭罗:超验主义的内部冲突

研究"美国文艺复兴"的国内外专家学者几乎都有一个共识,即爱默生是梭罗文学创作的领路人,梭罗是爱默生的门徒。两者的亲密关系是不可否认的,爱默生在游学欧洲的时候,是梭罗为他守护家园、照顾家人;而爱默生曾经长期为梭罗提供了学习、生活的场所,是爱默生允许梭罗在自己购买的土地上搭起一座小屋,才成就了后者的经典名著《瓦尔登湖》,如果没有爱默生的帮助,后人也许不一定有机会阅读到这本"宁静的书"。在梭罗的文学生涯甚至人生中,爱默生的意义是不言而喻的。他开启了梭罗的作家生涯。他写给梭罗葬礼的吊唁词被冠名以《梭罗》,成为1906年米夫林出版集团(Houghton Mifflin)首次编辑出版梭罗全集时的"导论",是后世研究梭罗生平和创作重要的参考资料之一。

事实上,梭罗时常被认为是处处模仿爱默生,这令个性突出的他在很长一段时间内都处于试图摆脱后者的"影响的焦虑"中。而这两者的冲突关系从一个侧面反映了超验主义者内部思想的差异,这不仅展现了超验主义内部思想意识的张力,也呈现了更加丰富、立体的梭罗个人形象。最为重要的是,通过爱默生和梭罗关系的梳理或许还可以界定出谁才是真正的超验主义者。而另一方面,梭罗正是在与其他超验主义者的"争吵"中,找到了自己独特的文学创作方向和方式,由此脱颖而出,成为一代文

---

① [美]萨克文·伯科维奇主编:《剑桥美国文学史》(第二卷),史志康等译,中央编译出版社2008年,第448页。

豪,被著名的评论家认为是超验主义者中"最有作家天赋的人"。①

一 两个人的忘年交

爱默生在第一次见到梭罗的时候,就认为他是"一个了不起的年轻人"。尽管梭罗还没有创造出什么成熟的作品,很不起眼,但是爱默生坚信他有诗人的潜质。因此,爱默生不仅在精神上鼓励他,而且在经济物质上也毫不吝惜。爱默生如此关心梭罗的前途,他竭力在《日晷》杂志上为梭罗寻找发表论文的机会,担任主编时更是主动向梭罗约稿,甚至把他当作家庭成员来对待,向他敞开自己的私人图书馆,请他搬来家里住几年,指导他去纽约寻找出版机会,协助他谋得生活费用,允许他在自己购买的土地上修建小屋、成就他的瓦尔登湖传奇……爱默生为梭罗的文学创作之路铺设了如此多的基石,所以很难想象,如果没有爱默生多年的支持,梭罗还能不能成为美国文学史上一个重要人物。但是从生活背景、经历和性格等方面来看,这两个人似乎没有太多共同之处,因此,他们的亲密关系在起起落落中维系了25年,直到梭罗去世。

(一)良师益友

梭罗的名字第一次被爱默生注意到是因为他在自己的一篇文稿中引用了爱默生的观点。这篇稿子引起了爱默生极大的兴趣,这个年轻人在自己思想的基础上引申出了不少的精彩论述。② 这对于正在潜心创作的爱默生来说无异于找到了一个知音。1837年4月9日,两人第一次会面。爱默生就马上意识到这是一个不同寻常的年轻人:洋溢着朝气和灵性。见到了久仰的学者,梭罗也十分兴奋,一扫平日的腼腆和淡漠,变得滔滔不绝和充满自信。爱默生对于这个"年轻天才"表现出的"可成就一番伟业"的气概印象十分深刻。他发现,尚未满20的梭罗对社会、图书和宗教都有自己的见解,出口成章。最让他感慨的是这个优秀的年轻人竟然是来自于一个如此清贫的家庭——要知道,那时能上大学读书的都还是极少数人,他简直难以置信,这样境遇出来的人怎么会有如此卓越的思想。所以,在见到梭罗后不久,爱默生就在自己

---

① Matthiessen F. O. , *American Renaissance: Art and Expression in the Age of Emerson and Whitman*, New York: Oxford University Press, 1964, p. 5.

② Harmon Smith. *My Friend, My Friend: The Story of Thoreau's relationship with Emerson*. Amherst: University of Massachusetts Press, 1999, p. 6.

的日记里规划了对这个年轻人的初步指导。①

而同时,梭罗尽管还没有办法预知到这次会面对自己的人生有什么改变,但是他从爱默生身上看到了某种希望。在梭罗看来,爱默生尽管在新英格兰是个有争议的人,但是他显然是最有创造性思维的人。所以在那个春天尾期回到哈佛后,梭罗就开始通读爱默生的作品,并从朋友那里拿到了一本《自然》。《自然》对梭罗的影响是不言而喻的,因为在后来的课程论文中,梭罗俨然已经变成了爱默生思想的一个传播者。② 而爱默生则很欣赏梭罗对内在追求和经验知识的态度。

1837年8月30日,即在爱默生发表《美国学者》演说的前一天,梭罗也在自己的毕业典礼上以《现代商业精神对一国政治、道德、文学品格的影响》为题作了发言。此外,梭罗在大学期间还写了一篇题为《外来影响下的美国文学得失》的课程论文。梭罗属于爱默生在《美国学者》中描述的因为得不到合意的工作而憔悴的年轻理想主义者。1837年美国经济大恐慌多少波及到了出身于小铅笔作坊商人之子的梭罗。与爱默生的初交往使梭罗确信这次大恐慌虽然敲响了资本主义的丧钟,虽然令很多人面临着艰难的谋生困境,但是从另一个侧面看则是一个改革的良机。这个机会的最大好处是把处在边缘地位的新兴中产阶级知识分子推到了时代的前沿。

另外,这时两人都认为新英格兰的文学过度崇尚英国人的品位,且有一种市场为导向的媚俗心态。在这篇小论文里,梭罗指出自己所处时代的最大问题是"产生了'商业精神'的思想自由和行动自由",但是却导致了"对财富盲目、卑劣地热衷","使得我们所有的思想和情感在某种程度上都透露着一种自私自利的味道",他提出倡议,认为人应该努力培养道德情感、从谋求物质财富转向精神财富,"去过一种有知识、有精神的生活"。③ 在文章的结尾,梭罗用了还不太成熟的写作方法作出了突兀、空泛的乐观主义结论,认为有智慧、有品德的人将会取代那些物质富足的人成为时代的引领者,引领未来走向更美好的精神化生活。而爱默生在

---

① Harmon Smith. *My Friend, My Friend: The Story of Thoreau's relationship with Emerson*. Amherst: University of Massachusetts Press, 1999, p. 8.

② Harmon Smith. *My Friend, My Friend: The Story of Thoreau's Relationship with Emerson*. Amherst: University of Massachusetts Press, 1999, p. 9.

③ Ibid., p. 12.

《美国学者》中指出，天才应该把才智展示在寻找、感知自然中隐藏的真理并将其转化为意识，这正是新一代美国学者的新使命。这些观点显然正好迎合了梭罗的性格和心理需求。由此，两人在精神和思想上的共鸣抑或契合使彼此都有一种相见恨晚的感觉。

两人关系的更亲密发展是在梭罗从学校辞职出来后。梭罗的父母家人也不能理解梭罗的行为。但是，爱默生并不感到太吃惊，因为他自己在做牧师之前也曾经做过一所公立学校的教师，知道在一个"闷热、炉子蒸汽飘散、臭气熏天的教室里教授简单 ABC 的感觉"，在日记中他说做摇桨的船夫、矿工、伐木工、种田都比干这样的老师强。① 爱默生在心底还曾经担心梭罗的新工作会最终导致他放弃更高的理想。因此梭罗的辞职，在他看来可能为其追求文学兴趣创造了机会。在梭罗待业期间，爱默生向他开放了自己的书房，并鼓励他养成写日记的习惯。这对梭罗的文学创作起很大的奠基作用。

另外，爱默生还主动把梭罗带入自己在波士顿的社交圈。这就为梭罗结识更多的超验主义者和波士顿文化名流打开了一扇大门。接下来，有朋友或熟人来康科德拜访他时，爱默生更是尽量让梭罗陪在侧，参与交流讨论。1841 年，爱默生干脆让梭罗搬到自己家来住。在爱默生的指导下和与其他超验主义者的交流中，经过几年历练，这时的梭罗在写作上已经开始慢慢摆脱稚气，不再是为了讨好"老师"而创作，开始有了一定的技巧和思想沉淀。在爱默生家，梭罗诚然可以更充分地利用爱默生的图书，而且写作的时间也更有保障。

同样地，爱默生也很快就在《日晷》杂志上刊发了题为《改革者》的文章，"读起来好像是梭罗瓦尔登湖实验的计划书和《瓦尔登湖》中《经济篇》的摘要"②。事实上，早在 1841 年 1 月 25 日，爱默生就已经在波士顿机械师学徒图书馆协会做过差不多内容的演说《人即改革者》。有学者指出，这个案例说明了很多时候爱默生"喜欢从他年轻的门徒的经历中概况出时代的情形，梭罗可能极大地影响了该文的创作"，③ 而梭罗

---

① *The Journal of Henry David Thoreau*, edited by Bradford Torrey & Francis H. Allen, Boston: Houghton Mifflin, 1906, Vol. III, p. 24.

② [美] 罗伯特·米尔德：《重塑梭罗》，马会娟、管兴忠译，东方出版社 2002 年，第 27 页。

③ 同上。

则反过来从爱默生的文章里获得时刻准备付诸行动的充分理由。可以说,两人如此这般的关系,何止是父子和兄弟,简直还是精神的导师与生活的教练。

(二) 间隙

1845年,梭罗在自己的日记中以少见的口吻这样评价爱默生:"他对年轻人的影响没人能够比得上。"① 这里说"少见"是因为,两人的亲密关系很快就在同一屋檐下产生间隙,对梭罗来说,两人的关系经常濒临破裂。正如史蒂芬·哈恩指出的"实际上,他们的关系发展得越快,他们就越难以成为朋友或者保持良师益友与门徒的关系"②。因为两者对友谊都有着不切实际的理想,但是两人的性情差异又是如此巨大。

爱默生来自于新英格兰一个有名望的家族,与第二任妻子的婚姻所获得的财富给他带来了康科德的一所大房子。爱默生29岁的时候,不满当时教会的陈腔滥调,毅然从教会脱离了出来,紧接着就到欧洲去游历,由此结识了英国浪漫主义诗人华兹华斯和柯特律治,并和著名的历史学家和哲学家卡莱尔结下了深厚的友谊。通过他们,爱默生接受了欧洲浪漫主义文学和唯心主义哲学的思想。"从欧洲回来后,爱默生开始意识到自己肩负着沟通大西洋两岸的公共知识分子的历史责任"。③ 可以说,爱默生不仅经济、社会背景好,而且成名早。

作为牧师的后代,自己又做过一定时期的牧师,爱默生身上散发着牧师超凡脱俗的气质。在精神上,他是一个理想主义者、道德家、"文化革命战士,时刻准备在理论上彻底改变世界,但这种充满生机的理想却建立在一切存在的社会秩序的基础上"。④ 体格上,爱默生是典型的清教徒的孩子,纤弱、紧张。在社交领域,他拥有在相对纯净环境中应付自如的巧妙技能。性格上,爱默生是一个很有个性魅力的人,总能把周围的人吸引并

---

① *The Journal of Henry David Thoreau*, edited by Bradford Torrey & Francis H. Allen, Boston: Houghton Mifflin, 1906, Vol. II, p. 224.

② [美] 斯蒂芬·哈恩:《梭罗》,王艳芳译,中华书局2002年,第15页。

③ Joel Porte. Consciousness and Culture: Emerson And Thoreau Reviewed, New Haven & Lodon: Yale University Press.

④ [美] 沃浓·路易·帕灵顿:《美国思想史》,陈永国、李增、郭乙瑶译,吉林人民出版社2002年,第607页。

聚集到他身边。

梭罗生于一个少数族裔（法裔）家庭，父亲靠制作铅笔谋生，母亲则艰难地经营着家庭旅馆以补贴家用，因此梭罗不得不靠哈佛奖学金入学并在宿舍里与同学挤一间小屋子。在梭罗成长期，自给自足的小农经济已经失去经济的主导地位，很少有年轻人愿意像父辈们一样在农田里度过忙碌的一生，很多人渴望的是在不断扩张的商业秩序中寻求社会地位和经济上升的机遇。梭罗的父亲是一个小手工业者，靠一个小杂货铺维持生计，他没有任何田地可以留传给他的儿子们。这就意味着梭罗不能依靠家族继承获得其身份的确立，比起当时来自于中产阶级的同辈人，他同时还得面临着自身社会地位的确立问题。

1843年两人之间的紧张关系迹象已经很明显。在撰写《论经验》一文时，爱默生在日记中写道："像亨利·梭罗这样的年轻人，欠我们一个新的世界，而且至今都没有偿还清楚债务。更有甚者，这些人英年早逝，因此逃避了债务。"① 爱默生在写下这段话时，想必内心充满了对梭罗的失望。在文学方面，爱默生也越来越怀疑梭罗能否成为一名成功的作家。最初他让梭罗搬来自己的家，很大程度上就是珍惜和保护梭罗的天资和刻苦，所以自愿担当起了资助人和朋友的责任。但是梭罗这些年几乎没有任何引起大家注意的作品。梭罗跟自己的朋友说，在过去的几年里，他"在进行着一场内心世界的游历"，② 然而在旁人的眼中，他仅仅是整天在康科德游手好闲、无所事事地瞎转。爱默生曾经建议他考虑去一趟欧洲，他不但断然拒绝，而且还说：

> 谁愿意脚踏大西洋两岸使自己更加分裂？我们早已经够极端了。如此跨越两岸是非常危险的，因为他再也不能恢复直立的身姿。在旧英格兰和新英格兰，某些人向往着成为著名的罗德岛巨人，向往着让轮船从他们胯下驶过。

---

① Ralph Waldo Emerson. *Journals of Ralph Waldo Emerson* (Vol. X), Boston: Houghton Mifflin Company, 2009, p.198.
② [美] 萨克文·伯科维奇主编：《剑桥美国文学史》（第二卷），史志康等译，中央编译出版社2008年，第507页。

这是 1848 年 5 月 21 日梭罗写给爱默生的信。当时爱默生在欧洲进行第二次访问，切实体会了席卷欧洲的革命，内心充满了回美国后也干一番大事业的热情，他或许希望梭罗能加入，所以建议他来欧洲感受革命的气氛，结果就这样被梭罗给泼了冷水，可以想象爱默生看到这些话语时的心情。在这之前，梭罗还曾经公然反对爱默生奔波于相见会场和大城市的各种演讲厅的优越中产阶级的行为准则。如果爱默生曾经把梭罗这种蔑视当作一种提醒和激励的话，那么现在则是一种失望和气恼了。

即使是在对梭罗充满了热情的高峰期，爱默生在内心深处也怀疑他这个年轻的作家是否真有能力把他的愿景传达给大众。1841 年 9 月，在献给富勒的信中，爱默生抱怨道："H. T.（梭罗名字的缩写）最近满脑子都是高贵的疯狂，我对他产生了比以前更高的期望。我知道几乎所有的美好灵魂都有自己的缺点。而且这个缺点总是会击垮所有的期待。但是我必须相信这些大框架——相比其他并不是那么脆弱"[①]。

到了 19 世纪 40 年代末，爱默生功成名就，达到了事业的顶峰，这"给了让他明确的人生方向"，而"梭罗还在试图寻找到一个好途径挣钱以便能继续写作"。[②] 他可能对得过且过的物质生活没有太多怨言，而且他已经发展了另一个技能——勘测土地，加之偶尔演讲收入，可以确保他每天在父亲铅笔作坊帮忙后有充足的时间写作。但是令梭罗感到尴尬和烦恼的是邻人对他的态度和评论，甚至 1848 年在波士顿一知名的评论杂志上，有人公开严厉指责他是爱默生的模仿者，这让梭罗十分难受。[③] 梭罗多年来一直在试图摆脱爱默生对于他的"影响的焦虑"，努力寻找自己的创作思路，所以有时候难免在日常中刻意逆反。可想见，这种公开的不公谴责给梭罗留下多么大的阴影，也深深地伤害了两人之间的友谊。

1849 年，梭罗第一本书《河上一周》得以出版，但是市场销售几乎完全失败、评价也不高。由于自负出版费还使得梭罗陷入了几年的债务。

[①] Ralph Waldo Emerson, *The Letters of Ralph Waldo Emerson* (Vol. 5), New York: Columbia University Press, 1995, p. 155.

[②] Joel Porte, *Emerson and Thoreau: Transcendentalists in Conflict*, Middletown: Wesleyan University Press, 1965, p. 37.

[③] Harmon Smith, *My Friend, My Friend: The Story of Thoreau's Relationship with Emerson*, Amherst: University of Massachusetts Press, 1999, p. 133.

令梭罗感到愤然的是,爱默生尽管对该书提出过一些批评,但是他一直鼓励梭罗大胆出版。这或许是两人包括梭罗自己都太期待梭罗能早日获得文学上的成功了。然而,这时候梭罗事实上还没有完全成熟起来。两人的关系由此产生了更大的间隙。

二 爱默生的《超验主义者》与梭罗

1842年1月,爱默生作了题为《超验主义者》的演讲。这篇演讲是鼓舞那些有着强烈使命感、把自己的身心都贡献给了"新观念"(new views)、但却遭受社会误解而不知如何行动的年轻人们。事实上,"爱默生仅仅是小心翼翼地把自己作为旁观者的印象和感受说了出来"。[①] 在这篇演讲稿里,他把超验主义者称为"孩子",并为他们退出"实践的世界"道歉,号召他们早日回到社会,用自己的聪明才智服务社会。他认为超验主义者有一种危险的倾向:"将会出现伪善和虚伪,也会出现巧妙的言辞和空话"。[②] 他呼吁"社会对这一群人也负有责任,必须以慈悲之心待之。"爱默生通过长篇阐述,试图让人们相信:

> 超验主义者采纳了有关精神学说的全部理论。他相信奇迹,相信人的灵魂永远是对着智慧与力量的新潮流开放的。他相信灵感,相信狂喜。[③]

换句话来说,就是超验主义者是美的热爱者和崇拜者。社会有必要认识到超验主义的内在本质:他们具有自由主义甚至是唯美主义精神。他们孩子般的气质外表下是真善美的灵魂。这种唯心主义精神是超越繁复、杂乱的物质世界的。用爱默生自己的话来说就是:"每一个唯物主义者都可能成为唯心主义者,但唯心主义者却永远不会退化为唯物主义者"。这就是超验主义者的价值所有。

[①] Joel Porte, *Emerson and Thoreau: Transcendentalists in Conflict*, Middletown: Wesleyan University Press, 1965, p. 6.

[②] [美] 爱默生:《超验主义者》,选自《爱默生演讲录》,孙宜学译,中国人民大学出版社2004年,第172页。

[③] 同上书,第160页。

爱默生在演讲最后，明确指出：

> 处在这种世风日下、万物媚俗的社会，……你是否能容忍一两个孤独的声音说出那些既不能买卖也不会消失的思想与原则呢？……这几位隐士或以沉默或以言语宣讲的思想，不仅体现在他们以往的行动上，而且体现在他们决心要做的事情上，这些思想仍将体现于美与力量之中，仍将在大自然中重新组合，仍将在或许比我们更有能力更幸福的人身上重新萌发，并将与周围的环境更加和谐。①

在这里，爱默生赋予了超验主义者崇高的历史使命和时代意义，认为他们可以并且应该成为时代摆脱物质主义、商业主义侵蚀的精神领袖。他们的思想将长存于世，而其他所有的东西都会随着时间流逝，只有追求真善美的精神是可以延续并指引人们走出世俗泥潭、走向更美好的未来，由此才能缔造出一个真正和谐、理想的"山巅之城"。也就是说，超验主义者的意义就是在提醒民众不要偏离美国开国之父的建国理想之路。这体现了爱默生日渐清晰的"美国"国家形象。正如张爱玲说的："那时候的美国正在成长中，他（爱默生）的国家观念非常强烈。"② 爱默生恰是基于这点，始终把超验主义者的使命放在了国家良性发展的基础上。

这是爱默生的美好愿景，是他对自己主导的这个团体存在的合理和合法性的一种辩解，是对年轻一代超验主义者的鼓舞，也是给徘徊在唯心主义和唯物主义之间的其他年轻人提供一种辨析。实际上，那时的超验主义者作为激进改革派，是备受争议的。正如丹尼尔·韦伯斯特就认为："同时代的超验派是虚无危险的。"③ 而另一个新英格兰的活跃分子奥利斯特斯·布朗森（Orestes Brownson, 1803—1876）则认为很多超验主义者在鼓吹自我修养和自我提高时未免显得太冷漠无情了，指责他们几乎无视贫

---

① ［美］爱默生：《超验主义者》，选自《爱默生演讲录》，孙宜学译，中国人民大学出版社 2004 年，第 174 页。

② 张爱玲：《同学少年都不贱》，天津人民出版社 2004 年，第 106 页。

③ ［美］沃浓·路易·帕灵顿：《美国思想史》，陈永国、李增、郭乙瑶译，吉林人民出版社 2002 年，第 616 页。

苦大众苦难不断增加的现实、不能"像他一样同情劳动阶级"。① 爱默生非常清楚人们对超验主义者的不解与排斥。此时，已经是职业演说家的他显然是十分有演说技巧的，他从来不否认超验主义者身上的不足，但是他说：

> 世界上并不存在纯粹的超验主义者，但是那种要求尊重直觉并且要求我们至少在自己的信条中给予直觉以压倒经验的全部权威性的倾向，却给我们如今的讨论与诗歌打上了深刻的烙印。这些时代的天才与宗教的历史，尽管并不纯粹，而且至今还没有体现到任何强有力的个人身上，但它仍会成为一种倾向的历史。②

这就相当于告诉人们，要成为超验主义者不容易，但是他们的存在却是一种历史潮流或历史的必然。也就是说，超验主义者是为了挽救时代于物质主义泥潭而来的，他们将力挽狂澜地拯救美国即将沦丧的伦理和创新价值，使它们重新焕发出生机，由此把国家带上健康的发展之路。

根据爱默生的观点，纯粹的超验主义者是一个理想，普通人只能无限去靠近这个理想。那么接下来，爱默生就是要告诉人们那些正在努力成为超验主义者的人是怎样的，尤其是那些正在这条路上奋斗的、人们目所能及的年轻人：

> 许多聪明人和教徒退出了普通的劳动生涯，放弃了在市场和政治会议上的竞争，而投身于一种孤独而富有批判性的生活方式，这种生活方式迄今为止尚未产生任何能证明他们这种脱离是否合理的成果。他们至今仍处于孤独状态：他们深感自己的能力不适应承担现在的工作，他们宁愿去乡间漫游，并在厌倦中死去，因为城市能够向他们提供的慈善与成功机遇已经蜕变了……他们之所以做现在的工作，仅仅是由于他们处在无所不在的人性包围之中，所以不得不做。他们同意

---

① ［美］萨克文·伯科维奇主编：《剑桥美国文学史》（第二卷），史志康等译，中央编译出版社 2008 年，第 439 页。

② ［美］爱默生：《超验主义者》，选自《爱默生演讲录》，孙宜学译，中国人民大学出版社 2004 年，第 163 页。

做这项工作，是因为它正好对他们开放——尽管与他们伟大的梦想相比，如写作《伊利亚特》或《哈姆雷特》，或创建城市或帝国的工作，似乎单调乏味。①

爱默生立论的一个历史背景就是"美国的文学精神史正处于一种进行状态"②，如此超验主义者就很可能在这个过程中建功立业、在历史中留下痕迹。

在爱默生看来，超验主义者的基本状态就是孤独，是一种精神和肉体的双重孤独。他们找不到谈话的对象，更不要说理解他们的人，所以他们只能在大自然里隐居。但是如果有人愿意去了解他们，就会惊讶地发现他们的选择是性情和理智的结合，他们"不庸俗或野蛮，而是快乐、敏感、热情"③，渴望被爱。在旁人听来，爱默生这些描述简直如同梭罗的个人形象写照。1862年，爱默生在梭罗葬礼上写的祭奠文便是这样的：

> 在这时候他是一个强壮健康的青年，刚从大学里出来，他所有的友伴都在选择他们的职业，或是急于要开始执行某种报酬丰厚的职务，当然他也不免要想到这同一个问题；他这种能够抗拒一切通常的道路，保存他孤独的自由的决心……惟其因为他完全正直，他要自己绝对自主，也要每一个人都绝对自主，所以他的处境只有更艰难。但是梭罗从来没有踌躇。他是一个天生的倡异议者。他不肯为了任何狭窄的技艺或是职业而放弃他在学问与行动上的大志，他的目标是一种更广博的使命，一种艺术，能使我们好好地生活。④

这两段文字几乎可以对照来读。刚大学毕业的梭罗也受到世俗关于职业的困扰，但是梭罗并没有利用自己卓越的行动力投身到常俗的职业市场

---

① ［美］爱默生：《超验主义者》，选自《爱默生演讲录》，孙宜学译，中国人民大学出版社2004年，第163页。
② 同上书，第164页。
③ 同上。
④ ［美］爱默生：《梭罗》，《美国文化丛书：爱默森文选》，张爱玲译，［美］范道伦编选，生活·读书·新知三联书店1986年，第189页。

以获得丰厚的物质利益回报，而是选择了一条自己的道路——要在文学艺术、精神思想领域开创自己的事业，因为他觉得再没有比这项事业更伟大的了。在康科德人的眼里，梭罗也俨然就是一个孤独者，他在瓦尔登湖的"隐居"更加深了人们的这一印象。

在这篇祭文里，爱默生还这样描述了梭罗的个性：

> 他脾气里有一种军人的性质，不能被屈服，永远是丈夫气的、干练的，而很少温柔的时候，仿佛他只有在与人对敌的时候才觉得自身的存在……他虽然是这样纯洁无邪的一个人，他竟没有一个平等的友伴与他要好。①

对于梭罗这种虔诚又好斗的性情，《超验主义者》里也有类似的表述："因为他们有这种追求伟业和奇迹的激情，所以我们不会奇怪他们受到人性卑劣与无聊的抵制。他们对自己说，与其和坏人为伍，倒不如独来独往。他们确实渴望与人为伴，即渴望找到怀有同样梦想的伙伴，这种渴望也确实需要予以满足——正是这种希望促使他们回避所谓的社交圈。"② 这似乎再次印证了一些学者的观点："很多时候爱默生喜欢从他年轻的门徒（主要指梭罗）的经历中概括出时代的情形。"③ 这两个相隔将近20年的文本相互回应，从某种程度上说明了梭罗具有的典型"超验主义者"的精神品格特征。

在《超验主义者》里，爱默生还补充说："这些苛刻挑剔的孩子们大肆宣扬我们的缺陷。他们绝对不会赞美我们，也不会和颜悦色与我们谈话。"④ 这不由让人想起梭罗在日常生活中对爱默生的蔑视。在交往早期，宽宏大度的爱默生曾经把这个年轻人的蔑视当作一种激励。随着两人关系

---

① ［美］爱默生：《梭罗》，选自《美国文化丛书：爱默森文选》，张爱玲译，［美］范道伦编选，生活·读书·新知三联书店1986年，第191页。

② ［美］爱默生：《超验主义者》，选自《爱默生演讲录》，孙宜学译，中国人民大学出版社2004年，第167页。

③ ［美］罗伯特·米尔德：《重塑梭罗》，马会娟、管兴忠译，东方出版社2002年，第27页。

④ ［美］爱默生：《超验主义者》，选自《爱默生演讲录》，孙宜学译，中国人民大学出版社2004年，第166页。

日渐紧张，爱默生对梭罗那种咄咄逼人、好争辩的姿态便产生了厌烦心理。但是这些都不影响我们对梭罗的一个基本判断：梭罗正是爱默生眼中年轻一代超验主义者的具体形象代表。事实上，很多学者都觉得梭罗比爱默生更具有超验主义者的品质，是"真正的超验主义者"①。正如有人指出："在同时代人中，除了玛格丽特·富勒，最认真对待先验论者所倡导的自我教育的也许就是梭罗了，他打算以人生为职业，把哲学家的理想和实干家（英雄）的行动结合起来，并且通过成为作家来实现这一目标。"②

三 师徒分道：超验主义的内部冲突

综合前文所述，无论是"超验主义"还是"超验主义者"，正如爱默生1842年写给妻子丽迪安的信中说的：都还不是"熟知和确定的"。③ 作为超验主义的两个最核心代表人物，爱默生和梭罗在日常中的冲突恰恰反映了超验主义的含混性以及超验主义者内部思想冲突。

超验主义的第一批研究者戈达德（Harold Clarke Goddard）认为可以区分出两大类超验主义和超验主义者：一类是以爱默生为代表的"福音布道者"；另一类是自然神秘派，以梭罗为代表或者是梭罗独立为一类。④ 前者强调的是道德法则，后者追求的是为难以言喻的"神秘狂喜"（mystic ecstacy）——一种宗教与审美结合的体验。

（一）可变的上帝与永恒的真理

在美国的思想文化史上，爱默生的地位是不容置疑的。爱默生的学说以宗教为基础，以道德为主线，贯穿了他的整个思想体系。爱默生的对上帝的理解超过传统基督教的宗教意义，他把上帝这一精神化的概念与人的本性、人的道德这些很具体的要求联系在一起，使人民对上帝的崇拜不仅仅停留在精神范畴，而是转化为日常生活的行为准则。他认为："……人

---

① Harold Clarke Goddard, *Studies in New England Transcendentalism*, New York: The Columbia university press, 1908, p.192.

② [美]罗伯特·米尔德：《重塑梭罗》，马会娟、管兴忠译，东方出版社2002年，第5页。

③ Porte Joel, *Emerson and Thoreau: Transcendentalists in Conflict*. Middletown: Wesleyan University Press, 1965, p.4.

④ Harold Clarke Goddard, *Studies in New England Transcendentalism*, New York: The Columbia University Press, 1908.

类心目中关于上帝的概念是个多变的光体……可道德情操是不变的。你生活中是否有那么一瞬间怀疑过那神的存在?是的。你生活中是否也有一瞬间怀疑过讲真话的职责?没有。因此一个是变的,另一个是不变的。"①这段引文传递了一个很有意味的思想,曾经作为牧师的爱默生对上帝和道德进行一个很有意思的比照:上帝是可变的形象,但是道德及其背后的真理是不变的。而这恰恰是宗教改革的一个直接后果。

爱默生一贯反感所谓正统教会和教派所遵循的虚弱的常规、纯粹的文字学问和"礼仪之道"。相反,他对贵格会(Quaker)创始人乔治·福克斯的评价极高,称赞他"从始至终……是一个言行一致,脚踏实地的改革家……总是以具体事务代替空洞的形式……使外在世界和内在世界相一致。"② 贵格会属于唯信仰论派,认为基督徒可以因信得救,无须拘泥于《圣经》中的律法,在18世纪末19世纪初,被清教领袖作为异端邪说而镇压。爱默生甚至曾经认为自己更接近于一个贵格会成员。尽管做过牧师,但是爱默生坚决反对教条,提倡永远追求活的灵魂。显然,爱默生自身的思想更加深刻彻底,而且有超越基督教、甚至宗教的取向——超验主义的精髓正是超越经验世界、超越一切内在和外在的限制,到达另一种精神高度即"超灵"。

爱默生把自然、文学和伟人视为宗教的三大替代物,意在激发人鲜活的灵魂。这就意味着其思想从神学迈向了人文主义。在爱默生这里,世界已经开始不仅仅为荣耀上帝的力量而存在。爱默生推崇的"'个人主义'的根本就是要通过个人的努力实现整个社会的振兴和发展,他的主要目的是要达到社会的繁荣"。③ "超验主义把他从悲观主义中拉出来"④,爱默生的第一次欧洲之旅改变了他原本狭隘的北方地方主义思维,旅途中见闻的歌德、柯勒律治、华兹华斯、卡莱尔,尤其是与卡莱尔的亲密接触中,

---

① Emerson. *The Journals and Miscellaneous*, Cambridge: Harvard University Press, 1970. Vol. 5, p. 28.

② Leigh Eric Schmidt. *Restless Souls: the Making of American Spirituality*, New York: HarperCollins Publishers, 2005, pp. 26 – 28.

③ 刘岩:《中国文化对美国文学的影响》,河北人民出版社1999年,第29页。

④ [美]沃浓·路易·帕灵顿:《美国思想史》,陈永国、李增、郭乙瑶译,吉林人民出版社2002年,第685页。

获得了令其激动不已的新航向，重新激起了他对柏拉图的热爱。可以说，"欧陆唯心主义和超验的形而上学重塑了爱默生，使他开始了毕生致力的工作"①。

相对于爱默生，梭罗俨然没有太多宗教性规训的束缚，而且其祖父和姑姑等是贵格会的支持者。不过和爱默生一样，梭罗认同"超灵"的观念（尽管他很少提到这个词），甚至有"无神论"或"泛神论"的倾向。②梭罗的第一本书《河上一周》刚出版时不少评论家拒绝做任何评论，很重要的一个原因就是书中出现了反基督教、反圣经教义的言论。例如，他宣称颂扬各民族宗教："如果我觉得我能以基督教世界各民族的辨别力和公平讲话，那么所有的民族我都应该赞颂，……每一个民族都有自己信仰的神。"③ 高度赞扬了东方经文的："品读印度人、中国人和波斯人的经文才是我十分愿意的，这几个民族的经文要比我后来涉猎的希伯来人的经文熟悉得多。给我这其中的任何一部经文看，都会使我安宁片刻。"④ 可见，在对宗教的认知上，梭罗显然走得更远，他超越了基督教的框架，放眼整个宇宙，试图沟通所有宗教联系以使之能相互了解与欣赏，在比较宗教的视域下做真正"富有智慧的人"⑤。通过这种方式，获得更普遍意义上的真理———一种超越时空的真理。

（二）艺术的价值：道德抑或审美

事实上，梭罗被认为是代表了爱默生的另一面：叛逆、孤僻、沉迷冥想、喜爱浪漫的"游荡"。这些特性曾经是爱默生年轻时代的写照，但是，随着后来其名气日益增大而锐减。1851 年后爱默生更是试图压制这种"少年病"⑥。1848 年，第二次访问欧洲归来后，爱默生的兴趣逐渐离

---

① ［美］沃浓·路易·帕灵顿：《美国思想史》，陈永国、李增、郭乙瑶译，吉林人民出版社 2002 年，第 685 页。

② Joel Porte, *Emerson and Thoreau: Transcendentalists in Conflict*. Middletown: Wesleyan University Press, 1966, p.34.

③ ［美］亨利·大卫·梭罗：《河上一周》，宇玲译，北方文艺出版社 2009 年，第 37 页。

④ 同上书，第 39 页。

⑤ 同上。

⑥ Joel Porte, *Emerson and Thoreau: Transcendentalists in Conflict*. Middletown: Wesleyan University Press, 1966, pp.31 – 35.

开超验主义,和昔日积极推动超验主义思潮的朋友们也疏离了。在南北战争前夕,他加入了"星期六俱乐部",与朗费罗(Longfellow)、阿加西斯(Agassiz)、赫姆斯(Holmes)、霍桑等当时著名的新英格兰作家交往甚密,逐渐转向明确的文学创作。正如布伊尔指出的,晚期的(即19世纪50年代后)爱默生更像是一个公共知识分子而不是超验主义者。① 到了19世纪六七十年代,爱默生接受了黑格尔哲学的影响,又进一步转变了他的超验主义观念。② 至此,爱默生彻底从享有知识权威的牧师变成了传播知识和思想的文学家。

有学者指出,纵观爱默生一生的作品,其身份更接近"文学批评家"。③ 在爱默生的文本里,有三个词曾经是关键词:诗、艺术、自然,与此对应的著名演讲文分别为《诗人》、《论艺术》、《自然》。在其文学批评生涯中,无论是诗作为一种艺术形式、诗人作为艺术家,还是自然作为一个艺术载体、自然本身作为一种艺术,对爱默生而言,艺术的价值在于引导和提升人的道德伦理水平。艺术被他视为了职责的工具。他认为艺术展现的美使人获得高尚感,达到升华日常的意义:

> 美必须回归为有用的艺术,唯美艺术与实用艺术的区别必须忘掉。如果历史得以真实再现,如果生命是高尚的,那么要区分这二者就不会是件容易的或可能的事情。在大自然中,一切皆为有用,一切皆为美。它美,是因为它是活生生的、不断运动的、生生不息的;它有用,是因为它是对称而美丽的……要凭着本能在新的必然事实中、在田野里和道路旁、在工坊里和工厂中找到美和神圣。④

尽管在这篇文章里,爱默生主要的目的是阐述他的"自然艺术"(Natural Art)理论及其与日常生活的关系,但是爱默生再三强调艺术必

---

① Buell Lawrence, *Emerson*, Cambridge &London: the Belknap Press of Harvard University Press, 2003, p. 42.

② 涂纪亮:《美国哲学史》(上),武汉大学出版社 2007 年,第 247 页。

③ Joel Porte, *Emerson and Thoreau: Transcendentalists in Conflict*. Middletown: Wesleyan University Press, 1966, p. 27.

④ [美]爱默生:《爱默生随笔》,刘玉红译,天津教育出版社 2004 年,第 115—117 页。

须对社会服务、必须有实用意义而不是为了使人愉悦。在他看来,唯美或者纯粹的艺术则意义不大,甚至在他看来,"一个完美的社会将不需要艺术"。① 1826 年,他在日记里曾经批判过华兹华斯"大诗人姿态"②。1833 年在欧洲与华兹华斯和柯勒律治见面后,他又认为两者"有不足——在宗教真理的洞察方面。他们对道德的种类一无所知,而我认为这才是第一哲学"。③ 对爱默生来说,艺术的伦理价值高于包括诗歌在内的各种艺术的纯粹审美价值。在这个意义上,爱默生俨然是一个作为文学评论家的布道者。

而对于梭罗而言,艺术则更像是生活的工具。正如有学者指出:相对于前一代的超验主义者,第二代更热衷于精神自由的个体表达,即通过文学来展现自我的存在意义。④ 1837 年,刚刚满 20 岁的梭罗在日记里写道:"我的愿望是想知道我过去是怎么生活的,而此后又是该如何生活"。⑤ 在后来的《瓦尔登湖》一书中,梭罗更是独开一章节阐释了"我生活的地方;我为何生活"。他说:

> 到林中去,因为我希望谨慎地生活,只面对生活的基本事实,看看我是否学得到生活要教育我的东西,免得到了临死的时候,才发现我根本就没有生活过。我不希望度过非生活的生活,生活是这样的可爱;我却也不愿意去修行过隐逸的生活,除非是万不得已。我要生活得深深地把生命的精髓都吸到,要生活得稳稳当当……。⑥

这段引文是该书最经常受人援引的段落。很显然,其关键词就是"生活"。"如何生活"是梭罗进入成人世界后花费大半余生在思索、探求

---

① Joel Porte, *Emerson and Thoreau: Transcendentalists in Conflict*. Middletown: Wesleyan University Press, 1966, p. 25.

② J, Ⅱ, 106.

③ J, Ⅲ, 186.

④ Martin K. Stevenson, *Empirical Analysis of the American Transcendental movement*. New York, NY: Penguin, 2012(303).

⑤ W, Ⅶ, p. 9.

⑥ W, Ⅱ, pp. 100 - 101,[美]梭罗:《瓦尔登湖》,徐迟译,上海译文出版社 2006 年版,第 79 页。以下参考译文出自此书版本,如无特殊说明,只标注该中文版页码。

的一个关键问题。对性格如梭罗者，少年时期总是比一般人长。从心理学的角度上去看，这种探索是很合情理、切实际的行为。但是值得注意的关键点是梭罗探讨的生活内涵也异于常人，这也是他作品的一大独特魅力，且其对于生活本质多样性的探寻亦成为多元现代生活模式的标本。对于梭罗而言，生活与艺术是可以画等号的，生活艺术化与艺术生活化交融在一起。梭罗在瓦尔登湖畔种豆、垂钓、阅读，都带有一种梭罗特色的自然审美狂喜（natural aesthetic ecstasy）情态。① 这点我们将在下一章中进一步分析。

但是，在爱默生眼里，梭罗的这种审美狂喜带有某种道德滑坡的意味。② 尤其是后期比较倾向黑格尔历史理性主义后，爱默生对梭罗（当时已经过世）的偏见不减反增。可见，在对待艺术的价值方面，爱默生的着眼点是人的作为社会成员的完善，而梭罗重视的是个体的精神价值。换句话说就是，前者在思想内核中偏重人的道德伦理，后者则关注人的生活审美问题。因此，前者的文本读起来显得想象力不足，后者的作品则看起来缺乏足够的目的论。③

（三）难解的分歧

评论家乔尔·普特指出，爱默生在梭罗1862年的葬礼上发表的演说词是对梭罗的一种苛评，是美国19世纪文坛上最辛酸的误解之一。④ 从前文论述中可窥见，梭罗在自己的文学事业追求中可谓历经沧桑，印第安人篮子的隐喻恰好证明了梭罗选择文学作为自己终身职业之后的挣扎与坚持，他热情地编织着自己的作品，但是总是发现自己的"篮子"在那个时代并不受欢迎，甚至连自己的引路人爱默生——那个最应该理解和同情他的人都对他表达出了失望和非难：

> 他的天赋如果仅只是爱思考，那么他是适于这种生活的；但是他

---

① Verena Kerting. *Henry David Thoreau's Aesthetics: a Modern Approach to the World*, Frankfurt am Main & New York: Peter Lang, 2005.
② Joel Porte, *Emerson and Thoreau: Transcendentalists in Conflict*, Middletown: Wesleyan University Press, 1966, p. 27.
③ Ibid., pp. 191–192.
④ Ibid., p. 35.

这样精力旺盛,又有实践的能力,使他看上去仿佛是天生应当创造大事业和发号施令的人。可是他却放弃了他稀有的实干能力,我觉得非常遗憾,因此我不得不认为他没有壮志是他的一个缺点。他因为这个缘故,他本该是整个美国的工程设计师,但却做了一个越橘采浆党的首领。①

对于爱默生的这一转变,普特认为主要原因在于爱默生在后期对艺术家的价值产生了明显的怀疑。② 而这或许正是爱默生自身内在心理矛盾冲突的表征:一方面,年轻梭罗的行为和言语像极了爱默生早期对艺术信仰的坚持;另一方面,与此同时,爱默生正在对自己早期的观念产生怀疑,这两人的行为和思想差异形成了强烈的对比,就使得爱默生在面对这种自我与门徒梭罗时产生了精神上的困扰。

另外,相对梭罗,爱默生的动手能力明显是太弱了。梭罗可以研发制作铅笔、可以勘测土地、可以藉双手完成各种各样的生活必要劳作。在这个意义上,梭罗更能充当康科德日常社会秩序中的"工程师"。梭罗在经济收入上确实远不如爱默生,但是梭罗完全可以靠自己的手艺自由地安排劳动时间和谋生方式而不被卷入像爱默生那样身不由己的"系统"中——而爱默生则不得不进入常规的职业体系把时间都投入到职业演讲者的准备和工作中,几乎没有办法随心所欲地安排自己的时间以享受闲暇、倾听内在自我。而这很可能就是爱默生用常规的世俗职业观念判定梭罗缺乏抱负、理想的现实原因。

梭罗在《瓦尔登湖》中经常提到一个词:奢侈(extravagance),正说明他的人生目标是"崇高的晦涩"(sublime obscurity)。③ 关于这点,可以从他1842年的一篇日记中略知一二:

我得承认,当别人问我我对社会有何贡献、对人类有何担当时,

---

① Ralph Waldo Emerson, *The Complete Works of Ralph Waldo Emerson* (Vol. X), Edward Waldo Emerson ed., Boston: Houghton Mifflin, 1903 – 1904, p. 480.

② Joel Porte, *Emerson and Thoreau: Transcendentalists in Conflict.* Middletown: Wesleyan University Press, 1966, p. 40.

③ Ibid., p. 43.

我感觉到特别羞愧。我羞愧,并不是因为我没有一个理由,而是我没有办法为我的闲散提供一个合理的解释。我乐意跟人们分享我生命的财富,给他们我天赋中最珍贵的那部分……在任何一个宏大的意义上,要想成为一个好公民确实不易;但是如果我们能够放弃眼前利益或者是提升上帝给人类的才智,至少我们可以保有最初完好无损的原则。①

梭罗没有选择常规的职业,时常四处闲逛,坚守着自我修养和探寻真理与美,而这正是超验主义原本的基本原则。也许"正是爱默生的双重标准使梭罗陷入了困苦和疏离感中"。②可见,在自我救赎上,爱默生更像是一个理论家,梭罗则是一个行动者,爱默生的着眼点是美国文化和国民思想的救赎,梭罗关注的是个体的思想和行动。

本质上,爱默生更像是一位唯意志论者,他贵知而不贵行,幻想着人类进化最终会造出一种完美的人格,因为他认为心奴之害比身奴之害更大、更可耻,他认为敢于创新的英雄豪杰一定得靠超验的信仰和唯心哲学来培养,而他提出的"超灵"便具有这样的功能,相信对"超灵"的信仰最能培养独立不羁的、大无畏的"美国学者"。爱默生的理想学者、理想人格虽是英雄豪杰,却并不脱离大众。在《美国学者》中,爱默生较好地阐释了群己关系,他呼吁的"美国学者"是自新、依靠自力。其中主要内容就类同于19世纪末20世纪初中国梁启超提出的"新民德",两者实际上都是试图进行社会的道德革命。在梁启超看来,道德的起源在于利群,道德能够"固其群,善其群,进其群"。道德又有公德和私德之分,"人人独善其身者谓之私德,人人相善其群者谓之公德"。往时的群臣之伦在他看来是一种为一姓之兴亡而设置的社会禁锢,"全属两个私人之间感恩效力之事",绝不是为人民谋公益,因而是中国的伦理一大病。论及公德时,梁启超指出,只有个体的独立与自由,才有群体的独立与自

---

① W, Ⅶ, pp. 350–351.
② Joel Porte, *Emerson and Thoreau: Transcendentalists in Conflict*. Middletown: Wesleyan University Press, 1966, p. 44.

由。"二十世纪以后将无英雄。何以故？人人皆英雄故。"① 以此理解，梭罗似乎更注重"私德"，而爱默生则关注"公德"。

关于两者的差异，最为人们津津乐道的"故事"就是：据说梭罗因为拒绝纳税被关押入狱的那天晚上，爱默生去牢中探望并责问他："你为什么要在这里？""你怎么不在这里？"梭罗迅速而简略地回答。于是，一个作为激进、有行动力的活动家，另一个作为保守、老套的说教者，相形之下便有了丰富的想象空间和可阐释性。② "如果爱默生是美国超验主义运动的理论家和奠基人，梭罗则是这一运动的实践者和推动者"③。梭罗本人曾经这样定位自己："事实是，我是一个神秘主义者和一个超验主义者，再者一个自然哲人"④。而19世纪30年代后，爱默生喜欢自称为"诗人"或"学者"，前者是他年轻时候的梦想，后者是他自我定义。⑤ 如此看来，梭罗更接近爱默生笔下的"超验主义者"的基本内涵。正如学者米尔德指出的："梭罗对自我的思考以及更多地对自我设想的强调几乎一直在不断地变化着。从未改变的是他的先验主义信念：他已踏上了朝圣的生命历程，朝圣的天国是在俗世时间里能够达到或者达不到的生命的充实。"⑥

梭罗在超验主义中的意义不仅仅是他将超验主义付诸于个体的实验行动中，更是在于他用文学创作承载了其诗学观念、用生命去实践出其核心理念。当今人去挖掘他的生态思想时，不得不回归到超验主义内核，去理清他思想来龙去脉的宗教与文化内涵，否则只能停留在先入性的主观臆断中。另外，超验主义根植于西方早期比较宗教思想范畴而生成的世界主义

---

① 梁启超：《饮冰室文集点校·论公德》，吴松等点校，云南教育出版社2001年，第553—554页。
② 这个故事并没有可靠的依据，但是却出现在《牛津引语词典》中，参见Robert Sattelmeyer, Thoreau and Emerson, Joel Myerson ed. *The Cambridge Companion to Henry David Thoreau*, Shanghai: Shanghai Foreign Language Education Press, 2000, pp. 25–26.
③ 谢志超：《超验主义对儒家思想的接受研究》，北京大学出版社2012年，第25页。
④ Journal, Vol. 7, p. 4.
⑤ Buell Lawrence. *Emerson*, Cambridge & London: the Belknap Press of Harvard University Press, 2003, p. 40.
⑥ [美]罗伯特·米尔德：《重塑梭罗》，马会娟、管兴忠译，东方出版社2002年版，序言第5页。

或普遍主义（cosmopolitanism）胸襟也是我们了解梭罗文学创作的现代意义和美学价值的一个基点。正是在这些意义上，梭罗或多或少已经将超验主义的精髓传播到世界上所有喜爱、关注其文学作品的人，从而使超验主义获得了新的生命力。这些我们将在下一章节中进一步讨论。

第二章　梭罗的创作成熟期与超验主义诗学

19世纪40年代后，经历了各方面的磨炼后，梭罗告别了青涩时代，进入了人生和创作的成熟时期。在《日暑》中的磨炼和逐步摆正与爱默生的关系后，梭罗对超验主义有了更深入的认识。而超验主义作为整体也从早期的宗教争论、兴办刊物和希望于社会改良中慢慢进入了另一个阶段的发展时期，即超验主义者们在文学上的成熟与成功，他们的文本表现出来的诗学形态也逐渐稳定。这些不仅伴随着梭罗的创作走向成熟，也深刻地影响了其创作路线。

正如梭罗知名早期研究者之一谢尔曼·保尔（Sherman Paul）指出的，梭罗接受了超验主义思想并通过自己的生活与行动将其付诸实践。相对于同时代人，梭罗显然过着一种更自觉的超验主义生活方式。在保尔看来，这种生活方式是一种向内探求的浪漫主义行为，其目的在于使自我（the self）成为存在及其周边世界的中心，也就是说，自我来到世界就是为了确立其自身——这恰恰是"自我"的职责和使命。[①] 从这个角度来看，超验主义所形成的诗学形态对于梭罗的成熟创作有着塑造与维系的作用，并能使其作品在今天仍焕发着鲜活的生命力。梭罗正是在此基础上试图为他的读者展现生活方式的无限可能性。因为转型时期的生活为个人的"自我"确立实践提供了全新的力量和平台，梭罗的实验在美国处于探寻新的民主模式时尤其显得必要，同时也为美国个人主义的发展提供了一种理据。值得注意的是，梭罗在探索生活方式的无限可能时，充分发挥了超验主义的创造性想象力，却在客观上突破了超验论的界域进入到经验实践

---

① Sherman Paul, *The Shores of America: Thoreau's Inward Exploration*. Urbana, University of Illinois Press, 1958, p. 1.

领域，由此超越了超验主义诗学范畴，从而走向了更丰富的创造道路，丰富了其文学生涯。

第一节 超验主义诗学的形态

在 19 世纪 30 年代的各种运动落幕后，超验主义成员分道扬镳了。超验主义也因此受到了社会的诸多质疑。虽然他们仍然被卷入后来的社会改革活动中，例如反对墨西哥战争和蓄奴制度等，而且爱默生和富勒还目睹了 1848 年的欧洲革命，但是超验主义者们的确开始沉潜了下来，从而转入了文学创作的高峰期。1843 年到 1844 年间，许多超验主义者纷纷出版著作，如帕克的《谈话录》（*Discourse*）和艾勒里·钱宁的《诗集》（*Poems*）于 1843 年问世，爱默生《论文集》（*Essays*）第二卷和富勒自述的西部之行游记《夏日湖边》（*Summer on the Lakes*）也于 1844 年出版。

在美学上，超验主义者们已经开始显现了模糊的现代性意识。从反抗宗教领域中的"专横"教条和集体信仰出来，他们十分珍视个人信仰的自由，热情讴歌个人的意志和价值。传统的集体宗教信仰已经不能为他们定义世界提供令人满意的答案。欧洲浪漫主义思潮和东方圆融观念给超验主义注入了活力，表现出了精神性与思想性的追求向度，其诗学形态呈现出来神秘色彩、浪漫色调并兼具伦理诉求与实践精神，而一以贯之的三个核心观念则是：象征主义、个人主义和世界主义（cosmopolitanism）。

一 神秘色彩

超验主义从宗教神学与哲学领域出发，其在诗学形态上的反映必然带有浓厚的宗教和意识形态倾向。它吸收了欧洲浪漫主义对时代和地域特征所表现出的敏感性，也表征了美国政治独立那一代人孜孜以求的高雅的历史情感。它是这种历史情感在思想和文化领域中的一个制高点。与随意性和虚构性占较大比例的叙述形式（戏剧、小说、绘画等）相比，超验主义文学给这个历史情感增添了直接观察的敏锐性。这种历史情怀和超验主义者自身的时代兴致勾连了起来，促使他们把观察的对象投放到了自然。自然的永恒性、神秘性、创造性映衬了人类社会生活的短暂、偶然、堕落。

(一) 审美狂喜：对理性的彻底反叛

如前章所述，超验主义作为一种唯心主义是对应着洛克的理性主义和休谟的怀疑论框架产生的。欧洲启蒙运动与美国高速发展的工业革命和商业运动，使敏感的思想家爱默生等人嗅到了启蒙自身的逻辑导致的启蒙内部危机。超验主义的先驱唯一理教高扬理性主义，在当时德国理性神学的启发下，对北美的清教展开讨论，试图使清教更适应时代的发展，但是上帝选择和惩戒的黯淡教条仍然束缚着普通大众。超验主义正是要借助唯心主义来反叛理性主义，以此彻底解放人的心灵。正如爱默生在《超验主义者》中说的：

> 超验主义者采纳了有关精神学说的全部理论。他相信奇迹，相信人的灵魂永远是对着智慧与力量的新潮流开放的。他相信灵感，相信狂喜。他希望人们能容忍精神原则，让它始终在人的一切可能的状态下得到体现，而不容许任何非精神的事物加入进来，也就是指那些肯定的、教条的、个人的东西。[①]

其目的就在于承认人类自身灵魂的主观能动性，赋予人性巨大的潜能，并使之能成为全能上帝的居所。正是在这个意义上，才会得出这样的结论："唯一神论者已经宣称人类本性是美好的，超验主义则认为人类本性是神圣的。"[②]

另外，理性主义导致的怀疑论和唯物论似乎给物质主义者肆意扩张人的欲望找到了借口，让原本占有着巨大社会政治与经济资源的人更有理由盘剥大多数人，而且逐利变成了一种社会普遍心理，这种社会文化必然会导致道德危机。梭罗对此的批评是最直接、严厉的：

> 大多数人，即使是在这个比较自由的国土上的人们，也仅仅因为

---

① [美] 爱默生:《超验主义者》，选自《爱默生演讲录》，孙宜学译，中国人民大学出版社2004年版，第160页。

② Charles Capper, "'A little Beyond': The Problem of the Transcendentalist Movement in American History", in *Transient and Permanent: The Transcendentalist Movement and Its Contexts*, Charles Capper & Conrad Edick Wright ed., Boston: Massachusetts Historical Society, 1999, p. 6.

无知和错误，满载着虚构的忧虑，忙不完的粗活，却不能采集生命的美果。操劳过度，使他们的手指粗笨了，颤抖得又太厉害，不适用于采集了。真的，劳动的人，一天又一天，找不到空闲来使得自己真正地完整无损；他无法保持人与人之间最勇毅的关系；他的劳动，一到市场上，总是跌价……我们天性中最优美的品格，好比果实上的粉霜一样，是只能轻手轻脚，才得保全的。然而，人与人之间就是没有能如此温柔地相处。①

  这是有理想、有道义的新英格兰新一代知识分子所不愿意看到的，他们想要给信仰留下空间，正是这点契合了康德的哲学宗旨。

  超验主义者正是在这样的语境中，高举神秘唯心主义的旗帜，试图给人的精神与情感的自由发展寻求道路。"由于在精神上和知识上的亲和性，德国（唯心主义）对于唤醒新英格兰思想起到了更重要的作用。柏拉图是他们公认的先驱，超验派玄想是他们共同的体验。心存上帝的哲学唯心主义把人提高到了神的境界，把宇宙变成了神圣的爱的圣地——这是一种极具美感的信仰，尤其是对于那些笃信之人，因此它对于清教徒后代比对其他政治、经济浪漫主义的后代更加具有吸引力"。② 所以他们对康德的接受有着深厚的宗教性"前理解"。

  有意味的是，康德思想经由柯勒律治等英国浪漫主义思想家、文学家的推介，有效地帮助超验主义在思想和知识的来源上获得了充分的理论依据。这些欧洲知识分子们相信智性可以帮助人们认知先验范畴的知识，感性则可以帮助人们认知现象世界杂多的直观材料，这就为高高在上的形而上思想落实在生活中找到一个可资探寻的途径。这一认识使得超验主义者在宗教或类宗教的体验中有了追求身心互渗、身心统一的完美状态的渴求。而这恰恰是东方文化原有的传统，也从另一个侧面解释了他们为何如此青睐东方宗教思想资源。

  超验主义者们基于早期的柏拉图主义思想，利用德国的哲学思想体

---

① ［美］梭罗：《瓦尔登湖》，徐迟译，上海译文出版社2006年版，第4页。
② ［美］沃浓·路易·帕灵顿：《美国思想史》，陈永国、李增、郭乙瑶译，吉林人民出版社2002年版，第620页。

系，试图以"精确的辩证法为人对上帝和人的信仰——神性存在于自然与人的灵魂之中的信仰——提供佐证。"① 这一观点基本就为超验主义文学的发展定下了基调，决定了他们的体裁选择、主题、风格、语用等等方面。由于热衷于探讨形而上的思想，对超验主义者来说，艺术或者文学与宗教往往是分不开的。布伊尔认为，在文学创作中，即使是梭罗、富勒这样没受过多宗教熏染的作家其文本也和爱默生等人的作品一样有着明显的宗教美学印记。②

超验主义者一般倾向于散文写作，致力于探索神—自然—人这三者的关系，主题也围绕此三者展开，风格以论述、雄辩为主，充满了形而上的意味，语言受古典宗教典籍和文学影响很大，有时候措辞艰涩深奥，展示了他们的博学多才，但是理解起来需要大量相关背景知识。可以说，超验主义者的作品在思想和形式上都弥漫着浓浓的神秘色彩。

有学者指出，"超验主义者都不同程度地是神秘主义者——在人群中孤独寂寞，总是寻求更大的伴侣，等待着瞬间的启迪时刻，从而顿悟生活的真谛"，并最终发现自己的神性。"当离开人群，以自身为友时，他们感到从来没有感受到如此亲切的友谊"。③ 最典型的例子就是梭罗了。在《瓦尔登湖》的"更高的规律"一章节中，梭罗说：

> 每一个人都是一座圣庙的建筑师。他的身体是他的圣殿，在里面，他用完全是自己的方式来崇敬他的神，他即使另外去琢凿大理石，他还是有自己的圣殿与尊神的。④

梭罗离开人群，去到大自然中，主要就是为了寻找"瞬间的启迪"——借用爱默生在《超验主义者》中的语言，就是灵感和狂喜。这

---

① [美]沃浓·路易·帕灵顿：《美国思想史》，陈永国、李增、郭乙瑶译，吉林人民出版社 2002 年版，第 678 页。

② Lawrence Buell, *Literary Transcendentalism: Style and Vision in the American Renaissance*. Ithaca & London: Cornell University Press, 1978, p. 21.

③ [美]沃浓·路易·帕灵顿：《美国思想史》，陈永国、李增、郭乙瑶译，吉林人民出版社 2002 年版，第 681 页。

④ [美]梭罗：《瓦尔登湖》，徐迟译，上海译文出版社 2006 年版，第 228 页。

种"狂喜"是一种类宗教体验，本质上需要"想象性的表达方式"①。那么在超验主义文学范畴内，这种瞬间的体验则是一种审美狂喜，从心理层面上来看，就是一种体验到了超出日常繁杂的刹那间的神圣、美妙的体验。

超验主义审美狂喜的直接体验就是热情与愉悦。梭罗在其创作高峰期借助着审美狂喜而不是科学方式来与自然对话，成就了其文学事业的巅峰。在他看来，这种"直接互动和共情（sympathy）"比那些仪器和测量的方法更能令人获得"更深刻、更美好的体验"。② 但是，这种体验是难以捕捉、难以言传的，这种宗教体验或类宗教体验显然是一种神秘主义感受。爱默生在《诗人》一文中，以这样一首诗引文：

>　　一个忧郁而聪明的孩子，
>　　以快乐的双眼狂热地追逐着游戏，
>　　而且宛如流星，选择自己的方向。
>　　用自己的光线，划过漆黑的夜空：
>　　消失在遥远的地平线上，
>　　以阿波罗的特权，
>　　探索男人、女人、大海和星辰
>　　看到自然高蹈向前；
>　　探索世界、种族、友谊和时代，
>　　看到了音乐的节奏，以及合作的旋律。
>　　奥林匹斯山的游吟诗人，
>　　在山下唱着神的思想，
>　　这种思想始终发现我们很年轻，
>　　并且使我们永葆青春。③

---

① Lawrence Buell, *Literary Transcendentalism: Style and Vision in the American Renaissance*. Ithaca & London: Cornell University Press, 1978, p. 22.
② W, Vol. V, pp. 103 – 131.
③ [美] 爱默生：《诗人》，选自《爱默生演讲录》，孙宜学译，中国人民大学出版社2004年版，第16页。

在爱默生的观念里，超验主义诗人正是通过宛如"阿波罗的特权"般富有神秘色彩的笔赋予大自然灵性，并通过对自然物的描述，以充满想象力的象征性场景探索复杂的现实，他们探寻的是超越种族、时代、空间的形而上的宏大叙事。

在这首诗里，诗人的眼睛传达了爱默生著名的"透明的眼球"（a transparent eyeball）理念。在"超验主义圣经"《论自然》一文中，爱默生充满热情与喜悦地说道："我们在丛林中重新找到了理智与信仰……站在空地上，我的头颅沐浴在清爽宜人的空气中，飘飘欲仙，升向无垠的天空——而所有卑微的私心杂念都荡然无存了。此刻的我变成了一个透明的眼球，我是虚无，却又洞悉一切，宇宙本体之流在我体内循环，我是神的一部分或一片段。"①诚然，"透明的眼球"是一个隐喻，表征了超验主义者观察和感知世界的一种超越性、开放性、包容性的姿态，传达的是一种寻求神秘超验的、最广大意义上的普遍价值观念。这构成了美国文学传统中的一种特殊叙述形式，并折射出特殊的文化信息。

这种文化信息实际上就是美国文化文学中独特的宗教体验。例如，威廉·詹姆斯考察了美国人的宗教体验后认为，神秘经验就是宗教体验的核心。在他看来，自然界的某些方面似乎具有特殊力量，能够唤起这种神秘经验，但是，它仅为经验者所知晓，却无法传达给其他人。不可言传性是一切神秘主义的精髓。问题在于，神秘经验作为宗教经验的源泉，其权威性能否为人们所认同；对此，詹姆斯说，"不是说理性没有权威，而是说，在宗教信仰的事务上，理性的论证都是第二位的、次生的，感受才是宗教更深刻的根源。信仰是人生的依靠。如果一个人经历的神秘经验是他赖以生活的力量，我们其他人有什么权利命令他按照另一种方式生活？即便我们把他关进疯人院之类的地方，其结果非但无法改变他的信念，反而迫使他更顽固地坚持自己的信念。神秘经验与理性认知都具有人性的深刻根源，二者只有互补，才能使人生更为协调，更为健康。这意味着宗教不仅是人生的重要功能，甚至比理智更本源。"②

---

① ［美］爱默生：《论自然》，选自《爱默生演讲录》，孙宜学译，中国人民大学出版社2004年版，第178页。

② William James, *The Varieties of Religious Experience: A Study in Human Nature*, New York: Penguin Classics, 1958, p. 176.

当然，超验主义者这种叙事模式也经常遭人诟病，同时代的很多人就认为：“超验主义者的作品总是冒着这种危险：要么在追求完美的时候摇摆不定地升入云雾中，要么在努力解决存在的奥秘时坠入晦涩费解之内。”① 最直接的矛头就指向他们的喉舌期刊《日晷》，批评"这份杂志太不切实际，太注重美感，太虚幻无边了；它缺少支柱；它的措辞太自作多情或者太空洞无物；它忽略了现实世界。"② 这些批评很大原因可能就在于其神秘主义色彩令人费解、读起来艰深晦涩，却恰恰说明了超验主义追求灵性的鲜明美学意识：他们试图用象征性、隐喻性的语言去接近宇宙"神秘的真理"。

（二）"超灵"：上帝形象的变迁

事实上，超验主义美学上的神秘主义色彩最突出的表现就在于他们对传统基督教"上帝"形象的颠覆。我们知道，大多数的超验主义者抵制主流唯一理教的人格神意识，他们提出了"超灵"（Over-soul）的概念，这是一种非人格的神圣存在。在超验主义者看来，通过个人意识建立对"超灵"的感应就是获取自然灵感的过程，由此人的直觉就变得非常重要。超验主义在这个意义上也同样具有唯心神秘主义的意味。

"超灵"被认为是超验主义理论的精髓之一，爱默生专门为此撰写了一篇同名文章以辨析其重要意义。爱默生指出，"超灵"是人心灵发展的最高阶段，人人心中都存在着一种能使其心灵认知自然之美的东西。它是不可见的、抽象的、无形却又无处不在的力量。人只能通过直觉的内省达到与"超灵"沟通的境界。在这篇文章中，他这样解释道：在人心灵之中存在着一个整体的灵；它是无声无形的智慧，是一种弥漫在世界每个角落的普遍的美，世界的每一部分（包括人）都与其相连，是永恒永存的"一"。

爱默生认为神（或上帝）是纯粹精神，象征着宇宙原初的真理，也象征着不可企及的终极真理。在他看来，神就是生命，是时间万物存在的本质："哪里有生命，哪里就有神"。这个"神"，显然是与他超验主义无

---

① ［美］萨克文·伯科维奇主编：《剑桥美国文学史》（第二卷），史志康等译，中央编译出版社2008年版，第507页。

② 同上。

时无处不在的"超灵"等量齐观。准确地来说，和传统基督教中可视性的"圣父"、"圣子"形象相对，爱默生所描述的"神"显然是非人格化的，因此他反对将神人格化、反对将神描绘成人形的绝对权威。

爱默生在其著作《自然》中，反复强调万事万物皆有"灵"。他提出要认识并表现"灵"的存在，必须通过直觉和顿悟达到一种精神升华。根据他的理论，人可以通过神秘的直觉来感知神圣的存在。直觉乃是一个人下意识的道德情绪，是超越其本身的。正如他在《自然》中所说："此刻我变成了一个透明的眼球，我是虚无，却又洞悉一切，宇宙本体之流在我体内循环，我是神的一部分或一片段。"①

从哲学上看，超验主义是典型的唯心主义一元论，因为它认为世界和上帝同在一个统一体中。虽然上帝本身是超验的，但他就存在于这个世界的万物之中。因此，世间万物自然就具备了"内在的神性"。世间万物都是自在的小宇宙，包含着存在的一切法则和意义。同样地，人人都有内在的神"每个人的心灵也就是整个世界的灵魂"②，神性与人的天性是相融合的。依此类推，既然人人都具有内在的神性，那么人与人之间从根本上说是平等的：每个人与"超灵"沟通的权利和可能性也是平等，因此应该受到同样的承认与尊重。

另一方面，既然每个人都能通过一定的努力实现与"超灵"的沟通，那么个人就不需要他本人之外的任何权威力量的帮助或制约。"上帝"存在于每个人自己的心间，每个人都与其他个人一样具有神圣性，有追求自己生活的原则和目标的权利。在《论自立》（*Self-reliance*）中，爱默生甚至直接告诉人们没有必要上教堂，不需要仪式、不需要崇拜、不需要布道、也不需要牧师，完全可以通过与自然的接触来感知"上帝"的神圣性存在。他还鼓励人们相信自己的能力，"写自己的圣经"。在此基础上，梭罗也提出了，在社会政治领域中实践"民众的不服从"的原则。"个人主义"由此成为超验主义的必然产物。

梭罗在瓦尔登湖畔的实践中按照自己的天性毫无拘束地生活，发现渺

---

① ［美］爱默生：《论自然》，选自《爱默生演讲录》，孙宜学译，中国人民大学出版社2004年版，第178页。

② C, Vol. I , p. 403.

小的自己不过是天地宇宙万物之一，同时又发现万物皆在他的感应中。更为重要的是在自然中，他认识并发现了"更高的法则"，认识了"上帝"，认识了"内心的光明"。① 可见，梭罗的"上帝"和爱默生的一样已失去了浓厚的宗教意味，变成了无时不在、无处不在，隐身于天地万物的"超灵"，也就是表面繁复多样的自然现象背后的那个"一"。

从历史的角度看，爱默生和梭罗等超验主义者作品中的"神"即"上帝"的形象已经与欧陆文学中的基督形象发生了本质性变异。虽然表面上仍然受着欧洲文学的影响，但是实际上已经完全具有了自己的独特内涵和特征，显示出了更接近中国道家"一生二，二生三，三生万物"的精神境界。"一"的不可言说的神秘性渗透他们的作品，构成了其在美国文学史中独有的文学审美意味之一。

二 人道主义的浪漫色调

超验主义者对传统上帝形象的颠覆和对宗教体验的审美化开启了一个"新观念"、"新思想"时代。② 被后来的研究者称为"彻头彻尾的浪漫派——怀着新信仰的诗人，是给予新希望和颠覆性革命时代的后代"。③ 正如前章所述，就其发生的理据而言，超验主义本质上就是浪漫主义与清教主义结合的产物。因此在文学诗学上的重要特征之一必然就带有典型的浪漫主义色调。

（一）浪漫主义影响的三个阶段

有学者认为，1812年美国第二次独立战争到美国内战期间的半个世纪是美国发展史上"一个奢华的青春时代。它献身于浪漫主义。"④ 这句话生动形象地说明了浪漫主义对超验主义的重大意义。爱默生的传记作者詹姆斯·艾略特·卡伯特指出，超验主义是浪漫主义在清教土壤上怒放的

---

① ［美］梭罗：《瓦尔登湖》，徐迟译，上海译文出版社2006年版，第284页。
② ［美］爱默生：《超验主义者》，选自《爱默生演讲录》，孙宜学译，中国人民大学出版社2004年版，第156页。
③ ［美］沃浓·路易·帕灵顿：《美国思想史》，陈永国、李增、郭乙瑶译，吉林人民出版社2002年版，第679页。
④ 同上书，第351页。

绚丽之花。① 超验主义在三个方面显示了他们的浪漫主义特质：一、强烈的内心冲突；二、对自然的由衷热爱；三、对现有的所有组织机构的抗拒。超验主义对浪漫主义的接受可以区分为三个阶段：

第一阶段从 1810 年到 1820 年间，后来的第一代超验主义者爱默生等人还是大学生，他们在正统教育之外开始接触英国浪漫主义作家如拜伦、沃尔特·司各特爵士和湖畔诗人——华兹华斯、柯勒律治和骚赛等人。

第二阶段从 19 世纪 20 年代后期到 30 年代初期，这时的主要超验主义成员要么是神学院的学生要么是唯一理教的牧师，浪漫主义思潮促使他们热切期望寻找到内在的权威来肯定自己的信仰而不是依赖传统基督教外在的"证据"。在这个节点上，柯勒律治关于哲学、文学和宗教的专题论文《对沉思的援助》被引介入新英格兰文化圈。柯勒律治这篇文章意在调和正统基督教教义与德国先验哲学之间的关系，有效区分了理性（reason/ vernunfit）与理解（understanding/ verstand）、想象与幻想的差别。这对超验主义者对自身身份特征的确认产生了特别的影响。例如，奥尔科特就认为是柯勒律治从康德那里引申出的关于感觉的思想"促使我的思想转向精神性（spiritual）追求。我被带入更深层的世界，去找寻经历的根基，发现人类意识的要素不在对外部自然的印象中而是在精神自身的无意识生活里"。柯勒律治使得很多人一夜之间"发现自己是一个天生的超验主义者"，并推动他们向文学创作方向发展。②

浪漫主义对超验主义产生影响的第三个阶段始于 19 世纪 30 年代，以爱默生的欧洲之旅为开端。1833 年，爱默生在英国结识了心目中的三位英国文学巨匠——柯勒律治、华兹华斯和卡莱尔。尽管柯勒律治曾经对爱默生的学术转向有很大的影响，但是他们的见面显然是不太愉快的，前者似乎并不关心爱默生到访的原因，两人交流时柯勒律治总是很容易就跑题了。反倒是华兹华斯和卡莱尔在爱默生面前都表现了对美国这个新生国家的关切，而且表达了对这个年轻国度未来发展的担忧。华兹华斯认为美国及其国民需要一场内战来认识社会紧密团结关系的必要性，理由是一个美

---

① James Elliot Cabot, *A Memoir of Ralph Waldo Emerson*, 2 Vol, Boston: Houghton, Mifflin, 1987, p. 248.

② Barbara L. Packer, "Romanticism", *The Oxford Handbook of Transcendentalism*, Joel Myerson, Sandra Harbert Petrulionis & Laura Dassow Walls ed., New York: Oxford University Press, 2010, p. 90.

好的社会应该由超验的直觉来启蒙、并受道德文化的规范才能完美地发展，而在华兹华斯看来美国的现状显然是比较松散、随性的。另外，卡莱尔则告诉爱默生，此时的美国更像一个年轻人，叛逆情绪过重，需要一个英雄式的人物来引领国家和人民走向未来。

这趟旅行对爱默生来说感觉比较复杂，一方面他受到了很大的鼓舞，对美国的未来充满了某种难以名状的自信；另一方面，与英国三个仰慕已久的偶像的戏剧性会面使得他不得不重新反思浪漫主义的意义。而这一反思也逐渐削弱了浪漫主义对已经成长起来的超验主义的深刻影响。在爱默生还没有结束欧洲之旅的时候，美国的那些作家们已经开始对他们的英国和其他欧洲知识界前辈采取一种批判性接受的态度。这种心态也是比较复杂的，一方面欧洲对这个年轻的国家既怀疑又期待，而另一方面美国对古老的欧洲既仰视又不甘于走他们的老路。这客观上为超验主义者接受东方思想腾出了一定的空间。

（二）浪漫主义的意味

不可否认的是，来自欧洲的浪漫主义点燃了19世纪初年轻美国的青春理想。从独立战争到南北战争近80年间，美国通过各种途径扩张领土[①]，同时以东北方为中心大力发展资本主义经济。美国的工业革命从18世纪末开始，到了19世纪中期，其工业发展水平已名列世界第四，仅次于英国、法国和德意志。国土疆域的扩展使美国人开始有一种大国的豪迈气概，政治与经济地位的提升充分调动了美国人积极乐观的精神斗志。此时的美国犹如一个雄心壮志的少年，从欧洲母体反叛崛起，坚信自己已经跋涉到了上帝指定的新伊甸园，他热情而自信地举目四望，迫切寻找自己向上攀登的途径和方式。1839年美国的《民主评论》宣称："我们民族的诞生是一个新历史的开端……这让我们与过去相分离，只与未来相连接。美国的荣光从黎明开始"[②]。这些言语无不表明，美国已从欧洲母体分离出来，摆脱了欧洲历史和习惯的束缚，成为一个崭新的民族和国家。这个时候的美国人确立了这样一种观念：好的会更好，充分体现了他们的自信

---

① 1783年美国独立时领土只205万平方千米；内战爆发前，美国的领土已经达到777万平方千米。

② Robert E. Abrams, *Landscape and Ideology in American Renaissance Literature*: *Topographies of Skepticism*, Cambridge, UK & New York: Cambridge University Press, 2004, p. XII.

和乐观。这种"革命浪漫主义"在意识形态领域尤其显著,由此也为第二次革命即南北战争奠定了坚实的思想基础。

浪漫主义作为思想体系源自于欧洲,而东方宗教思想在后期则帮助年轻的美国理直气壮地摆脱欧洲的余威。1836年,在神学院的演讲中,爱默生面对着即将成为牧师的哈佛毕业生说,耶稣是先知,"他清楚地看到了灵魂的神秘……从这一角度来看,我们清楚地意识到历史上基督教的第一个缺点。历史上的基督教陷入了那种破坏一切宗教交流的企图的错误。在我们看来,在世世代代的人看来,它都不是灵魂的教义,而是个人的夸张、绝对的夸张、意识的夸张。它过去一直是,而且现在仍是以有害的夸张描述耶稣这个人"。① 他鼓励这些新英格兰未来的思想精英们认识灵魂的价值,重视自己内在的力量。从整篇演讲的结构上,我们可以清楚地看到,爱默生首先用浪漫主义的方法来解构清教主义,然后通过引入其他宗教形式来阐发宗教情感在宗教生活中的重要意义,以此为直觉的作用铺设了广阔的平台,最后他使这群年轻的学者确信:追求人的神圣性和完美是一项值得永无止境地去努力的人生事业。

"信仰高于形而上学,如果形而上学缺乏本应支持其地位的洞察力,诗意的渴望就将满足超验思想的需要"。② 这句话生动地概括了热情的超验主义者面对美国19世纪的历史语境所采取的积极姿态。工业革命以降,人的能动性获得前所未有的抬举,人们忙碌于占领、统治这个世界,神被慢慢地排挤出去,正如后来尼采说的,上帝似乎在人类的世界里死去了。上帝已死,但是热情而自信的超验主义者们坚信,尽管宗教衰落了,人们可能否定他们神圣的本性,但是神性并没有被毁坏,内在的神性之音仍在贝壳里浅吟低唱,直到潮水再次涌来。他们认为,在世最大的奇迹不是神显神迹而是每天每一个人灵魂里上帝的再生,如此一来,每一天都是新的一天,每一个行动都是一个新的奇迹,每一个时刻的生活都充满了意义。和那些唯物主义者们一样,超验主义者相信自己,相信人能在自己的追求中自信地前进;但是和唯物主义者不同,他们相信自己前行的动力来自内

---

① [美]爱默生:《神学院毕业班的演讲》,选自《爱默生演讲录》,孙宜学译,中国人民大学出版社2004年版,第143页。

② [美]沃浓·路易·帕灵顿:《美国思想史》,陈永国、李增、郭乙瑶译,吉林人民出版社2002年版,第678页。

在的神圣性和内在的成长,而不是来自外在征服后的战利品或成就感。

很显然,超验主义者有着成为浪漫主义者的充分条件和思想。实际上,超验主义者都有一种唯美主义的倾向,他们对科学也怀着一种浪漫的情怀,抵御了那个时代科学激情剥去他们双翅的可能,成为这个流动起来的世界的预言家——尽管是无经验的预言家。自然和人类书籍是他们赖以发出声音的依据。他们是所处时代的敏锐批评家。他们为缺乏理想而焦躁,他们的生活也因此成为对致力于物质的扬基世界的公开批判。"超验主义者可能导致愚蠢的结局,但是他们的批判和裁决——无视职业与现实之间的鸿沟——却绝不是愚蠢的。它可能严厉,但是却真诚睿智,而诚实睿智的批评恰恰是美国所亟须的"。①

超验主义者的主要观点都是形而上的,他们开始放弃洛克而选择了柏拉图,"对于他们来说,唯理主义的 18 世纪已经死去,因此开始寻找一个新的时代"。这应该是一个更完美的时代,线索和暗示从大洋彼岸传来、从华兹华斯和雪莱、从库辛和斯达尔夫人、从柯勒律治和卡莱尔那里传来。新诗的美,新形而上学巨大的鼓舞,使新一代人产生了从源头寻找这种灵感并吸取新鲜营养的热望。于是,他们发现了德国,在那里新唯心主义击败了感觉主义,一个由超验主义思想家组成的伟大学派在这个领域获得了巨大的成功。②有意思的是,在这群有着崇高理想、热情洋溢的新一代美国知识分子中,尽管大多数都宣称对德国哲学的兴趣,但似乎只有布朗森凭借着自身较高的德语水平可以获得第一手的资料并可以进行批判性思考。即便是很多人声称自己受到了康德的影响,但是对于第一代的超验主义者们来说,"康德对于他们来说其宣传功能大于学习理解的意义","真正的影响来自柯勒律治"。③这一历史性的巧合在一定程度上说明了,为什么一个多世纪后人们对超验主义在文学上的评价要远高于哲学上的定位。而这一切必须归功于浪漫主义的熏陶。

有学者在总结新英格兰文艺复兴的时候指出:"新英格兰发生的数次

---

① [美]沃浓·路易·帕灵顿:《美国思想史》,陈永国、李增、郭乙瑶译,吉林人民出版社 2002 年版,第 682 页。

② 同上书,第 678 页。

③ Brian M. Barbour, "Introduction", *American Transcendentalism: An Anthology of Criticism*, Brian M. Barbour ed., Notre Dame & London: University of Notre Mane Press, 1973, p. 3.

思想革命则有着更加清楚的目标，明显区别于美国其他地方。以人道主义为重点的浪漫主义思潮强调了人的潜在完美性和人权的平等，在欧洲得以广泛传播，在马萨诸塞也流入了清教戒律为之准备起的狭窄渠道，冲刷了占据新英格兰200年之久的思想习惯。清教的巨大影响力一旦与新概念结合在一起，就将赋予这些概念一种知识和情感的统一，这既说明了新英格兰文艺复兴的创造性"。① 必须要看到的是，尽管新英格兰的文艺复兴曾经长期不受重视，但是近几十年来超验主义文学在结构主义和生态主义等批评浪潮中重新被挖掘。

二 伦理品质与实践精神

1840年9月，在超验主义俱乐部举行的最后一次聚会讨论中，针对有人激进的想法，爱默生严厉指责说对"圣灵"的怀疑就等同于无神论。最后，在有意识地解散俱乐部前，他们决定支持现存的唯一理教。这充分说明，对于超验主义者而言，神的存在是必须的。由此，我们可以清楚地看到，超验主义虽然是从清教（直接对象是唯一理教）中反叛而来的，但是从另一个方面看，作为清教徒的后裔，他们仍然坚持以伦理为标识，他们渴望服侍上帝（尽管他们心目中的上帝形象已经模糊、已经是某种非人格的神即"超灵"），同时也渴望服侍自身，这就意味着他们的生活始终被披上浓厚的宗教伦理色彩，并要求道德的光泽照进每个人的日常生活中。这种观念渗透在他们的文本中，构成了另一种具有实践意味的美学形态。

（一）伦理道德作为超验主义的诗学旨归

在超验主义者中，对于伦理道德的强调最直接的应该属于爱默生。正如普特指出的，爱默生本质上是一个清教徒，因为对于他来说基督教义价值在于为人们日常行为规范提供了完美指导。但是在他所处的时代，那些理性批评家们的一个基本观点是：基督不是真正的弥赛亚而仅仅是一个伟大的道德导师。而作为19世纪美国清教主义自由化和理性化的一个重要领军人物，爱默生对基督的定位更加冷静：

---

① ［美］沃浓·路易·帕灵顿：《美国思想史》，陈永国、李增、郭乙瑶译，吉林人民出版社2002年版，第579页。

> 耶稣基督属于真正的先知民族。他清楚地看到了灵魂的神秘。他为灵魂朴素的和谐所吸引,为它的美而陶醉。他生活在其中,并从中获得了自己的生命。在所有的历史里,只有他一个人评价了人的伟大……我认为,他是历史上惟一了解人的价值的灵魂。①

这是爱默生著名的《神学院毕业班的演讲》。1838 年,在接到哈佛神学院毕业班的邀请去发表讲话时,他已经是一个成功演说家、文学家,想到那些年轻人即将要开始他已经抛弃了的职业,他是不太情愿接受这个邀请的。但是,或许是想借此机会向那些顽固思想狠狠开炮、挽救那些他认为急需得到拯救的年轻灵魂,他接受了邀请,发表了立刻震惊波士顿城的演说。基督被拉下了神坛,哈佛神学院的高层领导勃然大怒,爱默生则因此被视为是"乡村里大胆亵渎神明"的异端,从此不再被该学院邀请。②

但是,爱默生运用最新的欧洲考古学和语言学研究成果成功地煽动了当时的年轻学者去重新审视自己的灵魂和超越宗教的"法则"。在这篇文章的前后,爱默生分析了灵魂"美"的根源、"法则"的内涵:

> 当人的心智向美德打开大门时,一种更加隐秘、更甜美、更强大的美就会向他显示出来。此时,他就受到了上苍的启迪。他了解到他的生命是无限的,他是为善、为完美而生的,尽管他此时仍深陷于罪恶和虚弱之中……道德感是一切宗教的核心。道德感的直觉是对心灵法则完善程度的洞察。这些法则自行其是。它们超越了时间,超越了空间,不受形势限制。因而对人灵魂里的这种正义的回报是即刻性的和完全性的。行善者立刻变得高贵,作恶者立刻会变得渺小。③

---

① [美]爱默生:《神学院毕业班的演讲》,选自《爱默生演讲录》,孙宜学译,中国人民大学出版社 2004 年版,第 142—143 页。

② [美]萨克文·伯科维奇主编:《剑桥美国文学史》(第二卷),史志康等译,中央编译出版社 2008 年版,第 403 页。

③ [美]爱默生:《神学院毕业班的演讲》,选自《爱默生演讲录》,孙宜学译,中国人民大学出版社 2004 年版,第 138—139 页。

"道德"和"法则"构成了爱默生文本里的两大关键词。正如评论家普特和布伊尔均认为，爱默生的文学是一种大众化、审美化的"布道"，因为在他眼里文学艺术最大的功能是为社会伦理道德的弘扬服务，这点我们在前章已有论述。在《自然》中爱默生也坚持认为自然界的存在就是为了表征人的伦理道德的"灵感"和"狂喜"。①

超验主义在伦理上对新英格兰地区的文化是有贡献的。美国文学史家这样评价他们："虽然当时坐在舒适炉边的人们几乎没有注意到时代的预言，也没有听说过西部开发的大片沃土，那里制定的规划也与康科德建筑师们的设计迥然不同，但是其在美国理想主义发展中的意义与及它给美国文化打上的伦理印记，却久久没有逝去。"②

(二) 个人德行与实践精神

同样地，对天赋人权思想进行道德解释几乎成了超验主义者们政治论述的共同特点。这点引申出了他们对社会公平问题的极大热情，他们对北美土著民族的权利、反奴隶制运动、妇女权益等都显示出了十分积极的一面。譬如富勒甚至大张旗鼓地在女性内部开展"自我修行"(self-culture) 活动，她为波士顿女性开办了针对当代议题进行非正式讨论的"谈话课堂"，并写下了《十九世纪的女性》(*Women in the Nineteenth Century*, 1845)，推动了女权运动。而对于大部分超验主义者而言，适时社会改革首要的任务就是反对蓄奴制，包括梭罗在内诸多人投身其中。最有意思的是，梭罗面对暴力反蓄奴制的约翰·布朗③的时候发出的感慨。梭罗几次主动约见约翰·布朗，在得知后者因为武装起义被处以绞刑后，公开发表演说《为约翰·布朗请愿》，高度赞扬他是一个朴素、粗犷的理想主义者，把正义建立于法律之上的严肃的道德主义者，并认为布朗这个朴素的美国人，有原始的气息、如英雄般的气概。这一行为使得梭罗在超验主义

---

① Joel Porte, *Emerson and Thoreau: Transcendentalists in Conflict*. Middletown: Wesleyan University Press, 1966, p.193.

② [美] 沃浓·路易·帕灵顿：《美国思想史》，陈永国、李增、郭乙瑶译，吉林人民出版社2002年版，第579页。

③ 约翰·布朗 (John Brown, 1800—1859) 1859年发动著名的"约翰·布朗起义"，是美国白人和黑人联合起来、试图用武装斗争消灭黑人奴隶制的一次英勇尝试。约翰·布朗于该年年底被捕并被处以绞刑。

者中成为一个突出的反奴行动者，因为这个群体在该问题上更多的是属于"理论家"。不过值得称道的是，他们的理论都是直接面向当时的社会现实的。

"最小化国家的原则、个人的神圣权利原则、农业生活的完成性原则"①。这些观点基本契合了超验主义者们对待社会的态度，准确地来说，在他们看来，社会最基本的法律应该而且必须是道德法则。② 没有什么能比德行散发的芬芳更能吸引他们了，因为他们本身就一直致力于成为是严于律己的道德楷模。但是需要指出的是，超验主义者的道德伦理美学的载体和目标是个人的自我修养，即个体在日常生活中德行的提升。例如，爱默生在《自然》中所表述的就是通过对人的日常行为和自然的关系，挖掘文学中的现实主义发展和追求，并从中总结出整体艺术的得与失。正是这种对个人日常生活行为规范的直接关注，使得爱默生的思想具有强烈的现实与实践指导意义，这就不难理解为什么他会被后来的实用主义哲学家杜威视为导师。③

超验主义在伦理和实践上的倾向，反映在文学上的一个基本特征就是他们对小说显示出的漠然。他们关注的是道德述评（moral statement），却不能欣赏小说在反映日常道德生活暧昧与冲突方面的戏剧化能力。有评论家认为，爱默生在其文学生涯中始终坚持对美德的不懈追求和赞颂，他的成功是其个人魅力的成功。作为一个杰出的评论家和卓越的小说家，亨利·詹姆斯同样致力于新英格兰的社会道德建构，他跟爱默生有过较好的私交，对于爱默生对小说的态度，詹姆斯的微词应该是最有代表意义的，他说："没有人能在爱默生的'强项'——以领导者和权威者的姿态对灵魂发出声音——上超越他，但是生活中总有一些复杂面他却从来不去质疑。"④

---

① ［美］沃浓·路易·帕灵顿：《美国思想史》，陈永国、李增、郭乙瑶译，吉林人民出版社2002年版，第692页。

② 同上书，第705页。

③ Lawrence Buell, *Emerson*, Cambridge & London: the Belknap Press of Harvard University Press, 2003, pp. 199 - 200.

④ Brian M. Barbour, "Introduction", *American Transcendentalism: An Anthology of Criticism*, Brian M. Barbour ed., Notre Dame & London: University of Notre Mane Press, 1973, p. 5.

在《诗人》(*The Poet*) 一文中，爱默生主张用诗歌艺术来对抗物质主义，在他看来，"语言也是行动，而行动则是一种语言"。① 毫无疑问，爱默生看到了语言的巨大力量，由此号召诗人应该通过语言来直接干预实践世界。对于这点，爱默生曾经不遗余力地撰文宣讲，例如在《审慎》(*Prudence*) 中，他这样写道："诗人是立法者；也就是说，最无畏的诗歌灵感不是斥责和攻击，而应该是宣扬和引领文明规范和日常行为。"② 在《灵感》(*Inspiration*) 中又进一步指出："文学的最美妙之处在于它是人类创作出来的积极肯定的、有预见性的、可创生性的诗篇。"③ 爱默生所呼唤的诗人是能够用诗篇或者语言号召民众的。

但是爱默生显然是绝对不会赞成"美国学者"们把隐退入艺术世界当作一种应对现实的策略。于是，像梭罗这样受过良好的精英教育、有才情的人如果隐退到个人的世界里，那就是一个游手好闲的人，是一个失败者甚至一个"骗子"，正如他在《超验主义者》中所说的："将会出现伪善和虚伪，也会出现巧妙的言辞和空话"，但是只要受到鼓励行动起来，就可以"抵制着这一切"④。

在超验主义者们看来，写作与演讲不仅是一种学术性活动，更是一种对世界进行目的性干预的行为。例如，爱默生和富勒不辞劳苦创办了超验主义俱乐部的喉舌《日晷》杂志，另有其他超验主义者开书店、办学校（如奥尔科特）。有评论家认为，超验主义者"是诗人，是预言者，在信仰上热情而坚定；而另一些人则关心唯心主义辩证法，并将其应用于日常生活。"⑤ 他们试图挖掘人群生活中的"神秘之美"。这是一种新型的美，因为美国民众面对的是新型的现实。这也是超验主义者日渐展现的独特的现代性意识之一。但是他们仍旧坚持对现时社会运动所具有的意义的探讨，他们追求的是与现时达成恰如其分的契合。

---

① C, Ⅲ, p. 8.

② C, Ⅱ, p. 231.

③ C, Ⅷ, p. 294.

④ [美] 爱默生：《超验主义者》，选自《爱默生演讲录》，孙宜学译，中国人民大学出版社 2004 年版，第 172 页。

⑤ [美] 沃浓·路易·帕灵顿：《美国思想史》，陈永国、李增、郭乙瑶译，吉林人民出版社 2002 年版，第 679 页。

新英格兰人本质上是讲究实际的。聪明的他们很快意识到"要致富先修路"的道理——要充分调动经济积极性，必须先创造一个新社会，一个能够让精神获得自由、灵魂有归宿的社会。尽管唯一理教之后的超验主义更令新英格兰人们吃惊和怀疑，因为他们不想波士顿被改造成一个超验的乌托邦，但是还是接受了他们的改革热情。因此，超验主义者有了成功在新英格兰掀起前所未有的波澜的机遇。"至少在一个短时间内，自由思想在此前一直陌生的地方找到了安居之所，在一个短时间内，知识分子而非商人控制了新英格兰"。① 超验主义在19世纪30年代经历了从兴起到淡落的一个快速过程，它在社会史舞台上登台的时间很短暂，但是在当时看是激进实则是对当时各种新思潮和旧观念的批判继承的美学特质使其在文学史上能独占鳌头。

第二节 《瓦尔登湖》：走向成熟

和爱默生一样，梭罗在血统和性情上也是一个清教徒。著名文学评论家桑塔亚纳认为，美国精神有两个原动力——形而上与浪漫激情。基于此，普特指出，爱默生和梭罗恰恰分别代表了这两股力量，也是他们各自在自己的生活里难以消融的冲动，但是却在两人思想的碰撞中不断闪耀出火花从而成就了两人的文学业绩。相对于爱默生在伦理思想上的坚持和语用风格上的理智与冷静，梭罗是用感性连接自然界与人的。梭罗承认并重视具体实在的关系模式，他试图建构一种全新沟通的仪式、庆典和节日。因为对他来说宗教经验不仅是精神体验更是与人的体肤知觉相连接的，所以他要把生活和艺术确立在实体实在的体验之上。② 可以说，从超验主义出发，梭罗的"一生似乎是对价值观的不懈实验"。③ 到了40年代中后期之后，梭罗开始慢慢摆脱前人的"影响的焦虑"，走上了自己的探索之路

---

① [美]沃浓·路易·帕灵顿：《美国思想史》，陈永国、李增、郭乙瑶译，吉林人民出版社2002年版，第581页。
② Joel Porte, *Emerson and Thoreau: Transcendentalists in Conflict*. Middletown: Wesleyan University Press, 1966, p.192.
③ [美]沃浓·路易·帕灵顿：《美国思想史》，陈永国、李增、郭乙瑶译，吉林人民出版社2002年版，第697页。

和创作生涯。

《瓦尔登湖》是梭罗公认的巅峰之作。在这部作品里，梭罗把超验主义美学特质发挥到了极致。他先是以超验的伦理品质和实践精神开展其个人主义的实验，而神秘主义和浪漫主义对于其多年的改稿先后产生了深刻的影响，两者交织共同成就了其伟大杰作。可以说，在梭罗整个创作生涯中，《瓦尔登湖》可谓是承前启后的丰碑，更是其创作成熟的标志，在思想和内涵上凝结了其早期创作的精髓，在形式和方向上对其之后的作品有了很大的预示作用。这部作品不仅揭示了梭罗创作思想的发展过程，也详细地记录了他作为一个个体作家成长的心路历程。

一　一个人的一场实验

梭罗在宗教自由主义运动中的表现丝毫不次于其他同代人。他拒绝参加教堂的任何活动，抗拒牧师的宣教，理由是他"热爱的宗教是非常凡俗的"①，追求的是个人化的、诗意化的精神生活，反对任何组织机构化的正规宗教行为。他拒绝各种形式的组织，这也严重地阻碍他去投身于任何形式的改革运动，但是这些都不妨碍他进行自己的个人实验来表达自己、确立自我身份和寻求自身的社会地位。他投入到大自然中，寻找与"超灵"或神直接沟通的途径，而他自己就是自己的"牧师"。

很多阅读过《瓦尔登湖》的人可能会产生一种印象，以为梭罗是一个不问世事的隐士。其实，"梭罗的抱负不是仅仅成为一个受欢迎的作家，他更希望能被人们当作一个社会批评家和道德改革家来认真对待"。②人们之所以有这样的误解很大一部分原因就在于把梭罗在瓦尔登湖畔两年的象征性实验当成了他的长期生活状态，典型的以偏概全，忽略了事物的真实本质。

（一）新英格兰的改革热情与"改革者"

19世纪40年代各种改革运动在美国风起云涌，似乎预示着"一个崭新的纪元、一个以纯洁的精神力量击溃顽如磐石的传统邪恶的新时代真的

---

① Journal, Vol. 12, p. 240.
② Fink Steven, "Thoreau and His Audience", in *Henry David Thoreau*, Joel Myerson ed., Shanghai: Shanghai Foreign Language Education Press, 2000, p. 79.

即将到来。生活将去顺应新的思想，一个新的教会和国家将从焕然一新的灵魂之泉中喷涌出来"。① 以波士顿为中心的新英格兰在这一轮的改革浪潮中表现最为突出。一名叫安东尼·特罗洛普的英国作家访问波士顿期间听取了爱默生等人的演讲，被新英格兰人的改革热情感染了，在游记中他这样写道："今后回忆在波士顿的社交生活，我一定会非常愉快。我在那里见到了很多人，与他们相识是一种荣幸，与他们私交是一种莫大的愉悦。"②

此时生活在新英格兰的人都能感觉到伟大的时刻正在或者即将发生。这种感觉使超验主义者们既充满激情，又感到无所适从。他们渴望建功立业，但是却不由自主地陷入知性世界和理性世界的分离之中。1840年10月，爱默生在给朋友的信中说他自己和朋友们成了"煌煌天恩的偏宠之人，从不知道何谓难事，从未被严峻的怀疑苦苦纠缠，从未应召去参与任何值得被誉为行动的事业……我日渐觉得愧对人生"。③ 整个社会卷入了改革，废奴运动和节欲运动的斗士、工厂劳工的领袖、大街上的穷人、监狱里的囚徒甚至包括精神病人的护卫者……各种社会阶层的人都试图发出自己的声音。这些人大多数是在宗教上信奉着福音派的教义，但是在言语措辞上却显得粗俗蛮横。这种情形让崇尚高雅精神的知识分子们很惊恐。尤其是超验主义者，他们刚刚摆脱了唯一理教温文尔雅的虚伪，但绝不想与大众改革者中那些粗俗蛮横的人为伍。他们引以为豪的是自己宣扬的美德和高尚动机，所以试图坚持做精神领域的改革者。

1841年1月，爱默生作了题为《人及改革者》（*Man, the Reformer*）的演讲，把各种改革运动的热情提炼为生命力的涌动。他提出了一个激动人心的问题："人到底为何而生？只是为了做一个改革者，做一个重新改造前任产品的创新者、一个谎言的否定者、一个真理与美的恢复者。他模仿那包容一切的大自然，那从不守旧、从不在过去驻足的大自然，它时时矫正自己，日新日日新，每天早晨都给我们新的一天，每一次脉搏的跳动

---

① ［美］萨克文·伯科维奇主编：《剑桥美国文学史》（第二卷），史志康等译，中央编译出版社2008年版，第457页。

② ［英］安东尼·特罗洛普：《北美游记》，刘俊平译，鹭江出版社2005年版，第253页。

③ Ralph Waldo Emerson, *The Letters of Ralph Waldo Emerson* (Vol. 4), New York: Columbia University Press, 1995, p. 125.

都蕴含着新生命。"① 他以自己雄辩、敏锐的观察力和广博的知识构建人与自然的联系。这是他一贯的风格。在这里，他用自然生生不息的创造力感染、号召人们从堕落的现实中跳出来，做一个高尚的改革者，"重新开辟一个新世界"②。

爱默生尖锐地指出，此时美国的商业制度"是一种自私自利的制度。它不受人性的高尚情操支配，不以互惠互利的严格法则来衡量，更不是用仁爱和英雄气概来衡量"。③ 这种制度是社会到处都是罪恶的痕迹，泯灭了最美好的慷慨与热爱的感情。"我们相互不信任的代价非常昂贵。我们花费在法庭和监狱上的钱很不值得，我们因为不信任别人，从而造就了窃贼、强盗和纵火犯，并用我们的法庭与监狱把他们变成了终身的罪犯"④。爱默生认为，这些会破坏社会发展，阻碍理想国家的实现。

那么如何进行改革呢？爱默生给出的答案是，恢复美国人的信仰和希望，因为"一切改革的努力都有一种同时作为其发条和调节器的力量，这种力量就是一种信念，相信人身上有一种无限的价值会应命运的召唤而现身，它相信任何专门的改革都是为了除去某些障碍"⑤。这就要求人们在日常生活中学会节俭和自助。在他看来，神和英雄吃简食居陋室且能免除一切烦恼，便能够静心倾听心灵的召唤、"随时准备完成求知或善良愿望的使命"。而自助则是"一种永恒的优雅"的生活方式，能够使人摆脱日常谋生的束缚，靠自己的体力劳动在解决自己基本的温饱问题后，就能"适度而又需要的运动，例如在田野里散步、划船、滑冰、打猎"，就能有更多的闲余时光，就可以充分发现自己本质的美好，让世界因自己而更美。⑥

爱默生在给卡莱尔的信中提到，在新英格兰，人人兜里都揣着建立社会新秩序的计划。19世纪30年代后期经济萧条所导致的绝望并没有成功

---

① ［美］爱默生：《人即改革者》，选自《爱默生演讲录》，孙宜学译，中国人民大学出版社2004年版，第239页。
② 同上书，第230页。
③ 同上书，第231页。
④ 同上书，第242页。
⑤ 同上书，第240页。
⑥ ［美］爱默生：《人即改革者》，选自《爱默生演讲录》，孙宜学译，中国人民大学出版社2004年版，第236页。

地浇灭超验主义运动早期"实现千年王国的热情,只是这种希望换上了新的形式"。① 新英格兰的改革范畴辐射面是很广的,但是被爱默生划分为了两大形态:理想世界和现实世界。他本人关注的显然是前者。在这篇演讲稿的开头,爱默生提出,改革者的真正内涵就在于:"立足于他的本质,做一个自由而有用的人","我们每个人都应该每天都与精神世界交流,从而提高自己"。② 可见,在这场浩大的改革浪潮中,爱默生进行的是观念的改革,他期待的是有道德的灵魂成为新时代的英雄。

(二) 布鲁克农场及其他

爱默生认为挽救灵魂就能使"山巅之城"、上帝允诺的新王国得以在新大陆实现。而他的好友、同是超验派的乔治·李普却认为只有重构现存的社会结构才能促使灵魂再生。李普也曾经是唯一理教的一名牧师。和爱默生一样,当他发现牧师的位置没有办法满足他宣扬精神至善至美和社会改革的时候,他开始心灰意冷。1841年3月28日,他在做告别布道的时候,再次强调了自己的信念,以此作为离职的理由。或许是受爱默生影响,离开牧师讲坛后的李普热情高涨,用他身边人的话来说那就是:成为改革者的愿望让"这位原本冷静持重的人变得仿佛沸腾、躁动起来,满怀再创世界的宏图"③。

在辞职的前后,李普越来越被波士顿周边实际的改革运动强烈地吸引。他满怀希冀地走访了那些因改革而闻名的教区,并参加了所谓的"全面改革之友协会"(The Friends of Universal Reform)组织的会议,很快就确立了这么一种思想:"一个单一的组织完美的社会群体能作为榜样来改变整个社会。"④ 事实上,这一思想来自于法国社会空想家夏尔·傅立叶。而傅立叶的观点则来自于古老清教教义的集体观念,但是他把这种观念现代化、科学化和世俗化了。他运用法国社会科学的成果,精心排列

---

① [美]萨克文·伯科维奇主编:《剑桥美国文学史》(第二卷),史志康等译,中央编译出版社2008年版,第460页。
② [美]爱默生:《人即改革者》,选自《爱默生演讲录》,孙宜学译,中国人民大学出版社2004年版,第228页。
③ [美]萨克文·伯科维奇主编:《剑桥美国文学史》(第二卷),史志康等译,中央编译出版社2008年版,第460页。
④ 同上书,第461页。

了 1620 个灵魂方阵，试图把世界从饥饿和阶级仇恨中解救出来，并力图终结劳心者脱离现实和穷人陷入悲惨的境况。

傅立叶认为，人们不应该各自居住在孤独的房子里忙于激烈、无效而且残忍的经济竞争，而应该住在一座像凡尔赛宫一样的被称为"法郎吉"的巨大建筑里，里面装满人类生存所需要的一切。有意思的是，这一套在结构上如此巴洛克式的繁杂、在术语上如此陌生的理论居然吸引了美国人。这或许在深层上与美国多元民族多元文化有关，但是现在最迫切、最大的现实理由是他们在改变信仰的时候正好遭遇了严酷的经济危机和心理混乱的时期。许多工匠被工厂的生产所取代，经济似乎难以从 1837 年灾难性的危机中复苏过来，刚刚流入城市的移民常常被一种怀旧的情感所折磨，他们怀念乡村和农场里那种关系更亲密的世界。于是，在 19 世纪 40 年代，整个美国建立起了足足 35 个小型的"法郎吉"。①

李普当然不敢奢望能组织到一支完整的方阵，他采取了美国式的简单化方式：成立股份公司，拉志同道合之士，买下土地用于耕种，建立学校招生创收。李普的计划是股东和所有学生将同吃同住、同工同酬。他在 1840 年一次超验主义俱乐部聚会上阐述了建立布鲁克集体农场的伟大想法，得到了与会者的热烈讨论，但是随后真正愿意参与实践的人少之又少。正如李普的早期传记者指出的，让那些书生气十足、习惯养尊处优的牧师们放弃舒适、优雅的环境去从事沾满粪土的劳作和面对粗俗的生活，难度显然太大了。但是，李普的决心是坚定的，他多次竭尽全力去劝说爱默生参与，因为他坚信后者可以起到良好的榜样作用。爱默生同样也饶有兴趣地去参观布鲁克农场的进展。但是他对运用物质手段来达到精神目的的想法似乎充满了厌恶，而且彼时他自己已经开始"朝着另外一个更多书卷气、更少偏狭性的方向发展"②。

1841 年 4 月，李普夫妇带着一小队人来到了他们买下的风景如画的布鲁克农场，开始集体生活。仿佛期待重演摩西带领众人走出埃及一般，每个人都情绪高昂，而且延续到后来物质日益匮乏、状况令人沮丧的日

---

① [美] 萨克文·伯科维奇主编：《剑桥美国文学史》（第二卷），史志康等译，中央编译出版社 2008 年版，第 483 页。

② 同上书，第 466 页。

子。很快他们就发现，农场的土质根本不适合耕种，开办的小手工作坊也是入不敷出，但还是吸引不少的年轻学者，他们给农场带来欢乐和活力。每个人的欢乐和疲惫通过集体的认可和分享后突然变得越发有价值；每个人在劳作之余都投身到民主、高雅文化的自觉学习中；每个人都乐于把自己看作是生活的改革者。这种浪漫主义激情令农场在令人吃惊的经济困境中奇迹般的维持了很长一段时间——从1841年到1847年。

布鲁克农场自己培养的最著名的批评家——霍桑或许是最有资格解释该农场是怎么样创造奇迹、又是如何衰败的。在农场初期，霍桑刚刚从海关辞职出来，他正在寻求一种简朴但却不乏丰富体验的生活方式来完善他写作的理想——必须在保证时间写作的同时还能提供丰富的灵感。农场的存在显然满足了霍桑的要求，所以他欣然加入。刚开始霍桑对自己新农夫的身份倍感激动。但是一个月之后，他发现自己根本没有办法静下来写作，甚至对笔墨产生反感。这让他很沮丧。不久，他便离开农场。后来，霍桑以自己的这段经历为蓝本创作了小说《福谷传奇》(The Blithedale Romance, 1852)，揭示了在布鲁克农场引以为豪的主仆平等主义背后是深深掩藏的势利观念，很多人能忍受"辛苦生活的艰苦和屈辱"恰恰是"因为他们知道自己可以随时离开这粗鄙的环境，回到舒适的生活中"。① 布鲁克农场是典型的乌托邦，这里的人靠精神力量担当其使命，以有保障、有期限的慷慨和博爱原则去构建社会，其结果总是很容易被现实摧毁。正像霍桑小说中描述的一样，一场大火终结了濒临破产的布鲁克农场，无意中为它提供一个相对完美的结局，日后很多参与的人在写相关回忆录时，都是美好和浪漫。实际上，当时新英格兰还有很多性质类似的集体乌托邦实验，例如"果园农场"(Fruit Farm)，结局更加仓促、狼狈。

(三)《瓦尔登湖》：一个人的实验

"果园农场"和布鲁克农场等集体实验的失败给爱默生的触动应该不算太小。在《蒙田》(Montaigne)一文中，他对此写下了哀辞："夏尔·傅立叶声称'人的引力和他的命运是成正比的'，换句话来说，也就是每个人的愿望都预示了其自身的满足。但是一切经验证明，事实恰恰相反。

---

① [美]萨克文·伯科维奇主编：《剑桥美国文学史》(第二卷)，史志康等译，中央编译出版社2008年版，第465页。

对于年轻而热情的头脑来说,力不从心是失败的共同原因。"生存的温饱问题是可以消耗一个人的体力、进而使其丧失理智的。① 爱默生得出这样的结论跟他当时挣钱养家糊口遇上困窘有很大的关系。这些主、客观因素都使爱默生对现实世界与理想世界的调和产生了巨大的怀疑。

但是,年轻的梭罗却可能得出不同的结论。1844年春,梭罗受邀在波士顿的艾莫里演讲厅(Amory hall)做关于改革的演讲。和爱默生一样,他对试图以结社方式来解决改革问题的思路表示出激烈的反对意见。不过,梭罗的目的不是为了放弃改革方案,而是把它转换成为一种个人的追求。梭罗坚信自我教育(self-culture)是所有社会改革的基石。在他看来,承认和纠正个体的不足就是为他人的自我教育提供借鉴和动力。如果每个人都成为神圣灵魂的改革者,过着美好、纯洁、道德的生活,就能从根本和实际上有效推进社会改革。对于梭罗来说,结社改革是把个体纳入一种制度,其本质是对个体自由和个体自我改革的剥夺。最后他指出,只有令春天万物更新的太阳才是值得模仿的改革者,只有在大自然中才有希望的自由,只有扎根于土壤中人类才能勃发活力。②

1845年春天,梭罗在瓦尔登湖畔爱默生新买下的土地上建立起一间小木屋,并选定在该年的国庆日即7月4日这个十分具有象征意义的日子搬了进去。在这湖畔生活的两年时间里,他显然是总结了自己最熟悉的两个公有社会的经验教训,努力发扬它们各自的优点,同时小心翼翼地避开导致它们破产的错误:同"果园农场"的居民一样,他成为一个素食主义者,坚持冷水浴,而且还提倡独身;同布鲁克农场的社员一样,他主张脑力和体力劳动有益的交替,而且坚信充满愉悦的创造以及尽情诙谐的魅力;他避免了"果园农场"那种因为四分五裂的个性和观念冲突而产生的争吵;摆脱了玷污布鲁克农场的阶级冲突。可以说,在瓦尔登湖畔,"梭罗建立了美国唯一一座成功的'法郎吉',一座只为一个人所建的

---

① [美]萨克文·伯科维奇主编:《剑桥美国文学史》(第二卷),史志康等译,中央编译出版社2008年版,第466—490页。

② Len Gougeon, Thoreau and Reform, Joel Myerson ed. *The Cambridge Companion to Henry David Thoreau*, shanghai: Shanghai Foreign Language Education Press, 2000, pp. 198-199.

'法郎吉'"。①

"就其性质和文学上的目标来说,梭罗搬到瓦尔登湖去住是为了寻求先验主义哲学:'我'和'非我'面对对方时将显现他们真实的一面"。② 无数证据证明,梭罗在进行的是一场个人的实验,所以他实验两年后就离开了。并非是一些学者认为的那样把瓦尔登湖畔的行为当成一种长期的生活方式。例如,中国学者陈茂林在其著作《诗意栖居:亨利·大卫·梭罗的生态批评》中,就认为梭罗湖畔的经历"是一种充满生态智慧的生活方式——诗意栖居"③,并得出了这样一个结论:"假如现代人过着梭罗一样的生活,他们就不会受到各种精神疾病的折磨,这个世界也将不会有现在的生态危机!"④ 这推论听起来很美好,但是在逻辑上总有些牵强。首先城市化、工业化是世界发展的一个必然趋势,让所有现代人去过梭罗湖畔式的生活显然不合时宜;其实,这也不符合梭罗的本意,因为他是意在提供一种生活的模式,并不意味着提倡人们都去过那样的生活,所以不久他就离开瓦尔登湖去尝试更多的生活方式。事实上,美国很多学者也是把《瓦尔登湖》一书"作为一种公开探索的实验报告"⑤ 来看待。

二 1846—1854:《瓦尔登湖的》七次改稿

根据有关专家的研究,梭罗在1846—1847年间写的《瓦尔登湖》第一稿与最后1854年发表的文本有着很大的差异,很多地方历经数次大改动。改稿几乎是每个作家出产的必经之路。有学者认为在修改的过程中,

---

① [美]萨克文·伯科维奇主编:《剑桥美国文学史》(第二卷),史志康等译,中央编译出版社2008年版,第490—491页。

② [美]罗伯特·米尔德:《重塑梭罗》,马会娟、管兴忠译,东方出版社2002年版,第85页。

③ 陈茂林:An Ecocritical Study of Henry David Thoreau(《诗意栖居——亨利大卫梭罗的生态批评》),浙江大学出版社2009年版,p. iv.

④ 同上书,p. 193. 原文:"Had modern men led a life as Thoreau did, they could not have been afflicted with spiritual diseases, and there would not have been the present ecological crisis!"

⑤ [美]罗伯特·米尔德:《重塑梭罗》,马会娟、管兴忠译,东方出版社2002年版,第99页。

梭罗使数年的历史"强行进入'这本书'"。①这段历史不仅涉及梭罗文学创作的思想发展变化,也反映其心理、生理以及智性上的不断成熟。正如学者指出的:"《瓦尔登湖》的创作过程几乎和这部作品本身一样引人注目。"②

在《瓦尔登湖》的《旧居民;冬天的访客》一章中,梭罗讲述了他和一个哲学人的相遇:

> 各自谈出自己的思想,好像把木片都晒干那样,我们坐下来,把它们削尖,试试我们的刀子,欣赏着那些松木的光亮的纹理。我们这样温和地、敬重地涉水而过,或者,我们这样融洽地携手前进,因此我们的思想的鱼并不被吓从溪流中逃走,也不怕岸上的钓鱼人,鱼儿庄严地来去,像西边天空中飘过的云,那珠母色的云有时成了形,有时又消散。我们在那儿工作,考订神话、修正寓言,造空中楼阁,因为地上找不到有价值的基础。③

这段话生动形象地表述了梭罗修改文稿的过程和意义。他用了两个很生动的比喻:削木片和涉水,而思想的火花则被喻为鱼。好的文稿都要经历很多积淀和雕琢,正如如果要看到木头清晰而全面的纹路,就要静下来,耐心地按着它生长的概貌,慢慢地把它削开。而首先还得有一把好的刀子。这个刀子在文学创作当中就是指作家的创作能力。其次,借助符号媒介记录下像鱼儿那样可能就稍纵即逝的灵感和顿悟,必须如同"温和地、敬重地涉水般",才能敏锐而清醒地感知叙述对象精妙的内涵并用恰当的语言将其呈现出来。

梭罗把创作视如造空中楼阁,恰是因为他如此执着地追求超验主义价值观,所以才觉得在"地上找不到有价值的基础"。梭罗编织其超验世界的主要材料是神话和寓言。他经常从自己的日记中摘选章节不断补充修正

---

① [美]罗伯特·米尔德:《重塑梭罗》,马会娟、管兴忠译,东方出版社2002年版,第3页。
② [美]萨克文·伯科维奇主编:《剑桥美国文学史》(第二卷),史志康等译,中央编译出版社2008年版,第568页。
③ [美]梭罗:《瓦尔登湖》,徐迟译,上海译文出版社2006年版,第237页。

《瓦尔登湖》的初稿,这些就是他所谓的"麻根和填絮"。正如研究梭罗主要作品创作过程的学者指出的:其作品就是"创造性想象的不断完善"[1]。另外,由于关于其湖边生活的演讲颇受欢迎,梭罗感觉到自己在某种程度上获得了"公众所认可的成功",这反过来使得他获得了花费将近10年的时间去持续完善《瓦尔登湖》的动力。《瓦尔登湖》的写作与修改可以分为两个主要阶段。

(一)第一阶段:神话思维主导

1846年到1847年间,梭罗在瓦尔登湖畔写下了第一稿。据说当初梭罗决定要搬到瓦尔登湖畔暂住,有几方面的原因:一是顺应其热爱大自然的天性;二是因为爱默生的启发或者是两人探讨的计划,正如罗伯特·米尔德指出的:"爱默生的《改革者》(或译《人即改革者》,笔者注)一文,读起来好像是梭罗瓦尔登湖实验的计划书和《瓦尔登湖》中《经济篇》的摘要……梭罗可能极大地影响了该文的创作,就像他本人受到该文强烈的影响一样"[2];第三,也是最重要的原因是梭罗需要一个安静的地方来写《河上一周》以悼念他的哥哥约翰。1845年,他搬入湖畔小屋后,很快就着手写《河上一周》。但是在瓦尔登湖畔尝试的新生活却给了他全新的体验和启迪,这就使得第二个原因变得更加重要起来。

还尚在写作《河上一周》的时候,梭罗已经开始着手创作《瓦尔登湖》。这里有一个很有趣的现象,因为两本书的格调有很大的不同。前者以梭罗和哥哥1839年的河上旅行为素材,是一种穿越时间的河上探索,以怀旧为中心,是梦幻般经历的哀伤描述。而后者则是以一个固定空间,即湖为中心的时空双重探索,以感知、顿悟为中心,是对现实精美而欢悦描述。梭罗在《瓦尔登湖》中显然把"旅居"当成自己的理念在实践中的延伸。当然,由于是同时写作,两本书多少有些重合、衔接之处——都洋溢着浓烈的探索精神。

告别《河上一周》对过去的探索,《瓦尔登湖》要探索的是生活的本质。所以《瓦尔登湖》看起来既像《改革者》中的实践,即对简朴生活

---

[1] Adams Stephen & Donald Ross, Jr., *Revising Mythologies: the Composition of Thoreau's Major Works*. Charlottesville: University Press of Virginia, 1988, p. 6.

[2] [美]罗伯特·米尔德:《重塑梭罗》,马会娟、管兴忠译,东方出版社2002年版,第27页。

的实验,同时它又拓展了新领域,即对人内心世界、精神上的未知领域的细心观察和探索。1848 年到 1849 年,梭罗完成了该书第二稿和第三稿的修改,这两次主要是对第一稿的润色,使原本毫无中心的初稿有了较为明确的主题和清晰的结构,让人读起来更加顺畅、优美。

有学者指出,1834 年到 1846 年间,梭罗的日记、诗歌和论证散文主要显示的是他在学生时代所接受的新古典主义的影响,这些早期的作品主要是遵循新古典主义的特征,强调明晰、对称、节制、优雅等精神。但这时的梭罗处在一个探寻自己创作主题、结构和风格的时段。此时的作品体现出了他正规教育和生活教育在不同方面的冲突交融,这也恰恰说明他正在尝试不同的方式来探索、厘清和表述他的世界。他的的确确展现了他所熟悉的超验主义思想和概念,但是从未放弃过对超验主义本身的融汇与超越。

在这个阶段,梭罗延续了《河上一周》中对神话的看法。18 世纪末 19 世纪初,西方思想界对神话及其意义有了新的认识,梭罗对这一趋势的细微转变都有着敏锐地体认。从最初把神话视为所有文明的有价值、值得尊重的主要组成部分,到把基督教传统与其他宗教神学体系相结合,再到把神话意识当作抵御科学对生活奇迹的否认和对人与自然关系的割裂的精神力量,梭罗在这两本书中展示了他自己对这一认知进程的微妙感知。[①] 可以说,神话与神话意识对于梭罗文学创作和美学观念的形成与发展起着很重要的作用,也是他作品的一个核心主题之一。《河上一周》展现了他试图融合基督教与其他宗教的努力,而《瓦尔登湖》则试图融合神话意识与事实观察。这说明此时梭罗的主要美学观点是保守主义和新古典主义的。但是这显然是一个动态的过程。

(二) 第二阶段:浪漫主义倾向

1852 年到 1854 年间,即《瓦尔登湖》正式出版的前几年,梭罗又对文稿进行了第四稿至第七稿的修改。在这个阶段,梭罗重新全面审视《瓦尔登湖》整稿,试图寻找出自己灵感的主线。根据研究其手稿的专家,《瓦尔登湖》的第一稿并没有分好章节,主题与主题、话题与话题之

---

① Adams Stephen & Donald Ross, Jr., *Revising Mythologies: the Composition of Thoreau's Major Works*. Charlottesville: University Press of Virginia, 1988, p. 6.

间也没有明显的界线,"确实没有一个艺术家精心设计的痕迹"。① 在第二阶段,梭罗从四个方面对原稿进行了加工:"(1)在原来的设计框架下,梭罗加长、润色了原有的章节;(2)把原来仅占几页的秋冬两部分扩展到占全书四分之一的篇幅,引入了四季更替模式;(3)他后期的观点遮掩了他原来表达的观点(对商业和铁路,对自然和真理,尤其是对他个人精神发展的观点),从而产生了意想不到的讽刺效果和意义之颠覆;(4)引入了新的强调重点(比如强调纯洁),这虽然与他19世纪50年代早期个人关心的问题联系密切,但是与他在《经济篇》所声称的目的相去甚远。"② 在这一系列的变化中,对浪漫主义诗学观点的日渐熟悉和熟练运用,帮助他有效地整合了初稿的内容。

  1845年《河上一周》的初稿显示,尽管那时暂住瓦尔登湖畔,但是梭罗并没有完全接受浪漫主义的概念和用语。该稿是《日晷》停刊后,梭罗得以全身心按自己的意愿自由创作的开始,彼时他的目的是写关于哥哥的回忆录以赞颂哥哥纯洁美好的品质、排解对哥哥的思念和感怀。初稿看起来是没有主题的杂文,遵循的是18世纪的文学传统。但是到了他修改《河上一周》的时候,他已经开始在自己的日记里朝向一种更加自由、灵活的美学形态——这是一种形式更加灵活有机、充满探索的文学形式,注重的不再是思想的结果而是沉思的过程。这便是浪漫主义。

  这一切的变化主要有两个方面的因素:第一,1846年,他和友人到了缅因州做短期旅行,并攀登了卡塔丁山。根据一些学者的研究,这一经历如一个突如其来的强大动力促使他重新审视自己和自然的关系,令他深切地感受到了大自然内部蕴含的毁灭性力量。③ 从这以后,尽管他还处在神秘主义的认知和语用状态,但是已经开始不自觉地向以探索为主旨的浪漫主义游记文学创作靠拢。第二是他公开演讲效果的推动。1849年秋至1852年初,梭罗暂时放下了对《瓦尔登湖》的修稿,进行了有关自然中

---

① [美]罗伯特·米尔德:《重塑梭罗》,马会娟、管兴忠译,东方出版社2002年版,第94页。
② 同上书,第91—92页。
③ Alan D Hodder. *Thoreau's Ecstatic Witness*. New Haven & London: Yale University Press, 2001, pp. 102 – 130.

"散步"的系列演讲,并到加拿大和科特角(Cape Cod)① 做了短期旅行。演讲过程中,他的听众最关心的一个问题是他为什么要一个人搬到瓦尔登湖畔去居住,并要求他讲讲那里的见闻。这为梭罗梳理出《瓦尔登湖》的一个写作主题。

以上两段生活经历使梭罗在情感上逐渐获得了释放,由此开始投入到浪漫主义运动的思想、语用和表达方式上。如前文所述,1851年至1852年间,浪漫主义在新英格兰取得了决定性的地位,变成了知识界人人都耳熟能详的一个观念。事实上,在爱默生和其他超验主义者的影响下成长,梭罗对这些早就了如指掌,但是第一次感到浪漫主义的影响并真正把其转化为自己的创作则是始于1852年在对《瓦尔登湖》的第二阶段修稿中,因此获得了一种原创性的想象力,产生了和自然的一种共鸣共情关系,同时萌发了一种浮士德式的理想追寻的热情。在修改文稿的时候,梭罗把浪漫主义观念加入了《瓦尔登湖》内。最明显的表现是他在文本中开始使用与浪漫主义相关的词汇,例如想象力和诗歌等。"浪漫主义美学给他一个灵活的方式来组织和整合不同时期积累的素材,把它们融合进一种具有多重意义的叙述模式中,邀请或者为读者参与文本意义的建构提供了空间。"② 可以说,浪漫主义有效地帮助了梭罗完成《瓦尔登湖》的整稿工作,同时赋予他过去经历新的意义。

三 承前启后

在梭罗整个创作生涯中,《瓦尔登湖》可谓是承前启后的界碑。在思想和内涵上既凝结了其早期创作的精髓,又在形式和思路上对其之后的作品有很大的预示作用。

(一)"地基":核心价值观的探索

对于超验主义者来说,活着的意义永远是首要的。在基督教的传统中,人活着就是为了彰显上帝的伟大。但是宗教衰落后,落入世俗中的人是为何而活着?这个问题对于新兴的新英格兰中产阶级而言尤为重要。此

---

① 美国波士顿地区东部的一个半岛。
② Adams Stephen & Donald Ross, Jr., *Revising Mythologies: the Composition of Thoreau's Major Works*. Charlottesville: University Press of Virginia, 1988, p. 10.

时新兴的中产阶级由于自身的经济实力获得了更大的发展空间，也构成了美国新兴文学市场的主要受众。① 作为小手工业作坊之子的梭罗充其量还只属于中产阶级的下层，不过他的哈佛教育背景给了他完全的中产阶级观念和修养，所以他顺理成章地接受了超验主义对形而上价值观的探索。

这一点从其创作之初就无意识地渗透在其作品中，最直接的体现就是梭罗对自我身份和职业的探求。《河上一周》充分记录了梭罗对现实的探寻，显示了梭罗对人存在于这个世界上的意义的追问。诚然，这个过程是艰辛的："在他心中，忏悔和忍辱是赦罪的必要条件，因为只有大声说出自己的处境才能使自己摆脱它的重负，并重新开始"。② 梭罗能如此坦然袒露心声，一来是因为他真诚直率的个性使然，二来则是因为在这次探索中有他挚爱的哥哥陪伴着。这些支撑着他以一种广阔的思维去探索。

在《星期五》一章中，梭罗建议"每一个人，如果他是聪明的话，将站在一个能够撑得住他的地基上"。③ 然而，细心的读者会发现，梭罗在这本书里漂浮了七章，却仍没有找到自己的"地基"。但是梭罗很善于用神话来弥补被社会驱赶、分裂的疏离感，并试图确认可以在最高时刻即灵感和狂喜的瞬间来感受自己的存在，例如在即将结尾处，他说："我们默默地仰望着遥远的星光，不禁陷入了一种罕见的想象之中：星星最初是类似地球的天体，并赠与人类莫大的恩惠。博纳尔德斯的编年史里记载，在哥伦布的第一次航行中，当地人'指向天空，做着手势示意——他们相信所有的力量和神圣都存在于天际'。我们没有理由不感恩于奇妙的天体现象，因为他们符合人们心中的理想。星星遥不可及，并非惹人眼目，但是我们最美好、最难忘的经历中，它们却是明亮不朽的。'让你不朽的灵魂引领你，但你要用真诚的目光仰望星空。'"④ 梭罗的这种自我勉励似乎有些苍白无力，但是需要说明的是，《河上一周》仅仅是他文学生涯中全面开启其浮士德般孜孜以求航程的开端。

---

① Steven Fink, *Prophet in the Marketplace: Thoreau's development as a professional writer*. Princeton, N.J.: Princeton University Press, 1992.

② [美]亨利·大卫·梭罗：《河上一周》，宇玲译，北方文艺出版社 2009 年版，第 158 页。以下关于《河上一周》引用参考译文均出自于此译本。

③ 同上书，第 189 页。

④ 同上书，第 200 页。

到了结尾,梭罗给出了某种暗示:"此刻,夜已深,我们的小船驶进了它家乡的港湾,船身亲切地抚摸着河面上的灯芯草,发出沙沙的声音,而康科德那久违的淤泥似乎被船的脊骨立刻认出来了。那里的菖蒲自我们出航后就不再挺立了,一直保留着我们的小船曾经划过的痕迹。我们兴奋地跳上岸,把船拖上来系在先前的那棵苹果树上——树干上的痕迹更让我们倍感亲切,那是春季涨水时拖拽浮动的小船的铁链磨过的伤痕。"①

如《河上一周》开篇"康科德河"的引文诗里所表达的,梭罗和哥哥试图"超越时间的界限",去攀登最高的山、驶向一片遥远的海岸、穿越山谷去寻找"新的土地、新的人民,新的思想"。② 这是一次漫无目的的"旅行",身体和思绪都经历了兜兜转转的摸索。在归途靠岸时,梭罗惊喜地发现这个"地基"或者"家园"其实就在自己身边的世界里,就在康科德里——就算是暂时还没有一个现成的,至少能找到了"一个可以建立家园的地方"。③

这个"地基"准确地来理解应该是灵魂赖以依存的"家园",也就是超验主义者们试图确认的核心价值观——人为何存在、如何存在,也就是卡莱尔所说的对生活意义和方式的探索。这个切合了梭罗在瓦尔登湖畔暂住期间其演讲听众最好奇的一个问题:他为什么要一个人搬到瓦尔登湖畔去居住。他们还要求梭罗讲讲那里的逸闻趣事。因为此时,康科德的人们大部分已经可以被视为中产阶级,他们需要对自己的周围世界有一种更加理性的认知。哈佛毕业的超验主义者梭罗显然有足够的资格承担这种教导和解说的职责。

梭罗把这些问题的答案放在了《经济篇》中,而且又在第三篇《我生活的地方;我为何生活》一章中做进一步的阐述:"我到林中去,因为我希望谨慎地生活,只面对生活的基本事实,……因为,我看,大多数人还确定不了他们的生活是属于魔鬼的,还是属于上帝的呢,然而又多少有点轻率地下了判断,认为人生的主要目标是'归荣耀于神,并永远从

---

① [美]亨利·大卫·梭罗:《河上一周》,宇玲译,北方文艺出版社2009年版,第201页。
② 同上书,第1—2页。
③ [美]罗伯特·米尔德:《重塑梭罗》,马会娟、管兴忠译,东方出版社2002年版,第76页。

神那里得到喜悦'。"① 从这里可以看到,《瓦尔登湖》已经清楚地解决了《河上一周》试探寻找的核心价值观:"谨慎地生活,只面对生活的基本事实"。同样,在《瓦尔登湖》中,"经济篇"的长篇大论,表明梭罗试图为他选择的生活方式寻找一个可资验证的真实基础,因为他要使自己的梦想、理想获得一个可靠的现实根基。在全书中,他旁征博引了古希腊和东方的智慧,他乐意花大篇幅去说服人们相信、甚至使用生活经济学的数据来阐明:通过过一种简单、纯洁、高尚的自然生活,即使是在弹丸之地的瓦尔登湖也完全可以实现自我教育、自我完善的目的。

(二) 真正男子汉的自豪感

第一部作品《河上一周》只能算得上是梭罗的创作生涯中的过渡性作品,就像《马尔迪》是麦尔维尔的过渡性作品一般。"在写作过程中,两位作家都变得雄心勃勃。虽然作品发表后都并不怎么受欢迎,也没有引起评论家的重视,但他们并不灰心,因为他们坚信,这些作品只不过是通向智慧的阶石而已"②。但是这部作品仍然没有明确解决梭罗探寻自我身份和职业的内心焦虑。直到《瓦尔登湖》,我们才发现梭罗长期的挣扎、寻找终于有了着落:"他达到了理智上的成年"③,在内心确立了其文学英雄和道德改革家的人生奋斗目标。

1836年爱默生发表《论自然》一书,大声呼吁美国人应该走自己的路,凭借直觉而不是依靠传统来创作,而直觉的最好载体就是自然。一年后,爱默生在《美国学者》中,进一步呼吁美国人要用自己的双手去创造美国人自己的生活,从而促使美国获得思想上的独立。因此《论美国学者》也被认为是美国"思想独立宣言"。其思想可以被归纳为三点:自然、自我、自立,以自然为媒介连接人与上帝,通过自我的努力达到自我的完善,最终能够独立成为一个有用的人。那么这三点如何被联结并成就一个人呢?爱默生给出了一句话:"行动的最终意义就是——它本身就是

---

① [美]梭罗:《瓦尔登湖》,徐迟译,上海译文出版社2006年版,第79页。
② [美]罗伯特·米尔德:《重塑梭罗》,马会娟、管兴忠译,东方出版社2002年版,第84页。
③ 同上书,第17页。

一种资源。"① 在他看来，认真生活本身就是一种充满意义的行动。

但是如何行动呢？怎么样的行动才能开创自己的生活？这是爱默生在 30 年代悬而未决的问题。他和梭罗在这个阶段的亲密关系快速发展，除了志趣相投也许另一个隐含的因素是爱默生还想从梭罗这个正在走向社会寻找自己位置的年轻人身上获得一个观察的角度并由此获得实际的启发。两人在交流的过程中，梭罗认同了自我教育的作用，并把自己这个阶段的精神探索导向道德目标。正如研究其改革思想的学者指出的，梭罗在新英格兰改革浪潮中的理想是道德改革，准确地来说是个人道德的改革。② 这点我们前面已经论述过。

受英国浪漫主义湖畔诗人们的影响，爱默生和梭罗都曾经认为诗人能够负担起改革领军人物的使命。但是，我们都已经知道，梭罗在诗歌上并不受同时代人的认可。到了 30 年代后期，爱默生和梭罗本人对梭罗的诗歌创作都失去了信心。这就直接导致了 1841 年后半年后，梭罗基本放弃了成为诗人的梦想。其后的一段时间便是梭罗文学创作的瓶颈期。这段日子里，即 1841—1842 年间，梭罗入住爱默生家中。但是梭罗却因此时常受到人们的异样打量。敏感的他非常清楚，自己已经被人误认为是爱默生家无所事事、舒适悠闲的门徒。有着强烈男子汉自尊的他当然是不甘心被这样"误解"。在此期间，他在自己的日记里不停地思考着"有用"与"无用"的问题。梭罗渴望有一种工作，不是那些世俗人们依赖体力便可赖以生存的工作，他期待的是一种可以让他一鸣惊人的伟大职业。"那些时日，作家在社会中的地位激发了他的想象"。③ 这时的梭罗不再坚持站在社会的对立面了，他要选择另一种方式：把自己放在衔接社会与自然的中间地带。④ 他开始筹划湖边生活实验，因为他想成为寻求新秩序的理想青年的代表人物，过一种简单的生活并负担起学者的教育使命。他以日记

---

① [美]爱默生：《美国学者》，选自《爱默生演讲录》，孙宜学译，中国人民大学出版社 2004 年版，第 124 页。

② Len Gougeon, Thoreau and Reform, Joel Myerson ed. *The Cambridge Companion to Henry David Thoreau*, Shanghai: Shanghai Foreign Language Education Press, 2000, p. 194.

③ [美]罗伯特·米尔德：《重塑梭罗》，马会娟、管兴忠译，东方出版社 2002 年版，第 34 页。

④ PJ1, p. 347.

形式记录下了整个过程，包括实验可行性的理论与实际论证（《经济篇》），也包括了他有目的性的日常行为和观察。这一行为无意中使他变成了"文学英雄"，也就是爱默生所倡导的"诗人—先知"——兼具观察者和言说者的功能并能成功融和内在洞见和外在艺术表达的人。①

随着核心价值观的确定和自我身份地位的厘清，梭罗开始心安理得地接受"使命"——做一个"文学英雄"，参与社会生活的实验和实践。他天生有一双让爱默生都羡慕不已的灵巧双手，完全可以靠临时工作和测量技能养活自己，而且他终身未婚，不需要承担养家的重任。相比爱默生，他有更充分的条件追求精神上的理想。当梭罗在心理和理智上解决了身份和职业的尴尬和困扰后，他就有足够的内在力量和勇气去劝勉他的演讲听众和作品读者"培养道德情感，把男子汉的定义从谋求物质财富转向自我教育"。② 在瓦尔登湖畔，梭罗不仅有一间完全属于自己的屋子，而且这是他亲手建造的。这个湖畔的领地使得他在精神和肉体上都感觉到了自己真真实实的存在。他在这个世界里，建立起一种新的文学和人际关系。因此，他在详细叙述自己湖畔的"历史"时，明确地向他的听众、读者——表意上主要是康科德人——阐释自己的生活方式，理直气壮地批评他们的生活。他的语气是肯定的，修辞目的也是清晰的。从这个意义上，可以说："也许最重要的是，《瓦尔登湖》里体现出的自信心应该归功于梭罗独立成人的自豪感，那种一个人成长为真正男子汉的自豪"。③ 有意思的是，康科德人在听了数次梭罗关于瓦尔登湖"实验"的演讲后都反应良好，这客观上促使梭罗把散乱的草稿发展成一本书。

（三）文学技艺上的成熟

可以说，《瓦尔登湖》一书整个创作过程生动地说明了梭罗在文学技艺上的成熟。相比《河上一周》那种新古典主义的华丽对话和严厉批评，《瓦尔登湖》显然要内敛、柔和得多，经常可以阅读到瞬间灵感和狂喜在文本空间中的无限延伸。这是一种将刹那间的美转化成了情绪与情感上的无限力量，并延伸至日常生活中，使日常生活同样获得神圣和美的意味。

---

① C，Ⅳ，pp. 217–219.
② [美]罗伯特·米尔德：《重塑梭罗》，马会娟、管兴忠译，东方出版社 2002 年版，第 21 页。
③ 同上书，第 87 页。

用一个学者的话来说，《瓦尔登湖》"在每一句话里都包含着深刻的意义。"① 难怪会被后人誉为"是一本了不起的书"。②

《河上一周》的"叙述结构总是能唤起读者对行动和高潮的期待，可每一次都因冗长的沉思式的段落而大失所望。该书读第二遍要比第一遍更容易些，但在梭罗的早期读者中，几乎很少有人愿意尝试第二遍，甚至第一遍都很难完成"。对于很多人来说，该书"把叙述、沉思和学术专论混为一谈的写法令人费解"。③ 当时有评论家抱怨说，读《河上一周》的感觉就像在去参加朋友聚会的时候却发现实际上是去听人说教的。爱默生把书邮寄给了远在英国的卡莱尔。卡莱尔带着这本书走遍了爱尔兰，却仍然读不下去。

正如前文所述的，《河上一周》显然是梭罗早期为个人而写的，更主要的是承载了失去至亲且事业不顺的心理治疗功能："梭罗写这本书的冲动除了纪念哥哥，并促进他的文学事业之外，还有一个目的，即通过编织某个神话来减轻他的被疏远的感觉"。④梭罗在这本书中运用了很多古典主义的语言修辞手法，但在这里艺术技巧仅仅是为了服务思想而存在——可悲的是这里的梭罗思绪万千、意识不连贯、表达模棱两可，这就使得整个文本缺乏主线，主题偏离了"河上漂游"这个实际行为，体现的是"带有幻觉的精神对形式的压迫"⑤。正如评论家卡尔·F.霍福德说的：在这本书中，"我们很少能看到和河上旅行有关的内容，甚至于一个接着一个的思考也缺乏连贯性，总是叙述不清，简直可以说是粗心大意"。⑥

相对来说，《瓦尔登湖》语气是肯定而明确的，这归功于其平易近人的语言风格。受卡莱尔的影响，梭罗看到了卡莱尔口语化的文学作品

---

① Cavell Stanley. *The senses of Walden.* New York: The Viking Press, 1972, p. 3.

② [美] 沃浓·路易·帕灵顿：《美国思想史》，陈永国、李增、郭乙瑶译，吉林人民出版社2002年版，第702页。

③ [美] 萨克文·伯科维奇主编：《剑桥美国文学史》（第二卷），史志康等译，中央编译出版社2008年版，第518页。

④ [美] 罗伯特·米尔德：《重塑梭罗》，马会娟、管兴忠译，东方出版社2002年版，第72页。

⑤ 同上书，第58页。

⑥ Carl F. Hovde, Nature into Art: Thoreau's Use of his Journals in a Week, *American Literature*, 1958 (30), p. 172.

产生了一种独特的魅力——尤其是在超验主义者唯美虚幻、晦涩费解的文风中更是显示出强烈的个性力量。在梭罗看来，卡莱尔的语言犀利却不乏幽默感。这是他非常欣赏并乐意效仿的一大优点。但是梭罗对于卡莱尔那种居高临下、强加于人的风格不满。梭罗认为，卡莱尔不是为了与读者交流，而是试图对读者施加影响力。① 梭罗奉行的是"有强烈表现欲望的作者和个性强的读者之间的一场斗争：一个要求与言语修辞的驾驭，另一个则要求诠释的自由"。② 这种叙事风格使得梭罗更接近现代文学的叙事理念。

如布伊尔所说的，《瓦尔登湖》中许多段落的魅力就在于其内容纷繁和语言上的出乎意料的奇特效果。③ 梭罗在《瓦尔登湖》中营造的世界是一个语言修辞强化的过程而不仅仅是一个结构："《瓦尔登湖》中环视的天堂根植于真正的世界，可以描绘和象征性地探讨，而《河上一周》，幻想的天堂只能在诗歌的景象中才能被把握，只有远离这次具体航行的水闸和运河上的船只，通过透明的语言和深思才能够传达出来。"④ 梭罗重视的是形而上的理论（真理），也格外重视表述真理的语言，但是当两者发生冲突时叙述则让位于思想。他涉及的主题丰富，所见所闻信手拈来，是散步中的絮语；文字饱含思想，字字句句透露真知灼见，所以人们总能从他的作品中摘抄出很多可以援引的句子和段落。

梭罗的文学创作，无论是诗歌还是散文，有着一种纯然感受自然的空灵，这是一种抛却了世俗嘈杂而进入一种玄妙之境的结果。这种返璞归真的过程，恰恰是以超验主义为主要内涵的哲学与宗教影响的结果。《瓦尔登湖》结尾最能说明这点：

至少我是从实验中了解这个的：一个人若能自信地向他梦想的方

---

① EEM, pp. 226 – 235.

② ［美］罗伯特·米尔德：《重塑梭罗》，马会娟、管兴忠译，东方出版社2002年版，第87页。

③ Lawrence Buell. *Literary Transcendentalism: Style and Vision in the American Renaissance*, Ithaca & New York: Cornell University Press, 1973, p. 200.

④ ［美］罗伯特·米尔德：《重塑梭罗》，马会娟、管兴忠译，东方出版社2002年版，第59页。

向行进，努力经营他所想望的生活，他是可以获得通常还意想不到的成功的。他将要越过一条看不见的界线，他将要把一些事物抛在后面；新的、更广大的、更自由的规律将要开始围绕着他，并且在他的内心里建立起来……如果你造了空中楼阁，你的劳苦并不是白费的，楼阁应该造在空中，就是要把基础放到它们的下面去。①

这是梭罗对自己瓦尔登湖畔实验的总体评价，也是对自己收获的总结。在这里，梭罗再次重申了他的"空中楼阁"理念。这种理念在文本中的意义就是它彰显了超验主义诗学中的象征性内涵并由此产生了仪式性的外延，即在一个事实层面上——真实的湖、真实的小木屋、真实的主人公是在一种抽象的形而上美学统摄下，于是，所有事物都可以转化为比喻，使得梭罗实验的这一套生活模式有一种放之四海而皆准的意味。正如布伊尔指出的，和所有的旅行叙事文本一样，《瓦尔登湖》在美学上是杂糅的，是事实与虚构结合的产物，其所叙述的事物在不同程度上是被重塑过的，这是一个选择、反思、组织、升华和神秘化的过程。②

美国生态文学批评家帕特里克墨菲（Patrick D. Murphy）认为，《瓦尔登湖》的叙述策略和美学追求足以令该书被视为一本小说。一方面，梭罗把两年的湖畔经历编排、浓缩成一年；另一方面，根据史料显示梭罗花费数年不断修改，把原本非虚构性的日记凝结成艺术性完整、想象力丰富的一部作品，根本的原因就是出于思辨和情节效果的需要。③同样地，也有评论家指出，没有去过瓦尔登湖而阅读梭罗作品的人总以为那是一个人迹罕至的世外桃源，而其实那都是梭罗自己的想象性建构。事实上，19世纪50年代前后，康科德作为一个商业与农业发展活跃的聚集点已经存在近200年。而梭罗的当时住的小木屋则被物产丰富的田野、新垦殖的林场、硕果累累的果园和酒香扑鼻的地窖包围。"梭罗把当地的风土人情、历史现状等都排除在外，描述了一个不受任何干扰的圣地，仅仅是为了维

---

① ［美］梭罗：《瓦尔登湖》，徐迟译，上海译文出版社2006年版，第284页。

② Lawrence Buell. *Literary Transcendentalism: Style and Vision in the American Renaissance*, Ithaca & New York: Cornell University Press, 1973, p. 200.

③ Patrick D. Murphy, *Farther Afield in the Study of Nature - oriented Literature*, Paddyfield: University of Virginia Press, 2002, p. 7.

持其文学工程的纯粹性"。① 梭罗根据自己叙事与美学的标准决定文本的选材,包括细节的取舍、形象意象的塑造,目的是为了讲述一个更动听的故事。

但是无论梭罗如何做创造性的虚构,都不影响《瓦尔登湖》成为其进入自己创作高峰的丰碑。如果说《河上一周》中是思想对文本的形式形成了一种持续性压迫的话,那么到了《瓦尔登湖》这部作品里,其艺术形式已经能很好地承载思想,而思想则令形式更加富有鲜活之力。这些则恰恰证明了是其思想与艺术的日臻成熟,两者的完美结合成就了《瓦尔登湖》的文学经典地位。换句话来说也就是,《瓦尔登湖》不仅是超验主义诗学实践的产物,更是梭罗创作成熟的标志。

第三节 超越:后期的自然写作与政治批判

在《重塑梭罗》一书中,米尔德指出,梭罗在其创作后期的自然历史散文中扩大了自己"兴趣的范围和广度,以一个新的形象出现在大众面前",然而这不但没有被重视反而被认为是其创作的"衰退"。他认为有必要"重新勾勒梭罗事业的轮廓,它不是一条顶点在《瓦尔登湖》的抛物线,也不是一条绵延不断的直线,而是一条上升的弧线,有周期性的断裂,也有重新开始,不变的是其上升的动力"。② 这个动力就是梭罗对超验主义价值观的不懈实验,也是他的终身事业。③ 但是到了创作的后一阶段,他则以更理性的角度、用更多方式去反思其正确性与合理性。在《瓦尔登湖》的结束篇里,梭罗是这样总结过往、展望未来的:

> 我离开森林,就跟我进入森林,有同样的好理由。我觉得也许还有好几个生命可过,我不必把更多时间来交给这一种生命了。惊人的

---

① Kent C. Ryden. *Landscape with Figures: Nature and Culture in New England*, Iowa: University of Iowa Press, 2001, p. 55.

② [美]罗伯特·米尔德:《重塑梭罗》,马会娟、管兴忠译,东方出版社2002年版,序第2—3页。

③ [美]沃浓·路易·帕灵顿:《美国思想史》,陈永国、李增、郭乙瑶译,吉林人民出版社2002年版,第697页。

是我们很容易糊里糊涂习惯于一种生活,踏出一条自己的一定轨迹……想人世的公路如何给践踏得尘埃蔽天,传统和习俗形成了何等深的车辙!我不愿坐在房舱里,宁肯站在世界的桅杆前与甲板上,因为从那里我更能看清群峰中的皓月。我再也不愿意下到舱底去了。①

这段话和开篇《经济篇》是首尾呼应的。从一开始,梭罗清楚地表明,湖畔生活只是一个实验、一种生活的尝试,在这里他再次重申不会把时间仅仅交给一种生活方式,因为他的生活是丰富的,他"还有好几个生命可过"。而且他再次呼吁:大地和心灵一样都是柔软的,可以开辟出千千万万条路,人人都要走自己的路,要"会取其适用的",不要"削足适履",② 不要去重复别人的模式。这应该是他超验主义"自立"思想的一个很重要内涵,构成了美国个人主义发展的基石。

另外,他用舱底的形象比喻阐述了自己瓦尔登湖畔实验的本质是探究事物尤其是心灵的深度,现在他要从这里出发,回到世界的桅杆前和甲板上,即将准备开启探究世界广度的旅行。梭罗文学创作的后期开始在超验主义诗学观念的统摄之下,跨越了超验主义的藩篱,进入现实经验和现象世界的观察和言说,最后到达对自然进行诗性的描述,在认识论上形成了对世界和生命的整体的初步"整生"③ 形态的探索。这是一个从外到内,又从内到外,循环往复,不断上升的旅行,可以被视为是一种对"超循环"④的生命生态结构的无意识探索。

一 超验主义之下的超越

1845年12月,当梭罗还在瓦尔登湖畔进行他的超验主义价值观实验时,托马斯·卡莱尔的一本著作《奥利弗·克伦威尔的书信和演讲》(Oliver Cromwell's letter and Speeches)经爱默生的引介来到了康科德镇。在这本书里,卡莱尔对克伦威尔的书信和演讲进行了精彩的评论和"注释"。梭罗并没有对书的内容有太多感触,但是他被其夸张无拘的言辞和

---

① [美]梭罗:《瓦尔登湖》,徐迟译,上海译文出版社2006年版,第283—284页。
② 同上书,第2页。
③ 袁鼎生:《整生论美学》,商务印书馆2013年版。
④ 参见袁鼎生《超循环生态方法论》,科学出版社2010年版。

文风深深地吸引了。于是,他开始为镇上的民众撰写一篇关于卡莱尔的演讲稿。1846 年 2 月,他在康科德演讲厅关于卡莱尔的演讲是感人至深的。1847 年 3 月和 4 月,梭罗整理出来一篇长篇评论题为《论托马斯·卡莱尔及其作品》(Thomas Carlyle and His Works),并发表在一家著名杂志上。而且在这篇评论中,梭罗高度赞扬了卡莱尔:他"并没有强迫我们去思考,我们的思考已经早就足矣。可他迫使我们去行动。"①

事实上,梭罗在 1846 年 7 月的时候就已经找到以行动代替思想的机会。这个月末的一天,梭罗从瓦尔登湖畔回到镇上去取回送去修补的鞋子时,被当地的税收官以其长期拒付人头税为由抓起来关了一夜。梭罗相信自己是为了信念而甘愿坐牢的,所以对于第二天因一个女性亲戚帮忙而被释放感到十分愤怒。更糟糕的是,爱默生对此嗤之以鼻。梭罗发现自己的导师尽管也倡导实践但却吝于行动,这让他感到很痛苦和失望。然而无论多么痛心,他还是决定为自己辩护,而这个辩解的文章竟然成了美国政治思想经典著作之一。

这些都显示:梭罗对超验主义社会改革的可能性产生了怀疑,对个人在"鼓动"社会大众改革中的地位和价值逐渐丧失了信心,随后便转向了对自我的"改革"。梭罗在瓦尔登湖畔开展的生活实验证明,他开始从行动上去探讨个人生活的基本内涵,为个人的自我教育寻找理论与现实的依据,并论证了个人改革的重要价值。在《瓦尔登湖》一书中,我们都可以寻找到他试图超越超验主义思想局限的努力,即通过行动把精神的体验和肉身的体认结合起来,让生活和艺术立足于具体实在。② 这说明,在超验主义形而上思想和美学观念的统摄下,梭罗在行为中还有着明显的经验主义趋向。③ 因为,对于梭罗而言,"物质与精神一样真实"。④

---

① W, Ⅳ, p. 355.

② Joel Porte, *Emerson and Thoreau: Transcendentalists in Conflict*. Middletown: Wesleyan University Press, 1966, p. 195.

③ Steven Fink, Thoreau and His Audience in "Natural History of Massachusetts", *The American Renaissance: New Dimensions*, Harry R. Garvin (ed.), Lewisburg: Bucknell University Press, 1983, p. 65.

④ [美] 沃浓·路易·帕灵顿:《美国思想史》,陈永国、李增、郭乙瑶译,吉林人民出版社 2002 年版,第 704 页。

(一) 发端:《马萨诸塞州的自然历史》

学者斯蒂文·芬克认为《马萨诸塞州的自然历史》代表了梭罗在文学创作事业上的一个重要转折点,不仅仅是因为这是他第一次尝试通过大众话语模式把其超验主义价值观传递给更大的读者群,而且这是他第一次尝试自然散文写作。

是爱默生首先敏锐地发现梭罗对大自然的感情与感知,尽管当时自然史写作还未成为美国文学发展过程中一种被人们所普遍接受、认可的文学体裁;另外,尽管热爱大自然并通晓其中诸多奥秘,但是梭罗显然还未曾想过把自然作为文学主题或文学素材。相反,他似乎受到爱默生形而上观念的"束缚",从其早期日记和杂文就可见一斑:大部分主题都是"友谊"、"服务"、"勇敢"、"希腊诗歌"、"英雄"、"印度教经典"等等。这个阶段的梭罗绕不开爱默生作为文学知识分子的成功模式,但是他又缺乏前者的宏大、尖锐、辛辣的写作风格。而作为旁观者,爱默生当然知道梭罗的独特禀赋,所以他让梭罗写一篇关于马萨诸塞州动植物群落的调查报告以发表在《日晷》上,作为对本地区社会生活环境的一种描写和评论。在这篇报告的基础上,梭罗于1842年拓展成了《马萨诸塞州的自然历史》并于当年的7月份发表在《日晷》上。

谢尔曼·保尔也同样强调这篇文章在梭罗创作生涯中的重要性,他认为:"如果没有爱默生的耐心敦促和其对物质意义的认识,那么梭罗可能会继续撰写关于高尚道德与超验主题的文学评论和抽象文论。爱默生促使他认识到了自然事实的文学价值,并令他意识到自己的日记是一个暗藏的宝库。"[1] 保尔同时还指出,梭罗用自然作为文学创作的对象还有一个私人的价值就是这些自然散文可以实现梭罗越来越强烈的隐退出社会的意愿。保尔分析其原因,觉得是因为梭罗"寻求更美好社会的希望落空后,自然而不是友情成为社会的对立概念"。[2] 在保尔看来,虽然梭罗对社会的发展失望,但是对自己文学事业却从未放弃。尤其是挚爱的哥哥突然故去,使梭罗产生了一种强烈的道德使命感,他觉得有责任和义务把哥哥身

---

[1] Sherman Paul, *The Shores of America*: *Thoreau's Inward Exploration*. Urbana, University of Illinois Press, 1958, p. 102.

[2] Ibid., p. 103.

上圣洁、高尚的品质传播出去,以纪念、慰藉哥哥的在天之灵。这个观点得到了米尔德的认同。米尔德也同样认为是失去亲人的哀伤使梭罗迅速地成熟了起来。① 这种心理变化促使梭罗把写作当作建立与世界的沟通、连接与实现其社会责任的一种工具或途径。

1842年3月26日,即爱默生把这篇文章转交给编辑富勒之前,梭罗在自己日记中这样写道:"我将非常乐意将我生命的财富分享给人们,我将认真地把自己最宝贵的礼物献给他们。我将为了他们把珍珠从贝壳中剥离出来、在蜂群中采集蜂蜜。我将为了公众的益处撒下阳光。我知道我将不会获得任何财富回报。我不需要任何个人的好处,除非我能以我的独有能力服务大众。这是我唯一的个人资产。"② 在瓦尔登湖畔的实验报告中,这种语气更是渗透在了整个文本中,因为他实验的目的就是给公众提供一种生活方式的参考,以期进行社会道德的改革。

《马萨诸塞州的自然历史》的细节描绘栩栩如生,在内容上是《瓦尔登湖》和19世纪50年代后有关自然史写作的发端,在修辞上回应了其早期的社会改革论文如《兵役》等,而在语言上则保留了超验主义深沉华丽的风格。不过,在这篇文章中,梭罗显示出来一种明显的经验主义倾向:"让我们别小看了事实的价值;有一天它们可以开出真理之花"。③ 霍桑曾经这样称赞这篇文章:"如此真实、详尽、细致的观察,除了将其所见诉诸于文字外,还赋予了文字以精神"。④ 正如米尔德指出的,《马萨诸塞州的自然历史》"预示了梭罗写作的真正风格"⑤,并"发展了最初的先验的经验主义"⑥。最值得称道的是,这种体裁综合了梭罗的爱好和理想:自然、社会责任和文学事业。

---

① [美]罗伯特·米尔德:《重塑梭罗》,马会娟、管兴忠译,东方出版社2002年版,第83页。

② W,Ⅻ,p. 350.

③ PJ,p. 131.

④ Nathaniel Hawthorne, *The American Notebooks*, ed. by Claude M. Simpson, Ohio University Press, 1972, p. 355.

⑤ [美]罗伯特·米尔德:《重塑梭罗》,马会娟、管兴忠译,东方出版社2002年版,第40页。

⑥ 同上书,第73页。

（二）旅居与旅行：内与外的探索

谢尔曼·保尔指出，梭罗严格区分了艺术家和诗人。① 在一篇关于歌德的论文中，梭罗认为歌德的教育和生活都证明其是艺术家，理由是歌德从小开始一直生活在城市，就连玩具都是艺术设计和生产的产物。在文章中梭罗批评歌德过于局限于自己社会地位的规定和限制。用歌德自己的话来说就是：崇高只能"在那些不受约束和未经归训的民族"中找到。梭罗由此论证了崇高只能产生于"没有门的林中"，所以人应该过着"有机的生活"，从美学意义上来讲就是人应该知道自然法则可以打破艺术规则。梭罗得出的结论是诗人是自然法则的言说者，是传递神谕的天才，诗人主要是依赖意识来感知上帝。② 据此，保尔发现，对于梭罗来说艺术家的主要贡献在于对深度的探究，但是他的理想是成为诗人——能透过表象透视事物内在法则，并以此进一步发现宇宙本身的有机法则。换句话来说就是梭罗对自己的期待是能在外在事物中发现内在真理，而且这些真理必须是"有机的"——这点强调了思想观念更新的必要性。在《瓦尔登湖》的结尾，梭罗阐发了自己的这一观点：

> 把你的视线转向内心，你将发现你心中有一千处地区未曾发现。那末去旅行，成为家庭宇宙志的地理专家。
> ……
> 你还是要听从古代哲学家的一句话，"到你内心去探险。"这才用得到眼睛和脑子……现在就开始探险吧，走上那最远的西方之路，这样的探险并不停止在密西西比，或太平洋，也不叫你到古老的中国或日本去，这个探险一往无前，好像经过大地的一条切线，无论冬夏昼夜，日落月殁，都可以作灵魂的探险，一直探到最后地球消失之处。③

这是梭罗在决定结束瓦尔登湖畔的实验去过其他"好几个生命"之

---

① Sherman Paul, *The Shores of America: Thoreau's Inward Exploration*. Urbana, University of Illinois Press, 1958, p. 211.

② *The Writings of Henry David Thoreau*, Boston & New York, 1906, pp. 348–351.

③ [美] 梭罗：《瓦尔登湖》，徐迟译，上海译文出版社 2006 年版，第 281—283 页。

前对其读者说明的理由。他在瓦尔登湖畔完成了一个阶段的"向内旅行",现在他声称他要离开去尝试更多的生活方式,他还要不断地向外探索、探险以便更多地了解丰富的内在世界、挖掘出更具广泛意义的宇宙本身的有机法则。

事实上,在其创作生涯中,第一次把事实和思想结合起来的尝试是题为《到沃楚特山的散步》(1842年)的短文,这也是梭罗首次尝试"短途旅行"的体裁,后来成了他独具特色的体裁。米尔德认为,这篇文章"既不是真正意义上的沉思,又不是艰苦卓绝的英雄行为,而是数次'未完成的寻求'中的第一次寻求"。在离开瓦尔登湖畔的小屋后,即19世纪50年代,梭罗仍然延续这种寻求,他到大山、海洋、森林等等地方去,为的是寻求大自然拒绝给他的启示。这个阶段对于梭罗来说"近处与亵渎相连,而远处与神圣相关"。① 这或许就是超验主义者们包括爱默生在内对精神世界与现实世界沟通联接的共同的不懈追求。

梭罗开始了频繁的旅行,并写下了不少的短途旅行散文,似乎在某种形式上也告别超验主义的精神探索和冥想。实际上,1852年年底,即在对《瓦尔登湖》进行第二阶段修改的时候,梭罗已经淡去了对浪漫主义的热情。因为在1851年,他开始勾勒自己的阅读计划,其中最重点关注的一本书是J.J.巴斯·威尔金森的《人类的身体以及它与人的联系》。这是一本关于神学唯灵论与科学的书,对梭罗后期的思想产生了很大的影响,帮助梭罗"可以开始把他的经验倾向和想象倾向合成起来",令他"沉迷于他的植物学研究"。这种向外探索的转向"把他的先验主义淡化成了更加模糊不清的教条,使他能够照样可以宣扬它们,而实际上他已经另辟他径"。②但值得注意的是,梭罗从始至终都坚持声称自己为"超验主义者",而且他是唯一把此当终身职业的人。他通过内外两个方向展开有张力的探索,用行为去检验超验主义观念、用写作去探寻超验主义诗学精神。

---

① [美]罗伯特·米尔德:《重塑梭罗》,马会娟、管兴忠译,东方出版社2002年版,第41—43页。

② 同上书,第193—195页。

二 自然写作:环境主义的先驱

劳伦斯·布伊尔的专著《环境的想象》不仅是美国生态批评研究的扛鼎之作,也是梭罗研究的里程碑。在书中,布伊尔将梭罗置于广阔的、多样化的"自然写作"(nature writing)的背景中,通过"瓦尔登湖的朝圣","梭罗的经典之路"等问题的探讨,阐明了环境的想象作为一种文学和文化的力量是如何塑造经典、如何表现美国的绿色思想的,由此确立了梭罗在美国自然写作文学和生态文学中的开创意义。[1] 关于梭罗作为美国生态文学之父、环境主义先驱的论述已经很多了。在此,我们试图从超验主义诗学的角度去对理解梭罗作品中环境意识和生态观。

(一) 梭罗后期的自然史写作

20世纪50年代前半期是梭罗创作的高峰期,除了越来越出彩的日记和废奴演讲稿之外,作品和其他演讲稿还包括《散步》(Walking, or the Wild)、《在加拿大的新英格兰人》(A Yankee in Canada)、《科特角》(Cape Cod)、《缅因森林》(The Maine Woods)、《秋色》(Autumn Tints)、《野苹果》(Wild Apples)、《越橘》(Huckleberries)、《森林树木的更迭》(The Succession of Forest Trees)、《种子的传播》(The Dispersion of Seeds)等等。"梭罗在后期的自然历史散文中扩大了他的兴趣范围和主题,以一个新的形象出现在大众面前"。[2] 这些标志着梭罗离开瓦尔登湖畔后的新事业新方向。但是由于在很长一段时间内这些手稿大都从未出版,所以我们对其新"生命"知之甚少,这个新方向也被称为"梭罗的未竟事业"[3]。

学者霍阿阁认为,梭罗后期的自然史作品大致可以分为两类:一种是高度科学化的,例如《森林树木的更迭》和《种子的传播》;另一种是预言性的,如《在加拿大的新英格兰人》、《野苹果》等。霍阿阁指出,要

---

[1] Buell Lawrence. *The Environmental Imagination*: *Thoreau*, *nature writing*, *and the formation of American culture*. Cambridge, MA: Belknap Press of Harvard University Press, 1995.

[2] [美] 罗伯特·米尔德:《重塑梭罗》序言,马会娟、管兴忠译,东方出版社2002年版,第4页。

[3] Robert D. Richardson, Jr., Thoreau and Concord, *The Cambridge Companion to Thoreau*, Joel Myerson ed., Shanghai: Shanghai Foreign Language Education Press, 2000, p. 12.

理解这些作品必须把握两个关键词：感知和关系（perception & relation），理由之一是因为这些作品深刻地描述了自然——这是目光短浅的人很难轻易体会的；另外，这些作品记载了一个理想主义者对新大陆、自然世界和人的"最美好自我"的精心呵护，所以必须要学会把心态放平，顺其自然地去看、去生活才能更好地体会人与自然的关系。① 值得注意的还有，梭罗是花费了大量的时间学习运用科学的方法来研究自然的。

和《瓦尔登湖》的叙事模式不同，在这些作品中，梭罗一改以往注重精神思想表述的偏好，而更多的是讲述事实、描述所见所闻，并清楚地说明自然界强大的自我修复能力，而且还揭示了大自然"黑暗"的一面，例如他耳闻目睹的大海和山中暴风雨是那么的疯狂、野性十足，甚至是十分残忍，它们能轻易而无情地剥夺无数人们的生命。《科特角》的第一部分写的就是"海难"，是梭罗到达科特角第一天的经历。他和朋友还没有看到大海就收到了关于这个半岛的传单：145人在海难中丧生。于是他们决定先去事故现场看看。他们看到的是人们在忙碌地打捞尸体："那种冷静、快速处理的方式足以令人动容，但是人们的脸上看不到哀伤的表情"。这时，在美国的这片海岸，梭罗少有地发现并赞扬新英格兰人的坚毅和顽强，如他心目中的古希腊人。

或许因为感受到了美洲大陆的英雄气息，梭罗在接下来的游记《散步》中展现了他创作中最欢快的一次旅行。在这篇长文中，梭罗叙述了自己在孤寂的树林和荒凉的沼泽地里散步时感受到的野性和活力，力图说明自己所处的时代是一个可以和古希腊古罗马并提的英雄时代。为此，梭罗开篇就给散步和散步者作了阐发：

在我的生命历程中，我只遇到过一两位真正理解了步行艺术——更准确地说是散步艺术的人，可以说，他们都是天才。"散步"一词源自于中世纪时，过去的散步者们以往圣地为由，在乡间流浪、乞讨，村里的孩子们见到后都这样呼喊："一个圣徒来到了这里！"——

---

① Ronald Wesley Hoag, Thoreau's Later Natural History Writings, *The Cambridge Companion to Thoreau*, Joel Myerson ed. , 1995.

即一个散步者、朝圣者之意。①

梭罗对散步者进行了严格地筛选。在他看来，散步者就如同精神领域和现实世界中的十字军，而不是那些为求得一瓢饮、半碗羹的流浪汉或懒惰者，也不是为了锻炼身体而散步的职员或者商店老板；真正的散步者必须走上返璞归真的旅途，在接触荒野、自然中感受到喜悦和灵感。

在这篇文章中，梭罗声称自己每天至少用4个小时以上的时间散步，寻找人迹罕至的地方。有学者认为，这是因为后期他的肺结核频繁发作的缘故。② 但是无论如何，梭罗总能在单调的世界里通过细致的观察获得精神上的高涨和愉悦。在华丽的花园和荒凉的沼泽之间，他选择了后者，他在荒野中找到了生意盎然和无拘无束的活力，或许确实是能平衡他日渐衰弱的身体，给他一种生命的力量。梭罗在自然四季循环的体验中，感受到了生死循环的必然性和自然性。正是在这个意义是上他更能深刻地体会到身体存在的暂时性和精神存在的超越性。

（二）自然作为一种信仰

米尔德指出，梭罗发展新事业新方向后，"把他的先验主义淡化成了更加模糊不清的教条，使他能够照样可以宣扬他们"。③ 那么这个所谓的"模糊不清的教条"是什么，又有什么意义呢？这些米尔德并没有在他的书里给出明确的答案。

在1851年年底至1852年年初之间的日记中，梭罗表达了他直接描述自然后的喜悦心情："我感到幸福，我热爱生活"④。接下来的日记表明，这种如天真孩子般的信心并非一日或一时的感叹。1852年1月，他又在日记中激励自己要"跟上季节转换的步伐"⑤。种种迹象表明，作为博物学家和自然史作家的梭罗发展得相当顺利，而且技巧也已经很高超了。但

---

① *The Writings of Henry David Thoreau*, V, p. 205.
② Joel Porte, *Emerson and Thoreau: Transcendentalists in Conflict.* Middletown: Wesleyan University Press, 1966, pp. 199–201.
③ ［美］罗伯特·米尔德：《重塑梭罗》，马会娟、管兴忠译，东方出版社2002年版，第193—195页。
④ PJ4, p. 159.
⑤ PJ4, p. 244.

是，到了 1852 年中，精力衰退、神经下降、失落和冷漠这些情绪越来越多地出现在他对自己日常活动的评估中。这很大程度上跟他自己的身体状况有关系。但是梭罗显然不是一个轻易承认失败和妥协的人。在日记中，他总是在失落地表述之后又突然在结尾表达了热烈的渴望，以期获得精神上的振奋。在一则日记中，他这样确立自己接下来的任务："记录下精选出来的经验，这样我的写作就会给我启发。——最后我能够把各个部分串联成一体。"① 这说明他需要一个积极的信仰来寻找、塑造一个完整的自我。

因而"上升的修辞成了 1852 年和 1853 年巩固他超越自我的动力的方法，抵制身体的下滑以及日常经验的精神摩擦"。② 这就不难理解为什么《瓦尔登湖》的最后定稿出现了一种有意而为的乐观向上，而且加入了大量对自然的精微描述。最明显就是对秋天和冬天两个章节的添加和大量扩充。这应该是他第一次在自己的作品中如此"集中地对普通事物做过如此详尽的欣赏性描写"。③ 米尔德就此认为自然对梭罗具有三种救赎功能：净化、调解和指导。④

自然对于爱默生而言其功能则是"传统道德真理的指南"，这基本合乎了 18 世纪"广义自然"的认识：自然是人类生活的背景（background），而不是个人经验的前景（foreground）。在爱默生看来，艺术的价值和自然类同，即对大众进行道德伦理的启示和指导。⑤ 这和梭罗致力于寻找自然对个体信仰的激发不同。在自己的自然观察和实验中、在自己的创作实践中，梭罗试图把伦理道德与审美体验的狂喜区分开来，其真正的用意在于把握自然本身所激发的瞬间火花。这显然是一种类宗教的体验。

由此可见，自然对于爱默生是一种工具，而对梭罗则是一种信仰。到

---

① PJ4, p. 277.
② ［美］罗伯特·米尔德：《重塑梭罗》，马会娟、管兴忠译，东方出版社 2002 年版，第 200 页。
③ 同上书，第 302 页。
④ 同上书，第 211—223 页。
⑤ Joel Porte, *Emerson and Thoreau: Transcendentalists in Conflict*. Middletown: Wesleyan University Press, 1966, p. 13.

了其创作后期，梭罗更细致地观察康科德丛林、湖泊、山川，而追忆古代圣者、英雄的文章在《瓦尔登湖》之后更是明显减少，其自然写作的特征基本形成。梭罗的意欲是很清楚的：他在试图建立与自然的直接关系，而深层内涵是重建与宇宙的原初关系，连接或亲自去感知宇宙无声无息中传递给每个人的信息，获得一种崇高感。可以说，"梭罗的宗教意识渗透在他所有的自然观察中"。① 这种"宗教意识"俨然已失去了传统基督教的意味；倒是那无时不在、无处不在的"超灵"隐身于天地万物之中，是表面繁复多样的自然现象背后的那个"一"。这就回答了米尔德提出的"模糊不清的教条"的含义：自然是梭罗灵性得以滋养和不断更新的源泉——但这是一种只可意会却难以言传的体验。

三 社会政治批判

梭罗还有另一个"生命"也颇为令人瞩目——也就是他的社会政治转向，例如对美国物质主义的严厉抨击和对反蓄奴运动的激进热情。综合前文所述，促使梭罗这一转向的原因主要有两个，一是他和爱默生关系和观念的日渐冲突；二是他在对自然进行科学倾向的观察和研究后越发感觉到自然无可抵挡的再生能力和摧毁力。正如华兹华斯的《挽诗》，他的哥哥因为海难而去世的记忆使诗人放弃了他年轻时曾经所信仰的自然美好善良的观点，把精神生活的中心转移到了人类社会上。这种心理机制的转变也同样适用于梭罗。

1854年后，超验主义在能量、广度和美学上已经无法满足梭罗的创作。②《无原则的生活》和《马萨诸塞州的蓄奴情况》等文章显示，日渐黑暗的社会政治景象促使梭罗把注意力从"神圣的存在"和生生不息的自然中分散开，转而投入到反奴运动中去。在《无原则的生活》中，梭罗尽管仍然延续探讨很多熟悉的主题，但是在这篇文章里自然和想象已经不能再承载其社会改革理想。梭罗开始不再刻意隐藏重新建立和社会与大众关系的意愿。他开始有意识地参与到社会政治的运动中。需要注意的

---

① Christopher A. Dustin, Thoreau's Religion, in *A Political Companion to Henry David Thoreau*, Jack Turner ed., Lexington: The University of Kentucky, 2009, p. 257.

② Adams Stephen & Donald Ross, Jr., *Revising Mythologies: the Composition of Thoreau's Major Works*. Charlottesville: University Press of Virginia, 1988, p. 12.

是，无论其政治观念如何激进，梭罗仍然坚持着超验主义观念中的伦理至上的精神。

(一)《论公民的不服从》：哲学的无政府主义者

梭罗在康科德监狱度过的那个荒唐之夜标志着梭罗的"超验个人主义向政治学的转向"①，而且这也是他把卡莱尔行动号召付诸实践的机会。站在监狱的铁窗前，梭罗获得了一个新视角去重新审视他的康科德、他的城镇：

> 我禁不住强烈地感到这监狱把我仅当作一个血肉之躯关进来是何等愚蠢。我怀疑它最后是否会断定这就是它对付我的最好方法，而从没想到要以某种方式来叫我做点事。我在想，虽然我和我的街坊邻里们之间隔了一堵石墙，但他们要达到像我一样自由，还有一堵更难攀越、更难打破的墙。②

这段慷慨陈词情真意切，并且体现了梭罗在政治评论中一贯的犀利尖锐。每个听到或读到他这类文字的人都能感受到其中蕴含的强烈批评精神。这篇《论公民的不服从》表现出了"依靠逻辑克制愤怒的才能，这使梭罗成为19世纪最有权威的政论作家之一"。③

另外从中还可以看出，梭罗依然坚持超验主义一贯的主张——精神与肉体、信念与行动的严格区分。在梭罗看来，监狱只能关锁住他的血肉之躯，却不能在精神思想上给他任何有见地、有建设性的力量，因此他在精神上仍然是自由的。和别的超验主义者"把行动视做丢脸面的事情，视做一种把纯洁的思想强加于堕落和妥协的世界企图，这种做法有辱人格、令人沮丧"④的迂腐观念不同，梭罗显然在此提倡的是积极地参与这个"堕落"的世界，用自己的声音和行动去推动它改善，否则它的腐朽会侵

---

① [美]沃浓·路易·帕灵顿：《美国思想史》，陈永国、李增、郭乙瑶译，吉林人民出版社2002年版，第705页。

② "Civil Disobedience", in *The Writings of Henry David Thoreau*, Ⅳ, pp. 375 – 376.

③ [美]萨克文·伯科维奇主编：《剑桥美国文学史》（第二卷），史志康等译，中央编译出版社2008年版，第509页。

④ 同上书，第516页。

蚀上门来。

有学者就指出,"梭罗是一个严厉的法官,对他的年代评价不高"。① 在他眼里,康科德的民众似乎都是一些没有自由思想的人,很容易被腐败、贪婪的政府利用。梭罗认同人民有反抗政府的权力,但是他反对暴力流血革命,而是主张"和平反抗",即号召人们以集体消极或不遵守方式来抵抗政府法令,令其运作瘫痪:"一个人没有责任一定要致力于纠正某种谬误,哪怕是最不公正的谬误。他仍可以适当地从事其他事情。但他起码有责任同这谬误一刀两断。既然他不再拿它当回正事,他就应该基本上终止对它的支持。要是我致力于其他追求和思索,我首先至少得保证我没有骑在别人肩上。我必须先从他身上爬下来,好让他也能进行他自己的思索"。② 这在本质上体现了梭罗对个人自由意志和独立理性的深刻肯定和宣扬。

从整篇文章看,梭罗"很少考虑政治理论"③,他的核心观点是倡议运用个人的道德自觉和良知来抵抗不正义、不合理的制度,而这恰恰是所谓"非暴力不合作"运动的根本价值观,体现了超验主义"最基本的法律是道德法则"④的诗学精神。

(二) 反蓄奴制的激进分子

如果说梭罗在康科德的民众身上找不到自由精神的星光,那么他眼中的反蓄奴运动的英雄人物约翰·布朗发出的耀眼光芒似乎多少都有些想象化或理想化了。这位来自另外一个地区的朴素美国人,有着一种梭罗神往已久的远古英雄气概。梭罗激动万分地说:"我高兴我生活在这个时代。我是他的同时代人。"他惊喜地发现自己一直在追寻的主人公、楷模就生活在自己的时代而不是卡莱尔和爱默生的时代,这使得他对自己的时代充满了热情。于是他积极通过各种关系约见约翰·布朗。两人见面交谈之后,梭罗激动地把约翰·布朗称赞为一个朴素、粗犷的理想主义者;一个

---

① [美]沃浓·路易·帕灵顿:《美国思想史》,陈永国、李增、郭乙瑶译,吉林人民出版社 2002 年版,第 707 页。

② "Civil Disobedience", in *The Writings of Henry David Thoreau*, Ⅳ, p. 365.

③ [美]沃浓·路易·帕灵顿:《美国思想史》,陈永国、李增、郭乙瑶译,吉林人民出版社 2002 年版,第 704 页。

④ 同上。

把正义建立在法律之上的严肃道德主义者。对于这样高贵的人被世人深深地误解、卑劣地诋毁,梭罗深感悲愤:"当我的一些邻人视约翰·布朗为庸常的重犯时,我并不感到吃惊。他们是谁?他们有肥肉、有职权、有某种恶俗。"①

约翰·布朗于1856年5月24日在自己的家乡堪萨斯州看到一个自由城镇被支持蓄奴制的劫掠者骚扰后,愤然而起,带领着7个志愿者冲进了与蓄奴势力有关的地方管理人员家里,横冲直撞,开枪杀死或用大刀砍死了手无寸铁的人们,包括一个父亲和他两个年少的儿子,并当着一个妇女的面砍死了她的丈夫。这一行为震惊了许多主张自由的居民。后来的学者调研后发现,其实那些当日被约翰·布朗一行杀死的人和蓄奴制并没有很深的联系,只是一些普通的办事人员。② 1857年,当约翰·布朗来到康科德镇发表演说,介绍堪萨斯州的战争并希望获得援助,并明确表示他认为解放美国奴隶必须依靠暴力革命。爱默生和梭罗在精神上和行动上都对他表示由衷的支持。饶有意思的是,梭罗这位大力宣扬"非暴力不合作"精神的超验主义者对约翰·布朗此前和之后的血腥运动似乎并没有觉得任何不妥。

1859年10月16日,约翰·布朗带领一队人袭击了弗吉尼亚州的一个联邦军火库,被逮捕。在接下来的审讯中,约翰·布朗为自己的行为辩护时表现得十分清醒和镇定;被宣判处死刑时,他也是不屈不挠。爱默生和梭罗都被他这样的英雄气概打动了。但是,同时代的很多新英格兰人都对约翰·布朗这种自杀式的举动感到震惊,而且也害怕他可能会发动的血腥暴乱。在布朗被判刑前的一天,梭罗敲响了康科德镇的大钟,发表了《为约翰·布朗队长请命》(*A Plea for Captain John Brown*)的演讲,然后在11月1日宣判当日和11月3日分别又到波士顿城和伍斯特城重复了该演讲。12月2日行刑的当天,梭罗在康科德镇组织了个悼念仪式,宣读了一段赞颂英雄主义的文章。1960年,梭罗又撰写了一篇题为《约翰·布朗的最后日子》(*The Last Days of John Brown*)的纪念文章。

---

① "The Last Days of John Brown," in *The Writings of Henry David Thoreau*, Ⅳ, p. 443.
② Jack Turner, "Thoreau and John Brown", in *A Political Companion to Henry David Thoreau*, Jack Turner ed., Lexington: The University of Kentucky, 2009, pp. 162 – 165.

对于梭罗和爱默生等超验主义者那些关于约翰·布朗的演说，是"让想象的神话来美化历史"，"将历史变为神话"。爱默生认为布朗"坦诚率真，是一个不带任何个人私心的纯粹的理想主义者"，而梭罗则认为他"其实是一个超验主义者"。①研究梭罗的专家杰克·特尔纳认为，约翰·布朗是梭罗道德想象的载体和对象，代表了超验主义的另一面——超验的理性。唯心主义的感性的对立面是理性，感性走到极致便倒向了纯粹、冷酷的理性。

超验主义俱乐部在19世纪40年代初解散，集体运动解体，成员各奔前程。各自发展对他们来说势必是一种孤独而艰难的旅程。而他们也确实各自经历了很多困境。40年代的新英格兰政治形势似乎又被守旧派控制了，超验主义者们陷入了"愤世嫉俗或虚无主义的情绪中"，就连那个时代的最有名的政论文《论公民的不服从》也"充满了退隐的意象"。② 但是反蓄奴运动似乎给了他们再次崛起的可能。约翰·布朗事件便是他们得以发出自己声音的机会。到了50年代，超验主义者们发现，"在一个因物质繁荣和道德沦丧而变得堕落的社会里，他们原来的福音——道德法律的举足轻重、大自然的纯真无邪、直觉的核心地位——又重新变得必不可少了。"③ 他们又有理由相信自己是上帝意志的传达者、预言者，他们的话语获得了权威性。

杰克·特尔纳认为，梭罗把布朗视为"我们之中最有资格成为美国人"这种说法是一种激进的话语，因为布朗曾经清楚地表明自己是一个"热情的局外人"，他对美国的政治体系有一种疏离感。④ 但是梭罗为了令布朗的激进行为获得新英格兰人的赞许和尊重，在《为约翰·布朗队长请命》的演讲中，梭罗生硬把布朗列为政治同盟，甚至把布朗的行动与克伦威尔时代的清教革命联系起来。⑤ 梭罗这样做的目的是为了让自己的

---

① [美] 萨克文·伯科维奇主编：《剑桥美国文学史》（第二卷），史志康等译，中央编译出版社2008年版，第556页。

② 同上书，第557页。

③ 同上。

④ Jack Turner, "Thoreau and John Brown", in *A Political Companion to Henry David Thoreau*, Jack Turner ed., Lexington: The University of Kentucky, 2009, p. 157.

⑤ A Plea for Captain John Brown, in *The Writings of Henry David Thoreau*, Ⅳ, pp. 411-412.

听众确信布朗是"自己人",以便说服大家都去声援他。此外,对于布朗的血腥暴力行为,梭罗是这样为其辩护的:"我不想去杀人也不想被人杀,但是我能预感到在目前的形势下两者我皆无法避免。我们在自己的社区每天都在用小规模的暴力行径来维护所谓的'和平'。"① 梭罗认为,暴力渗透着美国社会甚至是所有社会的结构,如果个人的生命和自由权利受到某种组织的暴力威胁,以暴制暴的反抗是必然的。特尔纳指出,梭罗对暴力的态度恰恰反映了其个人意志观念的活力。② 这些都表明了超验主义内在深处蕴含这某种激进的思想如地球内核的熔浆,也许是浪漫主义遗传给它的一种天性,这使得它对暴力铲除自己认定的丑恶和异己有着潜在的冲动。

综上所述,在超验主义美学思想的统摄之下,投身于更广阔的事业和生活之后的梭罗在自然科学的诗性记录和社会政治的个人主义阐发中都给后人留下了很多宝贵的思想。所以有学者认为:"后期的梭罗情感深刻,更可爱,更真实——也更成熟,没有哪一段时期可以比梭罗的生命后期更能够体现这一点了"。③ 这也就解释了为什么后来的研究者都发现了梭罗丰富的可阐释性:"梭罗的声望是独特的,有它自己的模式,充满了悖论与矛盾,从一个时期到另一个时期都是大起大落"④。尽管荣耀姗姗来迟,但是梭罗终于如愿地实现了其"多个生命"的追求。

---

① A Plea for Captain John Brown, in *The Writings of Henry David Thoreau*, Ⅳ, p. 435.

② Jack Turner, Thoreau and John Brown, in *A Political Companion to Henry David Thoreau*, Jack Turner ed., Lexington: The University of Kentucky, 2009, p. 165.

③ [美] 罗伯特·米尔德:《重塑梭罗》序言,马会娟、管兴忠译,东方出版社 2002 年版,第 7 页。

④ Walter Harding, "Thoreau's Reputation", in *Henry David Thoreau*, Joel Myerson ed., 上海外语教育出版社, 2000, p. 1.

第三章　梭罗作品中的形式意味与超验主义

前面我们探讨了超验主义对梭罗创作思想和创作历程的深刻影响。这一章我们将梳理超验主义对梭罗作品艺术形式的意味。正如布伊尔指出的，梭罗是美国文艺复兴时代最重视措辞用语的作家。① 事实上，梭罗对于创作文体的选择也有着一段艰难但非常用心的探索过程，由此才能逐渐形成自己的叙事风格、时空意识和形象意象经营等。这都说明他是一个很有形式意识的作家。

正如前文所述，超验主义产生于美国独特的历史语境中，对应着独特的诗学观念，也必然有其独特的文学样式（genre）、结构和文本等等。美国著名的历史学家佩里·米勒（Perry Miller）认为超验主义有3个核心主题：对信仰的追寻、对理性的反拨、对商业主义的抵抗。② 超验主义者大都出身于中上阶层，他们是新英格兰地区前所未有的知识分子和社会改良者。他们对浪漫主义的召唤有本能的反应，坚信神性的内化，拒绝继承父辈原罪论的"地狱"，满腔热情地要建立一个新世界，他们不仅要求精神的自由，而且倡导心灵要有其归宿，致力于寻找个人正义的自由。这点在爱默生身上表现得尤为明显，而作为后来者梭罗则似乎走得更远——他在前者伦理价值观上增添了知识平等、浪漫主义、美学甚至是异教之美的自由。我们都可以在梭罗作品中挖掘这些思想的特性和价值。

---

① Lawrence Buell, *Literary Transcendentalism: Style and Vision in the American Renaissance*. Ithaca & London: Cornell University Press, 1978, pp. 16–17.

② Peter Miller, "From Edwards to Emerson", in *American Transcendentalism: an Anthology of Criticism*, Brian M. Barbour ed., Notre Dame & London: University of Notre Mane Press, 1973, p. 63.

第一节 梭罗的文体选择

所谓的作家"文体意识",指的就是"一个人在长期的文化熏陶中形成的对文体特征或明确或朦胧的心理把握"。① 在考察作家的文体意识和文体选择时,首先必须要把作家放到其所处的历史文化关系中去,分析那个时代的外在文体规范;同时,为了避免陷入文化宿命论的虚妄,还必须着重区分作家个性和意识,因为"每个富有独创性的作家都不可能没有对传统文体规范的反抗意识和叛逆精神"。②这一观点尤其适用于梭罗这样弘扬个人主义思想的作家。

一 作家梭罗的个性

美国文学评论家菲利普·拉赫夫(Philip Rahv)认为,③ 纵观文学史美国作家可以分成主要两种类型,一类可称为"白脸"(paleface);另一类"红面"(redskin)。前者有如波士顿和康科德等地区的亨利·詹姆斯和麦尔维尔,代表了严肃、半牧师式的文化;后者有如惠特曼和马克·吐温,象征着边疆和大城市底层人民生活的文学。两种类型的分化的过程指涉了经验与意识的双歧分枝,是能量与感觉、行为与行为理论、以人生为机遇(opportunity)和以人生为规范(discipline)的分化。"红面"作家以美国风格标榜自己,而白脸作家则以无穷无尽的暧昧著称;在社会学意义上,他们被以贵族和庶民加以区分;在美学理念上,一个着迷于语言和符号的提纯(distillations of symbolism),另一个指向粗野、肆意的自然主义。"白脸"是被视为"阳春白雪",例如霍桑和詹姆斯,尽管他们在心智上时常是排除和反叛主流意识的,但是同时他们或多或少地偏离了传统欧洲意义上的知识分子模式。"红面"可称其为"下里巴人"——这显然不是以作家是否受过良好教育为标准,而是因为此类作家的表现形式以情绪性、自发性和个体性为主。"白脸"从不放弃对宗教规范的追求,对现

---

① 陶东风:《文体演变及其文化意味》,云南人民出版社1999年,第100页。
② 同上书,第107页。
③ Philip Rahv, "Paleface and Redskin", *The Kenyon Review*, 1939 (1), pp. 251–256.

实保持一种修辞性的疏离感。"红面"即使是对抗现实中的某一、两种现象，总能够直面其所处环境的复杂形势。"白脸"在最高层面上导向精致的道德旨归，在最低层面上则是文雅、势利和学究式的。在表达生命力和对人民的颂扬方面，"红面"表现了其最美好的一面，而最糟糕的一面则是一种粗暴的反智主义，把进攻性与一致性相结合，表现出最残酷的边疆心理。

根据这一理论，梭罗独特的个性表明他介于两种类型交叉地带。首先，根据史料记载，肺痨是19世纪上半叶康科德人死亡的首要原因，一直到1882年人们才知道肺痨的病理和传染性。梭罗家族就有肺痨的病史，例如他的哥哥约翰受轻微刀伤引起破伤风而死亡，梭罗的权威传记作家就判断是因为约翰原本就有肺痨，刀伤前就已经有旧病复发的征兆——体重严重减轻，免疫系统已经被破坏，认为这才是致命的根本原因。梭罗在大学期间和1855年皆因肺痨发作不得不在家休养很长一段时间。1859年梭罗的父亲去世后，作为铅笔芯研发者的梭罗没有能维系家里的铅笔作坊也正是因为制作铅笔的粉尘很容易触发他的老毛病。1860年底，梭罗与友人旅行途中感染风寒，感冒未能及时治愈，最终感染到敏感的肺部，一年多后，即1862年5月6日在平静中离世。①

肺痨的症状是很多时候因为持续低烧而面色潮红，眼睛明亮，食欲不振，经常咳嗽。该病的患者会发烧，而使脸颊现出红晕，所以它是一种"热情之病"（a disease of passion）；但因为它发烧时的体温通常不会很高，所以这种热情较接近于"在内心闷烧"，有着压抑的性质。浪漫主义时期，很多作家如拜伦、济慈、劳伦斯等均得肺病，因而此病也被视为"天才病"。得病者性情一般表面都看着文雅、淡漠但是内心其实热情似火、冲动好斗、敏感多情。狄更斯就曾说："肺结核……灵魂与肉体间的搏斗是如此的缓慢、安静而庄严，结局又是如此的确定。日复一日，点点滴滴，肉身逐渐枯萎销蚀，以至于精神也变得轻盈，而在它轻飘飘的负荷中焕发出异样的血色。"② 梭罗因为肺痨，有着"红脸"的诸多特征，出

---

① Walter Harding & Michael Meyer, *The New Thoreau Handbook*, New York: New York University Press, 1980, pp. 10 – 14.

② Susan Sontag, *Illness as Metaphor*, New York: Farrar, Straus & Giroux, 1978, pp. 13 – 15.

身贫寒的他情绪善感多变，对自然有身心的皈依感，自然是他平静急躁性情和休养孱弱肺部的栖息之所；他个性突出，喜欢标榜自己，"既虔诚又好斗，他的好斗与虔诚很难有所区别"①。梭罗的"红脸"个性使得他在人际交往中总是比较容易处于紧张状态，但是仍然不妨碍欣赏他的人们去包容他。

另一方面，梭罗有很文雅、高尚的"白脸"一面，这点跟他的哈佛教育经历有很大关系。如果说一个人的阅读史是他的精神成长史的话，那么梭罗在哈佛大学生涯中的阅读史是他人生中最重要的精神成长史。在阅读中，梭罗培养了一种高贵、恪守真理和道德的品质。梭罗在从大学二年级开始，一直是哈佛最古老的辩论协会的成员，有借阅该协会图书馆图书的权利。该协会的图书馆不仅藏书量相当大，而且拥有很多有影响的新书。梭罗有效利用了这个资源。或许正是在和辩论队友们收集材料的过程中，他发现了爱默生刚出版不久的《自然》。或许正是梭罗天性中的争强好胜使得他成为大学里的辩论手，并被记载在了校史档案中。② 在这一过程中，梭罗不仅掌握了寻找线索的能力而且发展了终身的热情——即对"事实"孜孜不倦的探求。

在哈佛期间，梭罗刻苦认真地学习了古代和现代语言，不仅必修了拉丁文和希腊文，还自己选修了意大利语、法语、德语和西班牙语。他跟钱宁博士学习修辞学、研读乔叟，与西班牙文学史家学习文学史，参加了亨利·华兹华斯·朗费罗的北欧文学、盎格鲁—撒克逊文学和英国中世纪诗歌等的系列讲座。毕业后，他仍然坚持阅读他能够在哈佛图书馆找到的每一种文学文本和诗歌选集——包括抒情民谣、骑士诗歌、格律小说和圣人故事等等。和其他超验主义者相比，梭罗的文学知识更为广博，对文学史也有着更为深刻的理解。这在当时热衷于哲学和诠释学的超验主义者们中，确实显得比较另类。

从创作主体的能力上看，梭罗是有天分和潜质的，这点同时代的爱默

---

① ［美］萨克文·伯科维奇主编：《剑桥美国文学史》（第二卷），史志康等译，中央编译出版社 2008 年，第 507 页。

② Kenneth Walter Cameron. *Thoreau Discovers Emerson: A College Reading Record*, New York: The New York Public Library, 1953, p.3.

生、霍桑和奥尔科特等人都有共识。① 在哈佛就读的时候,梭罗经常写文论,有时候是教授要求,更多的时候是他自己的爱好。虽然彼时的风格没有确定,而且老师的评论也不是很高,但是谁都不能否认他是一个勤学好问的学生,而且想法很独特。根据梭罗研究专家沃尔特·哈丁的考证,早年的哈佛学习基本奠定了后来梭罗创作的语用和修辞特征。② 梭罗公开发表的处女作是一篇关于康科德最后一个独立战争见证者的讣告,于 1837 年 11 月 25 日刊登在当地的一家公报上。也有传闻梭罗曾经匿名发表数篇报纸文章,但是已无从考证了。这年最重要的是他正式开始了职业创作——写日记,并记录在了 10 月 22 日的日记上:

> "你现在在做什么?"他问③。"你在写日记吗?"于是,我开始写下我的第一篇日志。

从此,梭罗便开始了他长达 24 年的写日记,总共将近两百万字,被诸多行内专家视为梭罗最好的作品。他的日记成了他日后创作的"存储库",很多文论和书稿就是从日记中提炼而来的。

二 文学市场与自然写作

在梭罗那个时代,作家是一种新兴的时髦职业。有文学事业追求的人显然远远不止梭罗一个人。他的同代人、后来美国文坛赫赫有名的霍桑也表达了同样的想法。1821 年在给母亲的信中,霍桑写道:"您觉得我成为一位作家如何?靠文字养活自己?……当评论者赞誉我的作品,称之可与英国佬最引以为豪的作品相媲美时,您该是多么骄傲啊。"④

19 世纪中的美国,资本主义经济蓬勃发展,社会经济开始步入市场

---

① Walter Harding. *The Days of Henry Thoreau: A biography*, p. 69、pp. 210–216.

② Ibid. , p. 69.

③ 据很多专家考证,这个"他"很可能是指爱默生,Walter Harding, *The Days of Henry Thoreau: A biography*, p. 71; Leonard N. Neufeldt, "Thoreau in His Journal", *The Cambridge Companion to Henry David Thoreau*, Joel Myerson ed. , Shanghai: Shanghai Foreign Language Education Press, 2000, p. 107.

④ Julian Hawthorne. *Nathaniel Hawthorne and His Life (I)*, Boston and New York: Houghton Mifflin, 1884, pp. 107–108.

化，在商业观念的推动下开始出现了一些迎合读者阅读需要的文学生产。1837 年梭罗从哈佛大学毕业出来的时候，"美国的基本识字率是世界最高的"；到了 1850 年，美国成年白人的识字率已经高达 90%，而当时的英国才是 60%，1820 年到 1860 年期间，美国人口从一千万增加到了三千两百万，而城市人口增长率则高达百分之八百，这为美国文学市场发展准备了一大批潜在读者。① 1811 年出现的铅版印刷和 1841 的电版印刷为文学生产提供了技术支持；19 世纪四五十年代，美国铁路高速发展更是加速了文学产品的流通。② 文学的商业运作在一定程度上刺激了文学的发展，正如霍桑所希望的那样，使现代意义上的职业写作成为可能，写作成了一种可以养家糊口的生存方式。

但是文学的商品化也带来了负面的影响，面对这一情形，爱默生就指出，市场造成了一种不安、躁动的情绪，会使人们丧失"自由与独立"的思想。③ 1836 年，梭罗在一篇大学论文里就批评了文学商品化的弊病，他认为，人们买不买一本书或者这本书畅销与否并不取决于这本书值不值得买，人们只关注书的外表而忽视了书的内容，以利润代替价值，这显然是对青年人有害的。④ 另外，尽管当时美国国族文学的呼声日渐高涨并已萌芽，但是出版市场对本国的文学并不看好。最典型的就是史密斯（Sidney Smith）于 1820 年在《爱丁堡评论》（*Edinburgh Review*）提出了他那个著名的问题："四海之内，有谁会去读美国人写的书呢？"⑤ 这道出了当时美国出版商的顾虑，因此为了商业利润出版商们宁愿重印英国成名作家的作品也不敢贸然出版美国人自己创作的作品。

---

① Michael T. Gilmore. *American Romanticism and the Marketplace*, Chicago: University of Chicago Press, 1985, p. 2.

② Fink Steven, "Thoreau and His Audience", in *Henry David Thoreau*, Joel Myerson ed., Shanghai: Shanghai Foreign Language Education Press, 2000, pp. 71 - 72.

③ 杨金文：《美国文艺复兴经典作家的政治文化阐释》，上海外语教育出版社 2009 年，第 iii 页。

④ Fink Steven, "Thoreau and His Audience", in *The Cambridge Companion to Henry David Thoreau*, Joel Myerson ed., Shanghai: Shanghai Foreign Language Education Press, 2000, p. 72.

⑤ Smith Sidney, "In the four quarters of the globe, who reads an American book?", in *Hawthorne's Early Tales: A Critical Study*, Neal Frank Doubleday ed., North Carolina: Duke University Press, 1972, p. 6.

这些事实都意味着，无论是梭罗还是霍桑走职业化写作的道路显然不是这么容易的。首先，他们必须发展具有美国特色的创作特质，才能与英国的作家抗衡，才能更契合当地风土人情，才能吸引更多的美国读者。其次，他们还得在自我追求或自身审美观念与大众趣味中取得平衡，尤其处在从精英时代向大众时代转型时期作家和世俗大众之间总是有审美和价值上的等差的，写给同层面的人看与写给众口难调的大众读者看相比，显然后者难度更大。最后，他们还得理解，在市场化时代文学创作已经不仅仅是一种崇高的精神活动，更是一种已经真真切切地变成了通俗的经济意义上的生产活动。这就要求创作者不仅要有相应的创作活动能力，同时也要有洞悉创作的社会历史环境能力，更要有能力选择合适自己的有特色的创作对象。

梭罗走上文学道路不久就发现创作没有办法给他提供生存的必要物质，他必须靠其他方式谋生。其中一个很重要的方式就是充分发挥他动手能力强的特长，在爱默生家里做"管家"和"帮工"以获得爱默生家的免费食宿和书房自由阅读的权利。所幸，爱默生的妻子和孩子，甚至仆人都很欢迎他。每次只要爱默生去欧洲，梭罗便被邀请到家里常住。当然，作为回报，爱默生也是想尽办法帮助梭罗实现他的作家梦想。爱默生催促他出版第一本书《河上一周》或许也是这个原因。但是梭罗自己的直觉是对的，在条件还未成熟的条件下出版，只能是失败的，结果自费出版的书两年只卖了一百多本，剩下的书只好自己搬回家。这对梭罗多少是个打击，好在他是一个有耐心的人，可以沉得住气、韬光养晦、坚持创作并反复研磨修改。

1837年至1849年是梭罗文学职业生涯的重要转折点。1849年，随着第一本书的出版，梭罗实践了几乎所有的"文学商业模式"——讲演、期刊、图书；与此同时，他也全方位地尝试了几乎所有的文学样式——书评、诗词、翻译、游记和各种文论包括政论、时评、艺术评论、自然文论等等。[①] 在此期间，他的演讲足迹遍及新英格兰地区；他发表文章的范围逐渐从小圈子内部刊物扩大到热门杂志。1850年之后，梭罗才确立自己

---

① Steven Fink, *Prophet in the Marketplace: Thoreau's development as a professional writer*. Princeton: Princeton University Press, 1992, p.7.

的文学创作领域,也就是我们后来所说的自然写作,其职业发展和文学地位才日趋稳定。

19世纪50年代,美国本土作家开始在文学市场上创造一片欣欣向荣的景象:很多人靠着自己的作品不仅功成名就而且名利双收,真正实现了文学事业与市场效益的理想结合。如果说,梭罗在40年代还有一种年轻的不羁和浪漫的话,到了50年代他已经不得不重新审视自己的观念了,尤其是邻居好友霍桑在市场上的成功,多少都触动了他敏感的神经,使他慢慢放下倔强的自尊。1852年1月27日,梭罗在日记中叙述了自己隐晦的希望:"书本应该看起来更好,才能被读者看到",此外,梭罗还进一步表达了他诗人先知者的"公众抱负"——他渴望被大众承认、有市场价值。1852年2月6日的日记中他更是直接表明:"谁将会不承认,挣钱的必要性能够使他的某些计划更成熟?"梭罗在后来的《瓦尔登湖》的"经济"篇的修改中,再次表述了作家谋生之艰难:

> 不久以前,一个闲步的印第安人到我的邻舍一位著名律师家中兜卖篮子……他以为编织好篮子就完成了他的一份,轮下来就应该是白种人向他购买了。他却不知道,他必须使人感到购买他的篮子是值得的,至少得使别人相信,购买这一只篮子是值得的,要不然他应该制造别的一些值得叫人购买的东西。我也曾编织了一种精巧的篮子,我并没有编造得使人感到值得购买它。在我这方面,我一点不觉得我犯不着编织它们,非但没有去研究如何编织得使人们觉得更加值得购买,反倒是研究了如何可以避免这买卖的勾当。人们赞美而认为成功的生活,只不过是生活中的这么一种。为什么我们要夸耀这一种而贬低别一种生活呢?①

梭罗通过这个小故事,隐喻了"他自己与印第安人是完全类同的,他们都是市场上的失败者"。② 两者情形的对比恰恰说明了,梭罗对市场

---

① [美]梭罗:《瓦尔登湖》,徐迟译,吉林人民出版社1997年,第16页。
② Michael Newbury, "Healthful Employment: Hawthorne, Thoreau, and Middle-Class Fitness", *American Quarterly*, 1995 (4), p.706.

的矛盾心态——他不甘心被市场冷落,但同时又不愿意被市场大流所控制。对于梭罗这样自诩为"诗人先知"的作家来说,清高或者是自我坚持是一种本能,而且梭罗对于这种本能的价值是有着清醒的认识的,并以此为荣,因为他知道"如何可以避免这买卖的勾当"。

这个小故事同时也揭示了梭罗对自己"精巧的篮子"的命运的担忧,显示出了他对文学商品化的矛盾心理与逆反情绪,也表明了那个时代的人对新出现的"文学职业"或者是文学创作生产条件巨变的一种陌生感。挣扎在文学竞技场的作家们在这一过渡性的历史阶段中依旧怀有某种理想性的期待:文学创作与商品生产有着不同的意义,理应遵循着不同的规律,文学的意义超越等价交换,作为艺术品的文学与普通的商品有着本质的差异。但是,这种美好意愿阻挡不了作家和文学命运的改变。我们都知道,在文学商品化之前,作家占据着绝对的精英地位,象征着一种高尚的技能和神圣的职责。然而到了19世纪,迅速职业化的文学竞技场不仅使作者走下了神坛,也使写作变成了一种新的职业。在这段引文中,梭罗多次使用"一种"这个词,正是对这一历史转变的一种客观承认。

可以说,尽管梭罗内心对文学艺术性保有一种清醒的追求和坚持,但是他也明白文学商品化业已成为现实。正如史蒂文·芬克在《市场中的先知》一书中指出的,梭罗的文学抱负是成为一个公共作家和一个道德改良者,所以他根本无法忽视市场与大众;相反,他急切与公众、市场建立联系,力争从中获得一些反响。在芬克看来,梭罗在瓦尔登湖畔的"隐者"形象并不是要撤离出美国公众视野,而是他试图确立自己独特地位的一个策略,因此文学市场对梭罗的写作有着塑造性的影响。[1] 评论家吉尔莫也认为梭罗对市场成功的兴趣比通常人们设想的要大得多。[2] 1843年,由于《日晷》销量一直裹足不前,爱默生和梭罗共同商量,由梭罗专门去纽约与一些爱默生的出版界友人见面以了解文学市场和当时流行的文学品味,从而使超验主义者们的作品能够被公众认可。在纽约,梭罗体会到了文学市场本身的复杂性。于是,在某种程度上,梭罗顺应了文学地

---

[1] Steven Fink, *Prophet in the Marketplace: Thoreau's Development as a Professional Writer*. Princeton: Princeton University Press, 1992, pp. 3 – 4.

[2] Michael T. Gilmore, *American Romanticism and the Marketplace*, Chicago: University of Chicago Press, 1985, pp. 9 – 10.

位与价值的转变,试图开创一种适应大众需求又保持文学艺术价值的文学话语模式。

梭罗的转变首先体现在了他把对诗歌的热情转移到了散文体裁。其次,如吉尔默和芬克等人均认为,梭罗对文学职业化的日渐接纳,对他本人和作品都产生了影响,使得他的语用有市场化的倾向即使用当时的大众流行俗语。① 再次,作为一个实用理想主义者,他不再拒斥和爱默生等人一样四处演说,而是开始把演讲视为追求"先知"理想顺带赚钱谋生的"一种生活"。此外,19世纪中期美国的工业化和城市化,促发了美国人对生活模式、科学知识和身心健康等问题的重视,到自然中休闲旅行、探险成为新生的中产阶级的一种流行时尚。② 这客观上推动美国人对自然写作的追捧。而热爱自然、善于闲游于自然中的梭罗恰恰拥有这一文学创作的所有资质。

可见,梭罗并不是孤立或者漠视公众的写作,相反,他的作品是构建在他与美国读者和文学市场的持续性的相互作用的过程中的,而且后者对他的作品有着决定性的影响。③《瓦尔登湖》初稿完成后,梭罗坚持推迟十年出版,在此期间不间断地修改润色,最终七易其稿。在这一过程中,梭罗完善了自己的文学形式和风格:自然写作、诗歌与散文通俗化。1860年2月梭罗关于自然物种的探索文丛《野苹果》陆续发表在杂志上,一开始就获得了成功,受到了很多读者喜爱,也为他带来了可观的经济效益。④ 如果1862年梭罗未因病早逝,他完全能够享受到文学职业化和商业化之后给他带来的所有可能:写作兼及了谋生、职业与理想的结合。

---

① Michael T. Gilmore, *American Romanticism and the Marketplace*, Chicago: University of Chicago Press, 1985; Steven Fink, *Prophet in the Marketplace: Thoreau's development as a professional writer*, Princeton: Princeton University Press, 1992.

② Michael Newbury, "Healthful Employment: Hawthorne, Thoreau, and Middle-Class Fitness", in *American Quarterly*, 1995 (4): pp. 681–714.

③ Steven Fink, *Prophet in the Marketplace: Thoreau's development as a professional writer*. Princeton: Princeton University Press, 1992, p. 6.

④ Fink Steven, "Thoreau and His Audience", in *Henry David Thoreau*, Joel Myersoned, Shanghai: Shanghai Foreign Language Education Press, 2000, p. 72.

三　超验主义与梭罗的文体选择

卡莱尔不仅影响了超验主义对文学职业、文学人的重视，而且燃起了他们对文学形式孜孜以求地革新。首先，对于超验主义者而言最为重要的是找到更合适的自我表达形式。在他们心中的排列次序，毫无疑问，诗歌占据重要地位。因为对于19世纪初的新英格兰人来说"小说没有被视作一种高雅艺术"，只有诗歌和散文才被认为是尊贵的文学样式。[①] 原因正如韦勒克和沃伦所言："有些哲学家和道德家如爱默生等人不能严肃地看待小说，因为他们认为情节（或称做外在的情节、时间中的情节）都是不真实的。"[②] 在超验主义对浪漫主义的接受初期，即第一阶段从1810年到1830年初期间，当时还是大学生的爱默生等人由于接触英国浪漫主义作家如拜伦、沃尔特·司各特爵士和湖畔诗人——华兹华斯、柯勒律治和骚赛等人对诗歌的神圣性和华丽顶礼膜拜，并把诗歌理性艺术表达视为最高级的文学样式。[③]

其次，在"自我修养"、"自我教育"等个人主义价值观的统摄下，超验主义最为出色的文学形式是他们的"私文学"，即日记与书信。前者以爱默生和梭罗等人的日记为代表，后者则指爱默生、富勒、詹姆斯·弗里曼·克拉克以及以伊丽莎白·皮博迪等人的书信。后来的研究者之所以不得不把梭罗的日记视为他专业创作的开始，很大程度上是因为他的日记并不单纯是我们通常认为的记录一个人每天的言行想法，而是把日记当作一种文学工程——可以在交往圈内相互阅读交流的文学形式，所以他们的日记"相对于前人，比较缺乏私密性"[④]。实际上，康科德的这些超验主义者们不仅仅希望彼此的日记被相互传阅，而是十分期待有更多的读者群

[①] Lawrence Buell, *Emerson*. Cambridge and London: the Belknap Press of Harvard University Press, 2003, p. 115.

[②] ［美］勒内·韦勒克、奥斯汀·沃伦:《文学理论》，刘象愚等译，文化艺术出版社2010年，第243页。

[③] Lawrence Buell, "The Transcendentalist Poets", in *The Columbia History of American Poetry*, Jay Parini ed, New York: Columbia University Press, 1993.

[④] Lawrence Buell, *Literary Transcendentalism: Style and Vision in the American Renaissance*, Ithaca, New York: Cornell University Press, 1973, p. 279.

加入其中。① 这些意愿和期待使得他们的日记文本总是或多或少地呈现了对话某种隐含读者的叙事策略。

同时，超验主义者们也经常在朋友圈内相互传阅、借阅彼此的书信。爱默生有一次为了完成其正在写作的文章《友谊》，不得不从富勒那里借来原先他自己写给她的一封书信。这说明书信和日记都是他们文学创作的材料宝库甚至是作品。超验主义者们在书信中亦谈亦谐、毫不掩饰自己的情绪和感情，同时又可以高谈阔论、追求真理、向往高尚。例如爱默生在一次演讲后获得了一群人的欣赏并捐款赠书，在给富勒的信中他这样调侃道："如果我颇为真诚地给你写信，那你应该发现从我书信发出的光芒可能会亮瞎你的双眼。"② 超验主义者们相信在私人的自我反省和密切的思想交流中可以相互提升彼此的自我教育水平，因此他们写日记几乎就是为了交流内在体验和体悟而进行写作的，是一种预设了读者的文学样式。在超验主义者的日记文学中，既可以发现个人日常生活的流水陈述，也包含了具有高度自我意识的文学创作。这在美国文学历史中不失为一种形式创新。

此外，为了达成他们的社会改良理想，除了文字表达，超验主义者还开发了"有声文学"，即演讲。这点尤其以爱默生为典型。纵观美国历史，我们也会发现演讲业已发展成为美国宣传思想观念、凝聚公众意志的一个重要传统，承担着一种公共教育的职能。众多超验主义者在那里接受过系统正规教育的哈佛有一套良好的演讲和辩论训练，这点对那些将要成为"神圣"牧师的学生更是一项必修的职业技能。因此，爱默生的演讲及其流传下来的演讲稿具有明显的布道文（Sermons）结构和语用特征。对于爱默生、奥尔科特这样的第一代超验主义者而言，演讲及对应的文章具有突出的面对大众进行文学、哲学、历史等知识教育的功能。而梭罗、富勒等人则利用公众演说来宣扬自己的政治立场，如反蓄奴、维护妇女权力等。他们遗留下来的演讲稿不仅具有文学价值而且兼具史学意义。

值得注意的是，大部分的超验主义者都是旗帜鲜明的文学批评家。在19世纪30年代，他们都乐于以书评的方式表达自己的看法，并发表在了

---

① Leonard N. Neufeldt, "Thoreau in His Journal", in *The Cambridge Companion to Henry David Thoreau*, Joel Myerson ed., Shanghai: Shanghai Foreign Language Education Press, 2000, p. 111.

② *The letter of Ralph Waldo Emerson*. Vol. 7. Ed. Ralph L. Rusk & Eleanor Tilton. New York: Columbia University Press, 1995, p. 55.

当时波士顿主流宗教哲学思想期刊《基督教观察家》上。他们贪婪的阅读，并试图将阅读材料转化成为唤醒民众意识、推进社会变革的力量，因此大部分的文章都具有强烈的批判和冷峻的逻辑，表现出一种尖锐、乐观、无畏的文学批评风格。当然，他们内部也有不同的见解，如爱默生重视的是构成"伟大文学"的瞬间的个体直觉，对诗人、天才表现出的超验的时空格外关注；而富勒珍视文学的整体逻辑结构，她关注的是作者想象力的心理机制。这导致了两者在编辑、选择《日晷》所能刊发的作品时产生了不少的冲突。

超验主义在文学形式上的所有实践和创新都在梭罗身上留下了印记。《日晷》创办初期，身为领军人物的爱默生对"诗人—先知"热烈推崇，梭罗也热情地投入到诗歌创作中。梭罗自视为超验主义诗人——在超验主义者眼中的"诗人"就是天才、观察者和先知的代名词。甚至在自己的早期日记中，梭罗都很少涉及个人的私生活和体验，而是论述一些抽象的和格言式的主题如"革命"、"影响力"、"恐惧"等等。史蒂文·芬克认为，其实"他的主题是理想本身，只是以不同的形式伪装"，造成的不良后果就是梭罗给自己设置了难以实现的目标，最终给其对自我身份的认同造成了根本性的困扰。① 失业在家越久梭罗就越想摆脱人们对他"游手好闲"的印象，越发想获得更大的功名以补偿失落的心理。1840 年 1 月 29 日，梭罗在日记中进一步论述了超验主义诗人的形象，即一个孤独的英雄。梭罗的这种英雄理想主义投射在了他早期的诗文中，使得他的语言和风格看起来似乎是服务于"神的，而不是公众"②。就连超验主义圈内的朋友、《日晷》的前期编辑富勒，尽管和爱默生一样都觉得他有思想，但是作为出于发行的考虑，她多次退回了梭罗的诗，理由是他行文如同"马赛克"（masaics）而且风格粗野（ruggedness）③。爱默生也认为梭罗"太爱精神上的美……缺少抒情的精美与技巧上的优点"。④ 梭罗后来也基

---

① Steven Fink, *Prophet in the Marketplace: Thoreau's development as a professional write*, Princeton: Princeton University Press, 1992, p. 14.

② Ibid., p. 33.

③ Ibid., pp. 32 – 35.

④ [美] 爱默生：《梭罗》，《美国文化丛书：爱默森文选》，张爱玲译，[美] 范道伦编选，生活·读书·新知三联书店 1986 年，第 189 页。

本放弃了诗人理想，不得不去探索更合适自己的文学样式。

事实上，在超验主义所有的文学样式中，游记文学（travel literature）被认为是他们最成功、最佳的创作体裁。游记文学给予超验主义者暂时跳出新英格兰地方秩序的时空，使他们能以"旁观者"的姿态审视美国文化的缺陷并试图从其他地方找到解决问题的方式方法。作为旅行者的超验主义者们，出发的目的通常是获取智慧、健康甚至是谋生，在旅途过程中，他们有一个不成文的"集体爱好"：记录下所见所闻，或写成日记或与亲友书信交流。例如，爱默生以书信和日记的方式详细记载了他的两次欧洲之旅（1833年、1847—1848年）；富勒以书信的方式记录了她的1843年大湖区之行和1845年至1850年间的欧洲历程……这些日记和书信不仅成为超验主义者们文学创作的丰富的素材宝库，而且也成为后人深入了解该历史时期的宝贵的第一手资源。

第一个出版旅行叙事作品的是梭罗，1843年他发表了两篇散文——《登瓦楚赛特山》（A Walk to Wachusett）、《冬日漫步》（A Winter Walk），告诉人们：在康科德这个有限的空间，只要善于观察、用心体会也一样可以轻松发现美与崇高。正如前文所述，正是得益于梭罗的不懈努力，尤其是他创造的《瓦尔登湖》，发展了超验主义最值得引以为豪的文学形式——自然写作或自然文学，并构成了早期美国生态文学的经典范本。超验主义奠定了美国自然文学的传统：以自然为主题，在广阔的自然背景中书写自然、人以及二者的关系，准确地来说就是通过语言表达展现了人与自然、自然与精神世界的关系。它包含着丰富的自然主题，20世纪中后期以来，不仅为生态批评提供了重要的研究对象，而且在某种程度上这种自然文学传统还是美国生态批评的重要思想渊源之一。这是一种以自然为取向的非小说类文学作品，经历了默默无闻的长久发展，直到20世纪后半叶才逐渐得到广泛关注，成为美国文学的一个重要流派，而且是独具美国特色的、"最令人激动的领域"。[①]

俨然，直到找到真正合适自己的主题和题材，梭罗才开始发展起其个人独特的散文风格。1847年始，梭罗陆续有更多的游记散文发表在了当时美国国内的一些重要期刊上且得到了较广泛的认可，于是梭罗和他身边

---

① 程虹：《寻归荒野》，生活·读书·新知三联书店2001年，第2页。

的人就此认为散文是梭罗的"命定"文类。① 可以说，梭罗的文体选择，反映了超验主义的诗学观念成形的一个学理框架，即文学与哲学的艰难交叉；也折射了那个时代美国社会发展的独特脉络，即追求物质的实用主义与追求精神的理想主义的矛盾结合。

第二节 梭罗的叙述策略

客观地来讲，作者写作策略的选择总是与他们自己的"期待视野"有着直接的重大关系。受超验主义思想的影响，梭罗对作家功能的预设使得他与公众的关系从一开始就处在一种模棱两可甚至矛盾的状态。"他发现自己陷入了独立于群体的本能和获得公众关注的欲望中。他对哲学与道德上的自足的渴望并不是扎根于愤世嫉俗之中，而是在于他渴望成为'美国先知'（American prophet）（这个职能同样吸引绝大多数的超验主义者）"。梭罗要实现自己先知的理想，就必须重视公众对自己作品的接受，考虑读者的期待视野。那么，他成长为一个作家的历程也可被视为他努力寻找到一种既忠实于他个人想象力与感知力又能满足大众需求的话语模式的过程。

米尔德指出，"弹性是他（梭罗）特有的品质，……实际上他像多变的海神普罗求斯，通过间接的变形来避免悲剧、长期的挫折、悔恨和绝望。这种变化，如果还不是他所寻找的变形，却有着复活他天生的乐观主义、赋予他的生活和工作以新的创造力的有益效果"。② 如前文所述，尽管梭罗对于自己作品的成败都有经济和道义上的敏锐感知，但是在物质成功与道义成就发生冲突的时候，他坚持选择了后者。正是由于对于文学艺术的坚持，梭罗逐渐摆脱了市场焦虑，更加潜心创作、修改《瓦尔登湖》，才使其没有沦为某种时尚的商品，而是作为跨越时空的艺术品流传至今。正如我们在第二章中讨论到的，《瓦尔登湖》虽然是散文，但是经过梭罗数年的精心艺术加工，显示着突出的虚构性意味和神秘化风格。梭

---

① Bode Carl ed., *Collected Poems of Henry Thoreau*. Chicago: Packard And Company, 1943, p. IX.

② [美] 罗伯特·米尔德：《重塑梭罗》序言，马会娟、管兴忠译，东方出版社2002年，第4页。

罗与其读者、听众的关系是动态和交互的。作为一个职业作家,梭罗的写作行为是作家辞与读者的动态交互过程。这一过程对他的文学样式、叙事策略、语用措词、艺术观念等产生影响。以下我们将主要以该书为例,分析梭罗的主要叙述策略。

一 神性话语

和爱默生一样,梭罗是拒绝参加教堂的任何活动,抗拒牧师的宣教,理由是他"热爱的宗教是非凡俗的"①,追求的是个人化的、诗意化的精神生活,反对任何组织机构化的正规宗教行为。正如爱默生在《梭罗》一文中指出的,梭罗是典型的清教徒。从梭罗的文本中,我们也可以感受到,他试图作一个上帝创造的自然的报道者、观察者、评论员,在这些"职能"上,梭罗显然比同时代的人包括爱默生在内走得更极致,也更加具有实践性和神秘性。他投入到大自然中,寻找与"超灵"或神直接沟通的途径,而他自己就是自己的"牧师"。就此普特做了精辟的总结:"爱默生关注的是人,而梭罗考虑的则是神。"②

(一) 从神性到灵性的追求

但是必须指出的是,梭罗的"神"已经不是传统基督教中的上帝,而是一种类似于中国文化中的"道"或"理",准确来说就是超验主义思想体系中非人格的无声无息却无所不在的"超灵"。这点我们在前面已经有过很多论述,在此就不再赘述了。梭罗在试图感应强大而神秘不可言说的"超灵"过程中,最渴望的就是能成为一个超验主义者们推崇备至的"诗人—先知"。诗人的梦想在文学创作过程中逐渐淡去后,"先知"便成为其内心虽然隐蔽却更加明确的理想。梭罗的这种抱负,势必意味着,即便是作为一个独立于社会边缘的、身处于自然界中的"观察者(seer)",他也必须随时做好准备成为一个公众的吟游诗人或者"言说者(sayer)"。③ 这种情形,在批评家芬克看来,就如同《圣经》故事中的耶利米

---

① Journal, Vol. 12, p. 240.
② Joel Porte, *Emerson and Thoreau: Transcendentalists in Conflict*. Middletown: Wesleyan University Press, 1966, pp. 31–35.
③ Steven Fink, *Prophet in the Marketplace: Thoreau's Development as a Professional Writer*. Princeton, N. J.: Princeton University Press, 1992, p. 4.

和摩西——耶利米开诚布公地指出民众的罪恶和堕落,摩西看到了上帝应许之地毗斯迦山的新生活,这两个被选中的先知都必须从山之顶走下去,向普通民众传播上帝的旨意。

事实上,"19 世纪大多数美国著名作家都是依据犹太—基督的传统来理解美国文化的。例如,与他们的神学先辈一样,库克、梭罗、爱默生、霍桑、马克·吐温和艾米丽·迪金森等作家从来不会去质疑美国民主的道德与宗教意蕴是按照基督—神论的标准来进行限定和评估的"。① 在这个时期的很多美国作家作品中,或许直接彰显上帝神性光辉的文字不多,但是神作为一个道德伦理评判的仲裁者和作为一种精神最高意义的旨归一直都存在。梭罗在这方面显然已经跨越了犹太—基督的范畴,他同时还积极吸收东方的宗教思想,使其文学艺术在表达神灵方面表现出更多神秘化的内涵。

施密特在其美国精神史杰作《无休止的灵魂》中指出:"神秘主义是宗教的浪漫化。"② 作为一种根源于清教的新浪漫理想主义,超验主义的核心趋向便是在于超越原先所有历史宗教的形式、仪式和神学观点去追寻具有人文主义内涵的灵性,这是美国精神史上从宗教虔诚向世俗灵性转换的一个十分生动的例子。诚然,梭罗的作品最能体现这一点。在《瓦尔登湖》的"更高的规律"一节中,梭罗毫不含糊地指明:"我有一种追求更高的生活,或者说探索精神生活的本能。"③ 他的理由是"我们的整个生命是惊人的精神性的"。④ 在他看来,"每一个人都是一座圣庙的建筑师。他的身体是他的圣殿,在里面,他用完全是自己的方式来崇敬他的神,他即使另外去琢凿大理石,他还是有自己的圣殿与尊神的。我们都是雕刻家与画家,用我们的血,肉,骨骼做材料"。⑤ 对于梭罗而言,"更高的规律"恰恰是精神性或者灵性的追求。

---

① Richard Forrer, *Theodicies in Conflict: A Dilemma in Puritan Ethics and Nineteen - Century American Literature.* New York, Westport, Connecticut & London: Greenwood Press, 1986, p. 194.

② Leigh Eric Schmidt, *Restless Souls: The Making of American Spirituality.* New York: HarperCollins Publishers, 2005, p. 51.

③ [美]梭罗:《瓦尔登湖》,徐迟译,上海译文出版社 2006 年版,第 186 页。

④ 同上书,第 193 页。

⑤ 同上书,第 196 页。

施密特认为现代美国的"精神性"(spirituality)运动"客观地来说，作为一种宗教领域内的精神性探索，其内涵远远大于英国的清教传统。而更像是产生于宗教的美国启蒙运动，最终使美国的精神性探求演变成了文化和思想领域的历史行为"，而且"作为一个广泛传播的运动，不仅被视为宗教意义上的灵魂的解放，同时也是一种个人权利和民主自由的政治理论或者是自由市场经济的美好结晶"。①从这个意义上来讲，梭罗的创作是具有预见性的，《瓦尔登湖》在文本的结构和话语上呈现了现代启示录的意蕴。

(二)"朝圣"的语体

在《瓦尔登湖》中，梭罗的神奇之处在于，他能令简单的故事以及生活的琐碎小事散发出神性的光辉、审美的韵味，能把非常规的思想用一种人们愿意听并试图去理解的方式来构建自己的文本。梭罗有一句名言："出版的很多，但是能被印刻的很少。"他指的是，尽管很多书被印刷了出来，但是没有几本是被出版的——因为它们都没有什么差别，也就不可能有任何意义。他用的都是常规词语，但是能通过不同寻常的组合方式使它们勾连起来，也就产生了不同的意蕴。他最喜欢的词之一就是"BE"，翻译成汉语可以是"存在"、"是"或"成为"等，相对于"做你自己"(doing thee)，梭罗更强调"成为你自己"(be thee)，你更应该做的是生活，即存在本身才是最重要的。

沙尔曼认为，梭罗的文本话语呈现出了"启示录"(prophecy)的语用特征。他通过无数的小故事、各种修辞手法和宗教性的话语模式使《瓦尔登湖》在形式上有一种模仿圣经启示录的风格。这种叙述策略本身有一种内在的张力，一方面梭罗试图利用当时妇孺皆知的圣经文体"迎合"了其受众的"前理解"，同时使自己的作品看起来颇具高尚的伦理和艺术意味；另一方面，他又通过对圣经启示录的戏仿，试图达到一种反权威、反霸权、反盲目崇拜的目的。例如，在他反蓄奴制的演讲中，通过"上帝—良知"和"道德—政治"的并举以反抗社会的不平等。同样地，在《瓦尔登湖》则通过弘扬个体在自然中的重生和现实的诗化、贬抑政

---

① Leigh Eric Schmidt, *Restless Souls: the Making of American Spirituality*. New York: HarperCollins Publishers, 2005, pp. 5 - 11.

治行为以达到抵抗社会对个人的"囚禁"的目的。①

这一系列语用策略的一个大目标就是把文本中的核心人物形象神化。如果我们把《瓦尔登湖海》与《圣经》摆在一起讨论，就会发现两者的语体风格极为相似。先来看基督圣经《创世记》中的两个段落：

> And the God made the firmament, and divided the waters which were under the firmament from the waters which were above the firmament, and it was so. (1: 7)
>
> And God created great whales, and every living creature that moveth, which the waters brought forth abundantly, after their kind, and every winged fowl after his kind, and God saw it was good. (1: 21) ②

阅读过《圣经》的人都知道，这两段描述了上帝创造世界与世界万物的行为和过程。作为万能的造物主，上帝通过短小的使役动词（made, created 等）把自己的精神意志实现于万物世界的产生上，过程宏大而雄伟；使用"he—does \ did—something"即"主语（动作执行者）+ 使役动词 + 宾语"的简单句型，明确、果断地传达了无边的神力，颇具崇高感和神圣感。这样的句式和动词在语法上已经形成了表达主语（动作执行者）要做一件事情，并使其行为产生预期目的。《瓦尔登湖》的遣词造句与此颇为相似，很少使用表示抽象意义的大词，而且也是频繁使用基本句型"某人—做—某事（sb.—does \ did—something）"。例如：

> I came to love my rows, my beans, though so many more than I wanted. They attached me to the earth, and so I got strength like Antaeus. But why should I raise them? Only Heaven knows. . . . . I cherish them, I hoe them, early and late I have an eye to them; and this is my day's

---

① George Shulman, "Thoreau, Prophecy, and Politics", in *A Political Companion to Henry David Thoreau*, Jack Turner ed. . Lexington: The University of Kentucky, 2009, pp. 126 – 128.

② Thomas Nelson Inc. *The Holy Bible* (new King James version) . New York: American Bible Society, 1982.

work. It is a fine broad leaf to look on. ①

As I walked over the long causeway made for the railroad through the meadows, I encountered many a blustering and nipping wind, for nowhere has it freer play; and when the frost had smitten me on one cheek, heathen as I was, I turned to it the other also. ②

以上这两段话都是《瓦尔登湖》中任意两章节里抽取的有关行为叙述的片段。两段话都是使用简短的使役动词，分别叙述了梭罗在瓦尔登湖畔种豆和路遇不同事物的具体行为。梭罗大量使用类同于《创世记》的句型和动词，潜移默化中赋予"我（I）"一种神性意味的力量，用心良苦，意蕴深刻。综观全文，这样的句式和描写具体行为的动词处处可见。这种叙事模式深刻地影响了二战后的作家如海明威等人。

那么"我"如何能与万能的上帝并举？原因很简单，梭罗自视为"先知"。因此，在这部作品里，他以其卓越的叙述艺术把"我"塑造成一个理想的先知形象、一个能敏锐捕捉神在大自然中的呈现即"神显"的人。"我"是沟通神和人的使者。当感知到神隐匿在大自然中的信息后，"我"再通过人类的语言把"神显"的精妙传递给民众。当然，在这个过程中，神性话语的使用还仅仅是梭罗展开《瓦尔登湖》叙述的系统工程的开始。

二 自传叙事模式

如奥斯丁在《如何以言行事》中阐述的，语言具有建构功能，即说话人可以运用说出的话语完成某些行为。根据这一理论，我们也可以这样来理解梭罗这样的作家："通过写文章来塑造自我"，比如通过作品、演说，诠释和演绎了他所渴望成为的人物，将想象的或者希望的变成或者是为语言世界中的现实。文学显然是可以被视为一个可以自给自足的封闭语言世界。在《瓦尔登湖》中，梭罗成功地运用语言塑造了一个举世闻名的形象"梭罗"，因此该书也被视为是一本半虚构性的自传作品。

---

① "Walden", in *The Writings of Henry David Thoreau*, Ⅱ, p. 171.
② "Civil Disobedience", in *The Writings of Henry David Thoreau*, Ⅱ, p. 294.

梭罗在文中的叙述者是"我",即第一人称代词。这个"我"是梭罗根据自己在湖畔的实验的基础上通过系统地描述建构起来的,从这个意义上,或许能从奥斯丁的"述行话语"或者巴特勒的述行理论①的角度来给国内外关于梭罗是真假隐士做一个评判。如果言语构造的世界属于精神世界的话,结合我们前文的论述,可以看出,对于很多超验主义者而言,精神世界和现实世界尽管有时候差别很大甚至是对立的,但是作为唯心浪漫主义者他们同样相信,精神世界和现实世界一样具有可靠性和真实性——而且是更高度和深度的真实。

(一) 第一人称全知视角

在《瓦尔登湖》一书中,"我"这个第一人称代词的使用是一个非常值得关注的叙述特征。在作品的开篇梭罗就写道:

> 许多书,避而不用所谓第一人称的"我"字;本书是用的;这本书的特点便是"我"字用得特别多。其实,无论什么书都是第一人称在发言,我们却常把这点忘掉了。如果我的知人之深,比得上我的自知之明,我就不会畅谈自我,谈那么多了。不幸我阅历浅陋,我只得局限于这一个主题。但是,我对于每一个作家,都不仅仅要求他写他听来的别人的生活,还要求他迟早能简单而诚恳地写出自己的生活,写得好像是他从远方寄给亲人似的;因为我觉得一个人若生活得诚恳,他一定是生活在一个遥远的地方了。②

从这点开场白可以看出,和爱默生相比,梭罗显然更能意识到一个人如果与"他们"相处甚密那么他很可能就远离自己的内心,在写作中很容易受旁人左右而疏离自己的初衷。在他看来,一个人要想诚恳地生活必须要学会享受孤独,而一个真诚的作家则要置身人群之外才能诚恳地面对和陈述自己的生活。但是两人都有一个共识,梭罗是唯一能在大自然中全方位实现爱默生"自立"理念的人。在他小心翼翼地完善《瓦尔登湖》七次修改过程中,这种信念促使其发现并创造

---

① 李庆本:《跨文化美学:超越中西二元论模式》,长春出版社2011年,第257页。
② 梭罗:《瓦尔登湖》,徐迟译,上海译文出版社2006年,第1页。

了过往经历的意义。最关键的是在此过程中，他成为一个能够获得自我认同的艺术家，此时他的写作不是为了取悦出版商或大众，而是为了自我愉悦并因此而获得更大的耐心和毅力创造了一个完美的艺术。这或许还能从心理意义上解释梭罗能花将近十年的时间来修改《瓦尔登湖》原稿的原因，而且也阐明了梭罗采取第一人称发言的一个内在因素。

  事实上，梭罗的作品基本都是采用第一人称叙述视角，一方面是受爱默生等人的时代文风影响；另一方面也跟梭罗本人创作思维和创作意图有关。在超验主义者的一些代表作品如《自然》、《瓦尔登湖》中"我"字出现频率非常高。有学者指出这种以第一人称单数作为叙述者的风格也是超验主义留给美国文学史的一大遗产。① 而布伊尔认为，"在今天，如果梭罗被认为是超验主义者中最令人难忘的一个形象，那么原因就在于他的写作唤起了人们对书后那个人的最强烈感知。"② 而其中背后的原因跟梭罗用第一人称叙述视角有很大的关系。

  米尔德提醒我们，在《瓦尔登湖》中叙述者不仅是"作者有意创造的一个讲话人"，而且"也是一个作者有意识神化了的传记人物"。"梭罗通过设想这样一个人物使他能对世界施以影响，这不仅仅能使其行为更有说服力，而且也有了它真实存在的要求"。③ 对此，斯蒂芬·哈恩也持类似的看法："在这一定位中，意识发挥了作用，成为第一人称叙述者的行为动机。"④ 这种叙述视角是一种居高临下的角度。这种叙事模式基本是以作者视角为中心，读者完全受控于作者对历史资讯和事实描述的操控。但是这俨然不是散文这种非虚构文本所应具有的品质，所以布伊尔也认为：梭罗的代表作是超验主义者创作中最接近"散文小说"的作品。⑤ 在书中，梭罗把两年的经历浓缩成了一年从夏天经历了秋天、冬天然后到春

---

  ① Lawrence Buell, *Literary Transcendentalism: Style and Vision in the American Renaissance*. Ithaca & London: Cornell University Press, 1978, p. 20.

  ② Ibid., p. 296.

  ③ ［美］罗伯特·米尔德：《重塑梭罗》，马会娟、管兴忠译，东方出版社2002年，第99—100页。

  ④ ［美］斯蒂芬·哈恩：《梭罗》，王艳芳译，中华书局2002年，第37页。

  ⑤ Buell Lawrence. *Literary Transcendentalism: Style and Vision in the American Renaissance*. Ithaca & London: Cornell University Press, 1978, p. 301.

天结束——他是用四季的循环作为情节的主线。

值得注意的是，和一般小说中的第一人称叙述视角不同，《瓦尔登湖》不仅起着叙述声音的作用，而且参与到被叙述的行动和过程中。申丹指出，第一人称叙述视角可以区分出两个"自我"，即叙述自我和经验自我。前者主要涉及与对过往经历的追忆，突出的是表达的方式；后者主要牵扯对经历事件的参与，侧重的是叙述的内容。① 在《瓦尔登湖》一书中，我们可以看到，"我"作为叙述视角的人物的眼光具有双重性质：既是叙述内容的一部分也是叙述技巧的一部分。这是一种全知叙述者的视角，它控制了谁在看、看什么、怎么看和看的可能性效果等等。在这里，作者的概念是全知全能的神，充分符合梭罗成为"先知"的创作意愿。这种叙述方式在叙事学家热奈特看来，有一种"自传"的文类倾向。②

（二）叙述的可靠性

在一篇关于卡莱尔的论文中，梭罗认为卡莱尔这样的人是用语言把自己重新塑造成"一个真诚、正直的英雄人物"，并由此获得了美好的名声，但实际上"现实中的人（卡莱尔或任何人）很难对付；比较人们最好的办法就是对比他们自己的理想"。③ 也就是说，在梭罗看来，人们用语言文字构建的自我形象要比现实生活中的那个人物来得明了、可爱。在《瓦尔登湖》，梭罗为此做了不懈的努力，他试图"用理想化的主人公来替代'现实中的人'；通过刻画这样一个理想的自我，他希望自己能真的会成为这样的一个人"。④ 但是如何巩固读者甚至他个人期望的这个形象？梭罗要做的便是努力控制人们对这个形象的不确定感，即必要增强叙述的可靠性。

著名的法国叙事学家里蒙·凯南在论述"可靠的和不可靠的叙述者"这一理论时提出："可靠的叙述者是这样的一个人，对于他所讲述的故事及对故事的议论，读者应当作为小说实情的权威性陈述。而另一方面，不

---

① 申丹：《叙述学与小说问题学研究》，北京大学出版社 2004 年，第 238—243 页。
② [法] 热拉尔·热奈特：《叙事话语、新叙事话语》，王文融译，中国科学出版社 1990 年，第 136 页。
③ PJ2, pp. 220–222.
④ [美] 罗伯特·米尔德：《重塑梭罗》，马会娟、管兴忠译，东方出版社 2002 年，第 100 页。

可靠的叙述者是这样的一个人，对于他所讲述的故事或对故事的议论，读者有理由怀疑。"① 她认为，不可信的根源主要有三点：叙述者的所知有限、个人的复杂情况以及成问题的价值体系。根据这一说法，梭罗在克服这三点上有着惊人的天分。首先，他的学校教育（包括哈佛求学）、敏锐的日常观察和广博的自然知识完全使他的所知超越一般的人。其次，他生活十分简洁，而他在书中也一再强调生活一定要"简单，简单，简单"，极力推崇简朴的生活以腾出最多的时间来丰富内心世界、完成自我修养的提升。最后，他是一个道德理想主义者，追求的是崇高的精神境界以彰显人的神性光辉，这在价值观上似乎永远是处于高处的。

不过，梭罗在这项事业中最大的成就应该是他灵巧地把自己的理想性、想象性经历故事转化成了关于自我的自传文本，并使这个形象深入人心、与世长存，使世界上"无论在什么地方，只要是有学问的、有道德的、爱美的人，一定都是他的忠实读者"。② 而实际上，正如后来的学者布伊尔在分析梭罗的主人公后指出，这个人物"比梭罗本人更坚决、更有能力，更富有开创性"。③ 不管怎么样，这些都充分证明了梭罗在文中塑造的自我形象是成功的。这些也反映了他叙述策略的成功。

正如我们前面刚刚提到的叙事中第一人称视角的使用，提起了读者更多的兴趣。因为这一类的叙事，以"我"作为叙述者，似乎更容易在读者心中造成一种直接的介入感和期待感。由于叙述者"我"的介入，叙述者不仅可以进入到叙述世界的深处之中也可以选择待在叙述之外。梭罗显然是两者都选择了。梭罗的叙述者一开头便声称讲一个他自己的故事：

> 要不是市民们曾特别仔细地打听我的生活方式，我本不会这般唐突，拿私事来提醒读者注意的。有些人说我这个生活方式怪僻，虽然我根本不觉得怪僻，考虑到我那些境遇，我只觉得非常自然，而且合

---

① [法]里蒙·凯南：《叙事虚构作品》，姚锦清译，生活·读书·新知三联书店1989年，第180页。

② [美]爱默生：《梭罗》，《美国文化丛书：爱默森文选》，张爱玲译，[美]范道伦编选，生活·读书·新知三联书店，1986年，第212页。

③ Lawrence Buell, *Literary Transcendentalism: Style and Vision in the American Renaissance*. Ithaca & London: Cornell University Press, 1978, p. 302.

情合理呢。有些人则问我有什么吃的；我是否感到寂寞；我害怕吗？等等……所以这本书在答复这一类的问题时，请对我并无特殊兴趣的读者给以谅解。许多书，避而不用所谓第一人称的"我"字；本书是用的；这本书的特点便是"我"字用得特别多。①

这两段话想必是梭罗"处心积虑"定下的叙述基调。在他表明要使用第一人称叙述视角之前，他主动地向其读者说明了他展开叙述的理由、目的、方式甚至是可能性的场合。他先是给自己设立了一个立场，即他下面的叙述不是他非要拿"私事"来哗众取宠而是因为康科德邻人们"曾经特别仔细地打听"他的生活方式，因此他觉得有这个责任来满足他们的求知意愿。既然是被要求叙述的，那么就有了选择叙述或者是对话方式的主动权。

其实，梭罗在展开叙述之前，最高明的策略或许便是他在自己的生活和康科德其他人的生活之间划开了一条界线：他在湖畔的孤独生活是一个自足而且未被限定的"非文明"世界，对应着的是康科德人们"文明"但却缺乏男子汉气概、苟且偷生、庸庸碌碌、只为物欲满足的世界。在书中，梭罗还毫不客气地把这个"文明"世界的人们比作奴隶监工和奴隶。用他自己的话来说就是："大多数人，即使是在这个比较自由的国土上的人们，也仅仅因为无知和错误，满载着虚构的忧虑，忙不完的粗活，却不能采集生命的美果。"② 这个套路被米尔德认为是"一场言辞上的戏剧演出"，原因就是梭罗一直挥之不去的阴影——担心熟悉他的邻人仍旧把他视为"闲汉"，所以他必须要通过对他们生活的批判和否定，让他们认识到自己的无知，这样就可以"形成了他论辩的对位形式"。③ 这样做的好处就是梭罗因此获得了一种"旁观者清"的地理和心理位置。这就为他讲述自己的"私事"奠定了合理性和合法性的基础。

从某种程度上来理解，叙述"私事"显然就是自传模式的写作。在《瓦尔登湖》的开篇"经济篇"，梭罗用其狡黠的文笔开始给自己定位：

---

① ［美］梭罗：《瓦尔登湖》，徐迟译，上海译文出版社2006年，第1页。
② 同上书，第4页。
③ ［美］罗伯特·米尔德：《重塑梭罗》，马会娟、管兴忠译，东方出版社2002年，第102—103页。

一个积极、勇敢、敢于抵抗世俗偏见、执着追求美德和真理事业的英雄人物。如此,叙述者和作者一开始便获得了高度重合的力量。在考察美国文学的基础上,詹姆斯·古德温(James Goodwin)认为欧美自传文学的传统主题之一是:在个人的内在体验中,寻求对宇宙终极意义的理解;这一宗旨被后来的自传文学家梭罗和托马斯·莫顿(Thomas Merton)具体化了。① 而詹姆斯·克雷格·霍尔特也同样认为:个人主义观念在美国文学中最突出的表现就是使自传文学成为最受欢迎的题材与类型,并成为"美国文学传统的中心"②。两人都认为梭罗是美国个人主义思想的代表人物之一,《瓦尔登湖》理所当然也被视为美国自传文学的经典书目之一。③

对于梭罗而言,如何在《瓦尔登湖》中接着展现自己获得美德和真理的方式和手段是十分重要的。在这点上,梭罗充分发挥语言的建构功能。1845年还在湖畔居住的时候,他在一则日记中对书面语言和口头言语做了区分:

> 在书写语言和说的语言之间,也就是在读的语言和听的语言之间,存在着重大的差异。一个是易逝的,一种声音,一种说法,一种方言,人们都是从母亲那里学来的。它是潺潺不息、支离破碎——未经加工的原材料。另一种是保持下来的、经过选择的、成熟的表达方式,说给不同的民族和不同时代的人听的深思熟虑的言辞。一个是自然的和便利的,另一个是神圣的和具有启发性的。云朵和煦地在低处掠过,以阵雨带来清新的空气,其取代太阳的色彩和投下的阴影令人赏心悦目,这是一个适应我们平凡需求的略显粗糙的天国;而云朵的上面则是蔚蓝的天空和星星。④

---

① James Goodwin, *Autobiography*: *The Self Made Text*. New York: Twayne Publishers, Toronto: Maxwell Macmillan Canada, 1993, p. 4.

② James Craig Holte, The Representative Voice: Autobiography and the Ethnic Experience, *MELUS*, 1982 (2), p. 25.

③ James Goodwin, *Autobiography*: *The Self Made Text*. New York: Twayne Publishers, Toronto: Maxwell Macmillan Canada, 1993, p. 1; James Craig Holte, The Representative Voice: Autobiography and the Ethnic Experience, *MELUS*, 1982 (2), p. 6.

④ [美] 梭罗:《梭罗日记》,朱子仪译,北京十月文艺出版社2005年,第34—35页。

在超验主义者中，梭罗对语言的理解和感觉估计是令人印象最为深刻的一位。就连爱默生也自叹不如。1863年，爱默生在阅读梭罗遗留下来的日记时就感叹："我发现自己和他有相同的思想，相同的精神，但他却比我走得更远，通过很生动的形象来说明那些我用一种模糊概括的语言来表达的东西"。① 在梭罗的吊唁文里，爱默生还这样评述梭罗的作品："他的仪表是诗意的，永远惹起别人的好奇心，要想更进一层知道他心灵的秘密。"②

在这段话里，梭罗不仅显示了他对语言的敏锐认知，而且他把口头语比喻为云朵、书面语比喻为星星和太阳，生动地阐述了两种语言的差别。正如马修森指出的，这种对语言的把握和驾驭能力令梭罗比爱默生更能展现细节，更能建立信任感。③ 当然，必须承认的是这跟梭罗细致的观察能力不无相关。这种细节、生动的描述很容易被视为是作为叙述者的作者本人亲身经历、耳闻目睹的，从而确立文本的可靠性。可见，对于作家梭罗而言，写作就不只是行动的替身，而且是一种存在的方式。语言成了叙述者"梭罗"存在的家园，是他表述自己内心深处的媒介。学者佩里·米勒是这样评论梭罗的："在世界文学范围内，这是一个很独特的个案，这个敏感的人发现跟他人对话远没有跟自己对话有趣。"④ 这种心理机制构成了典型自传文学作品的创作意图。从学理上看，或许是因为"倾向于进行哲学探讨的自我中心主义者希望简化了解其他人的必要"。⑤

在综述自传作为一种文学样式时，古德温充分运用《瓦尔登湖》作为例子。他认为该书不仅呈现了"自我"的现代意义，而且表征了自传类作品的回顾性特征。他指出，自传是作者对在特定的人生阶段对自己某一段的过往进行的一种有意义的回顾和反思。《瓦尔登湖》作为自传有一个确凿的证据就是该书是梭罗根据自己在1845—1847年间的日记写成的，

---

① Ralph Waldo Emerson. *Journals of Ralph Waldo Emerson* (Vol. IX). Boston: Houghton Mifflin Company, 2009, p. 511.

② [美] 爱默生：《梭罗》，《美国文化丛书：爱默森文选》，张爱玲译，[美] 范道伦编选，生活·读书·新知三联书店，1986年，第212页。

③ F. O. Matthiessen, *American Renaissance: Art and Expression in the Age of Emerson and Whitman*. New York: Oxford University Press, 1964, p. 154.

④ Perry Miller, *Consciousness in Concord*. Boston: Houghton Mifflin, 1958, p. 5.

⑤ [美] 理查德·罗蒂：《哲学、文学和政治》，黄宗英译，上海译文出版社2009年，第80页。

而且还经历了七年以上的时间去修改和补充。[①] 布伊尔认为,《瓦尔登湖》作为超验主义自传类作品的一个杰出代表,基本上能表征该思潮在该文类上的总体特征:灵性领域内的自我审视、浪漫主义视域中的自我意识和民主范畴内的个人主义。[②] 这些充分说明:梭罗运用第一人称全知视角确实成功地创造其自我神化的自传故事。

三 新亚当形象的建构

总的来说,无论是神话性叙述还是自传性写作,梭罗在《瓦尔登湖》中所要着力塑造的就是一个新的形象,这个形象是一个诗性自我神话的产物、一个朝圣生命历程中的超验英雄、一个在自然中不断自我教育和传递神显的先知。可见,对形象的塑造是该书一个极为重要的写作意图。而这个意图最核心的意义就是探讨在美洲大陆这个新伊甸园里如何生活才能成为"新亚当"。

(一) 新伊甸园

对于梭罗这样一个视自己的家乡小镇为自己领地的作家而言,他的自我感反映了他的文化感或文化观。这意味着他在《瓦尔登湖》中神化的自我形象是其所处时代的文化表征,这种叙述结构不仅是一种文学现象,而且更是他对那个时代的新英格兰的体验、理解和解释的一种方式。另外,就梭罗这样采取第一人称全知视角并且有明显自传写作特征的人而言,其叙述者对事物的描述和评判是有明显权威意味的,道德介入是公开化的。这就使得其文本获得了宏大叙事的主题。

"宏大叙事源于对人类历史发展前景的理想或忧患的叙述,总要涉及人类历史发展的最终结局,总要与社会发展的当前形势联系在一起,所以它往往是一种政治理想的构架,根本摆脱不了与意识形态的干系"[③],换句话来说就是,一种叙述形式对应着一种意识形态。总的来说,宏大叙事

[①] James Goodwin, *Autobiography: The Self Made Text*. New York: Twayne Publishers, Toronto: Maxwell Macmillan Canada, 1993, pp. 8–11.

[②] Lawrence Buell, *Literary Transcendentalism: Style and Vision in the American Renaissance*. Ithaca & London: Cornell University Press, 1978, p. 267.

[③] 马德生:《关于文学宏大叙事的几点思考》,《河北师范大学学报》(哲学社会科学版),2011年第4期,第98页。

有以下几个特征：一，叙事主体上，叙述者具有权威的精英的身份和话语，一般被定位于某种观念或信仰"代言人"的社会角色，并把作家自己关于世界、历史、人生的理念渗透在文本之中；二，题材主旨上，往往反映包括政治、经济、民族、文化、宗教信仰、启蒙解放、国家命运、历史进程等等人类和社会的重大问题，在强调写实的基础上"再现"历史，追究历史真实与艺术真实的统一；三，在内在逻辑上，追求作品的现实批判性、历史性与人性深度，注重普遍价值观与文化精神的内在统一，但往往是时间与因果逻辑成为叙事的基本规则；四，在叙事结构上，追求自始至终的全景叙述，有叙事线索的清晰性，叙事结构的完整性，以及叙述情结的连贯性。

首先，就《瓦尔登湖》叙述整体结构而言，叙述者"我"开篇便展示一种高姿态对康科德民众或新英格兰的读者进行循循善诱的教导。正如我们前文论述的，梭罗一直试图以超验主义者"诗人—先知"的面目示人，号召人们摆脱物质主义和商业主义的控制、去过简朴的生活以追求高尚的精神生活。其次，在题材主旨上，梭罗实际上竭力平衡的是人与自然、人与社会、人与人的关系，他坚信人的灵魂需要不断更新并且需要依赖感知自然的美和力量来更新。为此，尽管其湖畔小屋离康科德民居很近，他仍通过融合精微的观察和创造性的想象营造了一个看起来远离尘嚣的世外桃源。再次，通过湖畔实验的各种回忆，如阅读、种豆、探访、观察等等活动，来告诉人们如何才能过着更有意义的生活。还有一点是我们刚刚提到的，即梭罗以瓦尔登湖为中心展开对其周详的时空叙述，采取的是全知视角，有意识地控制着叙述的图景和节奏。梭罗在宏大叙事上的努力正是源于超验主义的改革理想。这种改革理想涵盖了社会的很多层面，尤其是思想伦理和文化领域的改革，目的是探索在美洲新大陆这个"新伊甸园"里如何做一个更好的人、在工业化来临的"新社会"里如何更好地生活，其本质是19世纪美国具有现代意义的知识分子首次有意识、大规模地展开对美国民族文化和民族身份的探寻和确认。[①]

[①] Peter C. Carafiol, "In Dubious Battle: American Literary Scholarship and Poststructuralist Theory", in *The American Renaissance: New Dimensions*, Harry R. Garvin (ed.). Lewisburg: Bucknell University Press, 1983, pp. 9 – 11.

正如 R. W. B. 列维斯指出的：在 19 世纪上半叶，爱默生、梭罗和惠特曼等人从不怀疑"新伊甸园"的信念。对于当时的美国知识分子来说，美国就是他们心目中的上帝指定的新世界，是人类被逐出伊甸园后的第二次机会，是人们从黑暗的旧世界中摸爬滚打而得来的。这一观念使梭罗等人萌生了强烈责任感和主人翁意识，从而导向了对全新的英雄的渴求。这个英雄就是"新亚当"——他应该具有一整套全新的理想人类的属性："一个从历史中解放出来的、愉快地甩掉了前人的包袱、没有受家族和种族惯常遗产的影响和浸染的个体；一个独立自主、自力更生、自强自立的人，以自己独特、内在的力量时刻准备着迎接任何挑战……他的德行优于经验，在他的全新世界里他本质上是纯真的。世界和历史都呈现在他面前。而他是一种创造者，一个出类拔萃的诗人，创造自己的语言对他周边的事物进行定义。"① 这就是美国亚当形象。这个形象贯穿梭罗的大半生，他恪守这个形象的原则，按照这个形象塑造自己的生活和开展文学创作。

（二）梭罗的亚当形象

"美国文艺复兴"期间的文学中，以《圣经》中的亚当作为主要隐喻性形象和人类的堕落作为一种叙事模式是比较值得注意的，前者主要以梭罗的自我形象和亨利詹姆斯小说《金碗》（The Golden Bowl，1904）的亚当为代表，后者以霍桑《玉石雕像》（The Marble Faun, Or, The Romance of Monte Beni，1860）和麦尔维尔的《水手比利德》（Billy Budd，1924）为代表。两种形象的对立使这个时期的形象塑造在整体上充满了内在的张力。就这个时期的"新亚当"形象而言，饱含幻想但因其呈现某种极端性的伦理姿态总显得比较羸弱。但是无论如何羸弱或虚幻，这一形象总是能散发出一种冒险精神、给人一种满怀希望和可能性的感觉——这在美国后来的表述史上很少再出现了。可以说，这个形象对各种挑战有着极为开放的态度，对各种争议性的话题十分敏锐，为系统探索和发现人、艺术与历史等事物的本质创造了可能。②

如第一章所述，因为没有历史的羁绊，19 世纪的美国处在发展的上

---

① R. W. B. Lewis, *The American Adam*; *Innocence, Tragedy, and Tradition in the Nineteenth Century*. Chicago: University of Chicago Press, 1955, p. 5.
② 同上。

升时代。对于这点，美国整个国家和每个民众的意识都是很清晰的。那时美国人的信条是：没有过去，只有现在和未来。如此一来，新的美国亚当是没有"遗传性的原罪"的。于是，"纯真"（innocence）就成为爱默生和梭罗等人道德词汇体系中的关键词。纯真隐喻着希望和未来。与此对应的是欧洲文学母题中的"怀乡"。但是人类的思想情感似乎永远是矛盾的，借用马克思的话来说是"辩证的"。当美国人在一定程度上否定过去的时候，作为一种补偿，他们又确立了一种新的怀乡情结——这是"一种建立在对历史的否定中、对历史价值的肯定"。① 这种新的历史观念的特殊意义在于，它的视角超越了欧洲中世纪以来的经验，使面向更为古老的希腊和东方传统成为可能，由此获得了对传统的一种新的理解，确立了历史经验与当下生活的有机联系，形成了美国文化的独特形式。

梭罗的宏大主题却是以他自己的生命体验与个性化的语言完成的。在《瓦尔登湖》中，梭罗详细的记录下了他的见闻，表面上看都是日常叙事或者个人叙事。这是独特的梭罗散文。该书的成功证明，关于人与自然、人与社会、人与自我等元素叙述同样可以包含在个人化的写作中。例如，在"倍克田庄"一节中，他讲述了与一个叫约翰·裴尔德的爱尔兰人偶遇的故事。这个裴尔德正是梭罗在"经济篇"中花大量篇幅进行批评的那些庸庸碌碌的人的典型例证。如果说，"经济篇"是对这类人的某种笼统、泛化批评的话，那么在这一章节就是提供一个十分具体的案例。而且这章在结构上对应的是其接下来的章节"更高的规律"，也就是说，裴尔德是低层生活的代表人物，他的故事为展开和映衬高尚的精神生活追求作了铺垫。

在《瓦尔登湖》中，梭罗多次提到钓鱼，在他看来不同人钓鱼有不同的收获和意义。在这章他再次引入钓鱼的模式对裴尔德展开了"冷嘲热讽"，从而反衬"我"这个形象的高大：

> 我还没有到湖边，约翰·裴尔德已在新的冲动下，跑到了湖边，他的思路变了，今天日落以前不再去沼泽工作了。可是他，可怜的

---

① R. W. B. Lewis, *The American Adam: Innocence, Tragedy, and Tradition in the Nineteenth Century.* Chicago: University of Chicago Press, 1955, pp. 6 – 7.

人，只钓到一两条鱼，我却钓了一长串，他说这是他的命运；可是，后来我们换了座位，命运也跟着换了位。可怜的约翰·斐尔德！我想他是不会读这一段话的，除非他读了会有进步，——他想在这原始性的新土地上用传统的老方法来生活，——用银鱼来钓鲈鱼。有时，我承认，这是好钓饵。他的地平线完全属于他所有，他却是一个穷人，生来就穷，继承了他那爱尔兰的贫困或者贫困生活，还继承了亚当的老祖母的泥泞的生活方式，他或是他的后裔在这世界上都不能上升，除非他们的长了蹼的陷在泥沼中的脚，穿上了有翼的靴。①

在这里，梭罗首先发挥的是他的"超验主义经济学家"的论证基础：人应该像希腊人一样，扔掉无用的和多余的欲望，过着高尚的生活，让灵魂得到"上升"才是最重要的。正如帕灵顿指出的，梭罗认为新英格兰的"清教徒牺牲了高尚的精神使命，使之服务于经济，而他会牺牲经济制度使之服务于精神来恢复这一使命"。② 在梭罗看来，日常生活主要有两种经济制度。斐尔德是较低级经济制度的奴隶——为了占有更多卑微的物品成日辛苦劳作而且不懂得依靠自己的理性寻找到新的方法来生活。而较高级的经济制度应该是过简朴的物质生活——维持最基本的生活形态以享受上帝赐给人的才能和自然的美好——这种意识便是他文中所说的"有翼的靴"。在这里，"我"的上升和斐尔德的"堕落"形成鲜明的对比。

实际上，梭罗用"有翼的靴"给斐尔德的故事提供了一个开放的结尾。这意味着，如果斐尔德及其子孙要摆脱"爱尔兰的贫困或者贫困生活"，就必须先改变他们的生活方式，学会掌握知识、辨析轻重来经营自己的生活。梭罗在这里还运用了时间概念的对比，即新与旧或者是未来与过去的对比。在梭罗看来，人必须要勇敢地摆脱旧观念的束缚，要懂得用新方法来改变"命运"，才能获得新的可能性；只有运用智性和灵性，辛苦与奋斗才值得、才有收获。

列维斯认为，《瓦尔登湖》在总体上而言是一种现代意义上的对新生

---

① [美] 梭罗：《瓦尔登湖》，徐迟译，上海译文出版社2006年，第182—185页。
② [美] 沃浓·路易·帕灵顿：《美国思想史》，陈永国、李增、郭乙瑶译，吉林人民出版社2002年，第699页。

活方式的探索和追求。①和浮士德那种矛盾、甚至有些忧郁的孜孜以求不同，梭罗的叙述者有明确的精神目标，整个语气语调是积极向上、乐观明朗的。《瓦尔登湖》第一次面世时，首页有梭罗的题词："我绝没有鼓吹悲观颓废的意思，我只愿像报晓的雄鸡，立于栖木之上，引颈高歌，唤醒世人。"后来的很多再版版本都去掉了这句话，十分可惜。因为这句话提纲挈领，基本表明了梭罗在该书中的叙述基调和主旨，而且叙述者的形象通过"雄鸡"来比拟显得十分生动活泼、意趣盎然。

列维斯对这一时期新亚当的塑造进行总结时说："除了用理性思想的有序语言明确表达之外，也可以在不断重复强化的形象模式即可视可感的经验叙述中发现它的轮廓——或者在一个特定的习以为常的故事中，或者是在戏剧性预设的典型生活树立中。"② 这也基本概括了梭罗在《瓦尔登湖》中塑造"自我形象"时的叙述策略和方法。在书中，梭罗没有公开说明他塑造的这个形象是"新亚当"。但是，他用丰富的语言和情节不断地令既是叙述者又是主人公的"我"经历各种洗礼和重生，使这个形象获得了"美国亚当"的精神气质。事实上，对美国亚当形象描述最清晰、呼声最大、影响最远的是爱默生。正如他在《诗人》一文中所表达的，美国亚当应该是希望、自由和美德的代表，拥有着赤子般的热情，能感应圣灵传递给世人的信息，能够"解放了神"，充满了想象力和创造力。③ 那么，梭罗便是这个新型亚当的一个实践者和深化者。

第三节 梭罗的时空意识

对于 19 世纪中叶的美国而言，超验主义的时间意识是一种新的时间意识，它提供了一种新的感受和思考时间价值的方式。超验主义者重视不断变化的现实，珍视对现时的记忆，具体说就是他们十分"警惕"时间

---

① R. W. B. Lewis, *The American Adam*; *Innocence, Tragedy, and Tradition in the Nineteenth Century*. Chicago: University of Chicago Press, 1955, p. 20.

② Ibid., p. 3.

③ [美] 爱默生：《诗人》，选自《爱默生演讲录》，孙宜学译，中国人民大学出版社 2004 年，第 34—40 页。

打在感受上的每一丝烙印——也就是他们特别重视瞬间的直觉。超验主义的时间意识或许是最能反映美国文化对时间的感觉的。正如列维斯指出的,在美国国家和个体意识里有一条很清晰的"希望信念":只有现在和未来,没有过去。从某种意义上来看,超验主义对日记和书信等文学样式的重视从另一个侧面说明他们也是意在把握现在,而且是对现在的记录恰恰是为未来创造历史。这可能是美国浪漫主义的独特性之一。

在《瓦尔登湖》中,梭罗展现了自己对现时和瞬间的敏锐感应。而且和其他超验主义者相比,梭罗超越了个体生命时间的线性框架,表现了东方式的生态整体生命的循环再生模式。此外,梭罗的空间意识也颇具东方意味。他的空间意识也并非西方惯常的平面是而是外绕着一个中心不断循环的立体图式。梭罗循环往复的时空意识使得其文本充满了活力与想象力。

一 "英雄主义的现时"到充实的瞬时

超验主义在时间意识上也充分体现了他们根深蒂固的神性意识或者说是宗教体验。对个体内在神性的强调使得他们对古希腊式的英雄有一种本能的向往。这点在试图塑造自我形象的梭罗身上表现得尤为明显。梭罗正是在宗教性的瞬间"狂喜"中舒展自己的英雄主义想象,从而构建他的"文学英雄"。在心理机制上,梭罗擅长于把瞬间的巅峰体验延续至日常中,以此获得了推动其自我修养的不断提升的动力。

(一)"英雄主义的现时"

超验主义者大多出身于中产阶级及以上的家庭,接受的是传统精英式教育模式。一方面,他们很难脱离他们原本优越舒适的田园牧歌生活方式;而另一方面,他们也难以接受当时刚刚开始的工业主义和商业主义的社会价值,"在他们看来,这个社会无论与过去的精神财富相比还是与我们对未来可能抱有的期望值相比都表现出很低的层次"。[①]用最通俗的表达方式来说就是,超验主义者认为他们处于一个过渡性的时代。借用法国文学现代性研究专家伊夫·瓦岱的语言来描述就是,他们认为自己处在"空洞的现时"。

---

① [法]伊夫·瓦岱:《文学与现代性》,田庆生译,北京大学出版社2001年,第51页。

瓦岱对 18 世纪末之后的文学现代性的不同表现进行了分析和阐述，他认为："区分作者和作品现代性的东西不仅仅是哲学或者意识形态方面的观念，而首先是感知时间，尤其是感知现时的不同方式。正是通过区分和明确不同的时间感知类型，我们才可能希望达到一种'现代性'分类的雏形，这些不同的'现代性'是历史现代性的不同的和丰富特性的表现形式。"① 瓦岱指出，现代性最主要的特征是社会变革，"即人类生活的范围内既改变了社会，也改变了生活条件和思想意识"的动力②。瓦岱认为浪漫主义是现代性的一种表现形式，该时期的典型时间类型是"空洞的现实"，具体来说就是浪漫主义者觉得自己生活在一个定位不明的时期：旧信仰已经死去，新信仰有待诞生；人的主观能动性已经增强，但是道德在物欲面前堕落了。

值得注意的是，和瓦岱指称的欧洲浪漫主义者不同，爱默生这些超验主义、浪漫主义者虽然对当时物质主义和商业主义引发的道德滑坡心存顾虑，但是总体而言，他们的"信仰是良知和意愿的美化"，"沉浸于自己的神性"，相信人的巨大潜能，他们是"怀着新信仰的诗人，是给予新希望和颠覆性革命时代的后代"。③ 受卡莱尔英雄主义观的影响，超验主义者们信仰的是人的美好品质，即一种新时代英雄的内在力量。这种力量不取决于身份和地位，而是内在品格。在《论英雄、英雄崇拜和英雄历史》一书中卡莱尔有这样一段论述：

> 就伟人而言，我不揣冒昧地断言：他应该是真诚的，否则就无法令人信服他的伟大。在造就伟人的诸多因素中，真诚是根本，是第一要素。没有人能够胜任一项工作，如果他不首先怀着真诚的态度，就连米拉伯、拿破仑、彭斯和克伦威尔也不例外。我称伟人为真诚的人。应该说，真诚——深切、伟大、真实的诚恳——是一切带有英雄

---

① [法] 伊夫·瓦岱：《文学与现代性》，田庆生译，北京大学出版社 2001 年，第 50 页。
② 同上书，第 44 页。
③ [美] 沃浓·路易·帕灵顿：《美国思想史》，陈永国、李增、郭乙瑶译，吉林人民出版社 2002 年，第 679 页。

品质者的首要特点。①

卡莱尔一贯主张，英雄的界定首先取决于其态度是否真诚，其本质是首先对人内在精神的肯定。爱默生1838年6月在康科德会堂里做了题为"英雄主义"的演讲，也指出：

> 对于一切外在的恶，人在内心深处采取了一种好战的态度，灵魂的这种好战的态度我们称之为"英雄主义"。它是一种轻视谨慎约束的自信，自信有足够的能力弥补它可能蒙受的损害。英雄就是那样的一种平衡的灵魂，任何骚扰都动摇不了他的意志，好像只是欢天喜地在自己的乐曲中行进，在惊恐万状和普天狂欢的环境里都一样。英雄主义有一种不可理喻的东西；有一种并不神圣的东西；它骄傲，个性极强，但我们必须把它奉若神明。在伟大的行动中，有一些不允许我们寻根究底的东西。英雄主义只能感受，却绝不论理，因为它总是正确的。②

在超验主义范畴内，英雄就是有自信、持久性和节制的人。他们通过使英雄概念的生活化和世俗化，给大众开辟了一条人人皆可能够成为英雄的道路，其实质还是对人的神性的弘扬和对人内在品质的期许与赞美。这种观点深刻地烙印在他们文本中的时间意识里，他们让每一个当下时刻都充满了神性的光辉、给人的每一个或动或静的时刻都洋溢着人性的华彩。时间对于超验主义者而言，不是空洞的，而是散发着英雄主义光芒的时刻。

与他的同时代人毫无差异，梭罗也被英雄的品质和人格深深地吸引着，所以当他遇见约翰·布朗时就激动地把其神化为时代的英雄、完全忽

---

① Carlyle Thamas, *On Heroes and Hero – Worship and the Heroic in History*, 东京、外语研究社, 昭和八年, 第182—184页。

② [美] 爱默生：《爱默生集》(上), 吉欧·波尔泰编, 赵一凡等译, 生活·读书·新知三联书店1993年, 第415页。

视其暴力行为。① 1840 年 6 月梭罗在日记中这样写道："我对战斗颇有感情，它与我心灵触发的行为举止是如此相似。"② 当然，需要注意的是，梭罗并不是指传统意义上的战斗，而是指一种抵抗的姿态，是一种存在的状态而非实际的行为。归根结底，它是爱默生所提倡的进行自我教育时所需要的超验主义式冲动。梭罗对英雄主义的渴望就凝结在他思考和观察的每一个瞬间。正如米尔德指出的："梭罗想过的生活是一种'持续而敏锐的观察生活'，生活在瞬间闪现的微季节中心，那儿集中了自然的芬芳。"③

在商业时代，要过精神生活，即为个人内心成长而存在，是一件非常艰难的事情。对于出身于当时低端中产阶级、在谋求体面工作上屡次失败的梭罗而言难度更大。1841 年的日记中，梭罗如实记录了自己在谋生与理想之间的挣扎："天天与人打交道的困难使我几乎退缩"④。梭罗的灵活性在于他善于把在社会生活中的不适暂时放下，这种挫败感很快可以被"闲逛"在大自然中的体验所替代。在大自然中，他发挥了自己的专长，相比爱默生，他在大自然中的生存能力显然太强悍了。因此，只有在大自然中，他才感受到自我的完整和价值，因为他被冥冥之中的力量抑或是上帝鼓舞着。在大自然中尤其是在生存环境恶劣的荒野中，梭罗感受到了自己身为男子汉的英勇。在其"早期的日记和晚期的大多数作品中，梭罗对勇敢行为的痴迷体现了他对克服自己身上同时也是美国文人身上常见的书生气而做的努力"。⑤

那么如何使自己的生活获得男子汉的英雄气概呢？前文我们已经论述，梭罗希望文学活动能成为参与社会的一种英雄行为。但是除了成为文学英雄记录每一个光辉的时刻外，在《瓦尔登湖》中梭罗还试图使人们意识到，体力劳动的重要性，认识到作坊和田中的杂活有益于身体健康。

---

① Robert Sattelment, "From A Week to Walden", in *Bloom's Modern Critical Views*: *Henry David Thoreau*, Harold Bloom ed. New York: Infobase Publishing, 2007, p. 81.

② PJ1, p. 146.

③ [美] 罗伯特·米尔德：《重塑梭罗》，马会娟、管兴忠译，东方出版社 2002 年，第 192 页。

④ PJ1, p. 230.

⑤ [美] 罗伯特·米尔德：《重塑梭罗》，马会娟、管兴忠译，东方出版社 2002 年，第 5 页。

梭罗希望文人也具有战士般的英勇，如此不仅反驳了公众对文人软弱的指责，而且能使得他的文章充满了"生活阅历的保障"①。他认为这样可以缓解"对于冥想、对于行动的热爱——哲学家和英雄的生活之间的冲突"②。这种想法在"种豆"表现得尤为明显。梭罗详细地记录下了种豆的一些细节，并使之有某种仪式性的意味：

> 种豆以来，我就和豆子相处，天长日久，得到不少专门经验，关于种植，锄地，收获，打场，捡拾，出卖，——最后这一种尤其困难，——我不妨再加上一个吃，我还吃了豆子，尝了味道的。我是决心要了解豆子的。在它们生长的时候，我常常从早晨五点钟锄到正午，通常是用这天剩余时间来对付别的事情……豆子每天都看到我带了锄头来助战，把它们的敌人杀伤了，战壕里填满了败草的尸体。有好些盔饰飘摇、结实强壮的海克脱，比这成群的同伴们高出一英尺的，也都在我的武器之下倒毙而滚入尘埃中去了。③

这是梭罗独特的叙述风格之一。他总能以小见大、见微知著，把常人眼中漫长枯燥的种豆、除草想象成一场长期浩大的特洛伊之战。让人们感觉到他在湖畔的每一天都充满了一种英雄主义的味道，"隐士和实干家之间的一种和谐，是通过代表人类利益而孤独生活的行动使自己成为神一样的苦行者——英雄"④。因为梭罗相信自己种的不是豆，而是"诚实，真理，纯朴，信心，天真"等等。尽管种豆是一件很平常的事情，但是作为文学英雄的梭罗使它充满了战斗的意味。在这里，写作变成了某种行动的替身，语言和想象力赋予了他日常时间以非凡的意义。通过这种方式，梭罗使自己所处的世俗时代在美学意义上不亚于荷马时期的英雄时代。

（二）充实的瞬时

对于梭罗这样性情敏感、观察敏锐的"文学英雄"而言，瞬间的审

---

① ［美］罗伯特·米尔德：《重塑梭罗》，马会娟、管兴忠译，东方出版社2002年，第36页。

② PJ2, p. 240.

③ ［美］梭罗：《瓦尔登湖》，徐迟译，吉林人民出版社1997年，第141—142页。

④ ［美］罗伯特·米尔德：《重塑梭罗》，马会娟、管兴忠译，东方出版社2002年，第38页。

美狂喜是一种常态的情绪和情感体验，恰如一个虔诚教徒的宗教体验。

"狂喜"英文是 ecstasy，由两个基本词素组成 ec + stasy；从词源上讲，ec = out of stasy = stand，那么其字面意思就是"站出来"，该词最初用于描述宗教修行者领悟体验。从心理学的意义上讲，狂喜是个人修行的一种心路历程。如何对待狂喜经验，或许是所有神学的核心问题。人只有在"狂喜"中才可能成为圣人。而狂喜之所以是狂喜，在于它的不可持久性，它是独特的宗教体验。对于普通人而言，没有"狂喜"的实际体验，即使是研究再多的宗教哲学，也很难真正领会什么叫"狂喜"。① 例如中国禅宗有很多开悟的体验，《论语》中有曾点言乐、《孟子》的浩然正气、《荀子》在乐记中所描写的随乐起舞之乐，这些都是"狂喜"。"狂喜"从心理层面是狂喜，或体验到超出日常心理状态的反常经验。

梭罗从小生活在宗教氛围浓厚的康科德小镇，即使是后来其宗教体验超越了基督教的范畴，进入到了更广泛意义上的"超灵"的认同，是一种现代性灵性追求的转向。但是，正是基于超验主义式地对精神性或灵性的执着追寻，他的这种狂喜体验就有了一种强烈的宗教意味。狂喜的瞬间充实感几乎成为《瓦尔登湖》的血肉，使得这本著作丰盈饱满、充满了生命力。这种体验就呈现在他对时间的感知上：

> 时间只是我垂钓的溪。我喝溪水，喝水时候我看到它那沙底，它多么浅啊。它的汩汩的流水逝去了，可是永恒留了下来。我愿饮得更深；在天空中打鱼，天空的底层里有着石子似的星星……我觉得我最好的官能都集中在那里。我的本能告诉我，我的头可以挖洞，像一些动物，有的用鼻子，有的用前爪，我要用它挖掘我的洞，在这些山峰中挖掘出我的道路来。我想那最富有的矿脉就在这里的什么地方；用探寻藏金的魔杖，根据那升腾的薄雾，我要判断；在这里我要开始开矿。②

正是这种对时间的瞬间狂喜体验，梭罗在其文本中总能让平时的一件

---

① Jack Kornfield, *After the Ecstasy, the Laundry: How the Heart Grows Wise on the Spiritual Path*, New York: Bantam Books, 2001.

② [美] 梭罗：《瓦尔登湖》，徐迟译，吉林人民出版社1997年，第85—86页。

件小事变得简单而又充满了神奇,让普普通通的事件洋溢着智慧。他能让读者在阅读《瓦尔登湖》的时候感觉是不断地变化,有时候会经常因为瞬间充实感的精彩而感动,有时候则会因为瞬间的深奥感而阅读受阻,出现阅读的断裂。事实上,瞬间的美感很多时候被梭罗延绵成了空间感,正如在这里他说的,在时间的洞中、山峰中挖掘出道路、找到矿脉、开始开矿。这种时空的勾连,形成了一个独特的"时空体",勾起读者很多美好的回忆和想象:可以是儿时在草丛、树林里玩乐的景象,也可以是读着大自然的描写、幻想着驰骋在广阔的地方。

在将充实的世界融入审美感觉的涌动中,梭罗试图探寻的是自然那"丰富而又富饶的秘密",希望能发现"自然界的神性"。在一则日记中,梭罗感叹道:"如何才能从世界的花朵里采摘到蜜,这是我每天的工作",他还声称:"我的职业是保持永远的警觉,发现自然中的神,了解他躲藏的地方。参加所有神表演的戏剧——自然中的歌剧。"[1] 和传统作家追求文本连续性的做法相反,梭罗似乎是通过种种手段试图打破这种连续性,制造"断裂"效应,他运用反讽、双关、对比、影射、联想等象征方法去建构文本的意义,使读者积极参与文本的解读。这种对瞬时充实感的叙述,能使人们通过作品的表层结构看到它的深层本质,也完成了梭罗向内的探索。

二 生命时间序列

米尔德认为,梭罗生前完成的两本书《河上一周》和《瓦尔登湖》"都是以时间的先后顺序描写已经完成而想象中仍在进行的活动"。之所以说是"想象中仍在进行"是因为他认为梭罗是"试图在上帝、大自然和自我的基本坐标中给自己定位"。[2] 事实上,除了定位,或许更为重要的是,梭罗是一个天生时空意识十分敏感的人。在超验主义时空观念的基础上,他还糅合、吸纳了东方的时间意识,使其作品在整体上呈现出来由无数个闪耀的点汇聚而成立体螺旋循环体结构。在这个结构里,每一个在

---

[1] *The Journal of Henry D. Thoreau*, Bradford Torrey & Francis H. Allen ed., Boston: Houghton Mifflin, 1906, pp. 472 – 473.

[2] [美] 罗伯特·米尔德:《重塑梭罗》,马会娟、管兴忠译,东方出版社 2002 年,第 64 页。

历史长河中流动运行的时刻如繁星围绕着宇宙的中心旋转,每一个繁星的存在都能给浩瀚宏伟的宇宙增添光彩,因为每颗星都有独特性,哪怕是短暂的存在。

(一) 生命的循环

《瓦尔登湖》中梭罗把两年的林中生活压缩成了一年,展开的是从春天再到次年春天的四季循环。整个文本的时间序列组成了一个再生的仪式。梭罗把四季循环和自然现象视为理解和表述自己生活和人类生活的方式方法,同时也是传递他思想、情感、情绪和视野的媒介。① 读者在阅读时不仅可以在湖畔生活的时间结构中体验不同的季节变迁还可以跟随着叙述者体会更崇高的精神和知识上的成长。

谢尔曼·保尔指出,在梭罗修改《瓦尔登湖》的最后阶段,即1850年至1854年期间,他对四季循环的自然周期性更替的观念发生了重要的变化。他在改稿时不仅增加了关于四季循环的描述而且据其调整了整个文本的结构,让四季更迭成为文本的主要象征。② 1851年前后,34岁的梭罗由于常年患有肺痨,身体状况比较虚弱,他开始觉得自己在大自然中的探险遭受了来自自身躯体的阻力。米尔德也认为,梭罗敏锐地感觉到了自己身体的这种变化,但是他"拒绝听任命运、时间的安排,通过不断规划和在规划他的内心生活,通过利用似乎阐明生长逻辑的自然事实,以及最后通过努力朝着精神上升的目标使生活条理化,他竭力逆转精神上的削弱过程"。③

《瓦尔登湖》的四季循环是一个有机的整体。开篇"经济篇"叙述了梭罗在春天精打细算并通过自己动手仅仅花费了二十八点一二五美金建造了一间温暖舒适的湖畔小屋;然后他在夏天即美国国庆日当天"仪式性"地正式搬入居住;他在湖畔经历了秋天和冬天;最后在另一个春天即将结束时决定离开小屋去经历更多种的生命。从整个结构上看,这本书简直就

---

① Richard Lebeaux, *Thoreau's Seasons*. Amherst: University of Massachusetts Press, 1984, p. xiv.

② [美] 罗伯特·米尔德:《重塑梭罗》,马会娟、管兴忠译,东方出版社2002年,第184页。

③ Sherman Paul, *The Shores of America: Thoreau's Inward Exploration*. Urbana, University of Illinois Press, 1958, p. 281.

是关于季节循环的叙事,讲述了生命的全部过程。

不过布伊尔却认为梭罗的四季是"严重畸形的",因为整本书关于夏天的叙述占了三分之二。① 尽管梭罗总能发现不同季节的不同韵味,认为每一个季节都能给健康的人带来益处,人只要与自然和谐相处,便可以在不同的季节收获不同的果实。但是对于"生活经济学"②的智性认识,梭罗对夏天有着一种实用性和审美性结合的偏好。他的理由很简单:

> 对人体而言,最大的必需品是取暖,保持我们的养身的热量……夏天给人以乐园似的生活。在那里除了煮饭的燃料之外,别的燃料都不需要;太阳是他的火焰,太阳的光线煮熟了果实;大体说来,食物的种类既多,而且又容易到手,衣服和住宅是完全用不到的,或者说有一半是用不到的。③

这或许说明了梭罗性格中的实在。在追求精神生活的过程中,梭罗从来不轻视肉体与感性存在的重要意义。爱默生坚持把感官世界和精神世界区分开来,他认为"对待感性的世界,行动要审慎;对待精神的世界,要依赖自发或本能。"梭罗则坚持"把感官和灵魂在自己生活的每一个行动中统一起来,不论是在丈量土地时,还是在写作时。"④ 另一方面,夏天的确给梭罗一种青春、活力洋溢的感受。在《河上一周》中夏天泛舟也给了他向上的无限动力。所以,夏天对梭罗而言处处可成为乐园。

秋天和冬天对于梭罗来说,不仅是心智成熟的季节,也是净化灵魂的美好时光。在对这两个季节的描述中,梭罗排除了萧瑟感和冷酷感的叙述,文本中剩下的就是收获与纯净。他对冬天冰的描绘都充满了满足感和崇高感。在《瓦尔登湖》的结尾部分,他试图把冬天冰块中储存的纯净带入下一个春天。难怪米尔德认为:"在四季循环更替的再生过程中,《瓦

---

① Buell Lawrence. *The Environmental Imagination: Thoreau, nature writing, and the formation of American culture.* Cambridge, MA: Belknap Press of Harvard University Press, 1995, pp. 243 – 245.
② [美] 梭罗:《瓦尔登湖》,徐迟译,吉林人民出版社 1997 年,第 43 页。
③ 同上书,第 11 页。
④ [美] 沃浓·路易·帕灵顿:《美国思想史》,陈永国、李增、郭乙瑶译,吉林人民出版社 2002 年,第 591 页。

尔登湖》详细记录了梭罗的渴望、冲突、失败以及调整后再次渴望这一复杂的心路过程，几经循环，直到最终实现为止，说明了作者用它来挑战自我的界限，挑战他个人的、甚至整个人类的界限，不是对自我的无限希望，而是伤后复原的力量。"①

在《瓦尔登湖》中梭罗不仅叙述了四季循环，也描述了一天从早到晚的循环细节。例如，在"声音"一篇中，他讲述了自己对大自然中对那终将消逝却往复循环的一天的感受：

> 我的一天并不是一个个星期中的一天，它没有用任何异教的神祇来命名，也没有被切碎为小时的细沫子，也没有因滴答的钟声而不安；因为我喜欢像印度的普里人，据说对于他们，"代表昨天、今天和明天的是同一个字，而在表示不同的意义时，他们一面说这个字一面做手势，手指后面的算昨天，手指前面的算明天，手指头顶的便是今天"。在我的市民同胞们眼中，这纯粹是懒惰；可是，如果用飞鸟和繁花的标准来审判我的话，我想我是毫无缺点的。人必须从其自身中间找原由，这话极对。自然的日子很宁静，它也不责备他懒惰。②

在梭罗看来，时间的消逝对于个体生命而言可能是永不复返的，但是在大自然中，时间是没有止境的。甚至对于一个懂得"生活经济学"的人来说，在大自然中体验玉米等植物和麻雀等动物的欢乐、感受其他生命的长度和广度时其个人生命时间也获得了延伸，每一天都充满了永恒的意味。一个懂得体验自然给予的美并能把自己身心融入自然中的人完全可以体验到类宗教式的审美狂喜。这对梭罗来说是一种无限的幸福。而那些在世俗忙碌中扼杀自己时间的人们，已经将自己的生活与自然分离，并被自身建立的人工系统控制而不再受制于自然节律，但是其收获的那些物质上的满足感却不见得比飞鸟和繁花的悠闲、自在、有价值。在此，梭罗敏锐地发现，大自然有着和人类社会不一样的生命意识，最为重要的是大自然

---

① [美] 罗伯特·米尔德：《重塑梭罗》，马会娟、管兴忠译，东方出版社2002年，第95页。
② [美] 梭罗：《瓦尔登湖》，徐迟译，吉林人民出版社1997年，第98—99页。

的时间是没有边界的、是无限绵长的。通过这种思辨和感受，梭罗获得了感受超越个体生命循环的丰富体认。

（二）超越时间的永恒诱惑

对梭罗来说，在时间的流逝和循环中体验精神的永恒是最重要的一项事业。这个事业从其第一本书《河上一周》便开始了。在这本书里，梭罗声称，每当他凝视着那水流温和舒缓的康科德河，就会想到密西西比河、恒河和尼罗河，甚至想到了它们的发源地落基山、喜马拉雅山和月亮山。在他看来，河流不仅是旅行者的向导，而且是"具有永恒的诱惑，当流经我们的家门时，就会召唤着我们去远方开拓探险、建功立业"。①而这正是当时年轻的梭罗最大的抱负——他想要建功立业，留名青史，获得某种超越时间的生命感。

梭罗用诗性的语言传达了他对时间的感受和思考："我常常驻足在康科德河的岸边，凝望着逝去的流水——它是万物前进的标志，与宇宙、时间及一切创造物遵循同一个法则；河底的水草随着水流轻柔地弯曲，仿佛受到水底清风的吹拂，依然在种子落下去的地方生长，但不久便会死亡，沉入河底……"② 逝去的流水是时间逝去的隐喻。这是一种很矛盾的心理，一方面梭罗感受到了时间的漫长越发反衬出个体生命的短暂；另一方面时间的易逝又促使他思考如何增加生命的密度、提高生命的质量。对于当时正热衷于成为超验主义者的梭罗来说，只有灵魂与"超灵"感应才能得到生命的密度，而只有提升灵魂的神性才能获得生命的质量。于是，梭罗在《河上一周》中旁征博引，引经据典，行文华丽高亢。这种理想和愿景渗透在整个叙述中，使得《河上一周》有一种浓厚的史诗韵味。

值得注意的是，梭罗的《河上一周》并不是从星期一开始，而是以"星期六"的"乡野的美丽"开始到最后以"星期五"的"不朽的灵魂"结束。这或许表明了梭罗试图以一种美好的回忆开始祭奠自己挚爱的哥哥约翰，由此借一周精神和地理的旅行重返并构造了兄弟俩一段奇妙的旅程，然后选择在星期五受难日时预示哥哥将和耶稣一样有着不朽的灵魂，借此希望哥哥获得重生的机会。勒博克斯认为《河上一周》不仅概括了

---

① ［美］亨利·大卫·梭罗：《河上一周》，宇玲译，北方文艺出版社2009年，第7页。
② 同上。

"人一生的图景",而且塑造了梭罗的自画像——虽然有些理想化但是也充分揭示了梭罗的过去、现在和未来。① 梭罗在这本书里,展示了自己对人生各个阶段采取的各种策略和态度。例如,在"星期日",即兄弟俩旅行开始的第二天,梭罗用声音、荒野、诗歌、"真正的信仰"神秘化了代表过去的星期日。这意味着,对于梭罗来说,他一直以来都怀有着自信、确定、乐观的态度面对现在和未来。这或许可以理解为梭罗在失去哥哥后对自己的一种鼓励,更是对哥哥精神品质的一种积极宣扬。梭罗华丽的鼓励性话语背后是没有根基的虚幻,但是显示了梭罗孜孜以求的强大内在动力。而这种尝试在《瓦尔登湖》后获得了"地基",如我们前文已述的。

梭罗超越时间的另一个策略便是使时间空间化。在《河上一周》的引文"康科德河"中,梭罗援引奥维德《变形记》的一段诗作为整本书的导入:

> 无论你去何方远航,都有我相伴,
> 尽管现在,你去攀登最高的山,
> 溯更美的河,
> 你永远是我的缪斯,我的兄弟——
> 我将驶向一片遥远的海岸,
> 在遥远的亚速尔,一个孤独的岛边,
> 那里有我寻求的宝藏,
> 在荒凉的小溪边,一片贫瘠的沙滩上。②

时间的空间化是梭罗寻找精神家园的一个途径。梭罗将时间收纳于空间,在空间方位上铺展开来,成为意象化的、可逆的、趋于凝缩的封闭圆环,具有非线性发展的同时性结构,隐含着诗性本源的循环往复,形成了立体的画面感。

三 《瓦尔登湖》的空间意识

对于梭罗来说,故乡康科德不仅在地理意义上更是精神意义上的家

---

① Richard Lebeaux, *Thoreau's Seasons*. Amherst: University of Massachusetts Press, 1984, p.3.
② [美] 亨利·大卫·梭罗:《河上一周》,宇玲译,北方文艺出版社 2009 年,第 1 页。

园,同时还是他的天堂和整个宇宙。谢尔曼·保尔认为,在同时代人当中,没有哪个人像梭罗那种对地方有着如此强烈的认同感,他对康科德的描述显示了其在此根基的深度。① 这客观上说明他是一个空间意识很强的人。在《瓦尔登湖》中,梭罗营造了一个完全自给自足的理想世界;而且其文本的空间结构也呈现了一种"超循环"的特征。

(一) 一个自给自足的世界

在牛顿的科学体系中,空间(space)被视为一种永久、绝对的存在。康德则将空间和时间一起作为人类认知经验世界的两大先验形式。在通常意义上,空间指的是一个相对抽象的概念,一个"不具有意义的范畴"(a realm without meaning),但是如果有人为抽象的空间赋予意义,如为它命名或对它进行改造,使其成为"由人或物占据的部分地理空间",那么它就成为"地方"(place)。简而言之,"'地方'是具有意义的空间,是独特的、不同的",人类对地方的构建会使得自己与其之间形成不同程度的依附和互动关系。②

罗比特·E. 阿布拉姆斯指出,在美国19世纪中期,梭罗等作家让人们对文化空间和地理空间的关系产生了新的认识。③ 在《瓦尔登湖》中,叙述者"我"对以湖为中心的湖畔世界的观察和想象就是对这个地理空间的"地方性"建构。事实上,梭罗在空间建构上的努力使得他成为康科德地方性文化的一个著名代言人。如第一章中所述,梭罗是超验主义者当中唯一一个出生在康科德而且几乎不远离此地的人。在1843年4月2日的日记中,梭罗就声称康科德是他的罗马,而这里的人们就是他眼中的罗马人——他用语言构筑了一个文化上自给自足的康科德、他的精神家园。《瓦尔登湖》的例子最能说明他这种建构小宇宙的能力。

在《瓦尔登湖》中,梭罗多次对瓦尔登湖的地理空间进行描述,在描述的过程中注入了大量的个人观察和想象。这种主观意识的投射势必会令他的"地方"建构充满了个人视觉色彩。在"我生活的地方;我为何

---

① Sherman Paul, *The Shores of America: Thoreau's Inward Exploration*, Urbana, University of Illinois Press, 1958, p.145.

② Tim Cresswell, *Place: A Short Introduction*, Oxford: Blackwell Publishing, 2004, p.10.

③ Robert E. Abrams, *Landscape and ideology in American renaissance literature: Topographies of Skepticism*, Cambridge, UK; New York: Cambridge University Press, 2004.

生活"一章中,梭罗向读者叙述了他湖畔生活的地方:

> 我生活在更靠近了宇宙中的这些部分,更挨紧了历史中最吸引我的那些时代。我生活的地方遥远得跟天文家每晚观察的太空一样,我们惯于幻想,在天体的更远更僻的一角,有着更稀罕、更愉快的地方,在仙后星座的椅子形状的后面,远远地离了嚣闹和骚扰。我发现我的房屋位置正是这样一个遁隐之处,它是终古常新的没有受到污染的宇宙一部分。如果说,居住在这些部分,更靠近昴星团或毕星团,牵牛星座或天鹰星座更加值得的话,那么,我真正是住在那些地方的,至少是,就跟那些星座一样远离我抛在后面的人世,那些闪闪的小光,那些柔美的光线,传给我最近的邻居,只有在没有月亮的夜间才能够看得到。我所居住的便是创造物中那部分……①

对于梭罗这样的超验主义者而言,一天是一年的缩影,瓦尔登湖同样也是世界的缩影。反之,世界上的每一个人都可以有自己的瓦尔登湖。地方并不重要,重要是对地方的感同身受。但是必须要通过像梭罗那种的大量阅读和充分想象才能抵抗那种狭隘的地方主义观念。换句话来说就是,生活在哪里并不重要,怎么生活才是最重要的。这就意味着梭罗描述的空间是建构性的,所以他说自己居住在创造中。尽管从观察的视角来看,梭罗在这里运用的是仰视和环形平视的角度,但是丝毫不影响他把自己放在视野的中心,并任由想象力驰骋四方。

瓦尔登湖充满了英雄主义和神话意味。因为它就在康科德战场不远处,像一个纯洁的孩子记录了这个战场在美国独立战争中打响第一枪的神话。湖畔四周都是树林和山坳,在这样一个天然封闭的空间里,暮色中的星光点点更加增添了这个世界的神秘感和神圣感。梭罗可以把这个空间放置到任何一个他向往的时代——那个时代必是伟人辈出,英雄出没。瓦尔登湖像一叶方舟,可以航行到遥远的天边。这便是梭罗在瞬间产生的狂喜。这种狂喜使得瞬间的时间无限的空间化,弥漫成浩瀚的宇宙。爱默生也有过类似的著名论断"透明的眼球":

---

① [美]梭罗:《瓦尔登湖》,徐迟译,吉林人民出版社1997年,第74—76页。

站在空旷大地之上,我的头脑沐浴于欢欣大气并升腾于无限空间,一切卑劣的自高自大和自我中心消失无踪。我变成了一个透明的眼球:我空如无物,但我却将万物都纳入眼中,那共同生命的暗流在我全身循环流动。我是上帝的一部分。在那时,最亲近的朋友的名字听起来也觉得陌生而并不重要了;所有的人都是兄弟,都是朋友,谁是主人谁是仆人就只是微不足道的干扰而已了。①

　　爱默生"透明的眼球"传递的是超验主义对无限神秘空间的痴迷,它是"直觉感悟力、学术生命力和信仰建构力的隐喻"②,蕴含了东方万物有灵、万物归一的思想。梭罗也深深地受到了爱默生"透明的眼球"观念的影响,他把自己的身体融化在瓦尔登湖畔,成为其中的一部分。因此,有中国学者指出,包括《瓦尔登湖》在内的大部分梭罗作品"颇具传统的中国山水画风格"③,因为其所描绘的人与自然似乎已经融为一体,人既可以在自然中成为其中的一部分又可以超脱其中成为自然的观察者,呈现了天人合一的状态。

　　对于超验主义者来说,自然就是他们的乌托邦。梭罗在《经济篇》中和傅立叶一样运用社会科学方法——数学计算出了个人经济收支情况,以论证其"个人乌托邦"的合理性和可行性。梭罗的生活经济学描述主要是为了证明人全无可以避免让财富吞噬、侵蚀精神和思想的独立性。在这个意义上,自然中的个人独立生活便与文明社会中的居家生活形成了对比。④ 在这个意义上,瓦尔登湖对于梭罗而言就是一个自给自足的世界。梭罗在这个世界里感应并向世人传递着造物主的神谕。正如布伊尔指出的,梭罗尽管一生几乎不远行,但是他的想象力走遍了全世界,他的观察

---

① [美]爱默生:《论自然》,选自《爱默生演讲录》,孙宜学译,中国人民大学出版社 2004 年,第 181 页。

② 隋刚:《爱默生的重要隐喻:多功能的"透明的眼球"》,《北京第二外国语学院学报》2009 年第 4 期,第 16 页。

③ 张冲主撰:《新编美国文学史·第一卷》,上海外语教育出版社 2000 年,第 293—294 页。

④ Melissa Lane, Thoreau and Rousseau: Nature as Utopia, in *A Political Companion to Henry David Thoreau*, Turner Jack ed., Kentucky: The University Press of Kentucky, 2009, p. 344.

与冥想相辅相成、螺旋上升,把他送到了无限深远、无限宽广的宇宙。①

(二) 以"湖"为中心的文本空间

《瓦尔登湖》文本的空间建构也颇具超验主义的认知风格。梭罗按照瓦尔登湖的地理空间模式规划他的文本空间。因此,《瓦尔登湖》包括开篇的《经济篇》和《结束语》等,一共有 19 个章节,整个文本以第 10 章《湖》为中心,上下展开并且两两章节为一对,主题相互对应,构成了一个内涵和外延均成循环往复的文本结构。

《经济篇》讲述了他在早春开始建筑他的小木屋;与该篇章对应的篇章是接下来的《我生活的地方;我为何生活》(在此,《补充诗篇》可归到《经济篇》中,作为湖畔实验的论证之一),讲述了梭罗正式搬入小屋居住的时间(他仪式性地选择了美国独立纪念日当天对外宣布入住小木屋),并接着在《经济篇》继续深入阐述他实验的宗旨。《阅读》篇陈述的是他在湖边眼睛所见的,紧接着的《声》篇陈述的是湖畔其耳朵所闻的。《寂寞》篇对应的是《访客》;《种豆》阐明的是湖边的个人劳动生活,伴随着的是《村子》篇,阐述的是康科德镇的集体生活状态。《湖》的后两章分别是《倍克田庄》和《更高的规律》,前者讲述了爱尔兰农夫一家只为物质奔忙的"底层"的生活,后者则陈述了伟人精神生活的崇高;接着,《禽兽为邻》叙述的是梭罗在户外与动物的接触,而《室内的取暖》则是叙述了小动物到他的小木屋来躲避寒冷;接下来的《旧居民;冬天的访客》讲述的是人们在冬天来到梭罗的小木屋来拜访他,这篇章或许也可以和前两章构成一组主题;《冬天的禽兽》和《冬天的湖》均是向人们叙述了冬日的冰雪里蕴含的生命气息;另外,《冬日的湖》纯净的冰孕育了《春天》的希望,而《春天》章节中的希望,给在《结束语》即要结束湖畔实验、准备开始"好几个生命"的梭罗提供了内在的动力支持。

从整体而言,梭罗的文本结构和内在动力是充满张力的,思想、人物、事件、物体、生物等等,还有包括构成人类生存环境的一切自然因素皆受到一种与文本自身的动力融为一体的运动的支配。《瓦尔登湖》的资

---

① Lawrence Buell, *Literary Transcendentalism: Style and Vision in the American Renaissance*, Ithaca & London: Cornell University Press, 1978, p. 188.

深译者徐迟先生说，这是一本宁静恬淡、充满智慧的书。① 但是我们如果能从运动角度而不是静止的角度去分析其文本的组织结构，便可以感受梭罗不停地大步穿越康科德的山川湖泊，便可以感知梭罗生命和意志永不停息地追求和他暗藏于心的那份激情与理想。梭罗内心的静水流深，使其思想和文本获得了广阔的空间。

对于偏爱希腊罗马文化和印度、中国等东方文化的梭罗而言，这些作品对他来说是再熟悉不过的了，而且他多次在自己的作品中提及运用这些古代经典来支撑自己的叙述。例如在《瓦尔登湖》中，梭罗在《阅读》一章中运用了《圣经》中的典故，在《寂寞》一章中还引用了孔子的"德不孤，必有邻"②的格言，在很多章节中援引了印度和古希腊的诗歌和语言等等。而且在其叙述过程中，梭罗还不断插入有韵律的诗歌、格言和警句。诺思洛普·弗莱指出，"我们注意到，传统的故事、神话和历史具有混合起来并构成百科全书型的集合体的倾向"。③ 他认为荷马、奥维德都有这种倾向，而印度的两部史诗《摩诃婆罗多》、《罗摩衍那》都在若干个世纪中扩展着这种叙述模式。梭罗俨然也表现出了这一倾向。这就使得《瓦尔登湖》具有突出的结构特点，即大故事里套小故事，层层叠叠，环环相接。这种结构特征被称为"插曲式的叙事"。

这种叙事结构据说是来自于印度的《五卷书》④。著名学者季羡林先生指出，《五卷书》"全书有一个总故事，贯穿始终。每一卷各有一个骨干故事，贯穿全卷。这好像是一个大树干。然后把许多大故事一一插进来，这好像是大树干上的粗枝。这些大故事中又套上许多中、小故事，这好像是大树粗枝上的细枝条。就这样，大故事套中故事，中故事又套小故事，错综复杂，镶嵌穿插，形成了一个像迷楼似的结构。从大处看是浑然一体。从小处看，稍不留意，就容易失掉故事的线索。"⑤ 他又把这一结

---

① ［美］梭罗：《瓦尔登湖》，徐迟译，上海译文出版社2008年，"译本序"第9页。
② 同上书，第119页。
③ ［加］诺思洛普·弗莱：《批评的解剖》，陈慧等译，百花文艺出版社1998年，第39页。
④ 印度的《五卷书》（Panchatantra）约成书于公元2世纪至6世纪，被称为世界上出现最早、影响最大的一部寓言童话集。全书由《绝交篇》、《结交篇》、《鸦枭篇》、《得而复失篇》、《轻举妄动篇》共五部分组成，有78个故事，还有一个交代故事由来的《楔子》。
⑤ 季羡林：《五卷书·再版后记》，人民文学出版社1981年，第413—414页。

构特色叫作"连串插入式",并认为是该书最惹人注意的一个成就。这种叙事结构还有一个特点就是通过重复叙事克服了叙事时间上的有限性,能够满足受众对永恒时间的体验。例如,叙述在一切发生和过去之后,梭罗又在书的结尾说:"我离开森林,就跟我进入森林,有同样的好理由。我觉得也许还有好几个生命可过,我不必把更多时间来交给这一种生命了。"① 这就给我们展示了一个永恒的世界,如民间的童话故事般。这是通过反复或对应性的叙述,扩宽文本的空间,是一种感性时间(故事时间)对理性时间(实际时间)的超越。

季羡林先生认为,中国古代的很多文学作品,尤其是隋唐之间的《古镜记》等受到印度文学的影响可能性很大,也是采用了典型的"连串插入式"的叙事方式。这些嵌入或插入的内容无疑都拓宽了文本的叙事空间。这种叙事方式造就了叙述上的循环往复和无穷的回环,它把看似繁杂、零碎、重复、散乱的内容出其不意地编织在一个迷宫般的叙事整体中,很容易被诟病为结构随意不紧凑。《瓦尔登湖》的译者徐迟就曾经说:"在白昼的繁忙生活中,我有时读它还读不进去",因为该书被普遍认为是结构松散、语言晦涩,所以"需要的是能高度集中的精神条件"。② 事实上,这是精心设置的叙述构成了文本的特殊意义:体现了世界本源的繁复、循环与对应性。书中每一章节可以独立成一个片段、一个世界,但是又构成了整本书的宇宙中的一个自给自足的世界。

叙事情节的蔓延、细节的复制和重复,每一个重复和复制都获得了新的意义,并由此使相关细节和情节得以更新。梭罗在散文——这一承载性广阔的文体中,找到了更大的叙事空间,并使得文本本身在性质上接近一部百科全书式的写作。这种百科全书式是以许多已经存在的原始文本为基础的,因而具有一种大量引用引文的特性,喜欢反复、举例、佐证。梭罗的这一叙述策略与超验主义学术性或者学究式的写作传统有很大关系。超验主义秉承严谨的文本风格,承认与已有文本的互文性和思想的互文性。不过,由于其阐述的是瓦尔登湖畔的精神"实验",因此相对于其他超验主义者的写作,梭罗显然增添了浓厚的文本与经验的互文性。

---

① [美]梭罗:《瓦尔登湖》,徐迟译,上海译文出版社2008年,第283页。
② [美]梭罗:《瓦尔登湖》,徐迟译,上海译文出版社2008年,"译本序"第9页。

或许，尽管梭罗的本意在于展现个体生活和个人内心世界。但是超验主义的抽象象征与形而上的精神追求加上梭罗个人试图赢得社会认可的意图却在客观上使得其文本出现了一种力图超越个体和个人叙述身份的意味。个人化的叙述方式无意中获得了一种非个人化的叙事空间。从湖开始，梭罗把在湖滨小屋的所见所闻、所感所思都捡起来，小心翼翼地放到文本中，即使是经过数年不间断地修修补补；使用各种语言和词汇，使其文本的大量素材都蔓延起来，占据越来越大的空间。但是无论那些素材怎么不断地扩展，其结果都是要融合入梭罗的理想新世界、一个整体生存的宇宙。

在《瓦尔登湖》中，这个宇宙的中心显然就是瓦尔登湖本身，其具体的表征就是那湖里的水。梭罗编织一种以"湖"为中心点，湖周边的世界的各种事体、人物和事物相互链接形成关系网，从而建构了一种立体的百科全书式的生态体系。这个立体生态体系内，每个事物似乎都自成一体，充满活力；同时又相互勾连，连接成更广阔的世界、宇宙，在貌似宁静的外表下蕴含着随时喷薄而出、无法抗拒的生生不息的力量。

《瓦尔登湖》在叙事空间上的拓展，不仅仅是面对当时的文学市场和渴求新知的受众而建构的知识体系，更是一个有良知、试图成为现代生活"先知者"的超验主义知识精英构建一种信仰体系的努力。"对于神话模式或圣书模式而言，百科全书式的形式使写作成为一种神圣的经文般的文本"。[①] 神话与宗教的叙事模式来表现私人生活和世俗社会必然会突破单体化和个人化的文学写作的界限，变成了一种内在精神的僭越。当然，必须指出的是，相对于后来巴赫金所说的"复调"、"多声性"，这仅仅是一种观念上起步的苗头或端倪。因为《瓦尔登湖》并不是要表述一种多元主题或者是现象世界的复杂性，恰恰相反梭罗要表述的是一种超越群体、回归个体的普遍神圣性。因为和后现代主义文学的偶然性、随机性和破碎化的世界不同，美国的超验主义时代尽管宗教意识受到挑战、个体意识勃发，但是那时的世界还是保留有精神意识的神圣性以及由此产生的对道德伦理的坚定信仰——至少是那时普遍观念中的核心。

[①] 耿占春：《叙事美学：探索一种百科全书式的小说》，郑州大学出版社 2002 年，第 68 页。

可以说，"湖"作为其文本的中心，具有深刻的象征意义。湖不仅仅是霍桑等人所描述的泉眼，而且是梭罗所有价值观的象征。"湖最显著的特征是它的纯净、深度和透明"。① 梭罗耐心、愉悦地花大量篇幅来描述它，包括它不同季节颜色、温度和水位的变化，详细地记录了湖里的生物，而且给湖起别名来增添其神秘的色彩。湖甚至象征着梭罗的真实自我，他来到湖边、在湖里洗礼般的沐浴就是为了净化来自社会中的经验自我。由此，在湖周边展开的叙述都是为了寻找自我、提升自我，最终达到其自我修行的目的。

可见，梭罗的叙事空间不再是西方线性发展的平面世界，而是一个轮回再生、循环往复的宇宙。在《瓦尔登湖》中，梭罗经常用鹰来象征自己的形象和思想，例如：

> 我看到了一只很小、很漂亮的鹰，模样像夜鹰，一忽儿像水花似的飞旋，一忽儿翻跟斗似的落下一两杆……它在太空中骄傲而有信心地嬉戏，发出奇异的咯咯之声，越飞越高，于是一再任意而优美地下降，像鸢鸟般连连翻身，然后又从它在高处的翻腾中恢复过来，好像它从来不愿意降落在大地上，看来在天空之中，鸢鸟之不群兮，——它独自在那里嬉戏，除了空气和黎明之外，它似乎也不需要一起游戏的伴侣。它并不是孤寂的，相形之下，下面的大地可是异常地孤寂。②

梭罗任由自己的思想和想象力像鹰一样超越时空自由翱翔。因为内心充满信心和信念，鹰的飞翔运动获得了崇高感。尽管看起来鹰似乎是孤独的飞行者，但是鹰在高处看到的世界如此美妙而其下面的大地却因为丧失思想而真正地孤寂。

总的来看，梭罗的时空感是有现代性意识的，又如在《声》一篇中关于"火车"带来的时间与空间变化的论述，反映了梭罗所能感受到的

---

① Sherman Paul, *The Shores of America: Thoreau's Inward Exploration*, Urbana, University of Illinois Press, 1958, p. 334.

② [美] 梭罗：《瓦尔登湖》，徐迟译，吉林人民出版社1997年，第277页。

历史动力的象征标志，而周边的人们被一种不可抗拒的运动所左右。其语言中表现的气息和节奏说明，尽管梭罗不喜欢这样变化，但都不能掩盖他敏锐感受到的变化及其未来的种种可能。

第四章　梭罗超验主义思想与中国

梭罗与中国文化之间的关系属于"东学西渐"到"西学东渐"这种跨文化交流模式中的一个案例。如果以过去的二元论去理解，美国文学文化生态圈和中国文学文化生态圈就是相互隔离的异质实体。为了避免这种A与B的线性比较研究，学者李庆本认为，应该把这类"影响—接受"的研究放入"跨文化研究的三维模式"中进行，即把文学文本或理论思潮从中国古代文化到西方文化再到中国现当代文化的环形旅行路线视为一个整体过程。[①] 由此，在跨文化接受、交流过程中，每一个环节、每一个结构中所发生的挪用、移植、转移、改造都是彼此相互学习、相互提升的正常、合理现象，这过程中产生的变异和变异的变异都可被视为一种创新，是世界文化多元性的表征。

学者袁鼎生指出，古今中外的各种文学文化现象均可以放入"世界整生"或"世界美生"的图式中，即把整个人类文明发展的进程看作是一个"超循环"系统，而无论是中国文化生态圈还是美国文化生态圈都是这个大生态场中的某一部分，它们和其他更多的生态圈共同在这个地球上以各自的方式和速度向整个系统的大方向发展，由此形成了世界多元、平等又彼此竞生、依生、共生、整生的三维立体的循环系统。[②] 由此，他提出了"集万成一、以万生一，以一范万、以一生万，环生周流，与时俱进"的整生研究范式。[③] 这种范式囊括了西方的全球化理论、中国的辩

[①] 李庆本：《跨文化美学：超越中西二元论模式》，长春出版社2011年，第2—15页。
[②] 袁鼎生：《整生论美学》，商务印书馆2013年，第107—180页。
[③] 袁鼎生：《生态视域中的比较美学》，人民出版社2005年，第18—35页。

证和谐思维。①他指出,这个整生系统结构模式和运动模式是"超循环"的。②这和李庆本提出的"跨文化研究三维模式"有着异曲同工的效果。他们实际上是试图把整个世界文明看成是一个"超循环"的整生系统或者一个整体过程。如果从这种视角出发,包括中国和西方在内的世界文明发展就是一个动态的生态链,那么可以肯定地说,中国传统文化的精髓在发展过程中并没有因为近代的"五四运动"、"文革"而断裂,而是被其他文化接受并在一定程度上促进对应文化的发展,最后又回归中国大地来反哺现代的中国。这让我们确信,中国文化本身包含着有待进一步挖掘、开创的普遍意义。这就要求我们突破原有的二元论思维,融合中外之长,树立一种新的立体三维模式进行跨文化研究意识;同时,加强对外文学文化交流实践,我们不仅要主动向外学习,还要主动对外传播。

　　以梭罗的超验主义思想与中国的关系为例。关于梭罗和中国的研究在我国学术界已然是梭罗研究的一个重点课题,而且梭罗在中国的被接受之原因分析文章也不在少数,但是大部分都没有深入分析梭罗思想中到底是什么核心观念能够跨越时空、历经岁月沉淀后被接受。诸多分析文章都是沿着布伊尔对梭罗做出的"美国环境文学之父"的定位,把他视为生态文学的一个先驱。而如果我们把梭罗的思想放到世界文明整生生态圈中考察就会发现,对自然的赞美和热爱则是梭罗超验主义思想的外延和表征。另外,从史学上看,超验主义是美国多元文学的产物,表现出来海纳百川的"世界主义"精神,他们大大超越了当时的欧洲中心主义,对包括中国在内的东方文化的接受是有史以来最包容、开放的一次。

　　梭罗的超验主义思想首先来自于爱默生的教导,而后才经过其自身的行动加以实践。梭罗对待中国文化更是如同恋人般,他在《瓦尔登湖》中多次直接引用"四书"的语录来支撑他的观点。这使得梭罗在精神和风格上有了与中国文化共鸣的因子,由此也奠定了中国当代文坛海子、苇岸等作家对梭罗产生了一种亲缘式接受的基础。如果把整个过程纳入一种"整生"发展的三维模式即把世界文明发展进程视为一个各种文化从独自生长到逐渐"相生相克"的大生态圈,那么便可挖掘出以梭罗为代表的

---

① 袁鼎生:《生态视域中的比较美学》,人民出版社2005年,第424页。
② 袁鼎生:《超循环:生态方法论》,科学出版社2010年。

超验主义和中国儒家在人格塑造、生活艺术等方面是如何相契又是如何各显所长的,并以此在文化交流意义上确立一种多元论的文学世界观。

第一节 梭罗对中国文化的接受

作为一种激进的宗教自由主义改革思潮,超验主义表现出了卓越的"世界主义"(cosmopolitanism)精神。① 这一精神为超验主义接受东方经书的智慧提供了原动力。在这个过程中,爱默生起了很大的带头作用。需要注意的是,超验主义内部对东方文化的接受是有一定的个体差异的。

梭罗在哈佛求学阶段就接触了一定的东方文化,这其中就包括了中国古代文化。后来,梭罗不仅通过多种渠道阅读了中国文献资料,而且还编译、摘抄了不少"四书"的格言警句刊登在超验主义喉舌杂志《日晷》上。梭罗对中国文化的接受如"一见钟情"的恋人一般,这个过程有其自己的模式。由于历史的局限,梭罗接触的中国古代文化大都是二手资料,所以在很多时候他都是诠释性的编译和使用这些文献。但是他对包括中国在内的东方文化有一种平等、积极的认知态度,他无意识地沟通了道教、佛教及儒教,试图抓住东方文化的思想精髓,尤其是其中对人的行为和生活方式的实践教导方面。由于受超验主义"诗人—先知"思想的影响,他对儒家的"君子"观念特别青睐,甚至认为后者在学理上更丰富、在实践上更具有可操作性。

一 超验主义对东方文化的接受

纵观美国文学的发展历史,我们发现,每当美国学者想要摆脱欧洲传统的束缚、寻求思想上的独立的时候,他们就会转向以中国为代表的东方文学去寻找力量和可以借鉴的东西。中国时常成为美国作家的精神寄托、心理慰藉和思想归宿。超验主义者被视为是自觉接受中国思想文化的第一代美国人,而且他们的接受是从对东方经书智慧的探索开始的。②

---

① Joel Myerson, Sandra Harbert Petrulionis & Laura Dassow Walls ed., "Introduction", in *The Oxford Handbook of Transcendentalism*, New York: Oxford University Press, 2010, p. XXIII.

② 刘岩:《中国文化对美国文学的影响》,河北人民出版社1999年,第11页。

（一）超验主义蕴含的"世界主义"精神

超验主义的高明之处在于他们在接受外来文化的时候采取的是开放的"世界主义"态度。因为对于"没有历史"的美洲新大陆而言，世界上所有的文明都可以成为他们"引进"的历史。这是他们留给美国的一大文化遗产，为美国多元文化发展提供了历史与理论依据。① 爱默生等人一直都认为美国是上帝应许的"山巅之城"、将成为全人类的楷模，所以他呼吁美国青年应该摆脱欧洲大陆的余荫：

> 多年来，前世界对美洲大陆一直有某种期望：美国人并非只有机械技术方面的能力，他们应该有更美好的东西奉献给人类。美洲大陆的懒散智力，将要睁开它惺忪的眼睑，来满足这个早该满足的希望了。我们依赖旁人的日子，我们师从他国的长期学徒时代即将结束。在我们周围，数百万计的青年正冲向生活，他们不能总是依赖外国学识的残羹来获得营养。②

如果说超验主义的浪漫主义作为思想体系源自于欧洲，那么东方宗教思想在后期则帮助年轻的美国理直气壮地摆脱欧洲的余威。1836年，在神学院的演讲中，爱默生面对着即将成为牧师的哈佛毕业生说，耶稣是先知，"他清楚地看到了灵魂的神秘……从这一角度来看，我们清楚地意识到历史上基督教的第一个缺点。历史上的基督教陷入了那种破坏一切宗教交流的企图的错误。在我们看来，在世世代代的人看来，它都不是灵魂的教义，而是个人的夸张、绝对的夸张、意识的夸张。它过去一直是，而且现在仍是以有害的夸张描述耶稣这个人。"③ 他鼓励这些新英格兰未来的思想精英们认识灵魂的价值，重视自己内在的力量。

从整篇《美国学者》演讲稿的结构上，我们可以清楚地看到，爱默

---

① Joel Myerson, Sandra Harbert Petrulionis & Laura Dassow Wallls (edited), *The Oxford Book of Transcendentalism*, New York & Toronto: Oxford University Press, 2010, p. XXIII.

② ［美］爱默生：《美国学者》，选自《爱默生演讲录》，孙宜学译，中国人民大学出版社2004年，第116页。

③ ［美］爱默生：《神学院毕业班的演讲》，选自《爱默生演讲录》，孙宜学译，中国人民大学出版社2004年，第143页。

生首先用浪漫主义的方法来解构清教主义，然后通过引入其他宗教形式来阐发宗教情感在宗教生活中的重要意义，以此为直觉的作用铺设了广阔的平台，最后他使这群年轻的学者确信：追求人的神圣性和完美是一项值得永无止境地去努力的人生事业。爱默生的这些观点代表了当时超验主义在宗教领域的激进态度。这种激进思想的内涵是相信人类灵魂的集合体基础在于个人，这是世界上所有宗教的核心。从这点他们又引申出了宗教平等主义，即认为世界上没有哪个宗教能够享受特权，而唯一的方式应该是尊敬个体的灵魂自由。因此，他们被认为是第一代充满世界主义自觉意识的美国知识分子。①

（二）爱默生与东方文化

曾经是牧师的爱默生显然很清楚如何让自己的听众感觉到自己事业的崇高性了，所以他强调了宗教情感是全世界所有宗教实践都共有的一种精神；在全人类所有的宗教行为中，真理与道德是共同的追求。在他看来只有这些才能称得上是"灵魂的教义"，可以跨越时空，具有普世的永恒价值。爱默生的这些观点，前后得到了当时著名的神学家西奥多·帕克（Theodore Parcker）、乔治·利普雷（George Ripley）和梭罗、惠特曼等人的支持。② 从这个观点出发，超验主义者把目光转向了欧美之外的东方。有学者指出，超验主义对现代美国宗教文化最值得为人们称道的或许就是他们对东方宗教文本和传统的痴迷为20世纪六七十年代的美国东方学热奠定了深厚的基础。③

虽然不是第一个接触东方文化的人，但是"作为彻底的折衷主义学派，超验主义者是第一批涉足亚洲宗教并将其视为个人灵感和精神渴求资源的美国人。"④ 爱默生、梭罗以及惠特曼等人有意要将自己与正统基督教传统相区隔，他们采取的策略就是转向东方宗教。在这点以第二代超验

---

① Joel Myerson, Sandra Harbert Petrulionis & Laura Dassow Walls ed., "Introduction", in *The Oxford Handbook of Transcendentalism*, New York: Oxford University Press, 2010, p. XXIII.

② Barbara L. Packer, "Romanticism", *The Oxford Handbook of Transcendentalism*, Joel Myerson, Sandra Harbert Petrulionis & Laura Dassow Walls ed., New York: Oxford University Press, 2010, pp. 95-96.

③ Alan Hodder, "Asian Influences", *The Oxford Handbook of Transcendentalism*, Joel Myerson, Sandra Harbert Petrulionis & Laura Dassow Walls ed., New York: Oxford University Press, 2010, p. 27.

④ Leigh Eric Schmidt, *Restless Souls: the Making of American Spirituality*, New York: HarperCollins Publishers, 2005, p. 16. 注：在这本书中，Leigh Eric Schmidt 把印度教、波斯神话、中国儒道思想等经书典籍均列入宗教范畴。

主义者托马斯·温特沃斯·希金森（Thomas Wentworth Higginson，1823—1911）最为显著，他犹如一块有灵性的磁铁，能够把世界上不同的宗教理念融合在一起为己所有。作为一个激进的废奴主义者，他在美国南北战争期间，领导了非裔美国人军团，随后发表了题为"宗教的共情"（The Sympathy of Religions）的系列文章，旨在从地球上各种宗教中吸取思想资源为所有自由的灵魂提供多元的养分。[①] 在这个意义上，希金森把自己想象为"世界的虔诚信仰者"，这个称谓很好地表达了超验主义者们内心深处萌发的"世界主义"观念。这就为后来20世纪60年代及其之后的美国年轻人对东方文化的热衷做了铺垫。

爱默生在超验主义对东方文本的接受中起了最重要的作用。早在1803年，爱默生的父亲威廉·爱默生就在其主编的期刊《月报与波士顿评论》上发表了自己的游记并撰写了数篇关于印度和远东的文章。在哈佛学院学习期间，爱默生如饥似渴地阅读了他所能找到的一切关于印度的材料并以此完成了毕业论文《印度超自然信仰》。在随后的几年里，爱默生又涉猎了印度哲学、阿拉伯神话、中国"四书""五经"选集和伊斯兰文学等等。1845年，爱默生更是深入了解印度教，并由此对他中后期的写作产生了重要影响，尤其是他的《代表人物》（Representative Men，1850）、《生活准则》（The Conduct of life，1860）和《社会与独处》（Society and Solitude，1870）等。

爱默生认为："最古老的句子，只要表达了这种虔诚（即宗教情感上的虔诚，笔者注），就仍是新鲜而芬芳。这种思想总是深藏在虔诚、沉思的东方人的心灵深处。它不仅在巴勒斯坦得到了最纯粹的表达，而且在埃及、波斯、印度、中国都是这样。欧洲总是从东方天才那里得到它神圣的冲动。这些圣人般的游吟诗人所歌唱的、是所有神智健全的人都会深感愉快并赞同的。"[②] 爱默生对世界其他宗教的豁达态度，也深深地影响了梭罗和奥尔科特；而后两者正是通过爱默生了解并欣然接受了东方宗教资源。这三者则成为超验主义群体中对东方文化表现出最大热情的人。需要

---

① Thomas Wentworth Higginson, The Sympathy of Religions, 参见：http://www.transcendentalists.com/religions.htm.

② ［美］爱默生：《神学院毕业班的演讲》，选自《爱默生演讲录》，孙宜学译，中国人民大学出版社2004年，第141页。

说明的是，超验主义者对东方文本的接受是间接的，大部分都是从英国或法国转译过来的，所以他们对文本的认知都带有他们自己的前理解，也就是他们对东方文化的接受是有他们先入为主的观念来选择的，这就使得他们对东方宗教资源的接受有了某种"误读"。有时候他们是硬把亚洲的传统套过来支撑他们对神学自由主义和宗教普世主义的理想追求。①

另外，值得注意的是，三者对东方宗教的接受侧重点有比较明显的差异。爱默生注重的是形而上的思想，面对着东方的文本"在技术层面上，他俨然不是一个学者，而且他也志不在此。他的目的不是用历史学家的视角去理解这些文化，他更像是一个神学家或者一个诗人。他不停地转向这些材料时把它们当作一种思想和表达的资源、工具，用以提升他自己特有的宗教与文学目标"。② 相比爱默生的冷静、理智，梭罗对东方文化的热情就像遇上了一个恋人，他对这个"恋人"几乎是一见钟情而且感情炙热。1840 年，梭罗从爱默生书房里借到了英译版的《摩奴法典》，从此便对印度、中国等东方文化产生兴趣，这对于年轻梭罗确立未来的精神生活和文学创作显然是有着质的改变。梭罗最感兴趣的莫过于东方的哲学理想主义、宗教禁欲主义、浪漫尚古主义，尤其是瑜伽的原理与实践。而奥尔科特的态度显然简单得多了——他把东方文化当作一种知识谱系用以指导自己的学生了解世界的另一面。

二 梭罗对中国文化的接受

梭罗在哈佛读大学的阶段就开始接触东方文化，其中也包括了中国的古代典籍。国内在研究梭罗对中国古代文化的接受时，都喜欢把其划分为"梭罗对道家思想的接受"和"梭罗对儒家思想的接受"两部分。③ 事实上，从其接受的语境、途径和结果来看，在中国古代文化的接受中他主要是接触了儒家《四书》，他对儒道之别并没有产生任何区分的概念，甚至他还能把接触到的所有东方典籍的思想共同之处连接起来或者是无意识地

---

① Alan Hodder, "Asian Influences", *The Oxford Handbook of Transcendentalism*, Joel Myerson, Sandra Harbert Petrulionis & Laura Dassow Walls ed., New York: Oxford University Press, 2010, p. 34.

② Ibid., p. 32.

③ 陈长房：《梭罗与中国》，台北：三民书局股份有限公司 1990 年；李洁：《梭罗与中国的关系》，复旦大学博士学位论文，2008 年等。

沟通了印度、波斯、中国等文化并用以论证、加强自己的阐述。可以说，梭罗对中国古代文化的接受是一种糅合性的诠释，而不是严格意义上的系统理解和翻译。

(一) 早期的接触

1833 年梭罗进入哈佛的时候，波士顿已经迎来了它的开放、自由时代。哈佛刚刚进行了一系列的教育改革，开始将学术与宗教、政治相分离，让大学成为学术净土，为新思想提供自由论坛。这次的改革影响深远。在整个漫长的 19 世纪，哈佛大学很重视学生公众演讲能力和辩论能力的培养，演讲和辩论不仅是哈佛学生的必修技能也形成了后来美国引以为豪的传统。[①] 这种学风令哈佛成为一个吸纳各种思想文化的自由圣地。狄更斯在其访美游记中这样评论 19 世纪中叶位于波士顿剑桥城的哈佛大学和哈佛学院的影响：

> 毫无疑问，波士顿充满智慧气息的文雅与优越，来自于剑桥大学[②]潜移默化的影响，后者距离这个城市仅有三四里之遥。那所大学里的教授们都是有学问的绅士，在各自的领域都有相当高的造诣……美国的大学，无论其中存在什么样的缺陷，它们从不散播偏见，从不培养心胸狭隘的人，从不挖掘陈腐的迷信的死灰，从不干涉种族与他们的进步，从不因为信仰的问题而拒绝一个人。最主要的是，在他们整个的学习与教育过程中，认识世界，这是更开阔的目标，远远超越了学校的围墙。[③]

哈佛兼容并蓄的精神培养了梭罗开阔的心胸，让他能以博大的胸襟接受来自异域、异教的东方思想智慧，而且哈佛教育四年的语言、文学、思想、哲学等方面的学术训练为梭罗毕业后开始研读中国典籍作了心理和学理上的准备。

---

① Wendell Glick ed. *The Recognition of Henry David Thoreau: Selected Criticism Since* 1848, Ann Arbor: The University of Michigan Press, 1969, p. 16.

② 这里的"剑桥大学"实际上应该就是指哈佛大学，因为哈佛大学所在地被称为"剑桥城"，本文注。

③ [英] 查尔斯·狄更斯：《美国手记》，刘晓媛译，鹭江出版社 2005 年，第 30—31 页。

19世纪二三十年代,被翻译成欧洲语言的东方文本第一次大规模广泛流传到波士顿,其中包括了印度、波斯神圣经文和大量的中国古典著作。这些文本首次进入到美国文学界文本,并引起了当时一些知识分子领袖如爱默生、奥尔科特、李普利等人的关注。这些人后来都成为超验主义派的领军人物。如果说梭罗求学哈佛的经历为他日后能够深入研究中国文化做了理论上的铺垫的话,那么爱默生等超验主义者则是指引他正式登堂入室的领路人。

美国当代学者琳达·布朗·霍尔特指出,梭罗在哈佛学习阶段,通过历史文献及期刊里的参考书目第一次接触中国古典智慧文献。因为他在哈佛大学期间的阅读书目包括《凤凰:古代奇文拾遗集》,这是由 R. F. 殷铎泽和卡普里特神父根据中文文本翻译而来。该书被认为是"收集自古以来罕见碎片"的一部著作,其内容不仅包括了《孔子传》、《孔子的道德观》,而且还在注释中涉及到了另一本关于孔子著作即亨利·埃利斯的《阿穆斯特的中国大使》。《阿穆斯特的中国大使》于 1835 年在纽约出版。爱默生曾经在自己的文章中引用过《凤凰》中所提供的资料信息。因此,霍尔特还认为,梭罗第一次读到的中国古典智慧文献不是法语译本或拉丁文译本,而是英译本的。① 这些鲜活的思想激发了梭罗丰富的想象力和创造力。

1842 年至 1844 年间,爱默生在其负责主编的《日晷》上开辟专栏"民族经典",介绍其他宗教文化的思想精髓,其中就包括了东方典籍。梭罗被委任为该栏目的负责人。1843 年 4 月,梭罗第一次在此专栏中登载了他摘自《四书》中的格言,冠题为《孔子格言》(Sayings of Confucius)。这些格言是根据英国传教士约书亚·马什曼(Joshua Marshman)翻译的《孔子的作品》(Works of Confucius)一书而选编,材料基本都是出自《论语》。

1843 年 10 月,梭罗第二次摘引的中国文化经典刊登于《日晷》,不但继续援引《论语》,而且还扩大到了《中庸》和《孟子》。梭罗这次采用的是当时新出版的英国汉学家大卫·柯里(David Collie)的

---

① [美]琳达·布朗·霍尔特:《中国智慧文献对 H.D. 梭罗的影响》,生岩岩译,《南阳师范学院学报》(社会科学版)2010 年第 5 期,第 75 页。

《四书》英译。在这次选录的开端,梭罗赞扬大卫·柯里翻译的书是一部对了解中国文学贡献很大的著作。柯里的这部书全名叫作《中国古典作品——泛称四书》,包括了《大学》、《中庸》、《论语》、《孟子》。台湾学者陈长房认为柯里这本书的译文总体上可说得上"信实",但却包含了许多译者本人对孔子的歪曲评论。作为传教士的大卫·柯里,在他的注释部分,表现出了无理和粗鲁。如在《大学》的注释中他评论说:"孔子似乎忘记了自己也是血肉之躯,一种浮自内心的狂妄和盲目的情绪,让他自以为是无所不能无所不在的上帝。他自视智慧高人一等,其实彻底暴露他的无知——一种无自知之明,漠视上帝存在的无知。"在这本书的导论中大卫·柯里傲慢地认为该书可以帮助中国人认识他们的文化。①

在这一期选录中,梭罗把这些格言分成了六个小节,分别命名为士篇(The Scholar)、道篇(The Tao)、革新篇(Of Reform)、战争篇(War)、政治篇(Politics)、美德篇(Virtue),共 42 则。和柯里的不同,梭罗在《日晷》上刊登的儒家经典却没有显露出译者的偏见,他删除了柯里鲜明的基督教立场的注释。因此,梭罗在《日晷》中所呈现给读者的中国格言,传递的是中国圣贤的智慧。从梭罗两次在《日晷》上发表儒家格言,到他对柯里评论的删除,再到后来在《河上一周》和《瓦尔登湖》中对儒家经典的引用,便可看出梭罗对儒家经典的喜爱和认同。梭罗在其日记中感叹不已:"这些古书是多么惊心动魄,荷马、孔子的情趣是多么高贵!"② 这个观点也得到了爱默生的应和:"东方的天才不是戏剧性或史诗性的,而是伦理和沉思的,琐罗亚斯德神谕、吠陀、摩奴和孔子使人愉悦。这无所不包的格言就像天堂那些完美的时刻。"③

(二) 梭罗对中国思想的接受

在对待东方文化方面,梭罗和爱默生有着明显的区别,首先爱默生发现印度教关于灵魂与因果的教义与自己的思想十分契合。而梭罗则是试图

---

① 陈长房:《梭罗与中国》,台北:三民书局股份有限公司 1990 年,第 49 页。
② Arthur Chirity, *The Orient in American Transcendentalism: A study of Emerson, Thoreau, and Alcott.* New York: Columbia University Press, 1932, p.187.
③ 张冲主撰:《新编美国文学史》(第一卷),上海外语教育出版社 2000 年,第 302 页。

抓住东方文化的思想精髓，尤其是其中对人的行为和生活方式的实践性教导方面。① 1840 年 8 月 14 日，梭罗在自己的日记中表示，在当东方文化和西方文化同时在其"体内循环"时，他完全不去理会所谓的"历史新纪元或者地理界限"的问题，其关注的是东方文化中的"平和"与"逸然"的观念。②

艾伦· D. 霍德认为梭罗对东方思想文化的接受事实上并不像爱默生那样循序渐进，而是在 1840 年从爱默生处借得了古印度的《摩奴法典》后，突然一下子对印度宗教、东方文化产生了浓厚的兴趣。从其大学的阅读书目来看，在哈佛期间他阅读到的东方典籍很有限。但是，到了 1841 年后，梭罗对东方思想话语的引用开始转向更学术化、更加详细、更有自觉意识。从某种意义上看，梭罗对东方典籍的援引很大程度上是其突出的个性和艺术抱负使然，因为梭罗渴望与众不同、标新立异。霍德还认为，是东方典籍深刻影响了梭罗三个独特的观念——对自然声音的看法、文学有机体观念和肉身的禁欲思想，这些主题构成了梭罗与其他超验主义者在文学上的区别。③

同样地，梭罗对中国文化的接受也有自己的模式。首先，梭罗阅读和思考中国文献的渠道很多：期刊、英文译著及其改编、拉丁文及法语译著、从图书馆借阅的材料及从朋友那得来的一些收藏，等等。而且，有资料表明：梭罗在哈佛期间读过欧译本的"四书""五经"以及一些相关研究资料。但是梭罗到底阅读到的具体内容是什么，将是一个很重要的问题。显然他不一定能有机会读到"完整版"的"四书""五经"，毕竟作为第二资料，翻译过程中的遗漏总是在所难免。例如，1843 年 4 月在《日晷》中，梭罗这样"翻译"孔子的格言：

Heaven Speaks, but what language does it use to preach to men.

---

① Sherman Paul, *The Shores of America: Thoreau's Inward Exploration*, Urbana: University of Illinois Press, 1958, p. 71.

② Alan D. Hodder, "Concord Orientalism, Thoreauvian Autobiography, and the Artist of Kouroo", in *Transient and Permanent: The Transcendentalist Movement and Its Contexts*, Charles Capper & Conrad Edick Wright ed., Boston: Massachusetts Historical Society, 1999, p. 202.

③ Ibid., pp. 203 – 204.

That there is a sovereign principle from which all things depend; a sovereign principle which makes them to act and move? Its motion is its language; it reduces the seasons to their times; it agitates nature; it makes it produce. This silence is eloquent. ①

据考证，这段话的原文是出自《论语·阳货》，原文为：

> 子曰："予欲无言。"子贡曰："子如不言，则小子何述焉？"子曰："天何言哉？四时行焉，百物生焉，天何言哉？"

可见，梭罗并不是严格意义上的"翻译"而是一种综合诠释，因为他在其中加入了自己的一些见解比如"sovereign principle"（自主原则），算是从超验主义"自助"的理念去理解孔子的话。另外，他还加入了"This silence is eloquent."（沉默是雄辩的）作为对其一种阐发和推衍，融合了老子的"大音希声"和孔子"天何言哉"的观念。在这点上，算是在超验主义的角度辅证了的儒家在肯定天道之无为无不为方面与道家没有什么差别。

其次，在对待中国文化方面，梭罗显然比包括爱默生在内的同代人要有平等意识和宽广的胸襟。在1845—1847年间静居在瓦尔登湖畔时期，距离其游记已有6到8年光景了。在此期间，梭罗一直阅读、翻译和撷取中国典籍的精华。这些中国典籍不仅包括"四书"及其参考的道家及儒家的道德观，也包含有若干佛经如皮博迪由法文翻译而来的《莲花经》。霍尔特指出，梭罗是否阅读了《易经》、《道德经》及《庄子》等这些经典的原始资料尚未确定，但是，他显然不仅限于对《孔子》、《大学》、《孟子》等材料的研究和使用，而且为了更深入、全面地了解东方文化他试图还对道教、佛教及儒教进行深入地学习，以期去探寻亚洲人的真理观。② 而爱默生却在19世纪20年代表现出了对中国文学的轻视，认为

---

① Sherman Paul, *The Shores of America: Thoreau's Inward Exploration*. Urbana: University of Illinois Press, 1958, p. 68.

② ［美］琳达·布朗·霍尔特：《中国智慧文献对H.D.梭罗的影响》，生岩岩译，《南阳师范学院学报》（社会科学版）2010年第5期，第76页。

"中国人的神学观念是异常的",并指出中国是一个"愚笨的民族"。①1868年,在波士顿市长举行的欢迎中国外交使团的宴会上,爱默生发表了欢迎演说。他赞扬了中国古代的重大发明创造和科举制度,并热情讴歌了孔子,但是还是表达对中国的一贯不满。他说,中国的"人民具有这样一种本质的保守主义,乃至能以某种神奇的种族力量和全民行为使她编年史上的所有战争和革命都消失得无影无踪,……这个民族在停滞中有她的特权。"②

此外,霍尔特还认为是梭罗性格中的注重实际倾向,才使得中国思想家对梭罗产生如此难以抗拒的魅力。因为在梭罗成长的过程中,"印度苦行僧的极度简朴的禁欲生活,战场上英雄不顾牺牲的英勇精神,最终没有促使他形成自己的世界观。相反,中国的圣人模式才是他——事实上,所有的人——所向往和追求的。圣人与现实世界联系密切:如自然界与科学世界、家庭与社会、秩序与公正的法律世界等。它促使人们根据自己的主张去发展自己,而不是依靠那些神秘的、看不见的以及不可知的世界。"③当初家里人决定送他而不是哥哥约翰去哈佛大学读书,正是因为家人认为他是一个动手能力强、能自力更生的人,在建筑、雕刻、铸补及工艺制作等方面有着较为卓越的天赋。这种注重实际的性格倾向,促使梭罗无意识地去寻找一种切实可行的操作方案来实施他探索人生、追寻高尚的精神生活。"四书"里有整套方案告诫人们何以、如何成为一个君子。这让梭罗受益匪浅,因为"四书"提供的很具体的思路和标准令他觉得非常有现实指导意义。

(三)"君子"与"诗人—先知"

值得注意的是,"四书"中的"君子"观念在中国各家尤其是儒家中,主要是一种人格塑造的理想。事实上,儒家有圣人、贤人,道家有真人、至人、神人,究其境界均似高于君子。然而,圣贤很可能是"出世"的,真人、至人、神人更是高远而不易攀及,毕竟世间完人总是不多,因

---

① 张宏等著:《跨越太平洋的雨虹——美国作家与中国文化》,宁夏人民出版社2002年,第125—126页。
② C, Vol. IX, p. 474.
③ 张宏等著:《跨越太平洋的雨虹——美国作家与中国文化》,宁夏人民出版社2002年,第125—126页。

而君子作为一种较切实、较普遍、较易至的、较完美的人格典型也就成了中国文化中值得注意与追求的一种人格理想。梭罗对这个观念的重视有一个"前理解"是超验主义对"诗人—先知"这一形象、身份的探求。唯一理教认为:"一个真正伟大的歌唱家和一个伟大的传教士一样神圣"。① 如前文所述,从这个理念出发,爱默生等超验主义者认为诗人是能够带给人们启示的"英雄人物",因此耶稣和圣经中的其他先知并不是什么特殊形象而是充满英雄气概的诗人。这点正如爱默生在其演讲稿《诗人》中所言的。

新英格兰激进宗教自由主义改革后文学、哲学等人文教育得以充分而高速地发展。文学在这期间部分替代宗教成为社会公共教育的一个有机成分。因为宗教改革后的人们需要另一种情感来替代宗教体验,文学的审美价值恰好能够起到移情的作用。从社会功能的角度看,超验主义的"诗人—先知",本质上是"诗人"使用其文学作品替代宗教时期的先知和牧师的启示与布道等来对人们进行情感、心理和认知上的教育。当然,这一转向的另一个重要原因是这一时期社会的文盲率急剧下降、大众的教育水平获得显著提高并在启蒙主义的引导下大幅度学会信任和运用自己的理性能力。

但是,正如布伊尔所说的,19世纪30年代,早期的超验主义对于他们心目中自强自立的"诗人—先知"这个形象描述还是十分的抽象、模糊。因为这个时期,作为一个学派或团体他们还没有一个组织化的纲领,也没有一个社会认可的名字来指称他们想要做的事情。此时他们正在经历着最严峻的身份认同危机。最初他们是把文学上的理想称为"职业"——"这使得他们成为第一代真正现代意义上的美国人"。② 但是他们在自己"职业"的表述上也是充满了隐喻色彩和宏大的叙述风格。例如梭罗就这样说的:"我乐意成为一个渔夫、猎手、农夫、布道者等等,但是我所垂钓的、捕猎的、耕种的和传布将是非同寻常的东西。"③ 而且

---

① Lawrence Buell, *Literary Transcendentalism: Style and Vision in the American Renaissance*, Ithaca & London: Cornell University Press, 1978, p. 29.
② Ibid., p. 50.
③ *The Journal of Henry David Thoreau*, edited by Bradford Torrey & Francis H. Allen, Boston: Houghton Mifflin, 1906, vol. Ⅵ, p. 45.

他还说:"我的职业是随时准备着在大自然中寻找到上帝。"① 这些听起来显然是很不切实际。谢尔曼·保尔就指出:"所有爱默生的年轻弟子们在选择职业时都陷入了困境;事实上,回过头去看那一代人就会发现一系列的个人失败紧随超验主义。"② 布伊尔则认为这跟爱默生鼓励他们毫不妥协地追求高尚但却抽象的文学职业理想有关。③ 实际上,爱默生在文学情感与宗教体验之间并没有真正找到一个平衡点,因此也不可能提供一个行之有效的实际方案解决这些当时处于经济危机时代的年轻人的谋生问题。如前文所述,梭罗在理想与谋生之间就有过很长时间的挣扎。

另外,尽管超验主义者在文学上确实取得了不小的成就,但是在当时那个时期,他们的观念经常得不到大众的认可。因为他们的语言晦涩思想艰深,大众的认知水平还无法企及,所以他们的社会改革理想也无法推行。他们的喉舌杂志《日晷》短期的寿命便可见一斑。到了后来,即19世纪40年代初,大部分的超验主义者都放弃了曾经的"诗人—先知"理想以投入更广阔的社会实践,很多人又重新走上了传统组织化的职业如牧师、记者、测量员、甚至家庭主妇等。④ 因此,对于梭罗而言,"君子"所具有的内在品质和要承担的社会功能都能引起他的共鸣。而且,儒家在如何成为"君子"方面的学理探索相对要比超验主义历史悠久,所积累的实践方案和经验也相对更加丰富、更具有可操作性。这显然给梭罗实践其超验主义信念提供了极大的参考价值。

第二节 中国对梭罗超验主义思想的接受

梭罗超验主义思想的本质是一种积极的个人主义,"个人"、"信仰"和"生活"成为理解其内涵和价值的三个关键词,这也是当代"文学知

---

① *The Journal of Henry David Thoreau*, edited by Bradford Torrey & Francis H. Allen, Boston: Houghton Mifflin, 1906, vol. Ⅵ, p. 472.

② Sherman Paul, *The Shores of America: Thoreau's Inward Exploration*. Urbana: University of Illinois Press, 1958, p. 16.

③ Lawrence Buell, *Literary Transcendentalism: Style and Vision in the American Renaissance*. Ithaca & London: Cornell University Press, 1978, p. 51.

④ Ibid., p. 52.

识分子"都应该认真考虑的主题。中国当代作家海子和苇岸,分别在20世纪80年代和90年代以各自的文学形式和观念体现了对梭罗超验主义思想的接受。通过两者对梭罗接受过程与实质的分析,不仅可以梳理中国20世纪末最后两个阶段的鲜明特征,也可以为我们当今的文化建设提供一定的参考价值。

另一方面,把梭罗放在中国文化语境中考察,不仅可以透视梭罗思想的一些特质,如其对"和谐人格"的探求与中国文化达成了深层的契合,这是中美两种文化在国民人格塑造上共有的关于"人生的欢乐和爱好"[①]的因子。这是一种积极的人生观,为构建当今诗意生活提供了宝贵思想资源和实践方案。需要注意的是,从中国整生哲学上看,梭罗的观念中有一种文化观上的结构性缺乏,即缺少对城市文化和工商业文明的接受,并深刻地影响了中国的当代作家海子和苇岸等。

一 梭罗在中国的接受

我国英美文学研究专家张冲教授在《新编美国文学史·第一卷》一书中指出:"超验主义对中国读者和学者更具有特殊的吸引力,因为在爱默生和梭罗等人的作品中,以及超验主义的出版物中,反映了中美文化在美国的首次交流。"[②] 这句话在一定程度上解释了梭罗在中国传播和接受的原因、意义和主要内容。根据我们前章所述,中国古典哲学思想显然不是影响梭罗的唯一"东方智慧",但从其代表作《瓦尔登湖》一书援引孔子和孟子语录的数量来看,中国对梭罗的影响还是很明显的。所以当中国人读到梭罗的时候就有一种熟悉感。这构成了中国对梭罗接受的"前理解"。

19世纪末20世纪初,随着"西学东渐"运动的兴起,中国文坛率先推行"拿来主义"的发展策略,促进了中国新文学创作的产生和发展,而这一举措也成为推动中国社会历史发展的一种特殊动力。鲁迅在总结中国现代文学发展的时候曾说过:"新文学的诞生有两个重要条件:一是社会的需要;二是西方文学的影响。"从20世纪20年代开始,梭罗就进入

---

① 林语堂:《生活的艺术》,江苏文艺出版社2009年,第113页。
② 张冲主撰:《新编美国文学史》(第一卷),上海外语教育出版社2000年,第10页。

了中国文人的视野。但中国人真正对梭罗及其作品有所了解的则是到了90年代。到21世纪，随着生态问题的突出和消费主义的泛滥，中国对梭罗的译介和研究更是到达了一个新的高度，并从此余绪不断。可以说，近十年来，梭罗在中国普通读者和严肃的人文研究者中都受到极大的青睐。

面对着瓦尔登湖畔实验独居生活而又呼吁"还有好几个生命可过"、倡导"公民不服从"而又激烈反对蓄奴制的梭罗，有一千个读者很可能就一千个梭罗。而对于跨文化、跨民族、跨语言的中国读者而言，这种丰富性似乎更突出。不过，正如李林荣指出的："中国向来都不存在一种单纯的文学生态环境和一块相对独立的文学土壤或文学园地……要真正深入地审理与文学有关的种种观念，就必须全面地关注整个社会文化的变迁状况，而不能仅仅局限于在既定的文学观念范畴周旋。"① 这一观点应该同样适用于对外国文学和作家的接受过程。在导论中，我们发现，目前我国学界对梭罗的研究范式大体可以划分为八种。但是这八种只是一种概分，主要是根据目前所取得的研究成果依照一些关键词、主题进行划分，事实上很多成果的内容有不少交叉点和"共识"。对这些前期成果的统计分析看，目前学界对梭罗最大的关注点是其生态主义思想。

和学界不同的是，普通读者更重视梭罗在《瓦尔登湖》中展现的自觉简朴、简单生活方式和闲适乐观的生活态度。以百度贴吧的"梭罗吧"为例，这是一个网友联盟自建的交流平台，打开首页，近期几个帖子的标题就特别醒目："想去过梭罗那样的生活"、"生活全部在生病"、"梭罗有这样阳光的心态健康的生活方式，为什么会死得那么早？"、"How to grow old（如何老去）"、"有没有这样的书，让你不管到哪里都会带在身边？"② 网友在百度百科上对海子的《梭罗这个人有脑子》这首诗的解读基本是："海子的诗歌，刻画无为的思想，这里的梭罗的智慧，与中国的老子哲学几乎是完全一致的，一切都遵循大自然规律，不做违反自然法则的事，也就是'无为'。人的物质生活也应该降到最低，自给自足，但精神生活一

---

① 李林荣：《嬗变的文体：社会历史景深中的中国现当代散文》，社会科学文献出版社2006年，第237页。

② http：//tieba.baidu.com/f？kw=%CB%F3%C2%DE&fr=ala0

定要崇高,要有诗意。"① 这代表了很大一部分读者的《瓦尔登湖》阅读的心理预期。正如徐迟说的,这本书是一本安静、健康的书,"对于春天,对于黎明,作了极其动人的描写。读着它,自然会体会到,一股向上的精神不断地将读者提升、提高。"②

在城市化和工业化日趋白热化的今天,关于中国对梭罗的接受,曹亚军教授认为:"中国今天正经历着150年前梭罗时代发生的同样巨变,存在着同样的精神危机。而正是这种危机的存在导致了自然、社会和人及人和人之间关系的紧张和焦虑。让梭罗的警示再次遭遇漠视等于重犯19世纪的愚蠢错误。"③ 可以说,梭罗对中国今日的现实意义有待进一步挖掘。

二 从梭罗看中国当代诗坛:以海子为中心的讨论

诗人海子永远活在了青春的25岁。他在山海关的自陨,成了中国80年代最具阐释性的文化事件之一。这是因为海子、海子的诗和海子的死对于20世纪80年代的中国文化尤其是中国诗坛有着太多的既必然又偶然的象征意义。对于当代的读者而言,海子是诗人的代表、诗人的标准,海子是他们的诗神。正如海子的好友西川《纪念海子》一文中预言,海子将成为80时代的神话。海子的作品饱含自由与高洁兼具的品格、他把自己的长诗创作视为一种"中国行动",满足了人们对诗意生活的想象。海子成为80年代理想主义的代言人,因而海子神话一直延续至今。

梭罗的湖畔实验也是19世纪美国文学史上一个重要的文化事件。海子对梭罗有着特殊的情感。他写诗赞美梭罗,死时还把《瓦尔登湖》一书带在身边。这两个跨时空的"文化事件"制造者有着很多共同之处,他们分别是中美浪漫主义文学思潮下的产物,对两者的比较分析可以管窥海子所代表的中国当代诗坛的一些景致。

(一)海子对梭罗的接受

1989年3月26日诗人海子在山海关卧轨而亡。这是一个撼动文化界

---

① http://baike.baidu.com/link? url=0p41pgtKNJ763nHLbZhIkZzn788LjJBCosaY4WkiE0Lndk27A70RkVQLiQa_ GNE9AmtkkxkR4onpZeXfNiKgOq。

② 徐迟,"译本序",选自梭罗:《瓦尔登湖》,徐迟译,上海译文出版社2006年,第1、9页。

③ 曹亚军:《特立独行:在中国现代语境中接受梭罗》,《深圳大学学报》(人文社会科学版)2003年第5期,第53页。

和文学界的一个"大事件"。随着人们对这件事情关注度的不断提高,海子走上了中国80年代末90年代初诗界的神坛,被视为是那个时代的"斗士先知"和"心灵赤子",并且至今仍延绵述说着这个神话。作为80年代重要的诗人之一,海子的离世多少也暗合了80年代作为理想的文学时代的完结。海子成为20世纪中国文学的一个重要影像,也成为一个时代的神话符号。因此,海子的死也被赋予了丰富的内容。

海子卧轨的时候身边带着4本书:《新旧约全书》、梭罗的《瓦尔登湖》、海雅达尔的《孤筏重洋》和《康拉德小说选》。这些书作为诗人亲手挑选出的陪葬品也同样被赋予了丰富的阐释意义。显然,梭罗及其《瓦尔登湖》对海子而言是具有某种象征意义的。海子的死很快就令梭罗和他的《瓦尔登湖》成为诗歌爱好者们心中的圣物之一,同时也引起当时中国很多文学爱好者们的注目,后来还带动了更大范围的中国读者群对梭罗的喜爱。

海子对梭罗的喜爱是显而易见的。他专门写了一首题为《梭罗这人有脑子》的诗高度赞扬了这个异国的文学先辈:

  1. 梭罗这人有脑子像鱼有水、鸟有翅、云彩有天空
  2. 好在这人不是女性否则会有一对洁白的冬熊摇摇晃晃上路靠近他乳房凑上嘴唇……
  11. 梭罗这人有脑子像鱼有水、鸟有翅云彩有天空
梭罗这人就是我的云彩,四方邻国的云彩,安静在豆田之西我的草帽上
  12. 太阳,我种的豆子,凑上嘴唇我放水过河。梭罗这人有脑子梭罗的盔————一卷荷马①

这首诗或许海子最琐碎、感情最丰富的一首诗,其中融合了海子阅读完《瓦尔登湖》后的诸多感受,也容纳了海子诸多独特的观念,所以理解起来比较费劲,因为它要求读者必须在了解海子诗学观念的同时还得熟悉《瓦尔登湖》的内容。本诗分为12小节,有些小节的意象需要在《瓦

---

① 海子:《海子诗全编》,西川编,上海三联书店1997年,第141—144页。

尔登湖》一书中找到"原型"加以理解体会，例如第 1、4、10、11、12
节等明确指向梭罗的湖畔生活细节，暗指了梭罗放弃物质上的欲望和追求
回归大自然、在大自然中发现美、追求美并与大自然中的万物平等和睦相
处的美好生活方式。这 2、3、5、6、7、12 等必须结合海子自己的诗学思
想加以分析，例如第 2 小节中"女性"、"乳房"等意象表现了海子对梭
罗精神上的一种爱慕和眷恋。而第 3 小节则充分表达了梭罗对海子的深刻
影响，也就是梭罗对生命、对自然的那份纯粹的热爱唤醒了海子心中对美
好事物的向往和追求。第 12 小节里，海子的"太阳"意象和梭罗的"种
豆"意象相结合并再次引出了荷马，以此歌颂了梭罗的睿智和豁达。

而且在自己的诗学文论《诗学：一份提纲》的"王子·太阳神之子"
篇中，海子又将梭罗与陶渊明作对比，指出："陶重趣味，梭罗却要对自
己的生命和存在本身表示极大的珍惜和关注。这就是我的诗歌的理想，应
抛弃文人趣味，直接关注生命存在本身。这是中国诗歌的自新之路。"[①]
以此说明了梭罗对他诗歌理想形成的影响并提示了梭罗对整个中国诗坛未
来发展的意义。此外，长诗《土地》中，他还把题为"种豆南山——给
梭罗和陶渊明"的"第六歌咏"献给梭罗。这些无不表明海子"对梭罗
曾经有过的高度认同和接受"[②]。根据前文对梭罗的分析，本文认为海子
对梭罗的接受有以下几个方面的因素：

1. 浪漫主义的同道

海子被很多人视为一个坚守浪漫主义的诗人，正如他的好友、诗人骆
一禾说的："海子在抒情诗领域里向本世纪挑战性地独擎浪漫主义战
旗"。[③] 在《诗学：一份提纲》中，海子毫不掩饰自己对浪漫主义诗人：
雪莱、叶赛宁、荷尔德林等人的崇拜，而且他生前也曾以"浪漫主义王
子型诗人"自称。受浪漫主义的影响，海子强调用诗歌来拯救被物欲污
染了的世界，强调诗歌启迪人生的神圣使命。这和早期爱默生和梭罗等超
越主义者对诗歌的推崇如出一辙。而且，年轻的海子把浪漫主义对诗的偏
爱推到了极致。这最突出的体现是他把自己最初带有鲜明自传性的抒情诗

---

① 海子：《海子诗全编》，西川编，上海三联书店 1997 年，第 897 页。
② 李洁：《梭罗与中国的关系》，复旦大学博士学位论文，2008 年，第 117 页。
③ 骆一禾：《海子生涯》，选自海子《海子诗全编》西川编，上海三联书店 1997 年，第 2
页。

引向了具有现代史诗性质的长诗创作。

骆一禾认为,像海子这样被称为"太阳神之子"的诗人,都是短命天才,他们在自己短暂的生命中试图以炙热而高亢的激情、奔放而豪迈的雄心壮志抵御生命的有限和虚无,他们的抒情诗都表现出了一种自传性的雄厚思想文化底蕴,他们在形式上偏爱史诗创作。骆一禾还这样评论海子的史诗:

> 海子史诗构图的范围内产生过世界最伟大的史诗,如果说这是一个泛亚细亚范围,那么事实是他必须受众多原始史诗的较量……他要建设的史诗结构因此有神魔合一的实质。这不同于体系型主神神话和史诗,涉及一神教和多神教曾指向的根本问题,这是他移向对印度大诗《摩诃婆罗多》及《罗摩衍那》经验的内在根源。①

海子与梭罗都热衷于古希腊和希伯来神话,而且在文学创作中也深受印度史诗《摩诃婆罗多》和《罗摩衍那》的影响。可以说,两人在思想观念上有某种同源性。显然这种同源的思维来自于浪漫主义。

学者李庆本认为,浪漫主义应该被看成是"美学史的概念","是与古典主义、现实主义、现代主义乃至后现代主义相对的在历史发展的某一阶段上存在的一种特殊类型的审美意识形态"。②浪漫主义的审美理想是追求崇高美,在审美心理层面上偏重强调情感、想象、灵感,而审美感受的方式"主要是表现为主体情感心理对客体对象的'同化'"。③骆一禾在这段话里很生动地总结出了海子诗里的一大浪漫主义风格。阅读过海子诗歌的人都应该有这样的一种感觉:和梭罗一样,他在自己的创作文本中引经据典、旁征博引,尤其是对古希腊和印度古典意象和形象的援引。虽然两者选择的文体不同,但是通过对神话传说和原始史诗的互文,使得他们的作品总是洋溢着神秘主义的色彩和史诗性的意味,从而使其作品产生了一种崇高美。

---

① 骆一禾:《海子生涯》,选自海子《海子诗全编》,西川编,上海三联书店1997年,第2页。
② 李庆本:《二十世纪中国浪漫主义美学》,现代出版社1998年,第1—3页。
③ 同上书,第15—19页。

另外，作为一种美学史上的概念，浪漫主义尽管是从对古典主义的反叛而来，但是总是与后者有着千丝万缕的联系。从两个的文本上看，海子和梭罗早期的创作有着浓厚的新古典主义意味。古典主义强调的正是对古希腊、古罗马等古典文化的认同。两人在诗学上秉承了浪漫主义的主体自我体验和自我扩展的思想表达，但是在语言形式上展现了新古典主义的风格。这种对古典主义意象的引用也加强了文本的崇高美。

浪漫主义强调的是主体体验和感性因素的表达。梭罗的个人主义观念被认为对塑造了美国的国民性格起了很大的作用，他的《瓦尔登湖》充满了自传的意味。自传被认为是浪漫主义文学的重要体裁之一。浪漫主义之父卢梭在《忏悔录》就认为，通过个体的自我剖析和解读达到了解人性的目的；因为"我"也是众生一员，深知我内心也就可以了解别人，人性在自然状态下得到展现和释放，因为把我放逐到自然中，在自然状态下呈现善与恶。有学者就认为，浪漫主义的自我表达意在释放人性，使人回归生命的本质。① 海子的作品尤其是他的抒情诗，也同样带有明显的自传性色彩，正如其好友西川说的："一禾称他为'赤子'———一禾说得对，因为海子那些带有自传性质的诗篇中，我们的确能够发现这样一个海子：单纯，敏锐，富于创造性；同时急躁，易于受到伤害，迷恋于荒凉的泥土"。② 梭罗和海子个性如此相似，都有着"赤子"般对本真生命的共同追求，而且两人的文本在内容上都展现了各自的情感、想象与灵感。这种审美心理上的共鸣使两人成为浪漫主义"同门"。

古往今来的中外浪漫主义者，大多厌恶世俗，追求超凡脱俗，他们热情讴歌自然田园用以表达他们对永恒真善美的热爱。梭罗是美国环境之父，海子则是中国当代田园诗的一个丰碑。在海子创作的200首诗中，近一半关涉山水田园、草木虫鸟。在"种豆南山——给梭罗和陶渊明"诗节中有两行诗句：

谁言田园？

---

① Bernhard Kuhn, *Autobiography and Natural Science in The Age of Romanticism*. Surrey: Ashgate, 2009.

② 西川：《怀念》，选自海子《海子诗全编》，西川编，上海三联书店1997年，第7页。

河上我翩然而飞①

海子1964年3月生于安徽省安庆市的一个乡村。1979年15岁的他考入了北京大学，才第一次从乡村来到大都市，随后便生活在城市里。但是故乡的田园一直是他魂牵梦绕的家园。正如他的好友西川说的，海子即使是在北京城，也过着非常封闭、简单的生活，连单车都不骑。他似乎还坚持着他在乡村的生活方式，而且把这种意念都展现在了他的作品中。海子的很多作品都是以自然、田园为主题，如《秋天》、《东方山脉》、《村庄》、《麦地》等等。

可见，海子对梭罗的接受有着气质与思想的共通性。他自己的诗学纲领试图对人类总体文学的母题进行史学分析时指出：

先是浪漫主义王子（详见"太阳神之子"），后来又出现了一系列环绕母亲的圣徒：卡夫卡，陀思妥耶夫斯基、凡·高、梭罗、尼采等，近乎一个歌唱母亲和深渊的合唱队，神秘合唱队。②

海子自认为是"浪漫主义王子"，梭罗便是他心中的浪漫主义"圣徒"之一。这些圣徒"用抽象理智、用智性对自我的流放，来造建理智的沙漠之城"。这些"城"构成了海子心中的现代浪漫主义国度。

2. 共同的普世情怀

事实上，海子在自己的"诗学纲领"中也阐释了他对梭罗接受的另一大缘由："因为我恨东方诗人的文人气质，他们苍白孱弱，自以为是……陶渊明和梭罗同时归隐山林，但陶重趣味，梭罗却要对自己的生命和存在本身表示极大的珍惜和关注。这就是我的诗歌的理想，应抛弃文人趣味，直接关注生命存在本身。这是中国诗歌的自新之路。"③ 海子的这番话同样也解释了他后期倾力于"长诗"创作的用意。

根据西川编的《海子诗全编》目录中可以发现，1983—1986年间海

---

① 海子：《海子作品精选》，程光炜编，长江文艺出版社2006年，第163页。
② 海子：《海子诗全编》，西川编，上海三联书店1997年，第892页。
③ 海子：《诗学：一份提纲》，选自海子《海子诗全编》，西川编，上海三联书店1997年，第897页。

子主要是进行短诗的创作,而其长诗的创作则分为 1984—1985 年、1986—1988 年两个阶段,但是到了 1987—1989 年年间又恢复到了短诗的创作。在海子短短的七年中,创作了 200 多首诗和 7 部长诗,可以说是硕果累累。海子在创作初期主要是集中于浪漫主义的抒情诗,这些诗使他获得"中国浪漫主义诗人"和"中国现代田园诗人"美誉。但是海子的理想是其长诗的创作,后来恢复短诗创作有一部分原因或许是因为其"长诗"得不到理解的缘故。海子长诗创作第一阶段的作品包括了《河流》、《传说》、《但是水,水》等三部,第二阶段主要指其著名的"太阳七部书",即《太阳·断头篇》、《太阳·土地篇》、《太阳·大札撒》(残酷)、《太阳,你是父亲的好女儿》、《太阳·拭》、《太阳·诗剧》、《太阳·弥塞亚》。

海子的"太阳七部书"被誉为是"中国诗歌史上一份独特的精神和文本建制。它是海子彻底深入生命内部和诗歌内部后所留下来的生命体验和精神体验记录。它是在心灵的基点上说出的透明、洁净的灵魂话语,是对人的生命存在根本处境的觉醒与道说,是人类精神苦难的本质表达"。[①] 西川还指出:"海子恰恰最看重自己的长诗这是他欲建立其价值体系与精神王国的最大的努力。他认为写长诗是工作而短诗仅供抒情之用。"[②] 尽管海子是一个心思细腻的人,但是或许是在北京大学求学的缘故,浓厚的思想和学术氛围,使得他在思想上饱含激情并心怀远大的艺术理想和精神抱负。他的抒情小诗是在其爱情受挫、远离乡土的情感表达,这种精神上的孤独感很快就被他转化为对生命和苦难意义的追问。和梭罗一样,他渴求的是精神的高度。海子长诗的出现标志着其创作的转型,表征了其生命状态和诗学追求,例如在《但是水,水》中表现了诗人对纯粹性的情操的追求:

> 我从荒野里回来,从所有粗糙的手指上回来,从女人的腹中哭着回来,从我的遗址

---

① 董迎春:《"大诗写作":普世性写作——论海子的诗歌写作》,《广西民族大学学报》(哲学社会科学版) 2011 年第 3 期,第 167 页。
② 西川:《死亡后记》,选自海子《海子诗全编》,西川编,上海三联书店 1997 年,第 926 页。

积灰中回来就像从心中回来,手牵母羊回来,眼睛合上如菩提之叶,我从荒野里

回来。宝塔证明,城里的水管证明,我

我不想唱歌

我没有带来种子,没有带来泥土、牛和犁,没有带来光和第一日之火。没有带来文

字。我从荒野里回来,我

只想着一件事:水,水……第三日之水

我就是一潭高大的水,立在这里,立着这里。

我的衣服如蛇凸起,人们说:莲花开了。①

在这里,海子不仅突破了一般现代诗的形式,而且还剔除了自己以往的情绪外露的言语,展开丰盈而富有想象力的形象和意象的经营:这个东方的诗人从荒野回来,仔细地观察着他四周的一切,在荒野的衬托下生活的一切似乎便有了生气——女人、人群、孩子、宝塔、水、莲花,这些平常简单的物体承载了纯粹的生命。在这首接下来的段落里,海子又试图告诉人们,这些实物性的形象和意象是纯粹精神的转化成的万象实体。荒野归来的诗人的形象似乎是梭罗荒野理念的一种朝圣。在梭罗那里,荒野代表着原始的生命力,是对应着繁杂社会、改革社会的潜在动力。海子这个东方诗人同样也具有"荒野情愫"。所以在这节的最后,海子挑明了:人生惯常的"诞生、滋润和抚养"是唯一的事情。因为这才是生命最质朴、纯粹的历程。可见在长诗里,海子放下了过往的激情,走向了对艺术和生命本真的追寻。

海子的长诗是构成其"大诗主义"写作的主要部分。学者董迎春认为,中国20世纪八九十年代的"大诗主义"创作是对"后朦胧诗"的超越与突破,指向的是"思想性写作",而不再拘泥于个人欲言又止的情感,创作的主体主要集中于海子、骆一禾等第三代诗人。他们站在宏观的视野上,综合了艺术、哲学、宗教、文化、审美、伦理等多维度观念,试图关注人、艺术、思想的存活状态,从而对人的主体存在表达一种普世性

---

① 海子:《海子诗全编》,西川编,上海三联书店1997年,第235—236页。

关怀。他们跨民族、跨文化,直面人类本身,将诗与真理融合在一起展开了一种趋向灵魂更深度和更高度的探索。因此,"以大诗写作情怀为代表的诗歌书写也称为'普世性写作'"。① 可见,海子的长诗写作行为本身就具有思想性,其核心是对现代个体生存、生命本真的深切体察,回答的是人类共同的本质问题。如海子自己所言,这也正是梭罗写作的重要旨归。

值得注意的是,和超验主义的"世界主义"诗学特征相似,海子的"普世主义"的一个重要表现形式也是对跨国、跨文化文学形象和意象的使用,即他从世界各地的文学经典里获得了创作的素材。这就使得海子诗中的形象和意象存在的具有超越时空的形式特征和思想内涵。例如,骆一禾就认为海子《太阳·七部书》的想象空间十分宽广,用地理图景来表达就是:海子的想象世界里有两股力量在穿行、纵横,这两股洪流分别以敦煌和金字塔为中心,一股力量东至太平洋沿岸、西至两河流域;另一股力量北至蒙古大草原、南至印度次大陆,两者中间由"神话线索'鲲(南)鹏(北)之变'"将它们贯穿、连接。骆一禾指出:"这个史诗图景的提炼程度相当有魅力,令人感到数学之美的简赅。"② 海子自己也说他的诗歌理想是"在中国成就一种伟大的集体的诗",他不想局限于抒情、戏剧或者史诗的创作,而是要"融合中国的行动成就一种民族和人类的结合,诗和真理合一的大诗"。③ 这种思想也印证了超验主义爱默生和梭罗试图通过文学创作干预社会变革的理念。臧棣认为,海子许多时候"更沉醉于用宏伟的写作构想来代替具体的本文操作"。④ 海子的诗呈现了他试图运用参与 20 世纪 80 年代文化建构的激情与良知,体现出诗人变革社会的雄心与抱负。

可见,当海子看到《瓦尔登湖》中对古希腊罗马和印度典籍触类旁通地援引和吸收时是多么喜爱和欢乐。最简单的例证就是,他和梭罗一样,对印度史诗《摩诃婆罗多》和《罗摩衍那》格外珍爱。难怪他会告

---

① 董迎春:《"大诗写作":普世性写作——论海子的诗歌写作》,《广西民族大学学报》(哲学社会科学版) 2011 年第 3 期,第 167 页。

② 骆一禾:《海子生涯》,选自海子:《海子诗全编》,西川编,上海三联书店 1997 年,第 2—3 页。

③ 海子:《海子诗全编》,西川编,上海三联书店 1997 年,序第 12 页。

④ 臧棣:《后朦胧诗:作为一种写作的诗歌》,《文艺争鸣》1996 年第 1 期,第 18 页。

诉朋友梭罗的《瓦尔登湖》是他全年读到的最好的书。海子在诗中对各民族文化意象和形象的使用,使得他的诗也同样具有"百科全书型"史诗的形态。这些足以说明海子是80年代中国诗坛最有比较文化文学自觉意识的诗人之一。这和他上大学后积极学习西方哲学、文学有很大的关系。他以一种积极、包容的心态对待其他民族优秀文化遗产,并在其创作中加以继承和发扬,这构成了海子在当地中国诗坛的成就和贡献之一。

3. 海子的超验观念

海子声称他写长诗总是"迫不得已"的,是因为他在内心深处总是能感受到某种巨大的元素、力量对他的召唤,他也因此有很多话要表达、要说出来。他说:"这些元素和伟大材料的东西总会涨破我的诗歌外壳。"① 那么这个元素是什么呢?接下来,海子讲了自己一首题为《土地》的诗。土地的丧失感让诗人产生了危机意识,但是他用的却是象征着生命生生不息的四季循环去描述这种情感:

> 对于我来说,四季循环不仅是一种外界景色,土地景色和故乡景色。更主要的是一种内心冲突、对话与和解。在我看来,四季就是火在土中生存、呼吸和血液循环、生殖化为灰烬和再生的节奏。我用了许多自然界的生命来描绘(模仿和象征)他们的冲突,对话与和解,这些生命之兽构成四季循环,土火争斗的血液字母和词汇——一句话,语言是诗中的元素。②

这是海子感受的丧失与获得、消亡与再生的内心体验,一方面他对于失去的东西感到非常痛苦和依恋;另一方面他又渴望逝去的东西能够在生命的超循环中得以再现、重归。这一种充满张力的情感和情绪和初期抒情诗创作时不同,到了其创作的中期海子渴求对这种情感和状态的突破。他选择的路径是深入这种情感的内部,去探求再生的可能。这种模式和梭罗在《河上一周》中对自我突破的渴求有着精神上的同构性。所以当他们用知性的力量拨开困顿的迷雾后,他们在大自然的四季循环中找到了某种

---

① 海子:《海子诗全编》,西川编,上海三联书店1997年,第890页。
② 同上书,第891页。

灵感和启示，剩下的便是语言和"更高的规律"——去除物的外在束缚、追求内在的精神超越。

事实上，海子有着强烈的宗教情节。这首先表现在他对基督教的吸收上。西川这样评论："海子的创作道路是从《新约》到《旧约》。《新约》是思想而《旧约》是行动，《新约》是脑袋而《旧约》是无头英雄，《新约》是爱、是水，属母性，而《旧约》是暴力、是火，属父性……"① 而海子在山海关卧轨时，身边携带的还有《新旧约全书》，这也证明了海子对基督教的偏好。海子有大量诗作在语言、形象和意象等方面明显地带有直接或间接从《圣经》取材的痕迹，这些构成海子诗歌文化内涵的一个重要的因子，同时也展现了其诗歌独特的诗学特征，即日常生活惯常性与宗教神秘性之间产生的张力和生命有限性和宗教超越性之间产生的张力。

在海子最为令普通读者耳熟能详的诗《面朝大海，春暖花开》中，最典型的意象结构便是伊甸园与日常生活的对立交融：

> 从明天起，做一个幸福的人
> 喂马、劈柴，周游世界
> 从明天起，关心粮食和蔬菜
> 我有一所房子，面朝大海，春暖花开

在这首诗里，房子是海子用语言营造的伊甸园，"面朝大海，春暖花开"给人一种无限温暖而美好的想象和感受。这样的房子人间难得，只应天上有。喂马、劈柴、粮食、蔬菜，这些则是人间日常。通过"周游世界"的朝圣意象把人间和天堂沟通起来，其中的美感自不待言，便成了很多人心神领会、无限向往的梦想。这种感觉和《瓦尔登湖》的意境是十分契合的。

事实上，由于对生命和艺术本质共同的体认，海子和梭罗对四季循环的理解也有惊人的相似。恰如海子所言，四季循环对于他不仅是一种外在的景象，更主要是一种内心的冲突与和解、对话与交流。本质上来说，四

---

① 西川：《怀念》，选自海子《海子诗全编》，西川编，上海三联书店1997年，第7页。

季循环首先象征着两者自我不断成长的历程,有起有落,是一个不断冲突、不断寻求对话以达成更高更深理解、最后求得本我、自我、超我相互和解的过程。

海子从农村来到北大的时候才 15 岁。对于这样一个性格敏感单纯、生活封闭单一的少年来说,他的心理年龄可能要远远比实际年龄小;而作为一个天才少年,他的心理年龄也可能比智性年龄要小。对于海子这样竭力追求精神向上的人而言,从 15 岁到离世时的 25 岁,这十年里的经历应该是充满激荡的岁月,他的心灵应该如一个炙热的地心熔浆般,是随时可能爆发的小宇宙。在这个过程中,生命的有限性与其精神上的超越观念之间想必也是充满了张力。从他的诗可以看到,这十年里,宗教般的超越性给了他巨大的推动力,促使他在艺术和个体生命领域不断突破。

无数的历史事实说明,一个诗人在精神上有越高的追求他就越靠近宗教或者超验性的观念。海子在北京大学上学期间尽管所学的专业是法学,但是他个人更感兴趣的是哲学和文学,后来在中国政法大学里任教也教授过美学和哲学课程。可见他乐于也善于思辨,在精神方面的高追求是他人生的一大目标。甚至和梭罗一样,他排斥婚姻,害怕婚姻破坏他的追求真理的"天真"状态。[①] 另外,对于超验性经验的探求,他还练习气功。西川小心翼翼地讲述了海子的这种心理诉求:"练气功的诗人和画家我认识几个,据说气功有助于写作,可以给人以超凡的感觉。海子似乎也从练气功中悟到了什么。"他有一回很兴奋地告诉西川,他已开了"小周天"。[②] 海子可能是在开"大周天"的时候出现了幻觉,总觉得有人在他耳边低语,令他无法安定下来写作。因此西川推断,海子后来学气功可能到了某种走火入魔的状态。可见,海子在心理层面和艺术层面上对超验性或者类宗教的体验有一种天然的渴求。

需要指出的是,海子的宗教意识并非严格意义上属于基督教或某一宗教的范畴。王本朝认为,"海子徘徊在泛宗教的路途上,他诗歌的神性向度是开放的"。[③] 这点上,他和梭罗也是相似的。尽管两者宗教观念来源

[①] 西川:《死亡后记》,选自海子《海子诗全编》,西川编,上海三联书店 1997 年,第 925 页。

[②] 同上书,第 926 页。

[③] 王本朝:《20 世纪中国文学与基督教文化》,安徽教育出版社 2000 年。

的土壤和渠道不同，但是他们对各种宗教都有着开放性的态度。在海子这里，基督宗教精神同样也被诗意化审美化，上帝、耶稣、弥赛亚等形象在意蕴上更加抽象，很多时候仅仅是某种精神品质的代称。借用一个学者的话来说就是，海子的宗教观体现的是："历史的演进和艺术的发展是在圣俗、人神的二元对立与和解中得以进行的。圣俗、人神的冲突与对话，是多种艺术的根源，也是诗歌和诗学的根源。"① 也就是说，海子既反对把诗歌视为神学附庸的神本主义，也不赞成把诗歌视为人类自恋呓语的唯艺术论。因为他和梭罗一样，都试图用统一的诗歌世界来弥补他们眼中分裂的现实世界。

可以说，海子的宗教意识与超验主义在整体上是相契的。在《麦地》、《五月的麦地》、《麦地与诗人》等诗里，海子把故乡的麦地幻化成了他的伊甸园。"麦地"的诗歌意象不仅来自栖居于诗人内心的中国农耕传统，也来自于海子在书中所能想象到的西方"伊甸园"，这是一个融合了中西文化的意象。正如董迎春指出的，"麦地文化"象征着中国农耕文化，构成了海子的母体文化，而他的诗歌中表达的手足之爱则源于西方宗教，海子的"大诗"创作正是基于这两种文化交融，是"诗与真理合一的话语实践"。② 因为海子普世主义的观念中，存在着类宗教的超验情结，它超越了民族和文化，直抵存在的本真。

（二）"先知"抑或"王"

梭罗和海子尽管不处在同一个时代，但是区域性社会形态发展而言，他们都分别处在各自国家从农耕前现代文明向工商现代社会巨变时期。在社会转型的过程中，由于东西方"三位一体"远离了世间，信仰的丢失加之工商文化中物质主义对人性的异化和对道德的侵蚀，使"世界之时的夜晚已趋向其夜半"③。在抵抗这种现代性的精神灾难的过程中，海子被神化为"斗士先知"，但是根据海子自己创作的诗学纲领，他则想通过

---

① 唐小林：《看不见的签名：现代汉语诗学与基督教》，中国社会科学出版社2004年，第120—121页。

② 董迎春：《"大诗写作"：普世性写作——论海子的诗歌写作》，《广西民族大学学报》（哲学社会科学版）2011年第3期，第168页。

③ 朱大可：《先知之门——海子骆一禾论纲》，选自《不死的海子》，崔卫平编，中国文联出版社1999年，第127页。

完成"诗歌王子"的使命成为诗国度里的"王",并通过从个体存在抒情短诗到民族宏大叙事长诗的创作最终构筑其诗歌王国。

1. "斗士先知"

海子的超验观念展现在其诗中是一种热烈的宗教意识。有学者指出:"海子是圣徒般的诗人,他捐躯的意志具有'不顾'的性质,以致当我们返观他的诗作时,竟产生了一种准神学意义。"① 在他的诗中,我们看到的"海子"形象是一个有高度使命感、充满激情的斗士。在《耶稣》一诗中海子写道:

> 罗马回到山中
> 铜嘴唇变成肉嘴唇
> 在我的身上 青铜的嘴唇飞走
> 在我的身上 羊羔的嘴唇苏醒
> 从城市回到山中
> 回到山中羊群旁
> 的悲伤
> 像坐满了的一地羊群②

这是海子刻画的自我形象之一。在这里,耶稣基督从遥远的罗马而来,在诗人的身上复活,于是诗人便具有了"人子"的使命。诗人来到城市,"在幽暗中我写下我的教义,世界又变得明亮"。③ 但是诗人对世俗世界的未来似乎并不太乐观,所以他又回来了山中,在世界的边缘观察人间。这是一种"道成肉身"的隐喻,暗示着海子要做一个斗士,用诗来言说人间的苦难并达成他的神圣使命。这种意象我们也可以在他最早的一首诗《亚洲铜》里找到。在《亚洲铜》,海子借象征基督耶稣的"白鸽子"④ 预示了自己将接受这种使命、延续民族诗歌传统,成为一个救赎人

---

① 陈超:《海子》,选自《不死的海子》,崔卫平编,中国文联出版社 1999 年,第 73 页。
② 海子:《耶稣》,海子《海子诗全编》,西川编,上海三联书店 1997 年,第 307 页。
③ 海子:《七百年前》,选自海子《海子诗全编》,西川编,上海三联书店 1997 年,第 413 页。
④ 海子:《亚洲铜》,选自海子:《海子诗全编》,西川编,上海三联书店 1997 年,第 3 页。

间的新诗人。

著名评论家朱大可在《先知之门》一文中认为,海子和骆一禾等诗人是看破海德格尔所说的"世界之夜""黑夜真相"的"先知"。他们对现实没有采取隐忍的态度,他们既是黑夜的目击者,又是黑夜的言说者,"凭借人的内在智慧光线、神谕的启示和说出真理的非凡勇气,宣布了对世界之夜的激烈审判"。① 朱大可把海子和骆一禾的作品中艺术与宗教理念合一的模式称为"诗歌神学",即用诗歌来表达对人的生存根本进行终极追问而非表现对于神的膜拜。因此,朱大可认为海子就是"斗士先知"。②

2. "王子"

事实上,海子虽然有浓厚的宗教情结,但是他并没有把自己定位为"先知"。从他的诗学纲领《诗学:一份提纲》看,他应该自认为是"王子"。他给自己这个称谓加了不同的前缀:"浪漫主义王子"、"诗歌王子"、"太阳王子"。他认为:"他们疯狂的才华、力气、纯洁的气质和悲剧性的命运完全是一致的。他们是同一个王子的不同化身、不同肉体、不同文字的呈现、不同的面目而已。他们是同一个王子,诗歌王子,太阳王子。"③ 海子坚信,诗歌"王子"们悲剧性的抗争和抒情本身就是人类文明中最为壮丽的诗篇。

海子罗列了他心目中的"王子",其中包括着雪莱、荷尔德林、马洛、韩波、普希金和叶赛宁等杰出的浪漫主义诗人。"这一次全然涉于西方的诗歌王国。"海子觉得中国还没有真正意义上的"诗歌王子",因为他厌恶东方诗人的苍白孱弱、自以为是的文人气质,认为他们只是关注自己的趣味而忽略人类的共同命运。这说明了海子在内质上关注的是诗人身上的使命。所以在辨析了陶渊明和梭罗的归隐行为后,他否定了前者而肯定了梭罗那种对自己生命与存在本身投入极大珍惜和关注的态度,并明确

---

① 朱大可:《先知之门——海子骆一禾论纲》,选自《不死的海子》,崔卫平编,中国文联出版社1999年,第126页。
② 同上书,第127页。
③ 海子:《诗学:一份提纲》,选自海子:《海子诗全编》,西川编,上海三联书店1997年,第896页。

宣告："这就是我的诗歌的理想"、"这是中国诗歌的自新之路。"① 而这便是海子这个"诗歌王子"的价值感所在：通过诗歌达成文化与思想上的建树。

海子认为"王子"是从"祭司"进化而来的，是"人的意识的一次苏醒，也是命运的一次胜利"，他的出现让"人类个体的脆弱性暴露无遗"。② 然而"王子"又都是短命的天才，尽管他们经历了耶稣和弥赛亚所经历的苦难并承受命运的悲剧才使自己的生命焕发出夺目的光彩，但是他们也注定匆匆地离开人世。海子常常为天才薄命而痛不欲生，但他同时也相信，"王子"短暂的存在彰显了世界本来辉煌的面目。他眼里的诗歌王子形象是：尽管饱含了天才辛酸却总是面露安详的微笑。③ 这种情绪在朱大可看来就是"王子心情"④。因为海子自己是"王子"，所以他能深切体会到其命运的悲壮，并毅然接受这种命运的安排，用自己的生命表达对人类最深的热爱。

3. 诗歌国度的王者

海子的最终理想是成为诗歌王国的王。他第一阶段的工作被定义为是还"没有成为王的王子"⑤，他为此在做不懈的努力。海子看来，只有极少数的诗歌王子才能成为"王"。在他观念中只有但丁、莎士比亚、歌德等人才能称其为"王"。海子说："我敬佩他们。他们是伟大的峰顶，是我们这些诗歌王子角逐的王座。对，是王座，可望而不可即。在雪莱这些诗歌王子的诗篇中，我们都会感到亲近。因为他们悲壮而抒情，带着人性中纯洁而又才华的微笑，这微笑的火焰，已经被命运之手熄灭，有时，我们甚至在一刹那间，觉得雪莱和叶塞宁的某写诗是我写的。我与这些抒情主体的王子们已经融为一体……"⑥

---

① 海子：《诗学：一份提纲》，选自海子：《海子诗全编》，西川编，上海三联书店1997年，第897页。

② 同上书，第896页。

③ 同上。

④ 朱大可：《先知之门——海子骆一禾论纲》，选自《不死的海子》，崔卫平编，中国文联出版社1999年，第136页。

⑤ 海子：《诗学：一份提纲》，选自海子《海子诗全编》，西川编，上海三联书店1997年，第897页。

⑥ 同上书，第896-897页。

如果前面海子展现的是"王子心情",那么这便是他成为"王"的梦想的表达。

接下来,海子阐述了"王"的事业。他认为"王"的事业和诗人的事业一样都是诗歌,但是和一般的诗人不同,王要进行的是宏大的叙述建构。而这便是他的理想:"我一直想写这么一首大型叙事诗:两大民族的代表诗人(也是王)代表各自民族以生命为代价进行诗歌竞赛,得胜的民族在诗歌上失败了,他的王(诗人)在竞赛中头颅落地。失败的民族的王(诗人)胜利了——整个民族惨灭了、灭绝了,只剩他一人,或者说仅仅剩下他的诗。"① 如果"王子"的剑是表达个体存在的抒情短诗,那么王的刀则是民族的宏大叙事诗——也就是海子最看重的"长诗"。通过对"王"的形象树立,海子为自己的"长诗"代言,由此寻找到了立足之本。和梭罗一样,海子也神化了他内心孜孜以求的完美自我——"王":"今夜,我仿佛感到天堂也是黑暗而空虚的。那些坐在天堂的人必然感到并向大地承认,我是一个沙漠里的指路人,我在沙漠里指引着大家,天堂是众人的事业,是众人没有意识到的事业。而大地是王者的事业。"② 这个沙漠的领路人俨然就是旧约圣经中带领希伯来人出埃及的摩西。

朱大可正是在捕捉海子作品中的基督教意象、形象和"先知话语"的基础上认为海子是在现代生活"上帝死了"、所有至高者都似乎在逐渐退出人类生活后自觉担当起一个现代知识分子的职责,展开了对真相与真理的探寻。朱大可指出,海子脱离了复兴天堂的传统信念,试图从贫瘠的大地上寻找人类救赎的可能,所以他坚信海子是"历史中最年轻的先知,沉浸于愈来愈强烈的弥赛亚精神之中,并且指望用那精神去处死一个腐朽到极点的时代。"③但学者高波却指出:朱大可从"先知"的角度来阐释海子是政治层面上的"过度阐释",是"文学知识分子"在新世纪话语权边缘化后的自说自话,因为实际上海子死的时候才刚满25岁,从其年龄、

---

① 海子:《诗学:一份提纲》,选自海子《海子诗全编》,西川编,上海三联书店1997年,第904页。
② 同上书,第905—906页。
③ 朱大可:《先知之门——海子骆一禾论纲》,选自《不死的海子》,崔卫平编,中国文联出版社1999年,第126—139页。

出身和阅历等各种因素看，他其实"只是想做'诗歌之王'，做精神上指引拯救人类的智者和圣者，在思想上并未积极呼应当时潜涌的政治文化思潮，更没有介入这种政治文化骚动的现实行为。"① 相对而言，高波的看法显然是比较中肯的。

(三)"先知"的生与"王"的死

在实现"诗人"—"先知"或"王"的人生理想过程中，梭罗和海子都选择了语言、选择了写作。从根本上来看，两者都执着于对生命关系和本真存在的探索，都表现出了对现代性精神困境的批判，都渴望人与自我、人与自然的和谐共处。但是两者由于发出的基础和心理不同便选择不同的路径，从而导致了不同的结果，前者谱写了明媚的生命之歌，后者却自毁于求索的途中。

1. "先知"的生之明媚

相对于海子，梭罗显然是有明确的"诗人—先知"目标和社会道德改良的政治意向。正如布伊尔指出的，超验主义提出"诗人—先知"这个"职业"，目的是为了打破新英格兰以神学为中心的传统，实际上是为弘扬人的神性、给人的自由发展打开一扇窗。② 其本质上是美学与神学结合的产物。这或许更靠近朱大可所阐述的"诗歌神学"框架。

对于超验主义有关"先知"这个"职业"的称呼，布伊尔沿用的是爱默生《诗人》里的词汇，综合成了"诗人—先知"，英文是"poet-priest"；而另外一个学者舒尔曼则用"预言家"即"prophet"对梭罗的相似职能进行描述。③ 事实上，无论是"priest"还是"prophet"都是出自于基督教的经典，都具有浓烈的宗教意味，在汉语中也许只有"先知"一词比较能涵盖其内涵。

舒尔曼认为，像梭罗这样带有诗人性质的作家都可以被视为是"先知"，因为他们的职能是向人类"救赎"、"修正"开放的——也就是运用

---

① 高波：《"海子神话"与"文学知识分子"心态》，《厦门大学学报》(哲学社会科学版) 2009 年第 4 期，第 116—121 页。

② Lawrence Buell, *Literary Transcendentalism: Style and Vision in the American Renaissance*. Ithaca & London: Cornell University Press, 1978, pp. 50 – 54.

③ George Shulman, "Thoreau, Prophecy, and Politics", in *A Political Companion to Henry David Thoreau*, Jack Turner ed., Lexington: The University of Kentucky, 2009, p. 124.

语言或言语沟通神与人,他们是《圣经》中被称为预示神意的"信使"、作证的"目击者"、预先警告或预先阻拦的"看守者"、高唱挽歌的歌者。他们是连接一个社群与神圣存在的中介,因为这个社群被伟大的存在所掌控,但是他们并不能轻易知晓这个存在的意图。先知的意义就在于宣告这个社群命定的苦难和救赎的方法。舒尔曼还指出,欧美的浪漫主义者用"诗人"替代了圣经中"先知",并使"预言文"世俗化为了一种现代文学文体。这种文体的特征就是延续了《圣经》的叙述模式、修辞方法和话语节奏等,其主要功能就是通过讲故事的方式批评盲目的偶像崇拜、社会不公正和独裁专政等等。[1] 舒尔曼认为,梭罗是美国文化中少数严厉批判者之一,他是现代意义上的"预言者"、"先知"。[2] 梭罗在自己的日记中同样宣称:"我的职业是保持永远的警觉,发现自然中的神,了解他躲藏的地方。参加所有神表演的戏剧——自然中的歌剧。"[3]

在《瓦尔登湖》中,梭罗这样表述了自己作为"信使"、"目击者"、和"看守者"的意图:

> 目前要写的,是我的这一类实验中其次的一个,我打算更详细地描写描写;而为了便利起见,且把这两年的经验归并为一年。我已经说过,我不预备写一首沮丧的颂歌,可是我要像黎明时站在栖木上的金鸡一样,放声啼叫,即使我这样做只不过是为了唤醒我的邻人罢了。[4]

梭罗把回归大自然当作一种与社会对抗的方式。正如卡维尔指出的,梭罗并不是逃避社会和政治,相反他进入林中是为了获取一个批评的观察点和立足点,然后由此讲述了一个如何不被社会不公正和政府霸权"囚

---

[1] George Shulman, "Thoreau, Prophecy, and Politics", in *A Political Companion to Henry David Thoreau*, Jack Turner ed., Lexington: The University of Kentucky, 2009, p. 125.

[2] Ibid., p. 127.

[3] *The Journal of Henry D. Thoreau*, edited by Bradford Torrey & Francis H. Allen. Boston: Houghton Mifflin, 1906, pp. 472–473.

[4] [美]梭罗:《瓦尔登湖》,徐迟译,上海译文出版社 2006 年,第 73 页。

禁"的湖畔独立生活的故事。①

在这个故事里,梭罗强调了对自己的忠诚尤其是对自己内心良知的忠贞不渝。所以梭罗并不提倡别人来模仿他,他再三声明的是他只是按照自己的个性和意愿进行一个实验,给人们提供一种可行的参考模式,他说:

> 我认识一个继承了几英亩地的年轻人,他告诉我他愿意像我一样生活,如果他有办法的话。我却不愿意任何人由于任何原因,而采用我的生活方式;因为,也许他还没有学会我的这一种,说不定我已经找到了另一种方式,我希望世界上的人,越不相同越好;但是我愿意每一个人都能谨慎地找出并坚持他自己的合适方式,而不要采用他父亲的,或母亲的,或邻居的方式……我们也许不能够在一个预定的时日里到达目的港,但我们总可以走在一条真正的航线上。②

可见,梭罗实施职能的基础是个人主义③,即对个体神圣不可侵犯的权利和个体自立自强的义务的双向维护。和爱默生一样,梭罗相信人就是自己的上帝,个体的创造性只有在自由、安全的状态才能释放,而个体的创造力是汇聚成社会不断进步的根本。他崇尚个人灵魂,追求个人的独立和自由,鼓励人们运用自己的知性摆脱传统和社会的束缚。

从这些叙述也可以看出,梭罗行使自己现代"诗人—先知"最主要的路径是回归大自然,在大自然中感受"超灵"的崇高,升华自己精神的神圣感和使命感。在梭罗看来,自然和精神世界是最相通的。梭罗正是在自然中,进行一次次自我探寻、自我修养、自我成长,试图获得心灵的宁静、实现精神的升华。自然不仅是人的精神世界的反映,而且自然如同一面镜子,能折射社会的结构和人的内心世界。在人与自然、社会与自然存在着对应的关系,因此三者应该建立和谐的关系。他说:

> 世上没有一物是无机的……大地是活生生的诗歌,像一株树的树

---

① Stanley Cavell. *The senses of Walden*. New York: The Viking Press, 1972.
② [美]梭罗:《瓦尔登湖》,徐迟译,上海译文出版社 2006 年,第 60—61 页。
③ [美]罗伯特·米尔德:《重塑梭罗》,马会娟、管兴忠译,东方出版社 2002 年,第 115 页。

叶，它先于花朵，先于果实；——不是一个化石的地球，而是一个活生生的地球；和它一比较，一切动植物的生命都不过寄生在这个伟大的中心生命上。它的剧震可以把我们的残骸从它们的坟墓中暴露出来。①

梭罗认为，人和自然应该属于一个共同的生态圈，这个生态圈的载体就是大地、"一个活生生的地球"。

在人与"超灵"的沟通中，自然起到了媒介的作用。自然反映了神的力量和意志。在现象、物质的自然中，"先知"可以预见神，并传递神的信息。尽管梭罗的精神是被超验所引导，但是他并没有因此而排斥经验。相反，他相信精神世界与物质世界的相互融合和相辅相成。梭罗对那些困于劳苦生活的人提出了质疑："在可能过光荣的生活的时候，为什么你留在这里，过这种卑贱的苦役的生活呢？"② 梭罗认为人应该实践另一种崭新的生活方式，用心智去解救被奴役的肉体，以崇高的敬意来善待自己。他提倡通过与自然的融合和交流，把对物质世界的感性认识提升到智性认识，人便可以追求自我的完整性，达成心灵与肉体的共同增长。

1862 年 5 月 6 日，由于长期罹患肺痨，在一次旅途中遭遇风寒并引起肺部感染，梭罗离开了人世。他最后留给亲友的遗言，他从来没有跟上帝吵过架，他认真地走过了无悔的今生今世。③ 他平静地走完了短暂的人生。深受超验主义哲学和东方哲学的共同影响，梭罗真正回归了大自然的怀抱。他留给世人一本积极、清新、健康、乐观向上的《瓦尔登湖》，描绘了一个充满生机、万物更新的世界。正如徐迟所言，"决不能把他的独居湖畔看作是什么隐士生涯。他是有目的地探索人生、批判人生、振奋人生，阐述人生的更高规律。并不是消极的，他是积极的。并不是逃避人

---

① ［美］梭罗：《瓦尔登湖》，徐迟译，上海译文出版社 2006 年，第 270 页。
② 同上书，第 196 页。
③ 据说梭罗临死前被问到是否相信上帝，他说："I never quarrel with him"，当被问道是否相信彼岸世界时，他说："One world at a time."参见 Harding·Walter Roy, *The days of Henry Thoreau*. New York: Knopf, 1965.

生,他是走向人生"①。

2. "王"的死之悲哀

20世纪80年代的中国,商业主义开始盛行。现代化进程加速进行,各种西方思潮涌入。在这样一个时代里,中国人真正开始探索物质财富的价值,重新构建幸福生活的标准,重新审视与传统及西方的关系。正如《新周刊》指出的,1980年代也是一个激荡、冲突的年代,是不断突破禁区的时代。而且"1980年代是一个把'人'字大写的时代……勇气、梦想和充满活力的灵魂,是1980年代最重要的价值遗存。"② 海子就生活在这个充满各种悬念的时代,并成为这个时代的一个典型表征,尤其是作为一个诗人的代表。

在北京大学接受高等教育的海子身上也同样显现了这个学府的新锐改革传统和气象。20世纪80年代末的中国文化危机开始暴露无遗,人们很快被主流消费意识形态的功利主义浸染。和19世纪上半叶的美国超验主义者对工商业发展导致的物质主义的抵抗一样,作为诗人的海子敏锐感觉到了这种社会心理的变化,他要拒绝,并呼吁人们警惕这种文化上的短视与庸俗,他试图坚守的是自己作为一个知识分子所肩负的伦理理想。于是,他的很多诗都表现了一种"以梦为马"式的激情与良知:

> 万人都要从我刀口走过 去建筑祖国的语言
> 我甘愿一切从头开始
> 和所有以梦为马的诗人一样
> 我也愿将牢底坐穿③

海子的挚友、诗人骆一禾也同样写道:"在天空中金头叨斗鹰肉/我看到现在/闪电伸出的两支箭头/相反地飞去,在天空中叨斗/火色盖满我的喉咙,一道光线"(骆一禾:《眺望,深入平原》)。这个时期的很多浪

---

① 徐迟:"译本序",引自梭罗:《瓦尔登湖》,徐迟译,上海译文出版社2006年,序第8页。

② http://www.china.com.cn/chinese/feature/933524.htm

③ 海子:《祖国或以梦为马》,选自海子《海子诗全编》,西川编,上海三联书店1997年,第377页。

漫主义诗人在思想内核中都有着对国家民族命运的历史担当感。尽管在这里，海子和骆一禾缺少明确的政治诉求，但是他们对形而上的意识形态有着美好的渴求。他们试图从这种物欲横流的文化危机中突围，为社会文化的发展提示一条指向美好人性的道路。

虽然两者有着共同的意识形态和艺术价值诉求，但是他们的精神气质和文本效果却有很大的差异。有学者指出，两人都对神圣价值的缺席感到深刻的不安并试图用诗歌加以呈现，意在警醒世人。但是在呈现事实的过程中，海子明显表现得激烈、紧张、劲哀；而骆一禾则诚稳、宽徐。① 可以说，海子的诗充满了史诗式的精神气象与悲剧感染力。

海子不是要做一个神情凝重、语重心长的"先知"，而是要做一个"王"、要开辟自己的领地、要绝对的掌控权。于是他抵抗的基础是内部灼热的激情，他实施的路径是建构诗歌的王国。诗歌成了海子的唯一武器。

海子不仅仅认可梭罗对自己的生命和存在本身的极大珍惜和关注而且对梭罗的生态整体观也是极为赞同的。他在梭罗的《瓦尔登湖》中看到了这一点，并产生了强烈的共鸣与震动。在一首同时献给梭罗和陶渊明的诗中，海子写道：

> 这可是宇宙
> 土内之土
> 豆内之豆
> 灯中之灯
> 屋里之屋
> 寻找内心和土地
> 才是男人的秘密②

事实上，他也理解陶渊明"种豆南山下"的无奈，只是更佩服梭罗

---

① 陈超："编选者序"，选自谢冕、唐晓渡：《以梦为马》，北京师范大学出版社1993年，第5—6页。
② 海子：《太阳·土地篇》，选自《海子诗全编》，西川编，上海三联书店1997年，第573页。

瓦尔湖畔"种豆"的勇气和秘密。这个"男人的秘密",就是一个真在的个体对自我的坚守和对存在苦难的担当。但是海子不仅打破了中国诗歌世界几千年来的自足和完满,而且对梭罗那种积极乐观的精神也缺少深刻的体认。他的笔下从来没有出现过那种宁静、恬淡、悠闲的田园生活场景。梭罗在瞬间体验到的是宗教般的"狂喜"并使之蔓延到日常,因此获得了追求美好事物的原动力。但是在海子的诗歌里,却很难找到有一首诗描写了某一个生动甜美的乡间生活瞬间。因此有的学者对海子是不是乡土诗人产生了质疑①。

"土地"是海子诗歌的一个重要意象。在他那里"土地"成了一个巨大的隐喻、一种精神性的存在:

土　从中心放射　延伸到我们披挂的外壳
土地的死亡力　迫害我　形成我的诗歌
土的荒凉和沉寂

断头是双手执笔
土地对我的迫害已深入内心
羔羊身披羊皮提血上山剥下羊皮就写下朴素悲切的诗②

土地既是物质的基础,也是精神的载体。被遗弃的土地象征了现代社会中人们精神上的漂泊流离;土地的"饥饿"也意味着人们精神上的饥渴、焦虑、流离失所;土地的悲剧,折射出现代社会中人们痛失精神家园无可依傍的悲惨处境。土地被遗弃,是现代人信仰的失落,是人类的悲剧。海子正是在这个意义上以视死如归的气概、用他的"太阳七部书"等长诗留下了自己的生命体验和精神体验,企图通过他对人的生命存在根本处境的觉醒与道说来警示人们,甚至幻想着寻找到皈依神圣的之门。③

如前所述,梭罗的意识中有根深蒂固的宗教因子,虽然《瓦尔登湖》

---

① 崔卫平:《海子、王小波与现代性》,《当代作家评论》2006年第2期,第39页。
② 海子:《太阳·土地篇》,选自《海子诗全编》,西川编,上海三联书店1997年,第576页。
③ 胡书庆:《大地情怀与形上诉求》,河南人民出版社2007年,第10页。

对基督教来说有点"渎神倾向",但是丝毫不影响梭罗从宗教中获得精神力量。海子在山海关自杀时身旁还带着一本《新旧约全书》,显然说明了他也有谋求某种精神力量以对现实有所拯救。但是海子生存在一个传统文化被粗暴割裂、信仰缺失且还未来得及修复便投入物质主义漩涡的时代,他最终还是没有找到真正的灵魂栖居地,因此也没有获得拯救。他的自杀表明了失去"土地"后的悲剧,失去存在之根的悲剧,也是现代性中国诗坛的悲剧。

梭罗是海子的精神偶像。梭罗对生命存在本质的热切关注甚至成了海子后来努力追求的一种诗歌理想。海子在很多诗歌中所深切表现的对现代畸形文明的反思、对现实生存本质的质疑,在根本上与梭罗一脉相承。此外,海子对自然的热爱和体验,如诗歌中对大地、麦子、秋天、黄昏的咏唱,和梭罗歌咏自然时一样真诚且有深度。但是正如西川所言,"海子的写作就是对于青春激情的燃烧"。[①] 因此,与梭罗精神上的宁静和自信不同,充满着浪漫理想主义狂热的海子最终却对生命终极幸福和价值的追寻失去了信心,陷入了怀疑与虚无的泥沼。

梭罗动态的积极的审美人生观,是与工业文明的动态发展相适应的。他将审美当作一种世界观和人生观的时候,整个文化呈现了一种泛文化与泛艺术的色彩。正如保罗·谢尔曼(Sherman Paul)的评论,梭罗是"一位有经验的诗人,他熟知想象力与艺术技巧的运用"[②]。梭罗的审美人生观,就整个西方文化来看,他是对西方制度文化和技术文明片面发展的一种反抗。海子对西哲的热衷、对梭罗的接受,或许正是因为他要以强盛的生命力来抵御反抗导致生命弱化的物化与片面分化。但是他却早早地结束了自己年轻的生命。关于他的死因,也成了人们不断猜测的一个不解之谜。海子1988年2月28日在自己的诗《夜色》中说:"我有三次受难:流浪、爱情、生存;我有三种幸福:诗歌、王位、太阳。"这或许只能给人们留下更多的警示。

有学者指出,海子一生禁锢于自我的世界,沉溺于幻象中不能自拔。

---

① 西川:《死亡后记》,海子:《海子诗全编》,西川编,上海三联书店1997年,第929页。
② Sherman Paul ed., *Thoreau: A Collection of Critical Essays.* Englewood Cliffs, N. J: Prentice-Hall, p. 4.

他苦苦寻求拯救之途,无论是自然、还是宗教,都没有成为他真正的皈依,因此倒在求索的途中。其一生是悲观的、求索的一生,可谓"死之悲凉"。相对而言,梭罗更多的是致力于对现实世界的探索,关注的是生活和生命的实在,其散文是生命的赞歌;而海子诗歌属于生存和存在的想象,是对人类的生存之基进行着终极追问,他始终在吟诵的是生命的悲壮和痛苦。①的确,海子进行诗歌创作的时代是一个转型时代,"在这之前的文化断裂无论时间长度和断裂深度在中国文化史上都是罕见的。这决定了之后的知识分子不得不承担绝大的超越时代的责任,并负担完成意识形态的淡化、旧有文化的清理和新文化的创造的重任。这是个沉重的担子。或许正是在这种负担下才上演了上世纪80年代的一场场悲剧,包括海子的自杀"。②恰如西川总结的:"海子的死带给了人们巨大和持久的震撼。在这样一个缺乏精神和价值尺度的时代,有一个诗人自杀了,他逼使大家重新审视、认识诗歌与生命。"③这就是海子作为中国当代诗人提出的问题,等待着更多的人来思考、讨论。梭罗也仅仅是思考这个问题的一个视角、一个维度。

三 梭罗与中国新生代散文家之比较:以苇岸为例

在中国的文坛,20世纪80年代被视为是诗歌的绚烂时期;而到了90年代,散文成了一种令人关注的文体,其中"新生代散文"成为受人关注的一个群落。学者李林荣认为,"新生代散文"是"从中国当代散文领域凸显出来的又一个反抗生活文化对文学的整体性约束的创作实践现象。"④其兴起于80年代后期,到90年代达到一个高峰,本质上是中国当代文化中的"青年意识"的表达。⑤相对于同时代的"后朦胧"诗歌和"先锋派"小说,新生代散文呈现出了理性、情感、记忆浑然一体的经验状态,与那个时代的青年人实际身心遭遇贴得更加紧密,呈现了现代白话

---

① 王颖:《现代性视野下的梭罗与海子》,《廊坊师范学院学报》(社会科学版)2009年第4期,第28—31页。
② 铁与血:《海子的逝去与理想时代的终结》,《人物》2009年第3期,第87页。
③ 海子:《海子诗全编》,西川编,上海三联书店1997年,第920页。
④ 李林荣:《嬗变的文体:社会历史景深中的中国现当代散文》,社会科学文献出版社2006年,第175页。
⑤ 李林荣:《嬗变的文体:社会历史景深中的中国现当代散文》,社会科学文献出版社2006年,第177页。

散文语言的独特活力和独特价值。①

"新生代散文"作家包括了王开林、曹晓冬、胡晓梦、元元、冯秋子、苇岸等青年作者。但需要注意的是，很多学者认为"新生代"这个命名不单纯是一个时间性的概念，更饱含一种精神性的内涵即"青年意识"。② 李大鹏认为，新生代散文内涵丰富、深厚，作品几乎涵盖了哲学、宗教、历史、现实、文学、艺术、自然、人生多方面的内容，既有抒情的神采韵味又有学术的机智思辨，苇岸的《大地上的事情》可谓是其中的典型代表。③ 作为新生代中一位富于原创性的作家，苇岸的散文是一个独特的存在。其作品在清新、沉静、淡泊、自然的审美意境中散发出"一种近乎'圣语'的神圣和独显艺术救赎魅力的内在意"，让人感受到了其中的"和谐、澄澈、素朴和警示"。④这在狂躁、焦灼成为普遍状态的当代文坛中显得那么的弥足珍贵。有人说他如自然的信使，其短暂的一生就是为了将自然的忠告带给人间。⑤

很多新生代散文作家的思想源头是东方的，但苇岸的促发力和思想源头却是西方的——而最直接的影响则是来自梭罗。苇岸曾在《怀念海子》一文中做过自我剖析："我本质上是'理性'的、'散文'的。当我读到梭罗的《瓦尔登湖》，我的确感到对它的喜爱超过了任何诗歌。这就是我在诗歌路上浅尝辄止，最终转向散文写作的原因。我是一个本能地习惯于事物中寻找意义的人。"⑥ 苇岸这这番话道出了他赞赏和亲近梭罗三个方面的原因：一、《瓦尔登湖》让他醒悟到了自己的特性是"理性"的感觉；二、梭罗的语言促使他意识到了简约的散文也可以准确、智性地表达

---

① 李林荣：《嬗变的文体：社会历史景深中的中国现当代散文》，社会科学文献出版社 2006 年，第 182 页。

② 佘树森、陈旭光：《中国当代散文报告文学发展史》，北京大学出版社 1996 年，第 296 页。

③ 李大鹏：《中国当代文学专题研究》，中国文史出版社 2011 年，第 73 页。

④ 苏文健：《重识苇岸及其散文的价值》，《信阳师范学院学报》（哲学社会科学版）2012 年第 2 期，第 126 页。

⑤ 张志军：《来自大地的声音—读苇岸〈大地上的事情〉》，《社会科学论坛》2004 年第 6 期，第 90—91 页。

⑥ 苇岸：《怀念海子》，选自崔卫平：《不死的海子》，中国文联出版社 1999 年，第 44 页。

自己思想；二、梭罗的湖畔实验给了他做"观察者"发掘世界精神的提示和模板。可见，梭罗影响了苇岸的创作文体、创作思路和创作宗旨等等。

（一）梭罗与苇岸的文体选择

和海子一样，苇岸在创作中也深受梭罗的影响。但是苇岸显然要比海子更有梭罗那种质朴、沉静的气质。苇岸不仅成为梭罗在中国的一个门徒而且还推动了《瓦尔登湖》在中国的全面出版。在《我与梭罗》一文中，苇岸再次重申了《瓦尔登湖》对自己的影响："我第一次听说这本书，是在 1986 年冬天。当时海子告诉我，他 1986 年读的最好的书是《瓦尔登湖》。在此之前我对梭罗《瓦尔登湖》还一无所知……我向他借来，读了两遍，并作了近万字的摘记，这能说明我当时对它的喜爱程度……最终导致我从诗歌转向散文的是梭罗的《瓦尔登湖》。"[①] 由此可见，梭罗对他的文体选择影响至深。

苇岸，原名马建国，1960 年 1 月 7 日生于北京市昌平县北小营村，1984 年毕业于中国人民大学哲学系。苇岸说，他从大学起持续了七八年的阅读兴趣和写作方向主要是诗歌。[②] 1982 年开始发表作品，1988 年起主要转向了散文的创作。1999 年 5 月因癌症医治无效而去世。他留下来的文字不多，不到二十万字，生前只出版了《大地上的事情》一部很薄的散文集。他在病榻上编就的散文集《太阳升起以后》是在他死后不久才出版的，而朋友袁毅编辑的文集《上帝之子》和冯秋子编辑的《最后的浪漫主义者》则都作为对他的纪念先后出版，这些书名恰恰是朋友们对他及其作品价值的评定。著名散文家林贤治评论他的一生说，"他在这个他并不满意却又热情爱恋着的喧嚣的世界上生活，总共不足四十个年头。"但是，在其短暂的一生中，他生活在"天明地静"、淳朴平和的都市边缘，认真地观察和叙述"大地上的事情"。

---

① 苇岸：《我与梭罗》，选自苇岸《最后的浪漫主义者》，冯秋子编，花城出版社 2009 年，第 97—98 页。

② 同上。

1. 一个"心软"的人

苇岸说自己"从小就非常心软,甚至有些极端"①。儿时生长的村子村头东西都有河,村里的井也很多。麻雀便选择村里井壁的缝隙中搭窝,繁衍养育后代。麻雀多,水也多,于是总时不时有雏雀失足掉入水里的。村里的人都是善良的人,如果谁刚好来挑水,便顺手把那些不幸的小生灵救起来。这些细微的举动被苇岸看到了,别人可能不会放在心上,但是他把这些故事写成了文字,因为他总是比别人在意这些小生命。

这是他的天性,或许也跟他周围的人有关。在其自述文《一个人的道路》中,苇岸讲到了他的四姑,说她是自己在这个世界上遇到过的最善良的人,所以他理所当然写了一篇关于她的散文,题目就是《四姑》。这个姑姑只比苇岸大几岁,是他幼时的看护者之一。她相貌粗朴,但却是苇岸五个姑姑中最有文质、最内秀的一个人。在农村艰苦劳作之余,她勤奋读书;在其父亲外出工作时,她承担起了本属于男人的栋梁作用,干最繁重的体力活;她谦卑、自足,并且乐于助人、有求必应。是她培养了苇岸早起的习性,给苇岸讲她读过的书籍,用她超人的记忆力和讲述能力引领苇岸走上了从文道路。在苇岸看来,好学、坚忍、敢担当的四姑有一种"传统的温暖人性",他说:"这个根本,使我后来对非暴力主义一见倾心。"② 因此,苇岸认为,姑姑矮小、不美的外貌恰恰"仿佛天然适应农村的泥土而来,为露天的风雨和劳作所生"③。

在苇岸的自述中,他遇上的人都同样美好。秉性鲜明、极重尊严、与所有家庭成员都保持距离的祖父,年过八十突然瘫痪了,却从未间断每晚睡前的日记。这样的祖父给了他坚忍、执着的精神。中学的时候,他尝试写的小说讲的便是一个顽皮善良的农场少年为了让自己敬爱的老师可以好好午休想办法赶走树上吵闹的蝉。这个时候的苇岸已经开始了"文以载

---

① 苇岸:《一个人的道路》,选自苇岸《最后的浪漫主义者》,冯秋子编,花城出版社 2009 年,第 199 页。
② 同上书,第 200 页。
③ 苇岸:《四姑》,选自苇岸《最后的浪漫主义者》,冯秋子编,花城出版社 2009 年,第 139 页。

道"的倾向。① 在大学期间,他遇上了志同道合的朋友,甚至图书馆的书籍都是开阔他视野的朋友。心存善良、美好的人,世界在他眼里也都是善良、美好的。

关于"苇岸"这个笔名的由来。他自己是这样解释的:"我的笔名'苇岸',最初来自北岛的诗《岸》,也有另外的因数。我不仅因'我是岸/我是渔港/我伸展着手臂/等待穷孩子的小船/载回一盏盏灯光'这样的诗句,感到血液激涌;更有一种强烈的与猥琐、苟且、污泥的快乐、瓦全的幸福对立的本能。"② 这段话概述了苇岸的性格特征和人生理想。虽然他也是个敏感的人,但是显然他没有海子那样激越的情感和尖锐的直觉力。正如他自己在《怀念海子》一文中所言的,海子是一个很有天分的人,所以他能成为"一个洋溢着献身精神的纯粹的诗人"③。温和的性格和大学专业的哲学思维训练让苇岸的思想充满了包容性和理性,在性格上似乎就注定了他很难成为一个"天然"的诗人。

在表述品格上,梭罗是个敏锐而好斗的天才;而苇岸包容、博爱,却欠缺某种天资。梭罗用灵魂和天分写作,而苇岸则是用心灵和勤奋在耕耘。苇岸的很多散文也都是写自己的心路历程。对待自我的心理、性格来龙去脉方面,他显然都要远比梭罗和海子坦诚、直率。正是因为如此,他的文学宗旨也很清楚:"没有比对人类的爱更富于艺术性的事业"。这句话源自于画家梵·高。苇岸说:"我希望我是一个眼里无历史,心中无怨恨的人。每天,无论我遇见了谁,我都把他看作刚刚来到这个世界的人。我曾经想,在我之前,这个世界生活过无数的人,在我之后,这个世界还将有无数的人生活;那么在人类的绵延中,我为什么就与我同时代的这些人们相遇,并生活在一起了呢?我不用偶然来看这个问题,我把它视为一种亲缘。"④ 可见,他本质上是一个心态柔软、充满弹性的人,包容性十足。

2. 从诗歌转向散文

一个宅心仁厚的作家应该更需要的是一种澄明、清澈、质朴的文体来

---

① 苇岸:《一个人的道路》,选自苇岸:《最后的浪漫主义者》,冯秋子编,花城出版社2009年,第200页。

② 同上书,第201—202页。

③ 苇岸:《怀念海子》,选自崔卫平:《不死的海子》,中国文联出版社1999年,第40页。

④ 苇岸:《一个人的道路》,选自苇岸:《最后的浪漫主义者》,冯秋子编,花城出版社2009年,第202页。

展现他对丰富多元人生的宽容、对真实世界的包涵。作家的个性和世界观决定了他创作的形式和语言。一个作家的文体选择跟其个性和意识总是密切相关的，正如有学者总结的：

> 人有情思，发诸笔端，就成了文章。但是情思的精妙之处，它的深曲要吵，用文章的格调语句不足以表达，于是就有了诗。文显而诗隐，文直而诗婉，文质言而诗多比兴，文敷畅而诗贵蕴藉，因此两者所写的内容精粗不同。诗能言文之不能言，而不能言文之所能言，这是文体不同，运用的限度就有广狭区分的关系。诗所说的，固然是人生情思的精妙之处，但精的之中还有更细美、幽约的东西，诗体就不能表达了，勉强表达它又不能曲尽其妙，于是不得不创新诗体，词就兴起了。词有各种各样的调，而每个词调中各又有句法参差、长短相间、音节抗坠的特点，它比诗更为轻灵变化而有弹性。①

对苇岸来说，真诚坦率令他在讲故事的时候缺乏叙述的"心机"，而温和与宽厚又可能让他的诗歌缺乏激情和锐利。

1986年冬天，当他在海子的推荐下偶遇了《瓦尔登湖》及其作者、同样倡导"非暴力主义"的梭罗，他便找到了很多共鸣点、产生了一种相见恨晚的感觉。他在自己的作品中反反复复地宣称《瓦尔登湖》是他读到的一本有生以来对他影响最大的书。② 习惯于在事物中寻找意义的本能，让他对《瓦尔登湖》的喜爱超过了任何诗歌，并最终由诗歌转向散文写作。③ 在《我与梭罗》中又提道："导致这种写作文体转变的，看起来是偶然的——由于读到了一本书，实际蕴含了一种必然：我对梭罗的文字仿佛具有一种血缘性的亲和和呼应。换句话说，在我过去的全部阅读中，我还从未发现一个在文字方式上（当然不仅仅是文字方式）令我格外激动和完全认同的作家，今天他终于出现了。"④ 于是乎，《瓦尔登湖》

---

① 缪钺：《诗词散论》，上海古籍出版社1982年，第54—56页。
② 苇岸：《怀念海子》，选自崔卫平《不死的海子》，中国文联出版社1999年，第40页。
③ 同上书，第44页。
④ 苇岸：《我与梭罗》，选自苇岸《最后的浪漫主义者》，冯秋子编，花城出版社2009年，第98页。

促使了苇岸从诗歌写作转向散文写作,梭罗成为苇岸散文写作的重要精神源头之一。

在苇岸看来,梭罗有太多地方吸引他了,他认为:"梭罗是一个复合型的作家:非概念化、体系化的思想家(他是自视为哲学家);优美的、睿智的散文作家;富于同情心、广学的博物学家(梭罗的生物知识特别是植物知识是惊人的,他采集并收藏了数百枚植物标本);乐观的、手巧的旅行家。"① 在梭罗身上苇岸照见了自己的某些特性和状态、也照见了自己的某种愿望和方向。生在于山水间、长于都市边缘的苇岸从其生活的地理文化中滋生出了"有机"思维,他能很快辨认出梭罗的这种特征,而且在这点上他对梭罗的评价是很准确的——从前文对其分析看梭罗的确是"非概念化、体系化思想家"而不是梭罗自认为的哲学家。作为一个有一定创作经验的作家,苇岸也准确地把握了梭罗作品和个性的特征。

散文家林贤治指出:"散文精神对于散文的第一要求就是现实性",所以"作家必须真诚。"② 在这个意义上,进一步解释了苇岸对梭罗一见如故的原因,因为梭罗在《瓦尔登湖》中坚持表达自己、坚持自己的观念。另外,"散文是人类精神生命的最直接的语言文学形式。散文形式与我们生命中的感觉、理智和情感生活所具有的动态形式处于同构状态。"③ 换句话说,个体精神的丰富性决定了散文内涵的广度和深度。苇岸的温和与宽厚也构成了是他接受散文文体的一个先决条件。

3. "土地一样朴素开放的文字"

对于自己从诗歌创作向散文创作的转向,苇岸有着非常了然的认识。他把自己一首题为《结实》的诗和梭罗《瓦尔登湖》中的一节文字进行对比,在文字中找到了两人的共性。这首诗是苇岸在未接触梭罗及其作品之前写就的:

  秋天是结实的季节
  生命的引导者

---

① 苇岸:《最后的浪漫主义者》,冯秋子编,花城出版社 2009 年,第 101 页。
② 林贤治:《中国散文五十年》,漓江出版社 2011 年,第 3 页。
③ 同上书,第 2 页。

> 接纳一切满载之船的港湾
> 北方,鸟在聚合
> 自然做着它的大循环
>
> 所有结着籽粒的植物
> 都把充实的头垂向大地
> 它们的表情静穆、安详
> 和人类做成大事情时一样
>
> 太阳在收起它的光芒
> 它像即将上路的远行者
> 开始打点行装
> 它所携带的最宝贵的财富
> 是它三个季节里的阅历

从艺术角度看,苇岸的这首诗语言没有海子的诗那般尖锐、激越,意象也没有那么有想象力和创造力,但是它清新、简洁、朴实、沉静。苇岸用于对照此诗的《瓦尔登湖》段落则是梭罗《种豆》篇中的一个小段:"我们常常忘掉,太阳照在我们耕作过的田地和照在草原和森林上一样,是不分轩轾的。它们都反射并吸收了它的光线,前者只是它每天眺望的图画中的一小部分。在它看来,大地都给耕作得像花园一样。因此,我们接受它的光与热,同时也接受了它的信任与大度。"① 梭罗曾经有过诗人的梦想和诗歌的创作经验,因此他的散文也有一种诗的意蕴。在这里,梭罗的语言也是简洁、朴实、沉静的。两人共同经营了太阳和阳光的意象,表现了一种积极乐观、温和宽阔的精神。

苇岸这样评论自己的诗和梭罗散文的相契:"我的诗显然具有平阔的'散文'倾向,梭罗的散文也并未丧失峻美的'诗意',而我更倾心梭罗这种自由、信意,像土地一样朴素开放的文字方式。总之在我这里诗歌被征服了:梭罗使我'皈依'了散文。后来我愈加相信,在写作上与其说

---

① [美] 梭罗:《瓦尔登湖》,徐迟译,上海译文出版社 2008 年,第 146 页。

作家选择了文体，不如说文体选择了作家。一个作家选择哪种文学方式确立他与世界的关系，主要的还不取决于他的天赋和意愿，更多的是与血液、秉性、信念、精神等等因素相关（中外文学的经营大体可以证实这点）。"① 两人的共性正是来源于精神上的相通，即对生命根本的热爱与尊重，也就是美国生态学家利奥波德所提倡的"大地道德"。而只有散文才是承载这种精神的最恰当体裁。正如林贤治指出的："散文面对大地事实。诗歌面对神祇和天空。"因此，两人的语言质地都是那么的清澈、精准而简洁，不铺陈、少杂蔓，率然地告诉你来自心灵的消息。

（二）"上帝之子"

苇岸的很多文字是有神性的。他乌托邦似的语言，常常令人不敢肯定他是否是教徒，因为和那些宗教型作家有别的是他不偏执也不过分的洁癖和激越，对待各种文化和宗教都能从容以待，如平静的水，而水下又含着石块——任何人都能看出他是有信仰的。

和海子一样，苇岸也有一种"普世主义"情结，不过与海子跨宗教、跨文化的形而上与高阔不同，苇岸所主要体现的是基督教意味的博爱。在自述中，苇岸说，《上帝之子》，实际上是间接从信念上讲了他自己。② 从梭罗出发，苇岸也关注超验主义，还和自己的好友袁毅讨论其中蕴含的宗教博爱精神。在其散文《诗人是世界之光》中，苇岸把梭罗视为超验主义精神的践行者。③ 可见，苇岸在梭罗身上不仅寻找到了自己文学的理想，还发现了灵魂的归属即过着有精神信仰的生活。

在《上帝之子》一文中，苇岸叙述的是羊的故事，整个主题和意蕴有着浓厚的宗教意味，简直就是《圣经》中关于"羊"的内容的概述和诠释。他说："在所有生命里，我觉得羊的存在蕴义最为丰富……羊自初生就位于对立的一极，它们草地上的性命，显现着人间温暖的和平精神；它们汇纳众厄的孺弱躯体已成人类某种特定观念标准的象征和化身。羊，

---

① 苇岸：《我与梭罗》，选自苇岸《最后的浪漫主义者》，冯秋子编，花城出版社 2009 年，第 99 页。

② 苇岸：《一个人的道路》，选自苇岸《最后的浪漫主义者》，冯秋子编，花城出版社 2009 年，第 200 页。

③ 袁毅：《最后一棵会思想的芦荟》，选自苇岸《上帝之子》，袁毅编，湖北美术出版社 2001 年，第 3 页。

仿佛天然的牺牲和祭品，宗教看中的牲灵。"他还引用了《圣经》的原文，如："看哪，这是上帝的羔羊，除去世人罪孽的。"苇岸认为，羊承负着壮烈的替罪使命，"基督和羊的前定舍身命运，奇异地相同，它们自身也被圣书直率无碍地并列在一起。"① 而且羊还是恶的承受者。他还讲述了 1990 年他在新疆旅途中看到的"羊现代受难的全部过程"，赞扬了羊的坚忍和承受精神，让他想起了"人类尚未放弃的一种脆弱努力"。在苇岸看来，这种精神"根植于文明之上，为基督孜孜倡导和传扬，成为世代圣贤最殷切声音的宽宥与忍让精神，在崎岖的历史上，终于衍变为自觉的非暴力主义"。这些使他看到了"一个伟大的心灵张开了，它祈望以爱容纳和化解人间的一切事情"，并视之为"人类精神衍进中的一次伟大变革，它的意义不会亚于火的使用和文字的诞生"。②

在这篇文章里，苇岸指出：在西方，非暴力主义与反殖民主义、反种族主义一并被称为 20 世纪三大重要革命。他认为托尔斯泰是现代完整阐述非暴力主义思想的第一人，并且影响了印度的甘地、美国的马丁·路德·金的非暴力主义运动。而我们都知道，实际上很多国际学者都认为是梭罗的《论公民的不服从》是托尔斯泰非暴力主义思想的源头。苇岸在文中没有提到梭罗，或许是当时国内对梭罗作品的引进还仅限于《瓦尔登湖》。而无论如何，苇岸应该也能从《瓦尔登湖》中感受到梭罗的非暴力抵抗意识和受难"先知"的使命感。最为重要的是，苇岸不局限于把从羊身上引申出的非暴力主义及博爱精神视为一种神学理念，而是当成了"对于生活的崭新理解"。换句话来说就是，他把博爱视为生活信仰和行为准则。

1. 大地的神圣

张志军认为，"苇岸的散文所表达的已经不仅是视觉、知觉上的审美感知，是对大地怀着宗教般虔诚与对生命热爱的表白"。③其作品饱含巨大的精神感召力，引导读者竭力向善，弘扬爱与尊重，召唤心灵世界的回归，以博大宽厚、质朴谦逊姿态面对大地上的一切。在《大地上的事情》

---

① 苇岸：《上帝之子》，选自苇岸：《最后的浪漫主义者》，冯秋子编，花城出版社 2009 年，第 76 页。
② 同上书，第 78 页。
③ 张志军：《来自大地的声音——读苇岸〈大地上的事情〉》，《社会科学论坛》2004 年第 12 期，第 91 页。

中，苇岸这样描述他眼里的秋天：

> 秋天，大地上到处都是果实，它们露出善良的面孔，等待着来自任何一方的采取。每到这个季节，我便难于平静，我不能不为在这世上永不绝迹的崇高所感动，我应当走到土地里面去看看，我应该和所有的人一道去得到陶冶和启迪。①

在这里，苇岸就是名副其实的大地代言人。他的文字铅华洗尽，仿佛一条缓缓流动、清澈见底的小溪。没有歧义、没有双关、没有暗喻……只有最朴实的文字表达着最真挚的情感。他让文字返璞归真回到大地，回到生长的土壤，恰似大地上展现的天然事物。梭罗在《瓦尔登湖》也有着类似的叙述：

> 野樱桃（学名 Cerasus pumila）在小路两侧装点了精细的花朵，短短的花梗周围是形成伞状的花丛，到秋天里就挂起了大大的漂亮的野樱桃，一球球地垂下，像朝四面射去的光芒。它们并不好吃，但为了感谢大自然的缘故，我尝了尝它们。②

《瓦尔登湖》对于苇岸具有根本性的影响："它使我建立了一种信仰"。③ 这种信仰就是对于自然的亲近、领悟、尊重和博爱。正如有学者指出的："受《瓦尔登湖》的影响，苇岸也在作品中发现了自然的脉搏和声音。作家带着敬畏的心灵感悟自然，与自然进行了灵魂的交流"。④

需要指出的是，尽管两人都表述了事物中某种神秘、神圣的力量，但是梭罗的文字属于天空，而苇岸是大地的演说。显然梭罗的确比苇岸要有

---

① 苇岸：《大地上的事情》，选自苇岸：《最后的浪漫主义者》，冯秋子编，花城出版社 2009 年，第 39 页。

② ［美］梭罗：《瓦尔登湖》，徐迟译，上海译文出版社 2006 年，第 100 页。

③ 苇岸：《一个人的道路》，选自苇岸《最后的浪漫主义者》，冯秋子编，花城出版社 2009 年，第 201 页。

④ 赵树勤、龙其林：《〈瓦尔登湖〉与中国当代生态散文》，《湘潭大学学报》（哲学社会科学版）2012 年第 1 期，第 93 页。

语言表现的天分，但是苇岸拥有了大地的力量和心灵、具备了大地的质感和精神，使得他的文字流露出从容的深刻和博大的悲悯。苇岸和他的文字一样成为大地的风景和呼吸，在娓娓道来的叙事中，他呈现了中国北方大平原的质朴与浑厚。而梭罗展现的是空灵、雅致的新英格兰山水。

苇岸对大地的深情来自于他成长的环境。他生长的村庄位于他所称的"华北大平原开始的地方"，据其祖父讲，他的"祖先是最早来这里定居的人家之一"。村子的"西部和北部是波浪起伏的环形远山，即壮美的燕山山脉外缘。"每当日落的时候，他就跑到山顶上，幻想太阳最后降在了什么地方。山成了他观察周边事物的参照点。他曾认定，太阳落山后是从山外绕回到东方去的，而山外在他想象中就是外国。他还说："这个大平原的开端，给了我全部的童年和少年。与所有乡村的孩子一样，它们是由贫匮、欢乐、幻想、游戏、故事、冒险、恐惧、憧憬、农事等等构成的。"[①] 苇岸在这里描述的几个意象：大平原的开端、燕山、日落、山外的"外国"，再加上自己的祖先是最早的居民，这种地理环境和家族历史都给其生长的村庄铺上了一种神圣感。

在牛顿的科学体系中，空间（space）被认为是一种永久、绝对的存在。而康德则认为空间和时间是人类认知经验世界的两大先验形式。在通常的意义上，空间指的是一个相对抽象的概念，一个"不具有意义的范畴"（a realm without meaning），但是如果有人为抽象的空间赋予意义，就必须对它进行命名或改造，使其成为"由人或物占据的部分地理空间"，那么它就成为"地方"（place）。简而言之，"'地方'是具有意义的空间，是独特的、不同的"，人类对地方的构建会使得自己与其之间形成不同程度的依附和互动关系。[②] 苇岸的童年生长在与大地亲密接触的环境中，似乎命定了成人后的他所肩负的使命及文字的终极去向。他从大地上来，也最终回到大地上去，大地是他的母亲，他深情地仰慕着她，这构成了他生命的一切意义。正如学者冯济平指出的，这份深情是"从荒原与村庄如'种子萌芽拱起地表'般相亲相容的密切联系中感受到一种神秘，

---

① 苇岸：《一个人的道路》，选自苇岸《最后的浪漫主义者》，冯秋子编，花城出版社2009年，第199页。

② Tim Cresswell, *Place: A Short Introduction*, Oxford: Blackwell Publishing, 2004, p.10.

一种天地宇宙之间关联的神秘:世间一切事物之间的联系——天地之间,人与自然之间,人类与人类之间,等等其他一切东西,仿佛都尽收在这荒原、村庄的和谐而神秘关联中。"① 这种神秘、神圣感本质上是苇岸所真诚体验到的崇高感。根据康德在《判断力批判》的阐述,崇高体验始于想象力所无法把握的一个自然对象的敬畏。这种敬畏感会令人感到自己必须承担起崇敬的使命。② 这点用在苇岸身上恰如其分。

2. 大地的道德

作为一个热爱、敬畏大地的人,苇岸对梭罗接受和喜爱的其中一个原因就是他坚信梭罗是一个有着"与大地相同的心灵"的作家。③ 苇岸以温和而博大的美好心灵、诗意的生活态度和审美地看待世界,他爱大地上一切诗意栖居者的美好存在。那些美好的生命和心灵都是苇岸热情赞颂和热切向往的。但是,90 年代以来,华北大平原上工业文明、消费主义和物质主义大行其道,大地上原有的有机运动秩序被摧毁。曾经可贵的东西已被挥霍一空。苇岸对此痛心疾首:

> 我的家乡就要遭受一场劫难,没有什么事情比这更使我震动,我感到悲哀。在村子的东北面,在家乡田园景色最典型的那个地方,将建一座大型水泥厂,它像死神就要做村子的邻居……可怜的父老们,没有人抵制这一灾难的临近。④

而且苇岸早就意识到这个问题在地球上的日趋严重:

> 威胁人类命运的有两个大敌:一是战争,一是环境。核武装的人类每时每刻都受到或因一位疯子领袖或因万一的机器失误而导致的全

---

① 冯济平:《化澄阔为神秘—论苇岸大自然散文的审美特质》,《山东师大学报》(人文社科版) 2003 年第 2 期, 第 44 页。
② [德] 康德:《判断力批判》(上), 宗白华译, 商务印书馆 1987 年, 第 101—120 页。
③ 苇岸:《作家生涯》,选自苇岸《最后的浪漫主义者》,冯秋子编,花城出版社 2009 年,第 158 页。
④ 苇岸:《日记》,选自苇岸《最后的浪漫主义者》,冯秋子编,花城出版社 2009 年,第 232 页。

面毁灭……生态的恶化愈来愈令人忧虑，人们被关闭在自己制造出来的环境中，紧张忙碌地生活。人改造着自己周围的一切，使自然面目全非。①

人类科技文明在不断地进步，但都是以大地上的事情在不断地消失为代价，而且背后更是精神信仰体系的瓦解、陨落。这让苇岸十分忧虑，而正在这时，海子向他推荐了梭罗的《瓦尔登湖》，让他有了文学和思想上的灵感。在《作家生涯》一文中，他认为"为了大地的安全"和"诗意"，世界需要有强烈使命感的作家、"世上最善良的人"成为作家，因为他们将用散文"牵着读者的手"，保留"永恒的农场"。② 顺着这个逻辑出发，苇岸热切地推崇被誉为"二十世纪的梭罗"的美国生态思想家利奥波德所倡导的"大地道德"。在《土地道德》一文中，他严肃地指出："什么是土地道德？迄今所发展起来的各种道德都不会超越这样一种前提：个人是一个由各个相互影响的部分所组成的共同体的成员。土地道德只是扩大了这个共同体的界限，它包括土壤、水、植物和动物，或者把它们概括起来：土地。简言之，'土地道德是要把人类在共同体中以征服者的面目出现的角色，变成这个共同体的平等的一员和公民。它暗含着对每个成员的尊敬，也包括对这个共同体本身的尊敬。'"③

苇岸认为，最初的道德观念是处理人和人之间的关系，后又增进了个人和社会的关系，而"大地道德"是处理人和土地、自然的关系，是"道德向人类生存环境中的延伸，已成为一种进化中的可能性和生态上的必然性。"他认为"梭罗是19世纪的诗人，他关怀人类的灵魂，他指明人类如何生活。利奥波德是危机四伏的20世纪孕育的科学家，他关注的是人类的命运，他指明人类如何才能长久生存下去。"④ 学者桑麻认为苇

---

① 苇岸：《日记》，选自苇岸《最后的浪漫主义者》，冯秋子编，花城出版社2009年，第215页。

② 苇岸：《作家生涯》，选自苇岸《最后的浪漫主义者》，冯秋子编，花城出版社2009年，第143—176页。

③ 苇岸：《大地道德》，选自苇岸《最后的浪漫主义者》，冯秋子编，花城出版社2009年，第180页。

④ 苇岸：《大地道德》，选自苇岸《最后的浪漫主义者》，冯秋子编，花城出版社，2009年，第180页。

岸通过"赞美承载万物的'土地道德',表达对一切生命的尊重、博爱和敬畏感情。他的作品,表现了对'一切以人的价值判断为尺度'的观念的蔑视,并对建立在这一观念之上的行为予以抵制。"① 林贤治也指出,苇岸是中国第一个把大地道德作为一个文学观念和基本主题的作家。②

事实上,无论是梭罗、利奥波德还是苇岸,"大地道德"不仅仅具有生态学意义上的对土地的热爱与尊重,而且还做了伦理学的延伸,即尊重生命、崇尚和平、完善道德、忠于精神,节制勤劳等品质已然成了他们的一种生活原则。而且,他们要求人格与艺术的一致性,努力回到生命的原点,彰显人性与爱的伟大,因此写作对于他们来说不仅是生命的衍生物,更是生命本身。他们对"大地道德"有着自觉的思考与追求,他们的精神活动是置身于理性光辉的照耀与引领下的。无论是梭罗在瓦尔登湖畔筑屋而居还是苇岸踏遍江山书写土地的精彩,都变成林贤治所说"一种人格的实践活动"③,他们是以获得感性体验为出发点、以道德智性精神为目的的。

3. 圣徒

有学者这样评论苇岸:"不同时代的他与他喜爱的作家梭罗一样,在技术进步与欲望面前同样选择了做一个坚定的精神守护者和不懈的思想追求者,这无疑是一种崇高美德,散放着神性的光辉。"④ 苇岸被誉为是"大地意象的收割者"⑤。他的写作母题基本上是一些有着元素意义的意象:太阳、空气、水、月亮、星星、草木、麦田、庄稼、蚂蚁、鸟兽等等,以及与此相近的原初大地意象:农事、季节、劳作、节气……他的作品能唤醒人们对农耕时代日渐模糊的记忆和生命体验:农事、物候、星相、季节、劳作、繁衍……而且还可以使人们想起一些渐渐陌生的事物:农夫、渔夫、船夫、樵夫、猎户、牧人、采药人、养蜂人等等。苇岸的好友袁毅指出,"他笔下的世界和他的人格是合二为一的和谐之美,从而迥

---

① 桑麻:《在沉默中守望》,华艺出版社 2003 年,第 207 页。
② 林贤治:《中国散文五十年》,漓江出版社 2011 年,第 89 页。
③ 林贤治:《未曾消失的苇岸》序,选自苇岸:《最后的浪漫主义者》,冯秋子编,花城出版社 2009 年,第 2 页。
④ 张志军:《来自大地的声音——读苇岸〈大地上的事情〉》,《社会科学论坛》2004 年第 12 月,第 91 页。
⑤ 苏文健:《重识苇岸及其散文的价值》,《信阳师范学院学报》(哲学社会科学版) 2012 年第 2 期,第 126 页。

异于某些人格和作品分裂的作家。这是因为他是从心灵的道路上通往文学之旅的,他的脉管里流淌着文学殉道者罕见的真挚、沉着、纯粹。在现实生活中,苇岸先生是一个温良谦恭、简单平易的公民……他对诚实、坚卓的作者都抱有一种博爱、宽厚、援助的崇高情愫,在他身上闪耀着圣子圣徒铺路石般珍贵精神的光芒。"①

苇岸把梭罗与托尔斯泰当作思想精神上的偶像和领路人,他不仅笃信、追随他们博爱、平等的思想,也忠实躬行他们素食主义理念。他对自己的日常要求非常严苛,像清教徒一样生活,以确保自己诗意的感官功能保持在最澄澈的状态之中。在《素食主义》一文中,他引用了梭罗的话:"我在我内心发现,我有一种追求更高生活,或者说探索精神生活的本能",以说明自己实践素食主义的意义在于追求精神的信念和自我完善的努力。他认为:"除了对一切生命悲悯的爱以外,自觉的素食主义本质就是节制与自律。"因此,他完全有充分的理由对自己做坦荡的定义:"我是一个为了这个星球的现在与未来自觉地尽可能减少消费的人。"② 和当时很多文字里高尚、现实中犬儒的作家相比,苇岸的的确确是一个知行合一的人,他坚持素食很多年,但是最后因为疾病放弃这一理想,他对此深感愧悔。

此外,苇岸还执着地践行着他对大地道德的弘扬。他认为:"在中国文学里,人们可以看到一切:聪明、智慧、关景、意境、技艺、个人恩怨、明哲保身等等,惟独不见一个作家应有的与万物荣辱与共的灵魂。"③他不仅细心、认真的记录和书写"大地上的事情",而且身为教师的他经常利用假期自费走遍了黄河以北几乎全部省区,看到了他所说的原初意义上的居民:"这是生活在大自然心脏的兄弟,有着阳光与风的肤色,脸上浮现对市镇与人际陌生的表情。他们离人类的根最近,他们的生活本身就是一个伟迹。人类的活力,人类生存极限的拓展,真正体现在他们身上。

---

① 袁毅:《最后一棵会思想的芦荟》序,选自苇岸:《上帝之子》,袁毅编,湖北美术出版社2001年,第9页。

② 苇岸:《素食主义》,选自苇岸:《最后的浪漫主义者》,冯秋子编,花城出版社2009年,第137—138页。

③ 苇岸:《一个人的道路》,选自苇岸:《最后的浪漫主义者》,冯秋子编,花城出版社2009年,第201页。

我对他们满怀敬意,他们应该得到全世界诗人的赞颂。"① 即使是在其终生居住的北京昌平,他也总是徒步穿越田野,从一个村庄到另一个村庄,有时甚至背上望远镜到田野里长时间观看鸟类的栖息、飞翔、觅食。"这种漫游和观察给他的创作带来扎实的第一手材料,也使他在阅读大地、书写大地的旅途中,获得一种精神家园的归宿感和满足感"。②

在一次接受《美文》杂志社采访的时候,当被问道:"散文写作对您意味着什么?"时,苇岸说:"我不大认同现代日益盛行的个体生活理性化,而对世界却采取非理性态度的做法(这种态度早已渗透到文学和艺术之中)。当人们每天对自己、亲人及朋友尽其应尽的责任时,世界也以同样的理由要求着它的每一个个体。作为一个散文作家,散文写作对我更多地意味着它是我对这个世界尽责的一种方式。"和梭罗一样,书写是苇岸的人生方式,而人生则是他书写内容,两者是合一的。1999年,苇岸因肝癌病逝。但是他的精神力量与人格魅力却使他和他的作品在读者心目中永生。林贤治在纪念文章中曾说:"苇岸的存在,给中国文学的一个最直接而明白的启示是:作家必须首先是一个优秀的人。"因此把他称为是"21世纪最后一位圣徒"。③

(三)"最后的浪漫主义者"

20世纪90年代是中国进入消费主义社会的时代,在文学上最突出的反映就是小情调文、小品文等受追捧。另外,"和20世纪80年代不同的是,20世纪90年代的中国当代艺术被深深地卷入到国际化的艺术格局中。"④在这样的情形之下,"号称或代表90年代的中国当代艺术中,无论是实验性的、世俗流行的,还是中西传统古典风的,对中国传统艺术精神的理解和运用,都表现出寻求同世俗化社会意识相同步相融合的姿态,呈现一种对

---

① 苇岸:《海日苏》,选自苇岸《最后的浪漫主义者》,冯秋子编,花城出版社2009年,第91—92页。

② 袁毅:《最后一棵会思想的芦荟》序,选自苇岸《上帝之子》,袁毅编,湖北美术出版社2001年,第9页。

③ 林贤治:《未曾消失的苇岸》序,选自苇岸:《最后的浪漫主义者》,冯秋子编,花城出版社2009年,第7页。

④ 广东美术馆编:《自觉与自主:广东美术馆展览策划和学术理念(1997—2007)》,广东教育出版社2007年,第166页。

传统文化精神片断、表层攫取为符号化的现象"。① 正如学者陶东风指出的，这一时期的文学有一种"价值世界的迷乱与劝谕功能的丧失"之流弊。②

李林荣认为，20世纪90年代短短十年内中国文化界见证了"散文时代的来临和终结"、"散文热"的兴起与冷却，恰恰反映了中国文化在这个时期的剧烈变化，最突出的就是散文文体的贬值及其精神价值尺度的衰落。③原因正如陶东风所提示的："作者对自己的伟大崇高使命的自信是基于他对真善美的真实性、实存性的确信，对自己能够准确地还原真实、把握真理的确信……但一旦作家丧失了这种自信，一旦他自身也迷失在价值虚无的世界里，那么，他的使命感、责任感和自豪感、他对创作的严肃认真态度就会荡然无存。"④ 在这个意义上，苇岸显然是抵御了这种消极意识的侵袭，展现了其信念的坚韧与情操的高洁。他的好友、同是散文家的冯秋子2009年在编辑出版其作品集时，用的书名是"最后的浪漫主义者"。这显然是对苇岸在中国现当代文学史和思想史中的一种定位和评价。

事实上，"最后的浪漫主义者"也是苇岸的一篇散文题名。在这篇文章里，苇岸评介的是诗人黑大春⑤。他引用了诗人叶芝的话："我们是最后的浪漫主义者，选择了传统的神圣和美好的主题。"他认为黑大春的诗歌品质正是有这样的内涵。在他看来，黑大春的诗"完全是个人的、感性的、粗浅的，不带任何批评成分"、"没有任何与生命和自然隔绝的东西"、"充满了田园或他喜欢称的家园的音响和芳香"。⑥ 英雄所见略同，这些评语在苇岸自己身上也同样适用，难怪深得其思想和作品精髓的冯秋子也同样尝试着把他誉为"最后的浪漫主义者"。尽管在情感表达上没有海子那般激越、炙热，但是在20世纪90年代，苇岸开始展现其自身独特的浪漫主义思维。

---

① 宋文翔：《画的是态度》，四川美术出版社2011年，第180—181页。
② 陶东风：《文化演变及其文化意味》，云南人民出版社1994年，第230—243页。
③ 李林荣：《嬗变的文体：社会历史景深中的中国现当代散文》，社会科学文献出版社2006年，第204—241页。
④ 陶东风：《文化演变及其文化意味》，云南人民出版社1994年，第236页。
⑤ 黑大春（1960— ），原名庞春清，祖籍山东，1960年清明生于北京。中国新时期诗歌最重要代表人物，1983年—1984年创建"圆明园诗社"，也被北岛誉为中国最后的抒情诗人。
⑥ 苇岸：《最后的浪漫主义者——诗人黑大春》，选自苇岸《最后的浪漫主义者》，冯秋子编，花城出版社2009年，第120、131页。

1. 泛神意味的自然界

田园叙述是浪漫主义的一个重要主题，自然成为作家个体意识的投射对象。苇岸因为一系列关于"大地上的事情"的观察与叙述，被誉为中国"绿色文学的先行者"。学者韦清琦阐述了这个称呼的理由：第一，苇岸深受梭罗、利奥波德等西方自然思想和伦理观念影响，其作品的风格超越了国内作家以往"人与环境主客二分"理念下创作出来的环境文学，而更契合在英美被称为自然写作的文体，即梭罗等人开创的 nature writing。和梭罗一样，苇岸十分重视博物学家的自然科学观察和研究的严谨风格。例如，为了写作《一九九八：二十四节气》，他花了整整一年时间在他居所附近的田野上选了一个固定的观测点，每到一个节气都在这个位置，在固定的时间点，风雨无阻地对同一画面拍一张照片，并做了详细的笔记。第二，在思维方式、对待自然的理念和对待人情世故等方面，苇岸都体现了一种抛弃了二元对立、将个体置入整体系统的有机生态意识观念，因而其作品被称为"真正的绿色文学"。①

统观苇岸的作品，在绿色写作方面令他与国内其他环境文学作家开了距离的另一个很重要的特征是他对大地、自然的叙述有着浓厚的泛神意味。他不仅把浪漫主义视为珍宝的个体情感注入对大地上的事情的叙述，而且试图在自然万物中找到人的内在生命的深层奥秘。这样，他的散文就不再局限于意识的层面和可见世界的范畴，而与一个无限的、先验的世界发生了联系。有着7、8年诗歌创作经验的他还把诗的语言融合到散文的文体框架中，用有限的律动的语言启示出无限的世界，试图去聆听先验的国度里的音乐。从自身的体悟出发，他也就认为黑大春和美国诗人威廉·布莱克一样，"秉承了一种相当了解人性的能力，对文字和文字的音乐有一种非凡的创新意识，而且有一种臆造幻想的天赋才能。"② 而这实际上是苇岸自己诗学观念的一种表达。这可以说构成了苇岸散文的本体论。例如在《大地上的事情》中，他这样叙述其所见闻的鸟类迁徙：

---

① 韦清琦：《生态意识的文学表述：苇岸论》，《南京师大学报》（社会科学版）2005年第2期，第108页。

② 苇岸：《最后的浪漫主义者——诗人黑大春》，选自苇岸《最后的浪漫主义者》，冯秋子编，花城出版社2009年，第131页。

> 1991年元旦,一个神异的开端。这天阳光奇迹般恢复了它的本色,天空仿佛也返回到了秋天。就在这一天,在旷野,我遇见了壮观的迁徙的鸟群。在高远的天空上,在蓝色的背景下,它们一群群从北方涌现。每只鸟都是一个点,它们像分巢的蜂群……这是我有生以来第一次遇到鸟类冬季迁徙,我不明白这是什么原因,也不知道这是些什么鸟。在新年的第一天,我遇见了它们,我感到我是得到了神助的人。①

尽管没有直接证据表明苇岸有什么明确的宗教信仰,但是从《上帝之子》等文章和文字的表达可以明显看出,苇岸和海子一样应该熟读《圣经》,因而在创作中有显而易见的基督教意象和意味。但是这仍然不能充分说明苇岸皈依了基督教,因为在其文本中,苇岸则和梭罗一样对印度的经书也时有援引,而对中国的儒释道则已经内化到其文化心理和审美趣味中。例如,我们还可以看看他对鸟儿叫声的神秘主义意味的描述:

> 鸟儿的叫声是分类型的。大体为两种,鸟类学家分别将它们称作"鸣啭"和"叙鸣"。鸣啭是歌唱,主要为雄鸟在春天对爱情的抒发。叙鸣是言说,是鸟儿之间日常信息的沟通……需要说明的是,在众多的鸟类中,真正令我们心醉神迷的鸣啭,一般与羽色华丽的鸟类无关,而主要来自羽色平淡的鸟类。比如著名的云雀和夜莺,它们的体羽的确有点像资本主义时代那些落魄的抒情诗人的衣装。这种现象,不仅体现了主的公正,也是神秘主义永生的一个例证。②

苇岸的文字不多,正如袁毅指出的:"他用一种季节轮回一样的速

---

① 苇岸:《大地上的事情》,选自苇岸《最后的浪漫主义者》,冯秋子编,花城出版社2009年,第43页。
② 苇岸:《大地上的事情》,选自苇岸《最后的浪漫主义者》,冯秋子编,花城出版社2009年,第51页。

度，字斟句酌般缓慢地写作，他所有的文章不超过 17 万字。"① 但是他在描述大地、自然的时候，很多文字都散发着浓郁的泛神意味。这或许正是来源于他内心坚定的浪漫主义式精神信仰。

2. 自然中的平等对话

在美学方面，梭罗和苇岸都是农耕文明所培育的，梭罗固守一个中心，他显然是瓦尔登湖畔一株向阳花；而苇岸，借用林贤治的话，是"没有中心、散漫而然整饬"，是"不免显得柔弱，渴望情感的滋润，所以始终凝望天际的云雨"。② 这种心理机制构成了他跨越主客二元模式迈入自然写作中的主体间性对话维度。这最突出的体现是苇岸主张用"土地道德"的思想去超越和救赎人类在对待自然的态度和行为上。

在苇岸看来，大地上的万事万物都是有生命的个体，彼此以自己的方式互相打招呼，它们是活泼、自主的而不是被动的、处于下位的客体，苇岸始终以一种共时性的生命的大关爱和大悲悯的心态来对待自然万物。林贤治在这一点上说的好："在他的作品中，人与自然是共时性的存在，是对等的、对话的，处在恒在的交流状态"，并认为苇岸的这一观念来自西方的博爱、平等、民主、公正思想。③ 也就是说，他把自然的风物当作平等共生的生命体，大地上的万事万物都是人类的邻居和兄弟，并称其为"一种亲缘"。这种意识渗透入其文本中便获得了一种超越梭罗那种主体观念投身到自然客体二元论的高度。这是一种把西方结构上的平等、民主观念容纳入中国传统"天人合一"形而上理念之下的创新。

真诚、善良、豁达的苇岸对大地上原初的风景怀有深切的、原初性的、天然的同情与理解，因此才会有如此细致入微的体验和与自然界如此贴近的亲和。他的文字赋予大地万物以灵性，把它们视为大家庭的成员，并尝试与它们平等的对话和"互相打招呼"。在《大地上的事情》中他

---

① 袁毅：《〈上帝之子〉编后》，选自苇岸：《上帝之子》，袁毅编，湖北美术出版社 2001 年，第 309 页。
② 林贤治：《中国散文五十年》，漓江出版社 2011 年，第 89 页。
③ 林贤治：《未曾消失的苇岸》序，选自苇岸：《最后的浪漫主义者》，冯秋子编，花城出版社 2009 年，第 2 页。

说:"人类与地球的关系,很像人与他的生命的关系。"① 过去的人那种在大自然面前显示出万能的主宰和傲慢的态度,在苇岸的头脑和心灵中是找不到生存的土壤和阳光的,因为在他眼里人和自然中的万事万物是可以平等对话的。

3. 人的完整性

从根本上看,苇岸对大地的关怀、对万事万物的注视都是为了达成其偶像梭罗推崇的超验主义观念——人的自我完善。在《我与梭罗》的结尾,他坦言到:

> 人们谈论梭罗的时候,大多简单地把他归为只是个倡导(并自己试行了两年,且被讥为并不彻底)返归自然的作家,其实这并未准确或全面地把握梭罗。梭罗的本质主要的还不在其对"返归自然"的倡导,而在其对"人的完整性"的崇尚。梭罗到瓦尔登湖去,并非想去做永久"返归自然"的隐士,而仅是他崇尚"人的完整性"的表现之一。②

这和他在"自述"中引用凡·高的那句话是一以贯之的:"没有比对人类的爱更富于艺术性的事业。"③ 对人的爱、对自我的完善、对人的完整性的追求是苇岸文学创作的旨归。

苇岸实践人的完整性的两个基本途径是:首先,"人必须要忠于自己",即忠于自己内心的召唤,追求精神世界的"更高原则"。在1988年的一则日记中,苇岸写道:"着手写作《梭罗与人类自救之路》。我的构思是:梭罗崇尚简朴,反对奢侈,是为了人的尊严和自由。对财富的追求便是对枷锁的追求。梭罗的过俭朴生活的思想同汤因比、池田大作的'自救之路'论点巧合地连在了一起。他们在《展望二十一世纪》中指

---

① 苇岸:《大地上的事情》,选自苇岸《最后的浪漫主义者》,冯秋子编,花城出版社2009年,第39页。

② 苇岸:《我与梭罗》,选自苇岸《最后的浪漫主义者》,冯秋子编,花城出版社2009年,第104页。

③ 苇岸:《一个人的道路》,选自苇岸《最后的浪漫主义者》,冯秋子编,花城出版社2009年,第202页。

出,人类的贪欲、过分追求奢侈不仅污染了环境,而且将耗尽地球资源,为了避免人类自毁,唯一的出路是:厉行节俭、抑制贪欲。"① 这与梭罗在《瓦尔登湖》中表达的核心思想是一致的:人必须忠于自己,遵从自己的心灵和良知;并为此不惜付出一切代价。生命十分宝贵,不应仅仅为了谋生而无意义地浪费掉,人在获得生命所必需的物质之后,不应过多地追求奢侈品而应追求更重要的东西——精神性,即完满的人格和崇高的精神,由此向生命的本质内部迈进。

苇岸的第二个途径正如前文所述,是用"土地道德"的思想改善人与自然的关系,消除人在自然面前表现出轻佻傲慢的随意性和肆无忌惮的掠夺性姿态,向对生命的深刻尊重迈进,以此对人类进行内心精神的改造,从而达到"人的完整性"。在《素食主义》一文的结尾他清醒地表达了这种想法:"人类不容置疑的进步只有一个,这就是精神上的进步,就是每个人的自我完善,人类如果没有内心精神上的提高,那么徒有外部体制上的改革,也是枉然的。"②他认为,人类只有根植于大地,回到大自然中劳作才能得救,才能在人性中得到完善。他不厌其烦地告诫人们把幸福完全寄托在财富上、忘却自己的来历和出世的故乡、背离自然,是人类无数错误中最大的错误。在他看来,人的灵魂是金钱所买不到的,人只有从物欲泥淖中挣脱出来才能保持尊严,获得自由;只有回归心灵的天然属性,人才会获得真正的快乐和幸福。和梭罗等超验主义者一样,他也认为,"人类长久生存下去的曙光在于:实现每一个人内心的革命"。③

总的来说,苇岸的作品展现的是主观、直打胸臆、散文化的浪漫主义,其塑造的意象和氛围饱含着宗教的意蕴,使其作品充满了浓厚的人情味和博爱精神,其基调是温情而恬静的。实际上,我们也许很难去严格定义其属性。但是其浪漫主义的背后也是散发着伦理的意味,这和梭罗的超验主义诗学精神是相吻合的,说明了苇岸在接受梭罗的过程中也接纳了基

---

① 苇岸:《人必须忠于自己忠于土地》,选自范咏戈主编《见证与步履》(下),作家出版社 2008 年,第 520 页。

② 苇岸:《素食主义》,选自苇岸《最后的浪漫主义者》,冯秋子编,花城出版社 2009 年,第 138 页。

③ 苇岸:《人必须忠于自己忠于土地》,选自范咏戈主编《见证与步履》(下),作家出版社 2008 年,第 520 页。

督教的一些伦理观念。这是他和海子在接受过程中的一大区别,因为海子接受的是梭罗对生命本真的那份热情,而苇岸除此之外还接纳了构成生命本质表征结构的伦理精神。这种伦理精神是宗教世俗化的产物,它令苇岸对世间万事万物有了更宽阔的包容心和较温和的体验。这使得苇岸在各种思想和观念激烈碰撞的 20 世纪 90 年代显得格外别致。但这也注定了他在消费主义和物质主义蔓延的语境中的寂寞与艰难。正如林贤治说的:"这是一颗充实的种子,但我怀疑他一直在阴郁里生长,虽然内心布满阳光。当他默默吐出第一支花萼,直至凋谢,都未曾引起人们的足够的关注。他的书,连同他一样寂寞的。"① 这句话不仅适用于苇岸,或许也同样适用于整个时代及后来的很多文学创造者和爱好者。

　　通过前两节的分析我们知道,出身神职人员世家并担任过牧师的爱默生跨越了清教主义的僵化教条,以浪漫主义观念来反叛教会组织的绝对权威。他甚至超越了基督教的藩篱,把道德伦理视为宗教的核心、真髓,指出种种宗教信仰原不过是共同的人类关注和道德情操的不同表现形式,还相信每种宗教都是道德法则的一个不完善的版本。他倡导以个人心灵悟性的努力来实现与上帝的直接沟通,彻底把信仰和道德问题从教会的组织机构中解放出来,把它们划归为纯粹属于个人的事情。在爱默生看来,人完全可以通过灵魂与大自然的联系、沟通感知上帝的意志,因为大自然就是上帝无处不在的无声无臭的福音。这些构成了超验主义的要旨,并深刻地影响了梭罗等人。从本质上看,爱默生俨然是在创作一种新型的信仰模式。为了冲破清教各教派的种种限制,超验主义者们推翻了基督教和"异教"、东方和西方、现代和古代之间的隔离墙。这一举措在当时无疑是非常先进的。这也构成了梭罗接受中国文化的一个很好的逻辑起点。

　　需要注意的是,尽管在《瓦尔登湖》一书中,梭罗先后十次引用了"四书"中的有关语录,但是他接受中国文化有自己的逻辑模式。首先,他对中国儒家思想的接受,均是围绕人活着的意义和人性道德的自我革新来展开的。其次,梭罗立足自身的思想立场,根据西方社会背景以及需求,对中国文化选择性吸收和重新解读,完成自身思想的再建构,"为他

---

① 林贤治:《未曾消失的苇岸》,选自苇岸《最后的浪漫主义者》,冯秋子编,花城出版社 2009 年,序第 1—2 页。

开创理想中的合理的新生活的实验提供依据"①。这造成了他对儒家的接受有"断章取义"之嫌。再次，受超验主义自身的宗教信仰情绪的影响，他和爱默生等人一样更偏爱儒家思想中能与基督思想相互融合的伦理道德层面的内容，为的是强调其传统的"人性善"观念。这正是超验主义的理论源头——为他们宣扬浪漫主义式的个体的价值和创造性奠定逻辑基础。

可以说，梭罗是挪用、移植了儒家精神中的个别的观念和概念，如：天人合一、高尚的道德、质朴的生活、个人的修为等等。梭罗试图用它们来拯救受到工业文明负面影响的生活，对儒家思想无法做到完全理解，对儒家的核心观念以及它所存在的历史文化、社会制度等诸方面的背景更是缺乏深入研究。因为儒家思想的伦理观是以社会群体为轴心的，而梭罗揭示的则是以个人为轴心的对他人和社会的责任感，反倒是鼓励个人离开社会、离开群体、返回自然。例如，在《瓦尔登湖》中《孤独》这一章中，梭罗说：

> 对一个死者来说，任何觉醒的，或者复活的景象，都使一切时间与地点变得无足轻重……可是我们大部分人只让外表上的、很短暂的事情成为我们所从事的工作。事实上，这些是使我们分心的原因。最接近万物的乃是创造一切的一股力量。其次是靠近我们的宇宙法则在不停地发生作用。再其次靠近我们的，不是我们雇用的匠人，虽然我们欢喜和他们谈谈说说，而是那个大匠，我们自己就是他创造的作品。
>
> "神鬼之为德，其盛矣乎。"
>
> "视之而弗见，听之而弗闻，体物而不可遗。"
>
> "使天下之人，斋明盛服，以承祭祀，洋洋乎，如在其上，如在其左右。"②

---

① 张弘等：《跨越太平洋的雨虹——美国作家与中国文化》，宁夏人民出版社2002年，第139页。

② [美]梭罗：《瓦尔登湖》，徐迟译，上海译文出版社2006年，第118—119页。

在这里，梭罗援引了《中庸》中关于鬼神的性情和德性以及人们的祭祀活动和体验的话。《周礼·春官·大宗伯》中记载：古代祭祀之礼有天神、人鬼、地祇之分。人鬼又被称为"人神"，即鬼神，指死去的祖先。结合上下文来理解，就可以发现，梭罗这里所说的"鬼神"已被投上了浓浓的超验主义神秘色彩，不再是中国原典中的"鬼神"。而是超验主义学说中那种弥散在万物、创造一切的力量和宇宙的法则，也就是他们说的"超灵"。梭罗要表征的是"超灵"具有的人神契合的特征，以彰显个人的神圣性和独立性。这种现象恰如李庆本解释的："一个文学文本或理论文本在接受另一个文本和理论影响的时候，并不是原封不动地照搬，接受者总是会基于自己的'前理解'予以变形、改造。"①

海子将同样选择归隐山林生活模式的梭罗与陶渊明作比较后，认为两者在本质上其实是不同的："陶重趣味，梭罗却要对自己的生命和存在本身表示极大的珍惜和关注。"同时，海子还指出，"这就是我的诗歌的理想，应抛弃文人趣味，直接关注生命存在本身。这是中国诗歌的自新之路。"② 作为诗人，海子比一般人有敏锐的视角和深刻的洞见。在海子看来，《瓦尔登湖》成为他心目中"1986 年读的最好的书"是因为这是一本"闪耀着人类自古不熄的英雄主义之光的书"。③

苇岸在强调了梭罗的思想对于"今天的人类和全球生态的意义"④ 的时候也认为，"梭罗的本质主要的还不在其对'返归自然'的倡导，而在其对'人的完整性'的崇尚。梭罗到瓦尔登湖去，并非想去做永久'返归自然'的隐士，而仅是他崇尚'人的完整性'的表现之一。"而这才是苇岸"喜欢梭罗的最大原因"。⑤ 苇岸对梭罗俨然十分欣赏，从其文集看已经到了言必称梭罗的程度。尽管他也注意到梭罗继承了中国、印度、波斯的古代智者简朴生活方式，但耐人寻味的是，苇岸却说："祖国源远流

---

① 李庆本：《跨文化美学：超越中西二元论模式》，长春出版社 2011 年，第 6 页。
② 海子：《海子诗全编》，西川编，上海三联书店 1997 年，第 897 页。
③ 苇岸：《诗人是世界之光》，选自苇岸《大地上的事情》，袁毅编，中国对外翻译出版公司 1995 年，第 123 页。
④ 苇岸：《梭罗意味什么》，选自苇岸《最后的浪漫主义者》，冯秋子编，花城出版社 2009 年，第 323 页。
⑤ 苇岸：《艺术家的倾向》，选自苇岸《最后的浪漫主义者》，冯秋子编，花城出版社 2009 年，第 326 页。

长的文学，一直未能进入我的视野……而伟大的《红楼梦》，今天对我依然是模式。不是缺少时间，而是缺少动力和心情。"理由是，"在中国文学里，人们可以看到一切：聪明、智慧、美景、意境、技艺、个人恩怨、明哲保身，等等，惟独不见一个作家应有的与万物荣辱与共的灵魂。"他还引用了海子的话："我恨东方诗人的文人气质，他们把一切都变成趣味。"① 两个创作者对传统文化的否定显然是有失偏颇。正如学者樊星指出的，"因为中国士大夫中从来就不缺少'与万物荣辱与共的灵魂'——从陶渊明、杜甫到苏东坡、范仲淹、曹雪芹……苇岸似乎没有意识到，在他崇尚梭罗的思想与生活方式的同时，他忽略了梭罗思想的一个重要来源……在对传统基本否定这一点上，他的姿态又正好是20世纪80年代青年文化中反传统浪潮的一个缩影。"②

事实上，超验主义的实干家梭罗把中国古代有气节的士的简朴生活方式当成了自己行动的纲领，以冲破当时物质主义弥漫的层冰，以探求人生的意义。另外，无论是海子还是苇岸都曾经透露出对中国古代诗人的尊敬之情。例如苇岸自己曾经说明过："比较喜欢的中国古今散文作家，主要有陶渊明、范仲淹、苏轼、鲁迅、丰子恺、巴金、张承志、一平等"③。而且他在赞美美国诗人加里·斯奈德时，也说这是一位"现代文明的抵制者，热爱东方，视中国古代诗人寒山为师……皈依佛教三载"的人。④ 这从侧面至少说明了两点，首先，苇岸和海子并不是全盘否认传统，而是深受传统断裂之苦不得已借西方文学文人的理念来抵御80年代中后期、90年代席卷而来的消费主义和物质主义浪潮。其次，中国古代君子、士的良好道德风范和安贫乐道的生活方式在近代由于历史原因被割裂、阻断后，经由超验主义者爱默生、梭罗等人的吸收保留在了异国文本中，现在又回流到了中国大地。

---

① 苇岸：《一个人的道路》，选自苇岸《最后的浪漫主义者》，冯秋子编，花城出版社2009年，第201页。

② 樊星：《中国当代文学与美国文学》，中国社会科学出版社2009年，第72—73页。

③ 苇岸：《在散文的道路上》，选自苇岸《上帝之子》，袁毅编，湖北美术出版社2001年，第141页。

④ 苇岸：《作家生涯》，选自苇岸《最后的浪漫主义者》，冯秋子编，花城出版社2009年，第147页。

梭罗在 19 世纪就在超验主义喉舌期刊上编译过《四书》，对在西方传播儒家思想起过一定作用。尽管中国古典哲学思想并不是影响梭罗超验主义思想的唯一的"东方哲学"，从梭罗本人的著作引用的中国哲学家（特别是孔子和孟子）语录的数量来看，中国古典哲学对他的影响是十分明显的。不过，和爱默生等人一样，梭罗并没有对中国古典哲学悉数照搬，而是有所取舍，并且不时还有因误译或误读而产生误解。但这些都为了达成他的超验主义理念和实践需要，从而构成了跨文化交流中出现的颇有意义的现象。这也令梭罗的文本呈现了与其他超验主义者、甚至当时美国文坛不同的风格。"在《瓦尔登湖》和梭罗其他作品所描绘的无数的类似情景中，人与自然，人与动物，似乎进入了一种特殊的关系：人不仅徜徉于山水之间，不仅是自然的观察者，他与自然似乎已经融为一体，成为整个自然世界的有机组成中的一个小小的部分，虽然与其他部分不同，但从根本上说与其他成分是完全平等的。在某种程度上，梭罗的这类作品颇具传统的中国山水画风格。"①

梭罗对中国古典思想的吸收、融汇对其文学作品产生了积极的影响。这种融合东方意蕴的风格奠定了梭罗在美国文学史上的独特地位。另一方面，在当代中国对梭罗的接受过程中，海子和苇岸尽管对梭罗的超验主义思想也都有所改造，但是他们显然是"自然而然"地横跨了中美文化的壁垒，不仅接受了梭罗的文学观念，而且在生活方式上也亦步亦趋。海子不仅生活简单简朴、拒绝使用自行车，而且和梭罗一样，他排除婚姻，害怕婚姻破坏他的追求真理的"天真"状态。② 苇岸也像梭罗一样：偏安于北京郊区，"很少进城"，"以自然和书本为伴"，"每天清晨，带上望远镜，在离楼群不远的田地里，一边散步，一边观察树上的鸟儿和地里的庄稼。有时，也能看到早起觅食的野兔"。③ "他吃素食，粗茶淡饭，朋友也

---

① 张冲主撰：《新编美国文学史·第一卷》，上海外语教育出版社 2000 年，第 293—294 页。

② 西川：《死亡后记》，选自海子《海子诗全编》，西川编，上海三联书店 1997 年，第 925 页。

③ 林莽：《告别苇岸》，选自苇岸《上帝之子》，袁毅编，湖北美术出版社 2001 年，第 179、182、185 页。

不多。"①

可见，海子和苇岸都看重梭罗倡导的诗意生活。而这种诗意的源头恰恰来自两者依存的中国古代文化。我国著名学者林语堂先生就说过："就其整个人生观来说，梭罗在所有美国作家中最具中国情趣。作为中国人，我感到与梭罗心心相通。我可以将梭罗的文字译成中文，把它们当作中国诗人的诗作向国人展示，没有谁会发生怀疑。"② 这说明，海子和苇岸在对梭罗超验主义思想的接受有着充分的"前理解"——正是因为梭罗的文本呈现出了符合中国文化价值理念和中国人审美习惯的特征，所以两者对梭罗的接受过程中才如此之通畅。梭罗超验主义思想的环形之旅不仅彰显了中外文化交流的应该值得关注的问题，而且证明了中国文化的生命力。并从根本上也解释了为什么梭罗在我国大众文学市场也如此受欢迎。

---

① 祝勇：《与大地相同的心灵》，选自苇岸《上帝之子》，袁毅编，湖北美术出版社2001年，第200页。
② 林语堂：《生活的艺术》，江苏文艺出版社2009年，第123页。

余 论

梭罗、海子和苇岸三人都试图借助于个人的文学行为来调节人的精神追求与物质追求以及人与自然之间的紧张关系，以达到调节社会精神风貌和个人心理危机的目的。三人在农耕文明向工商业文明转型过程中、在浪漫主义伦理框架下，展开了平等对话。他们跨越时空共同探讨了现代社会我们应该如何为人、应该如何生活，前一个问题关涉了宗教之后人类的精神构建即尼采说的"上帝死后"我们该如何建构人格才得以成为一个成熟、完整的人；后一个问题在第一个问题的基础上延伸出了以何种方式方法达成人与自我、人与社会、人与自然、人与宇宙的良性关系的建构。

从中国的文化整生三维模式去考察，梭罗的超越主义思想有结构性的缺失。最突出的表征就是他过于执迷于农耕文明的田园情结，对现代社会中无法回避的城市文化和工商业文明公然排斥。这种是一种文化观上的结构性缺失。海子和苇岸也有同样的问题。这给当今的"文学知识分子"提出的一个责任就是：作家不仅要努力完善自我人格，而且还得同时以一种"整生"的意识积极参与这个时代精神价值和信仰体系的重构，才能真正现实自我及其他者的诗意人生。

一 现代社会"文学知识分子"将何为

学者高波认为，20年来国内对海子的研究有"过度阐释"的倾向。这个倾向的始作俑者便是"文学知识分子"。他们首先在上世纪末，把海子宣扬为"斗士先知"，以此呼应其时的政治文化骚动；进入新世纪以后，为了反抗商品社会中消费文化的压迫，又把海子刻画为"心灵赤子"。而这反映了"文学知识分子"的雄心和激情、无奈和感伤，暴露了他们试图介入现实、凸显自身的努力难有成效。事实上，国内外对于文学和文学家在现实中的意义的疑问在20世纪后期就层出不穷，一个很老套的说法就是"文学死了"——这种论调和尼采喊出"上帝死了"是相似的。①美国康奈尔的文学教授法雷尔（Frank B. Farrell）为了重振文学的教学地位，2004年还专门出版了一本书叫《为什么文学重要？》，意在重申文学在新世纪的价值。

"文学的危机"在超验主义时代就已经出现端倪。正如本文第一章所述，19世纪50年代前后，尤其超验主义运动及其喉舌刊物《日晷》在市场的失败和在新英格兰知识界遭到排斥后，爱默生也开始质疑艺术在社会服务中的实用意义。40年代末，他已经认为唯美或者纯粹的艺术意义不大。到了50年代，他甚至写道："一个完美的社会将不需要艺术。"② 对艺术的怀疑也导致了他后期对自己和超验主义的怀疑，由此转向了对黑格尔历史理性主义的推崇。但是梭罗显然把文学视为人生的事业，文学是他的生活方式。相比爱默生，梭罗超强的动手能力，"他从来不懒惰或是任性，他需要钱的时候，情愿做些与他性情相近的体力劳动来赚钱，……他有吃苦耐劳的习惯，生活上的需要又很少，又精通森林里的知识，算术又非常好，他在世界上任何地域都可以谋生。他可以比别人费较少的工夫来供给他的需要。所以他可以保证有闲暇的时间。"因为"他的目标是一种更广博的使命，一种艺术，能使我们好好地生活。"所以"如果他蔑视而且公然反抗别人的意见，那只是因为他一心一意要使他的行为与他自己的信仰协调。"③ 可以说，对梭罗而言，生活、文学和信仰是某种意义上的"三位一体"。

超验主义是发轫于宗教自由主义改革和世俗化的文学文化运动。这使得梭罗在精神上获得力量以抵抗当时物质主义对理想道德的侵蚀、市场对高雅文学的挤压。布伊尔在《环境的想象》一书中，认为梭罗是现代环境主义之父，这道出了梭罗及其《瓦尔登湖》在文化思想史上的重要意

---

① 金岱：《千年之门》，花城出版社2004年，第210页。

② Joel Porte, *Emerson and Thoreau: Transcendentalists in Conflict*, Middletown: Wesleyan University Press, 1966, p. 25.

③ ［美］爱默生：《梭罗》，《美国文化丛书：爱默森文选》，张爱玲译，［美］范道伦编选，生活·读书·新知三联书店1986年，第181页。

义。但是需要指出的是，环境主义理念并不是产生于梭罗实验其简单生活的瓦尔登湖畔，相反，恰恰是梭罗这一行为印证了19世纪发轫的一个历史主题：把自然定义为人类对抗"商业精神"（spirit of commerce，梭罗语）的避难所，换句话来说就是，当时美国东北部工业化与城市化中阶级的剧烈分化、新旧思想冲突已经引起那些敏感的文化精英们对这些现象的警惕和反思。早在19世纪初期，英国湖畔诗人华兹华斯等人已经因为隐居于英国西北部的昆布兰湖区撰写湖光山色的浪漫主义诗词、批判伦敦和巴黎等工业化城市而闻名于世了。从这点上看，梭罗并不仅仅是后来环境主义和生态主义思想和文学的开创者，更是一个集大成者。正如兰斯·纽曼指出的，梭罗"是在新英格兰反主流文化的沃土上耕耘"①。

海子也被视为中国20世纪80年代积极世俗化时期理想主义的一个表征、一个"神话"符号。1986年后的海子在思想观念上接受了更多的西方影响，他的诗学理论发生巨大的转变，逐渐摆脱了前期乡村歌手式的抒情风格，走上普世性的"大诗写作"。大诗写作是一种既包涵着对经典中国的文化想象又兼具对人类生命与生存的形而上探讨的开放的诗学视野。正如董迎春指出的，此时的海子摆脱了过去小我的抒情情调展示出了一种积极入世的姿态。② 而这一年他说自己读到的最好的书正是《瓦尔登湖》。《诗学：一份提纲》就是海子为自己长诗做的辩解，他说他要做"浪漫主义王子"，然后成为诗歌国度的"王"。作为海子后期的一个好友，苇岸也有着伟大的理想，他对自己身份的设想是做拯救世人的"替罪羊"、自我献身的"上帝之子"。但是他们崇高的个人意向和其时的社会结构发生了冲突。正如朱大可在《先知之门》中指出的，"传统中的先知受到现代解构主义者的严厉斥责。福柯的疑虑目光，投注到代神立言的历史上，他吁请新知识分子放弃全知全能的立场，也就是放弃说出世界性真理的幻想，返回到个人沉思与反抗的有限区域。而海子及其兄弟置若罔闻。"③

---

① Lance Newman, Our Common Dwelling: Henry Thoreau, Transcendentalism, and the Class Politics of Nature, New York: Palgrave Macmillan, 2005, p. XII.
② 董迎春：《"大诗写作"：普世性写作——论海子的诗歌写作》，《广西民族大学学报》（哲学社会科学版）2011年第3期，第167页。
③ 朱大可：《先知之门——海子骆一禾论纲》，选自《不死的海子》，崔卫平编，中国文联出版社1999年，第127页。

学者陶东风指出，从十一届三中全会到1980年年末，中国社会也经历了一场世俗化运动，平等、理性交往意义上的公共领域开始兴起，关于真理标准、人道主义、主体性的讨论是其标志性事件。这次世俗化否定了"文革"时期的贫困崇拜，肯定了物质生活的合理性，同时还伴随个性觉醒、个人主义等观念的合法化。这是一种积极世俗化，以觉醒了的个人为诞生标志，是20世纪80年代初期出现的中国大众文化的进步。但是，从90年代初开始，中国的世俗化开始发生畸变，开始向去公共化方向倾斜，短暂的积极世俗很快变成了物质主义的世俗，盛行身体美学与自恋文化。"个人主义依然流行，但'个人'的内涵已经发生变化：关注身体超过关注精神，热心隐私超过热心公务。一种变态的物质主义与自恋人格开始弥漫开来。"①

　　中外关于"知识分子"的定义和分类林林总总，由于篇幅有限，我们在此不纠结于这些问题的谈论，而主要探讨那些有志于独立思考、独立判断、永远保持批判精神的所谓"社会或精神知识分子"。农耕文明及工业文明发展初期，知识分子"在公共事务方面之所以受到社会公众的信任和期待……是由于这些知识分子异乎常人的天才、品格、成就和声誉。他们仍然是一种charisma——魅力型人格，其思想基础仍是人本主义的；所依靠的不是普遍有效的客观化制度，而是个人及其内在的意志、热情和道德感"。②但是这种知识分子是非现代的。在现代社会，商品经济的生活方式把人们席卷入自己的包围圈，人们开始转向对自己切身的利益、事务、旨趣的关注，原先统一的社会宏大叙述主题俨然已经被瓦解、分化成各种具体、专门的问题甚至被消解。职业和专业化分工又在一定程度上让传统农耕社会中的"信念伦理"让位于"责任伦理"。

　　但是"文学知识分子"的社会良心角色也被制度化地分化和消解了，在20世纪80年代末90年代初出现整体衰落的趋向，在现代社会普遍地被排斥在专业知识分子体系之外，他们总是以门外汉或业余爱好者的身份穿行在各个专业学科之间。另一方面，文学知识分子可以摆脱了狭窄、呆

---

　　① 陶东风：《当代中国为什么盛行物质主义》，《民主与科学》2013年第12期，第58页。
　　② 祝东力：《文学知识分子：新时期及后新时期》，选自《美学与文艺学研究》（第2辑），王德胜主编，首都师范大学出版社1994年，第22页。

板的专业划分，在远比农耕文明广阔的现象世界、社会人生里获得更加多元丰富的写作对象，以拓展他们的写作题材。因此，祝东力认为"在传统知识分子身份分裂之后，知识分子的社会'良心'角色主要由作家们承担了。"①可见，在现代社会，文学知识分子的作品是有限的，但是对"德性"的维护和发展是有必要、有意义的。

梭罗和海子、苇岸在"知识分子"职能的意义上，都试图使文学发挥着认知、教育、审美的传统功能，而且他们在诗学上都认同崇高美，因此便有了一种宏观叙事的倾向。即使是梭罗和苇岸这样运用散文叙事个人的体验和经验时，他们的旨归都是宏大的主题，如信仰、人生、民族、历史、英雄等等，对生命本质和终极价值的追求使得他们的诗学本质都洋溢着浓烈的浪漫主义色彩。他们为人们展现的是"觉醒的个人"有信仰的生存体验，用个体的信仰和良知抵抗着物质主义。在21世纪的互联网时代，他们能够为那些需要心灵交流和精神汇通的人们提供一种诗意生活的方案或曰艺术化的生存模式。

二 和谐人格的建构

从前面的论述我们可以看到，梭罗瓦尔登湖畔的实验的核心目的是实践其"本人一直致力于的自我神话的计划"。米尔德认为，梭罗一直在超验主义思想的框架下展开对自我思考和自我设想，他的写作也是其自我塑造工程的一部分。米尔德还指出，梭罗的自我塑造计划实施的路径是：以个人身份的构建开始，以达成在这个世界上有一个正当的职业（梭罗眼中是"文学英雄"即作家）结束，"其适应性推力沿着自我与他人、与当地社区、与全社会和整个人类，以及历史、自然和上帝的联系进行调解。"② 米尔德的总结给梭罗的文学创作事业厘清了一条逻辑清晰的学术线索。而如果用更通俗的言语来表达，其过程就是梭罗在探寻一种适应现代生存模式或生活方式并能让个人产生爱好人生的美好体验的人格类型。

---

① 祝东力：《文学知识分子：新时期及后新时期》，选自《美学与文艺学研究》（第2辑），王德胜主编，首都师范大学出版社1994年，第24页。
② [美] 罗伯特·米尔德：《重塑梭罗》序言，马会娟、管兴忠译，东方出版社2002年，第5页。

这正是梭罗等人提倡的诗意生活所必需的内在品质。人只有拥有这样的品格才能体验和实现艺术化的生存。

对于人格建构的讨论，在中国文化体系内古已有之，尤其是对中国"士人"人格的探求似乎从来未有真正因现代化的转向而停止。恰恰相反，这很可能是我们在当今社会面对各种偏执的"主义"例如消费主义、物质主义、犬儒主义等等重新确立人生意义、进行"全人教育"的宝贵资源之一。学者张节末指出，中国古代士人的人格大体可以分为三种：温柔敦厚的中庸人格、强劲进取的狂狷人格、超凡脱俗的逸士人格，其中中庸人格为中国文化的主体品格。但是后两种是"启发个体觉悟甚至代表着社会新生力量的异端人格"，应该引起更多关注。①

梭罗是一个个体意志非常突出的人，这种性格在他语言和行动中都有明显表现，例如他在反奴运动中对约翰·布朗暴力行为的态度、甚至爱默生在他死后对他的评论都可以看出梭罗"行不掩"的激烈与奋争。这种张狂的人格使得梭罗勇于以真面目示人，敢于与他认为不公正、不道德、不合理的事物抗争。这是一种激动人心的人格魅力，体现了梭罗身上的男子汉气概和英雄主义精神。他直面生命的勇气和执着深深地感染了海子和苇岸，使得他们获得一种生命力。

但是同样吸引海子和苇岸的是梭罗自处自然田园时的那份宁静淡泊、纯真逍遥、诗情惬意。这是一种源于自然的人生寄托，是保存清白的超凡脱俗之举，这就是"逸"的品质。这种"逸"的品质"具有纯净和提升人格的作用"，是一种"逍遥的人格、艺术的人格和审美的人格"，其出世的魅力和狂者入世的魅力一样迷人，两者"形成中国知识分子依违彷徨的历史局面，使后人永远也委决不下"。②

梭罗显然是在逸士和狂者之间随时而动，亦逸亦狂。林语堂指出：中国文化几千年的发展"产生了这么一种和谐的人格。以陶渊明为例，我们看见积极人生观已经丧失了愚蠢的自满心，玩世哲学已经丧失了尖锐的叛逆性，在梭罗（Thoreau）身上还可找出这种特质——这是一个不成熟性的标志，而人类的智慧第一次在宽容和嘲弄的精神中达到成熟的时

---

① 张节末：《狂与逸》，东方出版社 1995 年，第 1 页。
② 同上书，第 6 页。

期。"梭罗的人格俨然不是中国传统中庸的温柔敦厚。林语堂对梭罗和陶渊明的这种人格的称呼是"和谐的人格",并认为这种人格"介于尘世的徒然匆忙和完全逃避现实人生之间;世界上所有的一切哲学中,这一种可说是人类生活上最健全最完美的理想了……我们即从这种和谐人格中看见人生的欢乐和爱好"。林语堂的评价似乎有些偏向道家之嫌,说明他主要看到的是梭罗"出世"的一面。但是从另一个层面上也可以看到梭罗在自我人格建构有着充分的灵活性,他呈现了崇高人格的丰富性。自我从来不是一种稳固不变的形态,而是一种不断生长的、有巨大的可塑性、无限的可能性、无限的内在深度的过程。梭罗自己对内在自我的丰富性也有着明智的理解:

> 只要我们的心灵有意识地努力,我们就可以高高地超乎任何行为及其后果之上……看戏很可能感动了我;而另一方面,和我生命更加攸关的事件却可能不感动我。我只知道我自己是作为一个人而存在的;可以说我是反映我思想感情的一个舞台面,我多少有着双重人格,因此我能够远远地看自己犹如看别人一样。不论我有如何强烈的经验,我总能意识到我的一部分在从旁批评我,好像它不是我的一部分,只是一个旁观者,并不分担我的经验,而是注意到它:正如他并不是你,他也不能是我。①

人的个性是多面的,而心态在不同时期也会有不同的表现。因此"和谐人格"不失为描述梭罗品格的一个好词汇。这种"和谐人格"正是梭罗这样的"爱好人生者"的独特品质。这样的人拥有着把自己日常生活审美化的智慧,能以艺术方式来经营自己的人生。②

伯科维奇在《剑桥美国文学史》的"中文版序"中指出:美国文学也许是"是世界上最年轻的文学传统",但"在表述现代性的种种状况方面,美国文学是世界上年代最久、内容最复杂的民族文学。它是个人主义和事业进取心的文学,是扩张和探索的文学,是种族冲突和帝国征服的文

---

① [美]梭罗:《瓦尔登湖》,徐迟译,上海译文出版社2006年,第119页。
② 林语堂:《生活的艺术》,江苏文艺出版社2009年,第113页。

学，是大规模移民和种族关系紧张的文学，是资产阶级家庭生活和个人自由与社会限制不断斗争的文学。这些文学作品从探索自然和'自然人'转向探讨异化、歧视、城市化、地区冲突及种族暴力的问题。它们受到民主美学理想的鼓舞（跟欧洲旧世界所谓的精英主义相对），这是一种'普通人'和'普通事'的美学。"①从这个意义上来理解，梭罗确实在塑造"美国国民性格"方面意义非凡。

三　从中国的整生哲学看梭罗超验主义思想

超验主义对个人价值的赞扬是梭罗人格塑造的思想根基，这使得《瓦尔登湖》呈现了一种自传的意味。在这个意义上，可以说梭罗的个体叙事是一种新型的启蒙主义，因为他探索的是个体意识觉醒和个性解放在实践中的可能。他以个人化的切入角度，表达了对历史与现实，对世界与个体的独特经验与理解，开拓了文学的表现领域和艺术空间，强调了叙事回归自我生命的内在状态、发掘创作主题自身的生命体验上，具有开创性的文学与美学意义。梭罗一生都在致力于探究个人的精神提升以促进社会的进步。受到爱默生的启发，他认为整个社会是由一个个独立的个体组成，社会的进步有依赖于个体精神的提升，但是梭罗却对社会发展与物质技术进步之间的联系含糊其辞，在一定程度上甚至否认后者的意义。

生态美学学者袁鼎生在综合中国传统美学观念的基础上主张，"生态系统是一个不可分割的整体。整体质是系统的最高规律，是各部分的关系共生的，整体价值是系统的最高目的，是各部分的价值共成的。"②他试图把一切生命存在所关涉的一切必然部分视为一个"整生"系统，其中包括人类生存的所有内外部因素。新实践美学的主要代表之一蒋孔阳也宣扬整体主体的生命特征："人是一个有生命的有机整体，所以人的本质力量不是抽象的概念，而是生生不已活泼泼的生命力量。"③封孝伦教授也认为，人的自然生命、精神生命、社会生命是整体关联的，人类生命系统具有整体审

---

① [美]萨克文·伯科维奇主编：《剑桥美国文学史》（第二卷），史志康等译，中央编译出版社2008年，第1页。
② 袁鼎生：《整生论美学》，商务印书馆2013年，第14—15页。
③ 蒋孔阳：《美学新论》，人民文学出版社1993年，第171页。

美性。① 袁鼎生指出，从审美生态观的角度上看，当代的美学目标应该是主客体的整体共生。因此，"整生"便是人类生存的高级结构。

从整生论美学的逻辑出发，我们就可以发现，梭罗的超验主义思想有结构性的缺失。最突出的表征就是他过于执迷于农耕文明的田园情结，对无法回避的城市文化和工商业文明公然排斥。这种结构性缺失是一种文化观的偏颇，也深刻地影响了海子和苇岸等后来者。正如学者王兆胜指出的，梭罗的《瓦尔登湖》享誉世界，影响了不少中国作家，对克服工商业文化带来的异化有益处，但是"过于追求简朴甚至是对自己刻薄的生活方式，而对都市怀有成见和恐惧，这难道不也是一种异化？这种在乡村文化与都市文化间缺乏协调整合，而一意追求单向度的非此即彼式的偏执，显然是从一个极端又走向另一极端。"② 王兆胜强调，文化选择与其他选择一样必须保持适当的"度"，否则就会失了平正，而如果走向极端，还会导致一种生理和心理的病态。王兆胜认为，苇岸的孤独和阴郁除了来自其身体的病状，更来自对都市尤其是工业商业文明的困惑与绝望。和梭罗一样对现代社会发展的任性排斥，使得苇岸成为"一个乡村文明的病态患者"。③

海子的诗歌也同样表现工业化进程中乡村和城市的对立，这种对立的结构中，还隐含着"精神"与"欲望"的内在冲突。海子在一首诗中，这样叙述了自己在城市中的迷失：

> 我本是农家子弟
> 我本应该成为
> 迷雾退去的河岸上
> 年轻的乡村教师
> 从都会师院毕业后
> 在一个黎明
> 和一位纯朴的农家少女

---

① 封孝伦：《人类生命系统中的美学》，安徽教育出版社 1999 年，第 89 页。
② 王兆胜：《困惑与迷失——论当前中国散文的文化选择》，《当代作家评论》2003 年第 6 期，第 60 页。
③ 同上书，第 58 页。

一起陷入情网
但为什么
我来到了酒馆
和城市①

　　海子自杀的时候携带了《瓦尔登湖》,说明他始终认同梭罗的倾向即主张重返自然去使人性的本真获得解放,而不是在城市中寻找建构价值的可能,这和卢梭提出的人的自然状态有着很大的相似之处。卢梭这种浪漫主义哲学思潮如果要上升到政治实践领域就是对乌托邦世界的追逐。乌托邦的理想注定在现实中是找不到出路的,最终找到的很可能只有绝望。

　　传统的儒教和美国的清教主义都给各自国度的知识分子留下的是积极入世的教诲。在入世的行动中,个人的人格魅力得以呈现,个人生存之意义得以彰显。海子憎恨他的时代,苇岸试图拯救他的时代,梭罗批评他的时代。这些表现了浪漫主义孕育出来的孩子在认知结构上的不完整。他们试图在农耕文明的田园中寻求美好的意象以唤醒人性,希望通过昔日的美来达到对现在的清理。他们对工业文明的排斥与其自身在现实生活中对现代化对人的物化的排斥相得益彰。但是他们没有意识到的是,他们还需要直面现实。因为现代化能够给更多人带来丰富的物质保障——当然物质是人得以生存的前提,但是现代人却在这种享受和方便中迷失了自己,人类开始不再仰望天空,这是现代"文学知识分子"应该必须面对的事实。

　　应该指出,由于爱默生、梭罗这一代的超验主义者均接受过传统集体宗教的熏陶与教育,宗教信仰在客观上给他们提供了一个整体性的框架,有效帮助他们在应对传统与现代、农业文明与工业文明的历史性断裂时,仍然能保持一种整体的有序性的乐观主义,免于落入时代更替时一些怀旧人士时常产生的不安、困扰、失落或迷失感。② 这是梭罗比海子和苇岸要幸运得多的地方。

---

　　① 海子:《海子诗全编》,西川编,上海三联书店1997年,第330页。
　　② Yvor Winters, The Significance of *The Bridge*, by Hart Crane, or What Are we to Think of Professor X?, in *American Transcendentalism: an Anthology of Criticism*, Brian M. Barbour ed., Notre Dame & London: University of Notre Mane Press, 1973, p. 281.

无独有偶，美国著名现代诗人哈尔特·克雷恩①也深受超验主义影响。在创作中，克雷恩回顾了从爱伦·坡到艾略特的美国文学历程，认为在此背景下产生的美国现代意识最应该令人肃然起敬的是坚定的信念，而不是艾略特式的悲观主义。在这种思想指导下，克雷恩创作了其长诗《桥》（Bridge）并在序诗《献给布鲁克林桥》提出了长诗的主题，鼓励读者看到希望时又认识到存在的问题。此诗对美国历史进行一种现代性、神话性的总结，肯定了美国文化中超验主义式乐观精神的意义，也是对《荒原》的一种回击，他认为后者过于悲观、令人对未来感到沮丧。但是克雷恩自己却难以负荷长期以来的精神重压最终而绝望地投海自尽。学者伊万·温特斯（Yvor Winters）曾经大胆地指责，克雷恩之所以选择自杀就是因为他过于沉迷于超验主义的自我实现思想。温特斯认为克雷恩自杀的一个现实因素就是他的时代没有给他设置像超验主义时代那样的加尔文教的规定和限制，即个人无权选择能否被救赎也无权选择生死，所以克雷恩也"自由"地选择以自杀方式来献身自己的诗人理想，达成自我价值的实现。② 这个事件也许能给当今的"文学知识分子"们一个提示就是：作家不仅要努力自我实现，而且还得同时以一种"整生"的意识积极参与这个时代精神价值和信仰体系的重构，才能真正现实自我及其他者的诗意人生。

"美国文艺复兴"概念的始创者、著名文学评论家马修森早就提出，梭罗是美国文艺复兴时期"真实的辉煌"。布伊尔也同样认为，19世纪中叶美国文艺复兴时期的主要人物应该是梭罗而不是爱默生。在他看来，梭罗真正代表了美国文化，理由就是"第一，梭罗具有独创性，自成一体；第二，他是美国最好的、也是最有影响的自然文学作家；第三，他将单纯的自然写作提升到一个更高、更精神化的王国；第四，他是一个充满良知、坚持主见、崇尚自由的好公民；第五，在异议面前，他显示出巨大的

---

① ［美］哈尔特·克雷恩（Hart Crane, 1899—1932），代表作《桥》（Bridge, 1930），全诗由一首序诗和 8 部分（共 15 首诗）组成。随着《桥》的地位也不断提高。今天，克兰已被视为 20 世纪美国最出色的诗人之一。

② Yvor Winters, The Significance of The Bridge, by Hart Crane, or What Are we to Think of Professor X?, in American Transcendentalism: an Anthology of Criticism, Brian M. Barbour ed., Notre Dame & London: University of Notre Mane Press, 1973, pp. 277 – 288.

勇气和伟大人格。就连爱默生自己也说，梭罗是真正的美国人。①

就当前的学术研究视角看，梭罗对美国乃至世界文学最大的贡献是他在实践哲学的意义上把自然定义为人类对抗物质主义和消费主义的避难所，其开创性就在于他触发了美国环境文学的写作传统。然而，就其出发的超验主义思想而言，梭罗最大的价值应该是他对生命本质和存在方式的探求，而其宗教就是探讨如何做一个"完整的人"，最受人瞩目的才是他在"立人"过程中呈现的人与自然的依存关系，因为他认为人只有摆脱社会束缚才能成为一个独立自主、自强自立的人。梭罗在思维结构上突破了传统西方的二元论，更接近东方"圆融"思想。诗歌与生命、超验与自然、文学与哲学，这些在梭罗的生命意识与写作中是没有边界的。

梭罗用文学的形式来表达自己的思想和追求，但他表述的内容却超出知识和学术研究所不能呈现的那种内心境界和人性完美。他不再是中世纪传统价值和神圣之物的守护者与注释者，而是现代文明中生命价值、存在意义的发现者与实践者。梭罗终身都在实践着他接受的超验主义精神，试图成为精神生活上的更有影响力的人，但中途却因为不是从事美国霸业（empires）的"大事业和做领袖"令其导师爱默生深感失望。② 不过，梭罗的思想及其作品却延续下来，实现了他自己文学事业的理想，并且影响了中国当代作家海子、苇岸等人的创作，同时也深受中国普通读者的推崇。

有论者认为，梭罗是诗化哲人而不是哲性诗人。③ 梭罗早期的确对诗歌有着某种热烈的追求，一度以诗歌为个人满足的源泉。但是正如爱默生所说的，梭罗"太爱思想上的美"，或许是太重视思想精神的追求，使得他无意识地压抑了诗人所言，以及浓烈的情感和情绪，好在他又十分重视表达的语言和形式，这就使得他的思想表达有了诗歌的意味，散文就成了他必然选择的文体结构。不管是散文选择了他，还是他选择了散文，两者都在这个特定的历史时期相互成就了彼此：梭罗大大地推动了美国自然散文的发展，散文让梭罗这个创作者成为一个有哲学

---

① Lawrence Buell, "Henry Thoreau Enters the American Canon", in《〈瓦尔登湖〉新论》（英语影印版），Sayre Robert F. 编，北京大学出版社 2007 年，第 23—48 页。
② ［美］斯蒂芬·哈恩：《梭罗》，王艳芳译，中华书局 2002 年，第 5 页。
③ 同上书，第 6 页。

思想的文学家。

梭罗在更广泛的意义上提出了一个重要的问题,即在现代社会"文学知识分子"何为。梭罗生活的时代是美国商业与工业高速发展之始,是物质主义时代的开端,宗教衰微,科学启蒙则抬起头颅、高昂地挺进人们的日常生活;然而,理性背后却是心灵的空虚和灵魂的无所依存。在宗教式微的时期,当文学干预生活时,文学就成为宗教的替代。梭罗早年的自由主义的宗教经验使得他很容易就接受了超验、超自然的非人格神,这种灵性(spirituality)的精神气质类似于我们中国传统对"天"、"道"等的心灵体验。这点在他的第一本书《河上一周》中表现尤为明显。但是到了《瓦尔登湖》时期,梭罗业已步入了壮年岁月,天生的怀疑主义精神令他逐渐弃离了超验的生存体验走向文化的日常生活,他试图在文学中寻找个人的满足,换句话说,他想在文学中找到信仰和诗意的栖居之地。

梭罗前期的文学创作以"崇高"为基调、以英雄为主题,中期则以道德为基调、以伦理为主旨,后期倾向对现象世界的细微观察与心灵对大自然的体验。需要说明的是,这一分界并没有截然的界限。在这整个转变过程中,超验主义的影响一直都在延续,尽管其后期的创作有一定的经验主义意味,但是,他执着地认为人应该致力于追求"更高的规律"即精神生活的本质用来对抗当时流行的物质主义思想,目的就是为了向他的读者宣扬道德的和审美的生活方式。在这个意义上,可以说梭罗并不是一个彻底的怀疑主义者,他思想很活跃、丰富却一直保有对个人修行和个人德性的坚持与追求。

梭罗曾经接受中国古代文化的影响。到了20世纪后期,他又反过来影响了中国的文学界和普通读者群。我们把梭罗放在跨文化研究的三维模式或世界文化整生性"超循环"的体系中来研究,就会发现梭罗的价值不仅仅局限在对美国国民性格和民族文学文化的塑造上,而是更体现了他新型"哲学家模式"的贡献——用学者哈恩的话来说就是,梭罗"将正统哲学研究所追求的东西与生活品质相比照"并追求在此意义上的生活,因此"激发了人们对这种追求的强烈兴趣,才使得他影响了好几代读者","而且每一代人都会发现梭罗的一个或多个侧面具有特殊的意义和作用"。① 哈恩甚至认为，梭罗在更大的意义上与苏格拉底、佛陀、孔子、耶稣有了共同的特性，即成为人类生活的楷模和导师。梭罗在自我人格建构上有着充分的灵活性，他呈现了崇高人格的丰富性。他实践了一种融合"逸士"和"狂者"的"和谐人格"，体现了"爱好人生者"的独特品质。这样的人拥有着把自己日常生活审美化的智慧，能以艺术方式来经营自己的人生。

可以说，"梭罗的主要事业与生活有关，是要把生活改善得更好；简而言之，一个理性生物如何享受上帝赐予他的才能，如何跟随着较高的经济制度而不是成为较低经济制度的奴隶，这样，在生活接近尾声时，他可以诚实地说："我已经生活过了。""他是乡下人，更是诗人和哲学家。他以希腊思想的尺度来衡量自己和邻居们的生活。"② 从 1966 年开始，美国全国人文学科捐赠基金会（NEH）资助成立了梭罗研究中心，该项目的目标是整理编辑梭罗的手稿（主要是梭罗日记），1999 年中心转设在北伊利诺斯大学（Northern Illinois University）。伊丽莎白·维斯瑞尔（Elizabeth Witherell）从 1980 年开始担任梭罗手稿编辑的主编，她在总结数十年的工作时是这样说的："梭罗的作品不仅表述而且塑造了美国特性的基本观念：我们的个人主义、我们的乐观精神以及我们对内心声音导向道德行为的信心。梭罗提醒了我们，我们有责任去发现我们的内心声音并以此而行动。"③

马克思·韦伯认为在现代社会，统一的宗教观分化成不同的价值领域，如科学、道德、艺术等并造成了各个领域之间的相互冲突，由此，人类创造价值的责任落在个人身上。④ 学术思想（非历史）逻辑上，梭罗一生的实践和创作可以被视为是对个人如何创造价值的一个正面回答。在"去神圣化"的现代社会，人类并不能真正摆脱过去的神圣（sacred）历史，他们还是会自觉或不自觉地从宗教的遗产中寻找意义，新兴宗教、通俗小说、政治意识形态，等等，也会显示出某种衰退的、隐藏的宗教行

---

① ［美］斯蒂芬·哈恩：《梭罗》，王艳芳译，中华书局 2002 年，第 6 页。

② ［美］沃浓·路易·帕灵顿：《美国思想史》，陈永国、李增、郭乙瑶译，吉林人民出版社 2002 年，第 697 页。

③ http://www.niu.edu/PubAffairs/RELEASES/2003/oct/wethepeople.shtml

④ ［德］马克斯·韦伯：《世界文化名人文库：韦伯文集》（上），韩水法编，中国广播电视出版社 2000 年，第 77—95 页。

为。用著名的比较神学家伊利亚德的话说"那些声称不信教的人，宗教和神话只是'隐藏'在他们意识的幽暗之处——换言之，对于这些人而言，人生的宗教观是深藏在他们心底的。"伊利亚德敏锐地观察到，即使在世俗化的背后，还是有这样或者那样的宗教的形式在影响着人们的生活。宗教并不会因为世俗化而消亡，而是将以多样的形式如人文化的精神性（spirituality）继续对人类生活产生作用。

　　梭罗的超验主义思想是西方宗教在现代生活向人文主义发展过程的一个产物。梭罗的文学创作使个体的生存体验和灵性的超越体验获得了感通。可以说，梭罗终身实践超验主义，以完成对自我即人格的塑造，整个过程有两个核心维度：一是日常生活的维度，能让他以实际的责任做正确的事情，从而产生实在的幸福感，达成一种真正健康、有创造力的内心需要；二是超越性的精神性的善端，是一贯并超越的原则，指引他积极向前并给予他生生不息之力量。这种个体灵魂与生活实践和谐共处的情形，如同中国古代的"孔颜之乐"。"孔颜乐处"正是人与天地生命共同体之间的一体感通之乐，它可以在生命个体的成长过程中随因缘际遇之不同而与时偕行、一以贯之。梭罗正是在这个意义上体现了他和中国古代文化的深度契合。

　　然而，现代人似乎处于"憧憧往来，朋从尔思"的糟糕境况。在《易经·系辞》中，孔子对这种怀抱有私意阻隔而不能令感通之道光大天下的缺憾，对如何为贞正之感以及贞正之感的伟大效应作出了很好的评述："天下何思何虑？天下同归而殊途，一致而百虑。天下何思何虑！日往则月来，月往则日来，日月相推，而明生焉。寒往则暑来，暑往则寒来，寒暑相推，而岁成焉。往者，屈也。来者，信也……过此以往，未之或知也。穷神知化，德之盛也。"

　　或许现代人的精神危机很多是源于所谓的"信仰"危机。从梭罗超验主义思想去理解，实际上是人在现实生活中自己切断了"天人合一"感通之乐，过度沉浸于狭隘的人与人、人与自我的联盟中，疏忽了人与自然、人与天、人与灵性的联通。由此看来，在人文主义大行其道的今天，儒家思想的人文精神如何得到更好的重估以及其内含的超越性如何借助西方宗教经验的建制而得以开挖与发展等等均可以成为值得学界不同学科共同探讨的一些问题。

参考文献

英文文献

Abrams, Robert E. *Landscape and ideology in American renaissance Literature: Topographies of Skepticism.* Cambridge, UK; New York: Cambridge University Press, 2004.

Adams, Stephen & Ross, Donald Jr.. *Revising Mythologies: the Composition of Thoreau's Major Works.* Charlottesville: University Press of Virginia, 1988.

Bloom, Harold ed. . *Bloom's Modern Critical Views: Henry David Thoreau* . New York: Infobase Publishing, 2007.

Carl, Bode ed. . *The Young Rebel in American Literature; Seven Lectures.* London, Melbourne, Toronto: Heinemann, 1959.

Buell, Lawrence. *The Environmental Imagination: Thoreau, Nature writing, and the Formation of American Culture.* Cambridge, MA: Belknap Press of Harvard University Press, 1995.

Buell, Lawrence. *Emerson*, Cambridge and London: the Belknap Press of Harvard University Press, 2003.

Buell, Lawrence. American Literary Emergence as a Post – colonial Phenomenon. in American *Literary History*, 1992, (4).

Buell Lawrence. *Literary Transcendentalism: Style and Vision in the American Renaissance.* Ithaca & London: Cornell University Press, 1978.

Cavell, Stanley. *The senses of Walden.* New York: The Viking Press, 1972.

Carl, F. Hovde. Nature into Art: Thoreau's Use of his Journals in a Week, *American Literature*, 1958 (30), p. 172.

Cresswell, Tim. *Place: A Short Introduction*, Oxford: Blackwell Publishing, 2004.

Derleth, August William. *Concord rebel: a life of Henry D. Thoreau*. Philadelphia: Chilton Co., Book Division, 1962.

Ellis. William. *The Theory of American Romance: An Ideology in American Intellectual History*. Anne Arbor: UMI Research Press, 1989, p. ⅹⅲ.

Emerson, Ralph Waldo. *The Complete Works of Ralph Waldo Emerson*, Edward Waldo Emerson ed., 12 vols. Boston & New York, 1903 - 1904.

Emerson, Ralph Waldo. *The Letters of Ralph Waldo Emerson* (Vol. 5), New York: Columbia University Press, 1995.

Farrell, Frank B.. *Why Does Literature Matter?*, Cornell University Press, 2004.

Foster, David R. *Thoreau's Country: Journey through a Transformed Landscape*. Cambridge, Mass: Harvard University Press, 1999.

Fink, Steven. *Prophet in the Marketplace: Thoreau's Development as a Professional Writer*. Princeton, N. J.: Princeton University Press, 1992.

Garvin, Harry R. (ed.). *The American Renaissance: New Dimensions*. Lewisburg: Bucknell University Press, 1983.

Goto, Shoji. *The philosophy of Emerson and Thoreau : Orientals meet occidentals*. Lewiston: E. Mellen Press, c2007.

Gozzi, Raymond D. ed. *Thoreau's Psychology: Eight Essays*, Lanham, Md: University Press of America, 1983

Guthrie, James R. *Above time: Emerson's and Thoreau's temporal Revolutions*. Columbia: University of Missouri Press, 2001.

Harding, Walter Roy. *The days of Henry Thoreau, by Walter Harding*. New York: Knopf, 1965.

Harding, Walter & Michael Meyer. *The New Thoreau Handbook*, New York: New York University Press, 1980.

Hodder, Alan D. *Thoreau's Ecstatic Witness*. New Haven: Yale University

Press, 2001.

Hawthorne, Julian. *Nathaniel Hawthorne and His Life (I)*. Boston and New York: Houghton, Mifflin, 1884.

Kerting, Verena. *Henry David Thoreau's Aesthetics: a Modern Approach to the World*. Frankfurt am Main; New York: Peter Lang, 2005.

Kornfield, Jack. *After the Ecstasy, the Laundry: How the Heart Grows Wise on the Spiritual Path*, New York: Bantam Books, 2001.

Lebeaux, Richard. Y*ong Man Thoreau*, Ambert: UNiveristy of Massachusetts Press, 1977.

Lewis, R. W. B. *The American Adam; Innocence, Tragedy, and Tradition in the Nineteenth Century*. Chicago: University of Chicago Press, 1955.

Mariotti, Shannon L. *Thoreau's Democratic withdrawal: alienation, participation, and modernity*. Madison, WI: University of Wisconsin Press, 2010.

Maynard, William Barksdale. *Walden Pond: A History*. New York: Oxford University Press, 2004.

Matthiessen, F. O.. *American Renaissance: Art and Expression in the Age of Emerson and Whitman*, New York: Oxford University Press, 1964

McGregor, Robert Kuhn. *A wider View of the Universe: Henry Thoreau's Study of Nature*. Urbana: University of Illinois Press, 1997.

Meehan, Sean Ross. *Mediating American Autobiography: Photography in Emerson, Thoreau, Douglass, and Whitman*. Columbia : University of Missouri Press, 2008.

Meyer, Michael. *Several More Lives to Live: Thoreau's Political Reputation in America*, Westport, Conn. : Greenwood Press, 1977.

Mills, Nicolaus. *American and English Fiction in the Nineteenth – Century: An Anti – genre Critique and Comparison*. Bloom, London: Indiana U. P. , 1973, p.23.

Mooney, Edward F. *Lost intimacy in American thought : recovering personal philosophy from Thoreau to Cavell.* Continuum, 2009.

Murphy, Patrick D. *Farther Afield in the Study of Nature-oriented Literature*, Paddyfield: University of Virginia Press, 2002.

Myerson, Joel (edited). *Henry David Thoreau*, Shanghai: Shanghai Foreign Language Education Press, 2000.

Myerson, Joel & Petrulionis, Sandra Harbert & Wallls, Laura Dassow (edited). *The Oxford Book of Transcendentalism*, New York & Toronto: Oxford University Press, 2010.

Nina Baym. *The Shape of Hawthorne's Career* [M], New York: Cornell University Press, 1976

O'Grady, John P. *Pilgrims to the wild : Everett Ruess, Henry David Thoreau, John Muir, Clarence King, Mary Austin*. Salt Lake City : University of Utah Press, 1993.

Porte Joel. *Emerson and Thoreau: Transcendentalists in Conflict.* Middletown: Wesleyan University Press, 1965.

Ryden, Kent C.. *Landscape with Figures: Nature and Culture in New England*, Iowa: University of Iowa Press, 2001.

Sayre, Robert F. 《〈瓦尔登湖〉新论》（英文影印版），北京大学出版社，2007年。

Schmidt, Leigh Eric. *Restless Souls: the Making of American Spirituality*, New York: HarperCollins Publishers, 2005.

Schneider, Richard J. *Henry David Thoreau*. Boston: Twayne Publishers, 1987.

Sherman, Paul. *The shores of America: Thoreau's inward exploration*. Urbana, University of Illinois Press, 1958.

Sherman, Paul ed.. *Thoreau: A Collection of Critical Essays.* Englewood Cliffs, N. J: Prentice–Hall.

Smith, Harmon L. *My friend, My Friend: the Story of Thoreau's Relationship with Emerson*. Amherst: University of Massachusetts Press, c1999.

Sontag, Susan. *Illness as Metaphor*, New York: Farrar, Straus & Giroux, 1978.

Tan, Hongbo. *Emerson, Thoreau, and the Four Books : Transcendentalism and the Neo–Confucian Classics in Historical Context* .

Thoreau, Henry David. *The Writing of Henry David Thoreau*, Boston &

New York: Houghton Mifflin & Co. , 1906.

Thoreau, Henry David. *Collected poems*. Edited by Carl Bode. , Baltimore: John Hopkins Press, 1964.

Thoreau, Henry David. *Early essays and miscellanies.* edited by Joseph J. , Moldenhauer & Edwin Moser. Princeton, N. J.: Princeton University Press, 1975.

Thoreau, Henry David, *The Journal of Henry David Thoreau*, edited by Bradford Torrey & Francis H. Allen, Boston: Houghton Mifflin, 1906,

Thomas Nelson Inc. *The Holy Bible: new King James version*, New York: American Bible Society, 1982.

Tilton, Eleanor M. "Emerson's Lecture Schedule (1837 – 1838) Revised." *Havard Library Bulletin* 21, 1973 (4), pp. 387 – 388.

Turner, Jack ed. . *A Political Companion to Henry David Thoreau*. Kentucky: The University Press of Kentucky, 2009.

Walls Laura Dassow, *Seeing New Worlds: Henry David Thoreau and Nineteenth-century Natural Science*. Madison: The University of Wisconsin Press, 1995.

Wendell Glick ed. *The Recognition of Henry David Thoreau: Selected Criticism Since* 1848, Ann Arbor: The University of Michigan Press, 1969.

陈茂林: *An Ecocritical Study of Henry David Thoreau*(《诗意栖居——亨利大卫梭罗的生态批评》), 浙江大学出版社, 2009 年(英文版)。

中文著作及汉译书目

［美］爱默生:《爱默生演讲录》, 孙宜学译, 中国人民大学出版社 2004 年。

［美］爱默生:《美国文化丛书: 爱默森文选》, 张爱玲译, ［美］范道伦编选, 生活·读书·新知三联书店 1986 年。

［英］安东尼·特罗洛普:《北美游记》, 刘俊平译, 鹭江出版社出版 2005 年。

陈安:《美国知识分子: 影响美国社会发展的思想家》, 当代中国出版社 2010 年。

陈长房：《梭罗与中国》，三民书局股份有限公司1990年。

程虹：《寻归荒野》，生活·读书·新知三联书店2001年。

崔卫平：《不死的海子》，中国文联出版社1999年。

杜维明：《儒家传统与文明对话》，人民出版社、河北人民出版社2010年。

方成：《美国自然主义文学传统的文化建构于价值传承》，上海外语教育出版社2007年。

方遒：《散文学综论》，安徽教育出版社2004年。

樊星：《中国当代文学与美国文学》，中国社会科学出版社2009年。

封孝伦：《人类生命系统中的美学》，安徽教育出版社1999年。

傅德岷：《外国散文流变史》，重庆出版社2008年。

广东美术馆编：《自觉与自主：广东美术馆展览策划和学术理念（1997—2007）》，广东教育出版社2007年。

海子：《海子诗全编》，西川编，上海三联书店1997年。

何怀宏：《旁观集》，复旦大学出版社，2010年。

胡书庆：《大地情怀与形上诉求》，河南人民出版社2007年。

金岱：《千年之门》，花城出版社2004年。

蒋孔阳：《美学新论》，人民文学出版社1993年。

蒋竹怡：《从生态视角看梭罗》，中国商务出版社2007年。

[美] 罗伯特·米尔德：《重塑梭罗》，马会娟、管兴忠译，东方出版社2002年。

[美] 勒内·韦勒克、奥斯汀·沃伦：《文学理论》，刘象愚等译，文化艺术出版社2010年。

[德] 康德：《判断力批判》（上），宗白华译，商务印书馆1987年。

李庆本：《二十世纪中国浪漫主义美学》，现代出版社1998年。

李庆本：《跨文化美学：超越中西二元论模式》，长春出版社2011年。

李大鹏：《中国当代文学专题研究》，中国文史出版社2011年。

李林荣：《嬗变的文体：社会历史景深中的中国现当代散文》，社会科学文献出版社2006年。

林贤治：《中国散文五十年》，漓江出版社2011年。

林语堂：《生活的艺术》，江苏文艺出版社2009年。

［德］马克斯·韦伯：《新教伦理与资本主义精神》，康乐、简惠美译，广西师范大学出版社2009年。

［德］马克斯·韦伯：《世界文化名人文库：韦伯文集》（上），韩水法编，中国广播电视出版社2000年。

热拉尔·热奈特：《叙事话语、新叙事话语》，王文融译，中国科学出版社1990年。

［美］斯蒂芬·哈恩：《梭罗》，王艳芳译，中华书局出版社2002年。

［美］萨克文·伯科维奇主编：《剑桥美国文学史》（第二卷），史志康等译，中央编译出版社2008年。

佘树森、陈旭光：《中国当代散文报告文学发展史》，北京大学出版社1996年。

申丹：《叙述学与小说问题学研究》，北京大学出版社2004年。

宋文翔：《画的是态度》，四川美术出版社2011年。

［美］梭罗：《梭罗日记》，朱子仪译，北京十月文艺出版社2005年。

［美］梭罗：《河上一周》，宇玲译，北方文艺出版社2009年。

［美］梭罗：《瓦尔登湖》，徐迟译，上海译文出版社2006年。

唐小林：《看不见的签名：现代汉语诗学与基督教》，中国社会科学出版社2004年。

陶东风：《文化演变及其文化意味》，云南人民出版社1994年。

童庆炳、马新国主编：《文学理论学习参考资料新编》，北京师范大学出版社2005年。

涂成吉：《梭罗的文学思想与改革意识》，台北市：秀威资讯科技股份有限公司2009年。

王本朝：《20世纪中国文学与基督教文化》，安徽教育出版社2000年。

王德胜主编：《美学与文艺学研究》（第2辑），首都师范大学出版社1994年。

王兆胜：《温暖的锋芒：王兆胜学术自选集》，中国社会科学出版社2011年。

苇岸：《最后的浪漫主义者》，冯秋子编，花城出版社2009年。

苇岸：《上帝之子》，袁毅编，湖北美术出版社 2001 年。

［美］沃浓·路易·帕灵顿：《美国思想史》，陈永国、李增、郭乙瑶译，吉林人民出版社 2002 年。

夏伟东、李颖、杨宗元等：《论个人主义思潮》，高等教育出版社 2006 年。

谢冕、唐晓渡：《以梦为马》，北京师范大学出版社 1993 年。

袁鼎生：《生态视域中的比较美学》，人民出版社 2005 年。

袁鼎生：《超循环：生态方法论》，科学出版社 2010 年。

袁鼎生：《整生论美学》，商务印书馆 2013 年。

［美］约翰·杜威等：《自由主义》，杨玉成、崔人元等编译，世界知识出版社 2007 年。

杨金才：《美国文艺复兴经典作家的政治文化阐释》，上海外语教育出版社 2009 年。

张节末：《狂与逸》，东方出版社 1995 年。

张清华：《存在之镜与智慧之灯：中国当代小说叙事及美学研究》，福建教育出版社 2010 年。

赵秀明、赵张进：《英美散文研究与翻译》，吉林大学出版社 2010 年。

张爱玲：《同学少年都不贱》，天津人民出版社 2004 年。

张弘等：《跨越太平洋的雨虹——美国作家与中国文化》，宁夏人民出版社 2002 年。

张世英：《天人之际——中西哲学的困惑与选择》，人民出版社 1994 年。

郑振铎：《文学大纲》（下），广西师范大学出版社 2008 年。

期刊论文：

曹明德：《文化的共通性和差异性》，《厦门大学学报》（哲学社会版）1996 年第 4 期，第 57—62 页。

陈爱华：《梭罗在中国：1949 至 2005》，《四川外语学院学报》2007 年第 2 期，第 42—45 页。

陈才忆：《梭罗的人生追求及其现代意义》，《四川外语学院学报》2003 年 5 期，第 37—42 页。

陈凯:《梭罗〈河上一周〉一书中的跨文化比较和文学评论》,《中国比较文学》1998年第1期,第147—150页。

陈凯:《泛舟河上,驰思万里——评梭罗〈在康科德与梅里马克河上一周〉》,《福建师范大学学报》(哲学社会科学版)1999年第4期,第68—72页。

陈乐福:《梭罗:一个后殖民作家》,《外语研究》2005年第2期,第75—78页。

程星:《十九世纪美国浪漫主义文学的优秀成果——梭罗的散文集〈华尔腾〉》,《文史哲》1983年第3期。

崔卫平:《海子、王小波与现代性》,《当代作家评论》2006年第2期,第39页。

董迎春:《"大诗写作":普世性写作——论海子的诗歌写作》,《广西民族大学学报》(哲学社会科学版)2011年第3期,第168页。

冯济平:《化澄阔为神秘——论苇岸大自然散文的审美特质》,《山东师大学报》(人文社科版)2003年第2期,第44页。

冯文坤:《崇高与生态——兼论梭罗的"克塔登山"》,《外国语言文学研究》2003年第4期,第59—66页。

高波:《"海子神话"与"文学知识分子"心态》,《厦门大学学报》(哲学社会科学版)2009年第4期,第116—121页。

耿殿磊:《梭罗自然观的跨文化渊源》,《武汉科技大学学报》(社会科学版)2008年第6期,第77—82页。

韩德星:《论梭罗的人格特质与荒野情结》,《电影文学》2009年14期。

李存安:《爱默生与梭罗自然观异同初探》,《安徽文学》(下半月)2006年第10期。

李后兵:《〈沃尔登湖〉的超验主义者——亨利·大卫·梭罗的泛神论思想》,《廊坊师范学院学报》2004年第3期。

立人:《梭罗:一位西方文化贤人》,《佛教文化》2003年第4期。

李洁:《论张爱玲对梭罗及其诗歌的译介》,《苏州科技学院学报》(社会科学版)2008年第1期,第113—117页。

李洁:《梭罗与中国的关系》,复旦大学博士学位论文,2008年。

刘卓滢、张慧芳:《完美的人性 VS 圣洁的神性——富兰克林与梭罗自传体文本细读对比》,《世界文化》2006 年第 8 期。

卢凌:《崇尚自然:梭罗〈瓦尔登湖〉的审美价值》,《安徽大学学报》(哲学社会科学版) 2003 年第 2 期。

梁玉水:《现象学的方法,存在主义的主题——读梭罗〈瓦尔登湖〉的一种视角》,《江汉大学学报》(人文科学版) 2010 年第 2 期,第 47—50 页。

牛励强、何大明、徐剑利:《论美国十九世纪超验主义运动代表人物爱默生与梭罗之异同》,《长春大学学报》1997 年第 3 期。

浦立昕:《简论梭罗对当代中国的影响》,《辽宁行政学院学报》2007 年第 1 期。

彭威:《论梭罗和老子思想的契合之处》,《内蒙古农业大学学报》(社会科学版) 2007 年第 4 期。

清衣:《"超越梭罗:文学对自然地反映"国际研讨会在北京举行》,《外国文学研究》2008 年第 5 期,第 175—176 页。

R. 塞耶、M. 洛维、程晓燕:《论反资本主义的浪漫主义》,《国外社会科学》1985 年第 9 期。

任冰:《解读梭罗思想中的文化相对主义及其现实意义》,《黑龙江生态工程职业学院学报》2010 年第 2 期。

舒奇志、廖素云:《简析梭罗的跨文化比较思想》,《湘潭工学院学报》(社会科学版) 2000 年第 1 期,第 86—89 页。

舒奇志:《二十年来中国爱默生、梭罗研究述评》,《求索》2007 年第 4 期,第 225—227 页。

苏文健:《重识苇岸及其散文的价值》,《信阳师范学院学报》(哲学社会科学版) 2012 年第 2 期,第 126 页。

铁与血:《海子的逝去与理想时代的终结》,《人物》2009 年第 3 期,第 87 页。

王炳根:《爱默生与梭罗:鲜为人知的另一面》,《书屋》2006 年第 12 期,第 46—50 页。

王国喜:《中西文人归隐行为的文化阐释——陶渊明与梭罗之归隐行为比较》,《湖北经济学院学报》(人文社会科学版) 2008 年第 7 期。

王名楷：《爱默生、梭罗及其现代性》，《四川外语学院学报》2003年第3期，第35—38页。

王世垣：《梭罗和他的〈瓦尔顿湖〉》，《四川外语学院学报》1985年第3期。

王颖：《现代性视野下的梭罗与海子》，《廊坊师范学院学报》（社会科学版）2009年第4期，第28—31页。

王兆胜：《关于散文文体的辩证理解》，《文艺争鸣》2005年第1期。

王兆胜：《活力与障力——大众传媒对散文文体的深度影响》，《天津社会科学》2006年第2期。

王兆胜：《"形不散—神不散—心散"——我的散文观及对当下散文的批评》，《南方论坛》2006年第4期。

王兆胜：《新时期中国散文的发展及其命运》，《山东文学》2000年第1、2期。

王兆胜：《困惑与迷失——论当前中国散文的文化选择》，《当代作家评论》2003年第6期，第56—602页。

王光林：《美国的梭罗研究》，《华东师范大学学报》（哲学社会科学版）2006年第6期，第99—103页。

韦清琦：《生态意识的文学表述：苇岸论》，《南京师大学报》（社会科学版）2005年第2期。

谢满兰：《试析梭罗和德莱塞创作主题的异同》，《经济与社会发展》2005年第4期。

央泉、彭金定：《论道家美学对沈从文及梭罗创作的影响》，《中州学刊》2007年第5期。

杨金才：《梭罗的遁世与入世情怀》，《南京社会科学》2004年第12期，第71—76页。

赵树勤、龙其林：《〈瓦尔登湖〉与中国当代生态散文》，《湘潭大学学报》（哲学社会科学版）2012年第1期，第93页。

张建国：《梭罗〈瓦尔登湖〉的语言风格探析》，《河南商业高等专科学校学报》2005年第3期，第106—107页。

张建国：《庄子和梭罗散文思想内涵之比较》，《河南大学学报》（社会科学版）2005年第5期，第47—49页。

张建国:《试论梭罗散文的生态思想内涵》,《商丘师范学院学报》2005年第6期,第33—35页。

张志军:《来自大地的声音——读苇岸〈大地上的事情〉》,《社会科学论坛》2004年12月。

赵纬:《论梭罗的"我曾所住与我曾所顾"》,《北京航空航天大学学报》(社会科学版) 1999年第4期,第74—76页。

钟玥:《〈瓦尔登湖〉:多种可能的探索之旅——梭罗及其评论的评论》,《长沙铁道学院学报》(社会科学版) 2006年第2期,第182—184页。

钟玥:《论梭罗文化权威的建立及其意义(之一)》,《长沙铁道学院学报》(社会科学版) 2009年第4期。

周金萍:《梭罗〈瓦尔登湖〉中的佛教思想》,《安庆师范学院学报》(社会科学版) 2008年第8期。

郏立志:《梭罗——一个超然独立的哲学家》,《解放军外国语学院学报》1994年第1期,第57—62页。

邹敏:《梭罗与沈从文的生态解读》,《名作欣赏》2011年第30期。

隋刚:《爱默生的重要隐喻:多功能的"透明的眼球"》,《北京第二外国语学院学报》2009年第4期。

附　　录

一　2011年（含）之前，大陆《瓦尔登湖》（*Walden*）简体中文译文版本：

成维安译：《瓦尔登湖》，哈尔滨出版社，2009年3月。
戴欢译：《瓦尔登湖》，当代世界出版社，2003年4月，一版一印。
戴欢译：《瓦尔登湖》，中国画报出版社，2010年10月，一版一印。
林志豪译：《瓦尔登湖》，天津教育出版社，2008年4月。
林志豪译：《瓦尔登湖》，海南出版社，2007年3月，中英双语版。
潘庆舲译：《瓦尔登湖》，华夏出版社，2008年1月。
潘庆舲译：《瓦尔登湖》，上海社会科学出版社，2007年6月。
潘庆舲译：《瓦尔登湖》，中国华侨出版社，2010年10月。
潘庆舲译：《瓦尔登湖》，湖南文艺出版社，2011年8月。
李暮译：《瓦尔登湖》，上海三联书店，2008年1月，一版一印，软精装。
李暮译：《瓦尔登湖（一力文库·图文经典）》，文汇出版社，2010年8月。
李暮译：《瓦尔登湖》，北京理工大学出版社，2010年1月，精装本。
梁栋译：《瓦尔登湖》，译林出版社，2010年。
孔繁云译：《瓦尔登湖》，贵州人民出版社，2010年。
刘绯译：《瓦尔登湖（外国游记书丛）》，花山文艺出版社，1996年6月。
苏福忠译：《瓦尔登湖》，人民文学出版社，2008年1月。
盛世教育西方名著翻译委员会译：《瓦尔登湖（中英对照）》，世界图书出版公司，2011年4月。

田然译：《瓦尔登湖》，吉林出版集团有限责任公司，2009年。

田伟华译：《瓦尔登湖（珍藏本，美国自然文学文库）》，三峡出版社，2010年12月。

田颖、朱春飞编译：《瓦尔登湖》，陕西人民出版社，2005年5月，中英对照节选本。

王家湘译、何怀宏序：《瓦尔登湖》，北京十月文艺出版社，2009年8月，一版一印，精装。

王金玲译：《瓦尔登湖（经典插图本）》，重庆出版社，2010年4月。

王光林译：《湖滨散记》，作家出版社，1999年。

王光林译：《瓦尔登湖》，长江文艺出版社，2005年一版一印。

王义国译：《瓦尔登湖》，北京燕山出版社，2008年10月第一版，2010年5月第二版，2011年插图版。

王义国译：《瓦尔登湖（文思博要·英汉对照）》，陕西人民出版社，2005年5月。

徐迟译：《华尔腾》，晨光出版公司，1949年3月版。

徐迟译：《瓦尔登湖》，上海译文出版社，1996年8月，一版一印，平装。

徐迟译：《瓦尔登湖》，上海译文出版社，1997年7月，一版一印，精装。

徐迟译：《瓦尔登湖》，上海译文出版社，2006年版，2009年第9次印刷，2011年1月再版。

徐迟译：《瓦尔登湖（中英对照注释本）》，中国国际广播出版社，2008年第一版，2009年第二版，2010年第2次印刷。

徐迟译，冯亦代序：《瓦尔登湖》，吉林人民出版社，1997年版，2003年第5次印刷，列"绿色经典文库"。

徐迟译：《瓦尔登湖》，沈阳出版社，1999年9月，一版一印，平装，列"影响世界的百部书"文丛。

许崇信、林本椿译，苇岸（《我与梭罗》）、爱默生（《梭罗小传》）导读：《瓦尔登湖》，译林出版社2009年1月，一版一印，软精装，彩图导读本；2011年1月再版（平装）。

兴栋译：《瓦尔登湖（彩图导读本）》，译林出版社，2010年1月。

杨家盛译：《瓦尔登湖》，天津教育出版社，2004年9月，中英对照版。

叶子译：《瓦尔登湖》，辽宁教育出版社，2010年4月。

袁文玲：《瓦尔登湖》，外文出版社，2000年8月，中英文对照节选本。

穆紫译：《瓦尔登湖》，武汉出版社，2009年4月，一版一印，彩色插图本。

穆紫译：《瓦尔登湖》，北方妇女儿童出版社，2011年5月，一版一印。

张悦译：《世界名家自然散文——瓦尔登湖》，北方文艺出版社，2009年。

张知遥：《瓦尔登湖》，哈尔滨出版社，2003年。

曾光辉编译：《湖滨散记（中英对照）》，中国书籍出版社，2005年。

纵华政译：《瓦尔登湖》，中国电影出版社，2005年7月。

仲泽译：《瓦尔登湖》，四川文艺出版社出版，2010年1月，列"心灵甘泉系列"。

周玮：《瓦尔登湖（注释版）》，中国宇航出版社，2011年1月。

二 2011年（含）之前，大陆《瓦尔登湖》（*Walden*）英文版：

海南出版社2001年4月，一版一印，英文版，平装，列"英语阅读文库"；

外文出版社2008—01

世界图书出版公司2009

外语教育研究出版社2009—08—01

中央编译出版社2010—11—01

上海外语教育出版社，孙胜忠注，英美文学名著导读详注本2004—11—01

三 2011年（含）之前，港台《瓦尔登湖》（*Walden*）部分译文版本：

陈次云译：《华潭》，台北："国立"编译馆，1994。

陈柏苍译：《湖滨散记》，台北：高宝国际集团，1998。

李淑贞译：《湖滨散记》，台北市：九仪出版社，1998。

康乐意译：《湖滨散记》，台北市：金枫印行：大鸿总经销，1990。

吴云丽译：《瓦尔登湖畔的沉思》，台北县中和市：顺达文化出版。台北县新店市：农学总经销，2006年11月。

梁郭谦译：《华尔腾》，台北市：远东图书公司发行，1968。

周亦培译：《湖滨书简》，台北市：2007年6月。

吴明实译：《湖滨散记》，香港：人人出版社，1962。

唐玉美编译：《湖滨散记》，台南市：文国书局，1986。

康乐意译：《湖滨散记》，台北市：久大文化，1991。

孟祥森译：《湖滨散记》，台北县：书华出版事业有限公司；台北市：总经销学英文化事业有限公司，1986；新店：探索文化事业。

孔繁云译：1999《湖滨散记》，台北市：志文出版社，1999，2006。

沈漠译：《湖滨散记》，台北市：语言工厂出版；商流文化发行，2004。

朱天华译：《湖滨散记》，台北市：天华，1978。

后　记

我想，每个写博士论文后记的人心里除了满满的感恩，应该还有不少辛酸苦辣的难言吧，尤其是像我这般为人父母的博士研究生，面临的困境也许更多。

第一次想到写后记是在2014年3月12日的时候，那时我正在艰难写作是不是第四章，因为我是学外语出身的，写到中国文化部分顿时倍感焦虑。于是停下了写作。期间突然想到先写后记，便在心里把最想感谢的人罗列了一遍。想到寄养在父母家的儿子时，我泪流满面。而第一次真正写下来的时候，想到他我又是泣不成声。儿子刚满一岁，我就北上求学；他还没有到四岁，我们相隔太平洋；他才五岁就被外公外婆接回了老家，他得适应新的幼儿园……为了完成我的博士学位，儿子经常被迫与自己的母亲分离，他要比同龄的孩子少了多少他应得的欢乐和陪伴啊！旁人总说他活泼可爱，可我总是担心这种幼时经常性的分离是不是给日后的他留下心理阴影。我经常向他表示爱意，因为我害怕他不快乐、也害怕承认自己不是一个好母亲；但是，另一方面我又总想试图用自己的实际行动向他表明人生的重要价值就在于有坚信的信念和不懈的努力。

其实，我从未觉得人生有绝境。这种心态来源于爱。我一直相信自己是一个幸运的人，因为我总能在很多时候遇上良师益友。在北京的这几年，我最大的荣幸是能够成为恩师李庆本教授门下弟子。恩师身上体现了传统儒雅之士的温柔敦厚。他从来都是站在对学生最有利的立场上指导我们，从入学伊始便鼓励我们同门的兄弟姐妹在读书期间出国访学以拓宽学术视野。因此，我在2012年4月至2013年2月期间到美国波士顿大学进行"联合培养博士"的学习，这个经历深刻地改变了我的人生。更为难能可贵的是，在恩师的表率下，我们同门虽不是亲人却胜似亲人，不管谁有什么需要总能热情伸出援助之手。我们相互帮助相互鼓励，一起走过的岁月仍会在未来给我温暖的力量！

在美国访学期间，指导老师 John H. Berthrong 对我和同行的同学关怀备至。刚到美国第二天，他就开上自己的车带我们到著名的波士顿学院开会；他耐心地跟我们介绍波士顿大学的各种相关学术资源。他不仅给我们推荐各自研究领域的书目，还举荐我们去旁听各自相关研究领域的课程，而这一切都是免费的，在一个美国私立大学里实属不易。他还努力每个月在百忙之中腾出时间和我们聚会以及时了解我们的各方动态。回到中国后，他仍和我保持邮件联系，督促我、鼓励我尽快完成学位论文，甚至主动帮我收集最近的相关信息，令我颇为感动。在访美学习期间，我选修了波士顿大学 Christopher H. Evans 教授的两门课程，他总能在我需要时提供慷慨的帮助，并多次表示对我论文写作的关注。Jabed Mustafa、Fred W. Schaller、Tyrone Hooks、Terry J. Griffin、Lorraine、Wendy 和王忠欣博士等等友人经常无私地伸出援助之手，让我在波士顿的生活充满阳光。

还未离开，我已经开始怀念在北京学习的所有日子，记得博一时每个周末上午在李玲教授的引导下遨游学术的海洋，她让我体会到了女学者的大气与坚韧；还有王宁教授和宁一中教授的潇洒与严谨、北大外语学院刘峰教授和周小仪教授的诚挚与渊博、首师大陶东风教授的锐利与坦率、中央民大郭英剑教授的博学与热情、北语老学者阎纯德教授的宽厚与慈爱；还有张华、周阅、陈戎女等等老师，他们为我在学术上的成长提供了莫大的指导。我必须要感谢我的母校、现在的工作单位广西民族大学给予我经济上的保障，使我能安心无忧地攻读学位。特别要感谢袁鼎生教授和覃修桂教授，他们作为我的学术楷模总是不断地激励我前进。我的硕士导师广西师大外国语学院的张叔宁教授待我如亲子女，经常替我分忧解难、鼓励我战胜一切困难。

在论文修改的过程中，我的同学郑丹青、茹菲、席云舒等细心指出问题所在并不厌其烦地帮助我寻找各种解决的办法；而我的多年挚友梁楚茜、郑丕贤、尤智、肖建军、娜仁·格日乐、朱睿达、宋祥博、赵佩萌、莫恩鸿、黎海新等均给我提供了最无私的帮助和精神支持，是所有这些人让我深深地体会到了友谊的可贵。

最后我要特别感谢我的父母何爱民和李月梅、我的胞弟何鹏波，他们是我人生前进的动力和后援，没有他们我将一事无成！